T0203271

Progenie

Susana
Martín Gijón

Progenie

NEGRA
ALFAGUARA

Papel certificado por el Forest Stewardship Council®

Primera edición: enero de 2020

© 2020, Susana Martín Gijón
Esta edición se ha publicado gracias al acuerdo con Hanska Literary&Film Agency,
Barcelona, España.
© 2020, Penguin Random House Grupo Editorial, S. A. U.
Travessera de Gràcia, 47-49. 08021 Barcelona

Printed in Spain – Impreso en España

ISBN: 978-84-204-3879-5
Depósito legal: B-17788-2019

Compuesto en MT Color & Diseño, S. L.
Impreso en Unigraf, Móstoles (Madrid)

AL38795

Penguin
Random House
Grupo Editorial

A Vanesa y a Verónica. Y a Raquel.
A todas las mujeres que no hacen lo que se espera de ellas.

Vivir no era, a fin de cuentas, sino aproximarse cada vez más a la muerte.

CLARICE LISPECTOR

Primera parte

—Venga, llegamos tarde.

Soraya espolea a María Jesús con impaciencia. Le exaspera su lentitud, la forma en que parece que nunca acabará de prepararse, cómo se recrea en cada acción cuando el tiempo apremia.

Cree que ya está lista, cuando la ve darse media vuelta y entrar en el baño. Resopla mientras desde el pasillo observa su imagen reflejada en el espejo. María Jesús se escruta el rostro girando la cabeza a uno y otro lado, se pone colorete, se quita el exceso con un disco de algodón, se mira de nuevo, se atusa las cejas con un cepillito. Se vuelve a mirar.

—¡Date prisa, Mariaje!

—Ya voy, ya voy —al segundo sale precipitadamente del baño y se coloca a su lado muy erguida—. Solo estaba haciendo un poco de tiempo, ya sabes que no me gusta esperar.

Por un momento, a Soraya le dan ganas de asesinarla, pero entonces repara en sus ojos juguetones y se da cuenta de que está burlándose de ella. Se le escapa una sonrisa a su pesar.

—Vamos. No llegamos ni de coña.

—Pues que nos atiendan cuando aparezcamos, que para eso soltamos la pasta. Les interesa tanto como a nosotras.

Soraya sabe que tiene razón, que no pasa nada por llegar con cinco minutos de retraso. Allí todo serán sonrisas artificiosas y amabilidad bien estudiada. Aun así va contra su naturaleza presentarse tarde a una cita, le crea un desasosiego que prefiere evitarse.

Mariaje coge las llaves de casa, la deja pasar con una galantería cómica y le planta un beso en la boca. Solo con ese gesto, el amago de enfado que amenazaba con enseñorearse de su ánimo se evapora del todo. Soraya la mira con una mezcla de ternura y arrobo y le retira el flequillo hacia un lado. Está guapa, la condenada. Siempre está guapa. ¿Cómo lo hará?

—Te queda bien ese colorete.

—¿Verdad? —Mariaje estira el cuello, complacida—. Por eso me lo he puesto, porque sé que estoy todavía más bella.

Ahora las dos ríen con ganas. Soraya toma a su chica por la cintura y emprenden el camino abrazadas. No hay motivos para el enfado. Hoy es un gran día: comienza la aventura.

1.

Llega un punto en tu existencia en que conoces a más gente muerta que viva.

Ese es el punto de no retorno: cuando agarras un álbum de fotos y empiezas a pasar las páginas, y la mayoría de la gente a la que ves ya está muerta. Gente a la que has querido, con la que has comido, reído, bailado, discutido o follado. Gente a la que has odiado y por la que has llorado. Gente que te ha hecho sentir que estás vivo. Que estabas vivo.

Entonces miras a tu alrededor y lo único que ves es un perro viejo y baboso en tu sofá chupándose los huevos. Porque resulta que a la única persona de este mundo que todavía te importa la has alejado con tu orgullo y tu torpeza. Y ahora todo lo que tienes es ese animal peludo que se pasa el día entregado a su causa. Y te preguntas, una vez más, qué mierda haces todavía aquí.

El lunes fue uno de esos días para Juan. Lo fue hasta que el teléfono sonó para rehabilitar su corazón devolviéndole la capacidad de sentir. Y con ello, para descubrir que a veces es mejor estar muerto en vida. Porque una llamada a una hora en la que el teléfono nunca debería sonar puede cambiarlo todo.

2.

Soledad tenía treinta y seis años la noche que la mataron.

Ella pensaba que al fin su nombre iba a dejar de ser sinónimo de su existencia, que incluso llegaría un día en que echaría de menos su antigua condición. Porque Soledad siempre había estado sola. Lo estuvo cuando sus padres trabajaban sin tregua en la empresa familiar heredada y una niñera se encargaba de ella desde la recogida del colegio hasta la cena. Lo estuvo cuando su madre se separó de su padre y ambos se enzarzaron en una lucha judicial titánica en la que ella era el principal trofeo. Lo estuvo cuando erraba de la casa del uno a la de la otra para evitarles a ambos el sentimiento de culpa y regalar de paso la sensación de quitar al contrario algo de valor. Lo estuvo cuando creció y siguió cayendo una y otra vez en la trampa de la dependencia afectiva, queriendo que la quisieran, aguantando al capullo de turno.

Quizá cuando menos sola estuvo Soledad fue cuando se hartó de esperar a recibir de vuelta algo de aquel afecto que ella volcaba en los demás. Cuando pasó de quienes la malquerían y dedicó sus energías a preocuparse por sí misma de una puñetera vez. Pero quien se cría desde la cuna con un rol asignado acaba volviendo a él por mucho empeño que haya puesto en cambiar, por mucho psicoanálisis en el que se haya dejado los cuartos, muchos libros de autoayuda que haya subrayado y mucho mamón al que haya tenido que aguantar hasta entender cómo funciona el mundo. Como cuando te pasas media hora desenredando el cable de los auriculares y a los dos días te encuentras con la misma maraña embrollada otra vez.

En una de las batallas que libraba en su interior, Soledad tomó dos decisiones. Una de ellas fue la que la mató.

3.

Camino se pone las bragas y mira a su alrededor.

Cree que no se deja nada. El sujetador ya está dentro de su bolso. Tira de la minifalda hacia abajo en un gesto de falso pudor, como si acaso alguien pudiera verla, y agarra la manija de la puerta con la mano derecha muy despacio mientras con la izquierda sujeta los tacones estratosféricos en los que ha estado subida desde las diez de la noche, hasta que Marco le regaló la horizontalidad al arrojarla contra la cama de uno treinta y cinco en la que ahora ronca como un león. Nunca le gustaron los hombres que roncan. ¿Es que acaso hay alguno que no ronque? «No, ese es otro de los cuentos que nos han contado», se dice Camino. Habla por experiencia propia, y no es poca.

Está cruzando la puerta cuando el timbre de su móvil irrumpe estrepitoso. «Mierda», masculla antes siquiera de pensar en quién coño podrá estar llamándola a las cuatro de la mañana de un martes y antes también de meter la mano en el bolso en busca del maldito teléfono. Mientras escupe una tosca respuesta, ve cómo los legañosos ojos de Marco la enfocan con expresión confusa. «Mierda», deja escapar una vez más.

4.

Pascual suspira aliviado al verla aparecer.

El juez, la forense y el resto del operativo sanitario y policial ya llevan rato allí, y él no sabe qué más decir para cubrirla. Pero el alivio le dura lo que tarda en verle la cara a su compañera. Y es que la inspectora Vargas es transparente como agua de manantial, y la mala hostia se le pinta en la cara que da gusto.

Si además son las cuatro y media de la mañana y unos cercos de rímel mal retirado le tiñen las ojeras, no hay que ser muy avispado para saber que no está donde le gustaría estar. Baja la ventanilla y estudia su rostro en busca de alguna pista de lo que los espera.

—Buenos días, inspectora.

—Ni buenos ni días, Molina, que esto está más oscuro que el futuro de las pensiones. ¿Qué ha ocurrido?

—La han atropellado y se han dado a la fuga.

—¿Algún testigo? —dice ella mientras sale del coche y se sube discretamente la cremallera del pantalón.

—Ninguno, inspectora.

A Pascual Molina su temperamento siempre le impone un poco, más desde que es la jefa del Grupo de Homicidios. Porque él viene de familia castrense y las cosas de jerarquías las tiene metidas muy adentro. Cuando se pone nervioso se le cuelan los aires marciales. Y se cuida mucho de mantener las distancias y las formas.

—¿Estamos seguros de que no ha sido accidental?

—Le han pasado dos veces por encima. Para adelante y para atrás, inspectora.

—Joder. Putos desgraciados. Y deja de llamarme inspectora, que me vas a borrar el cargo.

—Sí, jefa.

Camino Vargas va a protestar pero decide darlo por perdido.

—¿Qué más sabemos sobre la muerta?

—La forense ha estado inspeccionando el cuerpo hasta hace un momento. Acaba de preguntar si habías llegado —«Por enésima vez», piensa Pascual, pero no lo dice. Nota las perlas de sudor acumulándose en la frente y en el bigote. Ni siquiera a esas horas de la madrugada la canícula estival da un respiro.

—Ahora vemos qué nos cuenta. ¿Quién está de guardia?

—La doctora Velasco.

—Micaela, bien —el humor de la jefa mejora. Es su forense favorita. Además de competente, es una mujer alegre y siempre dispuesta a echar un cable en lo que haga falta—. ¿Y el juez?

—San Millán.

—¿El novato? No todo iba a ser bueno. ¿Ya está identificado el cadáver?

—No llevaba documentación, solo unas llaves, un monedero con diez euros y un teléfono móvil.

—Bloqueado, claro —gruñe ella. Desde que proliferó ese tipo de teléfono inteligente todo se ha complicado para la policía.

Pascual asiente y añade:

—Pero tenía un número de emergencias en la pantalla de inicio.

—Mujer previsora. ¿Y?

—Juan Cabezas, madrileño. Dice que el teléfono corresponde a su hija Soledad.

—¿Le has informado de la situación?

Molina hace un gesto fúnebre de asentimiento. Odia dar ese tipo de noticias, pero la inspectora siempre se las encasqueta a él, así que ya lo asume sin preguntar.

—Vendrá en el primer tren que salga desde Madrid.

Camino va a preguntar algo, pero se refrena al reparar en que también tiene la camisa más desabotonada de lo que mandan los cánones. Su pecho generoso no pasa inadvertido fácilmente. Maldice para sus adentros y se gira a fin de enmendarlo. Si Molina ha visto algo, se ha cuidado mucho de que no se note.

Suspira mientras se abrocha. El sujetador sigue en su bolso. Ha cambiado la falda y el palabra de honor por vaqueros y camisa en minuto y medio, no se le puede pedir más. Maña que se da una en quitarse la ropa. En ponérsela un poco menos, visto está.

—Bueno, allá vamos.

5.

Micaela está más que acostumbrada a contemplar cuerpos sin vida.

A los que perfora en el Servicio de Patología Forense se suman los que tiene que acudir a ver cuando le toca guardia. De ese último grupo, casi todas son personas fallecidas por causas naturales. Las muertes violentas son la excepción y, entre estas, las de tráfico constituyen una mayoría aplastante. No es una imagen grata para nadie, por mucho que la profesión se elija de manera voluntaria y la experiencia forme una costra protectora: miembros mutilados, tripas vertidas en el asfalto, masa encefálica dispersa, ojos sin vida y gestos detenidos para siempre. Todas las muertes por accidente son tragedias y la visión de esos cuerpos es desgarradora. Más si corresponde a un peatón indefenso que solo trataba de cruzar a la otra acera, lo que sucede en casi la mitad de los accidentes en vía urbana. Pero lo de esta noche es aún más penoso. No obedece a un descuido al volante, sino a una acción voluntaria ejecutada con mucha sangre fría.

La forense ve acercarse a Camino Vargas, quien procede a saludar con profesionalidad a todo el operativo desplegado. Micaela se despoja de los guantes de látex, que le han dejado las manos sudadas con este calor del infierno, y aguarda su turno.

—Qué hay, inspectora.

—Hola, Micaela.

Camino le dedica una sonrisa que no pasa de los ojos. Es todo el afecto que esa mujer se permite y es mucho. La forense lo sabe y se considera afortunada por ello. Le cae bien la inspectora.

—Voy a echar un vistazo, ¿te parece?

—Espera, hay algo que queríamos comentarte —el juez y ella se cruzan una mirada extraña.

—Dejadme que vea el fiambre primero, ahora me contáis.

El magistrado se encoge de hombros. Lleva poco en esto, pero ya ha coincidido antes con Camino y aprende rápido; sabe que es testaruda hasta el aburrimiento. Le urge ver a la muerta, pues que la vea.

—No es agradable —advierte la forense.

Camino le dirige una mueca de burla, y Micaela se da cuenta de la obviedad. Intenta explicarle, pero la otra ya se ha lanzado a ver el cuerpo, así que se limita a esperar a que vuelva.

—¿Por qué coño tiene un chupete metido en la boca? —la voz de la inspectora denota un temblor mezcla de rabia y espanto. Su rostro está desencajado.

La forense y el juez vuelven a cruzar miradas, y después ambos la miran a ella. Todos barruntan la misma idea: el asesino ha firmado su crimen. Y de una forma particularmente grotesca.

6.

Amanece.

El AVE procedente de Puerta de Atocha está desacelerando. En unos minutos estacionará en Sevilla Santa Justa. Los ejecutivos comienzan a cerrar sus portátiles y a ajustarse las corbatas, prestos a salir escopetados para pillar el primer taxi que los lleve a sus consejos de dirección, reuniones y seminarios en los que llevar a cabo el *networking* de rigor. Pasarán el día trabajando en la capital hispalense, y antes de regresar a Madrid se permitirán unas cañas con sus acompañamientos, que fotografiarán móvil en mano hasta captar su esencia que irá directa a Instagram. Algo típico, de por allí. Chicharrones, salmorejo, un flamenquín, carrillada o adobo, qué más da. Con un poco de contraste, otra pizca de sombra, una viñeta maja y algo de desenfoque la imagen quedará fetén. El aperitivo se enfriará entretanto, pero a quién le importa ya eso. Si las tapas tuvieran alma, no habría una a la que no se la robaran antes de engullirla. Con la Giralda, la Torre del Oro o una calesa vislumbrándose al fondo, los *likes* se reproducirán como ondas expansivas, y el ego de su creador se ensanchará a la par, seguro de estar un poco más cerca del éxito y la fama. De aquí a *influencer,* de aquí al cielo. Es el postureo que forma parte del ritual yuppie cañí del siglo XXI, el que ayuda a olvidar que uno nunca dejó de ser el pringado al que el sistema ha tomado el pelo, ese que aún no amortizó los miles de euros que se dejó en el MBA. Ese que no llega a fin de mes por mucho que se empeñe en dar la imagen contraria. Pero que conoce a la perfección la fecha de lanzamiento del próximo iPhone.

A Juan todos esos le importan un mojón. Va en *business* porque compró el billete en el último momento y no quedaba otra cosa. Se frota unos ojos enrojecidos por la falta de sueño y las lágrimas de un hombre que nunca llora. Con la espalda encorvada, encamina sus derrotados pasos hacia el punto de información turística de Santa Justa para preguntar cómo llegar a su destino: el tanatorio de San Jerónimo, donde su hija está a punto de ser abierta en canal.

7.

Se está ventilando una tostada de cachuela junto con su tercer café.

La doctora ha prometido llamarla en cuanto acabe con la autopsia. Si se tratara de cualquier otro de los siete facultativos que componen el Servicio de Patología Forense, ahora mismo Camino estaría cuidándose de no perder detalle en la disección. Pero de Micaela Velasco se fía, así que puede ahorrarse el mal trago y apostarse en la cafetería frente al tanatorio a la espera de noticias.

El oficial mira con envidia a su jefa, calculando las calorías que contendrá esa pasta anaranjada que engulle sin un ápice de culpabilidad. Su ligero sobrepeso siempre le ha importado un comino, casi diría que lo luce con orgullo. Él, en cambio, lleva tres meses sometiendo su corpachón enorme a una dieta férrea para eliminar la barriga, que se había dejado ir más de la cuenta. Por las mañanas solo se permite una tostada con jamón de pavo y una pieza de fruta. Como en ese bar no hay ninguna de las dos cosas, su desayuno se limita a la parte inferior de un mollete con un triste chorrito de aceite. De oliva virgen, eso sí. Pero sabe que va a pasarse todo el día pensando en la cachuela de la inspectora y en los churros recién hechos que la Juani exhibe desafiantes en la vitrina anexa a la barra. Que soñará con ellos hasta que acabe la puñetera dieta. Y eso que nunca le hicieron mucha gracia los churros.

La inspectora mira el reloj con gesto de impaciencia.

—¿Cuándo llega el padre? —las migajas de la cachuela salen disparadas. Una va directa a la mejilla de Pascual, que no se atreve a limpiársela por pudor.

—Tiene que estar al caer. Tomó el primer AVE, pero ya sabes que esto queda donde Cristo perdió la chancla.

—¡Por Dios bendito! ¿Y no podía ir alguien a recoger a ese hombre?

—Estamos en cuadro, jefa, ya lo sabes.

Camino resopla y nuevas migajas del último bocado se proyectan en todas direcciones. Mastica en silencio, hasta que su teléfono comienza a vibrar encima de la barra. Lo atrapa de un manotazo.

—¿Sí?

—Ya hemos acabado.

—Desembucha.

—Creo que es mejor que entréis. Además, el familiar de la mujer acaba de llegar.

8.

La forense los espera en la puerta fumándose un cigarrillo de liar.

Viste una bata blanca abotonada que le llega por debajo de las rodillas y lleva el cabello oscuro recogido en un moño algo desgreñado. Las gafas de pasta verde se le resbalan por la nariz, de forma que se ve obligada a alzar la cabeza para mirar a través de los cristales. Sin embargo, no dirige la vista a ningún punto en concreto. Parece que ni siquiera haya advertido que está acercándose. Camino va directa hacia ella, sorprendida. Creía que Micaela había dejado de fumar hacía tiempo.
—Embarazada.
—¿Qué?
—La víctima estaba embarazada. De unas quince semanas.
—Joder.
La inspectora encaja la noticia como un bofetón. El caso adquiere un tinte mucho más trágico. Después observa a la forense. Una expresión rígida y una mirada perdida han sustituido el alborozo que la caracteriza aun en las peores circunstancias. Su mente parece encontrarse a miles de kilómetros de allí. En el cristal de las gafas tiene un resto de sangre seca, igual que en la manga de la bata. Es concienzuda con la desinfección hasta un punto que ralla en lo obsesivo, así que esto es del todo anómalo. Durante unos segundos nadie se atreve a hablar, hasta que Molina toma la palabra:
—¿Qué más habéis averiguado?

Micaela le mira como si hubiera olvidado que estaba allí, y toma aire para soltar su dictamen.

—Traumatismo torácico grave a causa del primer impacto. Le produjo una parada cardiorrespiratoria.

—O sea, que no hubiera hecho falta volver atrás para arrollarla de nuevo.

—El conductor quería asegurarse de que no sobreviviría.

La rabia que destila pone en alerta a Camino.

—¿Qué pasa, Micaela? ¿Hay algo que no nos hayas contado?

La forense aprieta los labios con fuerza, pero un temblor creciente se apodera de ellos. Aguanta hasta que no es capaz de reprimirse por más tiempo. Camino no puede creer lo que ve: una profesional a quien apasiona su trabajo, y que se desayuna un par de disecciones todos los días, gimoteando después de una autopsia.

—Lo que quiera que sea, cuéntanoslo, Micaela —la anima, pero la otra menea la cabeza en señal de rechazo, enjugándose las lágrimas con la manga de la bata—. ¿Acaso conocías a la víctima? Es eso, ¿no? Tienes que decirnos todo lo que sepas —insiste.

Micaela la mira con ojos desconsolados. Parece estar sopesando si hablar o no. Tarda todavía un poco en recomponerse. Finalmente respira hondo, se decide.

—No pasa nada. Venga, no hagáis esperar al padre. Bastante tiene ya.

9.

Juan Cabezas está sentado en una silla de plástico.

No hay nadie más, pero aunque la sala estuviera abarrotada de gente, un solo vistazo bastaría para saber que él es el padre de la mujer cuyo cuerpo yace inerte en una mesa metálica. Es el puro reflejo de la devastación. Hombros caídos, mirada perdida y llorosa, mustio, empequeñecido. Parece que en cualquier momento vaya a desmoronarse igual que un edificio explosionado, que vaya a quedar reducido a una nube de polvo y a desaparecer para siempre. Lo que experimenta Juan Cabezas ahora mismo no está muy lejos de eso. No quiere estar ahí. Quiere desvanecerse, dejar de existir, dejar de respirar. Porque hasta respirar duele. Respirar el aire que ya no comparte con su hija es sentir hojas de acero clavándose en sus pulmones con cada inhalación.

Camino se adelanta. Agradece el frío que un aire acondicionado esparce sin cautelas. Es temprano aún, pero en toda la noche no ha llegado a refrescar y el sol ya luce sin piedad.

—Señor Cabezas, soy la inspectora Vargas. Siento mucho su pérdida.

El hombre alza la vista hacia ella. Parece que no comprende.

—¿Ha podido identificar a su hija?

Juan hace un leve gesto de asentimiento, antes de cubrirse el rostro con ambas manos y romper a llorar. Todo su cuerpo se convulsiona de forma rítmica. Los policías deciden darle tiempo. Cuando el llanto pierde fuelle, es Pascual quien interviene.

—Si se encuentra con fuerzas, nos gustaría hablar unos minutos con usted.

—¿Por qué? Yo solo quiero que me dejen enterrarla.

Camino busca las palabras. No se le dan bien estas cosas. Mira a su compañero, pero este dirige la vista a otro lado. «Ahora te toca a ti» es la traducción de su escaqueo visual.

Nadie la avisó de lo duro que es hablar con un padre que acaba de quedarse sin su hija. Pero aunque lo hubieran hecho, aunque la hubieran preparado para esa tarea, aunque lo hiciera mil veces, nunca podría acostumbrarse. Respira hondo y suelta el aire de golpe. Es mejor ir al grano, se dice.

—Verá, tenemos fundadas sospechas de que su hija sufrió un atropello intencionado. Alguien quiso acabar con ella.

Esa información tarda en calar en Juan Cabezas, pero cuando lo hace, el efecto es brutal. En él se opera un cambio completo. De repente se le ve más alto, toda la columna se yergue, los hombros quedan alineados, el pecho hacia fuera, y su expresión adquiere la dureza del pedernal. No parece el viejecito de unos segundos antes.

—Ese malnacido... Lo sabía. Sabía que nunca la dejaría en paz.

10.

Nerea levanta apenas el auricular y vuelve a colgarlo.

—A la mierda —masculla, pero se arrepiente al instante porque algunos rostros de la cola que hay delante de ella disimulan una sonrisa y se da cuenta de que todos la han oído.

No puede más. El teléfono de la clínica lleva toda la mañana sonando y ante el mostrador aguardan más de diez personas, todas con prisas, como siempre. Está de muy mal humor. Tiene un principio de jaqueca y su compañera no solo no ha aparecido, sino que ni siquiera ha avisado de que no vendría. Ya estaba molesta con ella desde que hizo pública la gran noticia de su embarazo. A ella le sentó fatal, porque trabajan juntas ocho horas al día, codo con codo, y además pensaba que eran amigas o algo parecido, que no en balde le ha aguantado todas las penas de amor y hasta la ayudó con la mudanza. Y ahora va y se calla este bombazo. Nerea se enteró a la vez que el resto, en la comida anual de la empresa. Ahí plantó la tía sus santos ovarios y lo contó con toquecito de tenedor en la copa incluido, en plan declaración oficial. Y ella se quedó con la boca abierta como una idiota mientras los demás jaleaban la noticia.

Además, no tiene un pelo de tonta y sabe la que se le viene encima con una baja maternal. Nadie va a suplir a su compañera, se comerá todo el trabajo de las dos ella solita. Así que piensa que lo menos que podía haber hecho era contárselo a ella primero, coño.

Pero lo que desde luego no se esperaba es que empezara a faltar ya. Solo está de quince semanas, por favor. Se la imagina cuando aparezca al día siguiente, arguyendo náuseas y tonterías por el estilo.

—El 6 de agosto, a las ocho y cuarto —le dice a la señora que tiene frente a ella.

—¿No puede ser un poquito más tarde?

Nerea reprime un bufido junto con las ganas de decirle que a ella tampoco le gusta madrugar.

—A las nueve y media. ¿Le viene bien esa hora?

La mujer la mira con una mueca extraña. Ha percibido el retintín en la pregunta, pero ella también se contiene y los labios se le convierten en una línea recta muy apretada antes de contestar:

—Sí, muy bien, muchas gracias.

—Y recuerde, venga con la vejiga llena —la despacha Nerea.

11.

—*¿Tiene alguna idea de quién pudo hacerle esto a su hija?*

—¿Que si tengo alguna idea? No, no tengo alguna idea. Sé quién lo hizo.

Ambos policías se miran con sorpresa. Camino hace una leve anuencia ante el gesto de Pascual. Sigue él con el interrogatorio.

—Eso simplificaría mucho las cosas —dice el oficial con un tono suave pero firme.

Juan ha vuelto a sentarse. Ahora su expresión es de un resentimiento profundo, mezclado con cierta nostalgia.

—Nunca me gustó ese tipo. Desde el día que me lo presentó. Me pareció un sobrado que creía saber más que nadie y ni siquiera se cuidaba de ocultarlo. Tendrían que haber visto cómo la miraba, cómo la trataba. Como si fuera una posesión más que exhibir ante sus socios y clientes. Porque mi Sole era muy guapa, pero era muchas cosas más, ¿eh? Cariñosa, buena, lista. Aunque no tenía buen ojo con los hombres —niega despacio con la cabeza, calla unos segundos—. Y ella nunca fue feliz con ese, sufrió mucho. Rompieron varias veces, pero siempre acababa volviendo. Yo me desesperaba cada vez que lo hacía.

—¿Estamos hablando de un maltratador?

—No le quepa la menor duda.

—¿Presentó su hija alguna denuncia?

Juan hace un gesto de desagrado.

—Hay muchos tipos de maltrato, ¿saben? No solo el que te deja una marca en el pómulo o te rompe una costilla.

34

Ese desgraciado no era de esos, o si lo era, yo nunca llegué a saberlo. Pero sí sé que la hacía sufrir.

—¿De qué modo?

Juan reflexiona antes de comenzar su retahíla.

—Despreciaba todos sus logros, la empujaba a tomar las decisiones que él quería, la trataba como a una niña pequeña, como si solo él supiera lo que era bueno para ella. Reprobaba lo que decía y hacía, la apartaba de sus relaciones anteriores, minimizaba sus problemas como si no importaran... Yo veía cómo mi hija dejaba de ser ella para convertirse en lo que él quería que fuera. Como si en vez de elegirla por cómo era, hubiera comprado un molde sobre el que esculpir su prototipo de mujer.

—Pero no llegó a hacer uso de la violencia.

Juan observa muy serio a Pascual.

—¿De verdad cree que eso no es violencia? No entiendo cómo van a ayudar a nadie si piensan así. Yo veía cómo mi hija se hacía cada vez más pequeña. Cómo dejaba de creer en ella y necesitaba de la aprobación de ese tipejo que la subestimaba. Abandonó la tesis porque él le dijo que con eso no iba a ninguna parte, se borró de las clases de canto cansada de que le dijera que no tenía oído, y quién sabe cuántas cosas más. Es frustrante ver esa evolución en una hija y no poder hacer nada. Y entonces, un día llegó a casa hecha un mar de lágrimas y me confesó que era muy infeliz y que le había dejado. Y yo la abracé y lloré con ella, pero lloré de alegría porque estaba seguro de que mi hija iba a volver a ser ella misma. Que surgiría de sus cenizas como un ave fénix.

—¿Y él no lo permitió?

—No sé cómo se las arregló, pero logró que volviera con él. Habían pasado meses, y yo creía que aquella vez era la definitiva. Ella había vuelto a sonreír, se había apuntado a una asociación de senderismo, tenía nuevos amigos y nuevas aficiones. Se había reconstruido, volvía a ser la mujer que siempre fue. Yo a él ya le había desterrado al pasado y a mis pesadillas. Y un día, de pronto, Soledad me llamó desde Sevilla. Me contó que se venía aquí a vivir con él. Así, por las buenas. Que habían hablado mucho sobre su relación y querían intentarlo. No se imaginan cómo me sentó. Me enfadé tanto que dejé de hablarle. Lo último que le dije fue que si esa era su decisión, allá ella. Que se estaba cavando su tumba y que no contara conmigo —una lágrima resbala por su mejilla—. No sé por qué lo hice, supongo que estaba dolido, quizá pensaba que eso la haría reflexionar, pero fui un estúpido. Lo único que conseguí fue perderla.

—¿Cuándo ocurrió eso?

—Hace año y medio.

—¿Y desde entonces no había vuelto a saber de ella?

—Muy poco. Al principio, nada. Con los meses me llamó alguna vez, solo en ocasiones especiales. Navidad, mi cumpleaños, cosas así. Pero eran conversaciones frías y breves. Yo no le preguntaba cómo le iba y ella tampoco me lo contaba. Solo sabía que seguía con él. Entonces, hace un par de meses, me mandó un mensaje.

—¿Qué decía?

—Que se había acabado. Espere.

Juan se levanta, extrae un móvil antediluviano del bolsillo del pantalón, teclea con dedos torpes y les muestra la minúscula pantalla, donde puede leerse un SMS:

Lo he dejado. Sé que no me crees, pero esta vez no lo va a conseguir. Estoy rehaciendo mi vida. Hablamos pronto, con buenas noticias. Te quiero.

—¿Qué pasó luego?

—Nada —en el rostro del hombre se refleja una mueca de dolor—. No contesté. Yo ya no me fiaba, no quería crearme expectativas. Además, Soledad tenía tendencia a acabar con malos tipos. Siempre se le arrimaban los gilipollas, como si tuviera un imán que los atrajera. Y yo había sufrido demasiado por ella.

—¿No supo nada más?

—No. Una parte de mí confiaba en que me escribiría tarde o temprano para contarme cuáles eran esas buenas noticias. Albergaba una pequeña esperanza de que esta vez sí consiguiera rehacer su vida. Que se juntara con un hombre bueno que estuviera a su altura, que formara una familia. Esas cosas que un padre quiere para su hija. Pero nunca más escribió, así que di por hecho que había vuelto con ese tipo. Y que la vergüenza no le permitía contármelo.

—Muy bien, señor Cabezas. Hablaremos con ese hombre. ¿Qué puede decirnos sobre él? —dice Pascual.

—Ni siquiera sé dónde vivían. Solo su nombre y un número de teléfono que ella me dio por si en alguna ocasión no podía contactarla en el suyo.

Por segunda vez, rebusca en su móvil hasta dar con los datos que necesitan. Los policías toman nota tanto del contacto del ex de Soledad como del alojamiento donde se quedará Juan hasta que haga las gestiones necesarias para despedir a su hija.

—Le dejamos descansar, señor Cabezas —interviene Camino—. Solo una cosa más, ¿no le han mencionado la... «circunstancia especial» de su hija?

—No sé de qué me habla.

—Creo saber a qué se refería Soledad en su mensaje.

—¿A qué se refería con qué?

—Con lo de las buenas noticias. Su hija estaba embarazada cuando la mataron.

Juan se la queda mirando mientras su rostro palidece. Las piernas le tiemblan como a un pajarillo y Pascual teme que vaya a caerse. De una zancada, se coloca a su altura y le sostiene justo a tiempo para evitar que dé con los huesos en el suelo. Se agacha con el cuerpo en brazos y lo tumba sobre el pavimento. Juan se ha desmayado. El oficial suelta un suspiro que se oye en toda la sala. Esa es la razón por la que la inspectora delega siempre en él este tipo de noticias: no se puede ser más bruta.

12.

Cuando Camino y Pascual llegan a la brigada,

van directos al despacho de la comisaria. La encuentran al teléfono, parapetada tras el ordenador. En torno a ella, una montaña de carpetas y portafirmas a punto de estallar amenaza con sepultarla. Les hace una seña para que tomen asiento y ambos se derrumban en las incómodas sillas que hay frente a la mesa, ideadas para que nadie se recree en ellas demasiado tiempo. Tras un par de minutos, Mora cuelga, se recoloca sus minúsculas gafas de montura transparente y los observa con gesto ceñudo:

—¿Una noche dura, Vargas?

—Es un caso feo, comisaria.

—Y justo por eso, a la prensa le encanta. Ya se ha filtrado lo del chupete.

—¿Ya? ¿Cómo es posible?

—No lo sé, pero eso hace tiempo que dejó de preocuparme. A estas alturas doy por hecho que los periodistas tienen un sexto sentido para la carnaza.

—Alguien ha tenido que irles con el cuento... —protesta la inspectora.

—Vamos a centrarnos —la corta Mora—. Lo que os quiero decir es que va a ser una investigación movidita. La opinión pública va a colgar al desgraciado que atropellara a esa mujer.

Da la vuelta al portátil y les muestra el periódico que está abierto en el navegador. El titular de enormes caracteres no deja lugar a la duda:

«El crimen del chupete».

Ocupando buena parte del artículo, una foto del lugar de los hechos, aún acordonado, en la que se aprecian las manchas de sangre en el pavimento. Y bajo la columna derecha, una imagen del rostro alegre de la mujer tomada de su perfil en alguna de las redes sociales.

—Verá cuando se enteren de que estaba embarazada —Camino con un suspiro.

—¿Qué?

—Venimos del tanatorio, la autopsia ya ha finalizado.

La comisaria se lleva una mano a la frente.

—La que se va a armar.

Camino y Pascual guardan silencio. A Mora le vibra el teléfono. Es la tercera vez en el rato que llevan. Echa un vistazo a la pantalla y después dirige la mirada hacia ellos.

—Canal Sur. Empieza la fiesta —dice antes de endurecer el tono—: Vargas, reúne a tu equipo y poneos con esto. Máxima prioridad. Vamos a coger a ese miserable.

13.

Alonso se atraganta con el café que le han servido en la barra de La Campana.

Siente cómo una aguja le traspasa el mismo centro de su ser. Tras la aguja toma el relevo una tenaza que le prensa el alma y se la retuerce hasta dejarle con ganas de vomitarlo todo: alma y cortadillo de cidra a medio consumir. Vuelve a leer la noticia, que le parece mucho más lejana vista así, en el televisor de un lugar público y a través de algo tan frío como los rótulos en mayúsculas de un programa de noticias amarillistas. Es como si no fuera con él, como si se tratara de una más de todas esas muertes de las que los medios se hacen eco a diario.

Paga el desayuno al camarero, quien le despide por su nombre de pila con la familiaridad exclusiva de los clientes habituales, y echa a andar hasta su oficina. Parece un transeúnte más de los que recorren a esas horas la calle Sierpes, dispuestos a comenzar la jornada. Pero si uno se fija bien, ve que no lo es. Lo que deambula por su ruta aprendida es un zombi que ha dejado su humanidad en algún rincón y pasea un cuerpo tan carente de vida como el de la propia Soledad.

En su cabeza los recuerdos se amontonan y se disputan el protagonismo a través de una lucha encarnizada. Piensa en todo lo que pudo ser y no fue. En todo lo que habría sido si él hubiera reaccionado de otra forma. Si él no hubiera... Aun sabiendo que no está preparado para aceptarlo, sus dedos actúan más rápido que su cabeza: agarran el móvil y teclean el nombre de ella. El buscador de noticias se lo devuelve en varias entradas de agencias de información y periódicos digitales. Los mismos datos repetidos en forma parecida una y otra vez, que no hacen más que corroborar lo que ya sabía: Soledad Cabezas Muñoz está muerta.

14.

Camino ha pedido a Pascual que convoque al grupo.

Mientras, aprovecha para ir al baño y mojarse la cara. Se mira en el espejo, disgustada. La mujer que tiene ante ella no se parece en nada a la que salió de casa doce horas antes maquillada, peinada y subida a unos tacones de infarto, dispuesta a pasarse las horas en la pista con su pareja de baile. Ahora solo ve unas ojeras hasta los pies y un rostro demacrado que le cuesta reconocer. Ayer era una bailarina de salsa sexy y atractiva y hoy es una mujer un poco regordeta que ya cruzó su hemisferio vital. Las arrugas de expresión se exhiben con descaro, libres de maquillaje y correctores mágicos que las confinen a una clandestinidad injusta. Se recoge el cabello rubio en una coleta y se mete en el váter. Cuando sale, la mueca de disgusto ha aumentado. Se había olvidado por completo de que la regla estaba al caer: lo que le faltaba.

Entra en la sala tras pasar por la taquilla para hacerse con una buena provisión de tampones. Es verano en Sevilla y todo el que puede huye a la playa, así que están bajo mínimos. La resistencia, esos temerarios del grupo operativo que se la juegan contra homicidas y temperaturas infernales, está ya esperando: el joven subinspector Fito Alcalá; Lupe Quintana, una policía tímida pero laboriosa que se ha unido con el último traslado; y Teresa Amador, que porta los nada desdeñables galones de ser la mujer con más veteranía en el cuerpo. Camino se va de cabeza hacia la cafetera, dando gracias porque Teresa siempre se encargue de que esté llena. Será su cuarto café de hoy, pero entre la falta de sueño y los efectos del primer día de menstruación, le cuesta no dar cabezadas.

Ya pertrechada con su taza humeante, toma asiento y los mira uno por uno. Como siempre que se reúnen desde el incidente, acusa la falta del inspector Arenas, jefe de Homicidios, su mentor desde que llegó a la brigada y lo más parecido a un amigo que ha tenido nunca en la profesión. Ya hace cuatro meses que le pilló por medio un tiroteo entre clanes en el barrio de las Tres Mil Viviendas. Él no debía estar ahí, ni siquiera tenía que estar trabajando. Pero había recibido la llamada de un confidente y se encontraba en la zona. Solo había un patrullero en las inmediaciones, dos jóvenes policías que estaban desbordados. Así que se lanzó en su apoyo. Fue la única víctima de la refriega: una bala se le alojó en el cráneo. Desde entonces permanece en coma en un hospital, y a ella, al ser la inspectora segunda, le ha tocado asumir las funciones de coordinación del Grupo de Homicidios. Ha pasado a ser la jefa que dirige los casos, y aunque las malas lenguas puedan decir que le ha venido bien, lo cierto es que detesta esa posición de mando. No tiene ni la diplomacia para torear los intereses de los políticos, ni la empatía y las formas necesarias para lidiar con las sensibilidades de un equipo. A ella le gusta estar en primera línea del frente, envuelta en la acción, y no tener que dar órdenes a sus compañeros ni rendir cuentas ante la comisaria. No está hecha para esos equilibrios. Ella lo único que quiere es que Paco vuelva. Cada mañana, cuando entra por la puerta, espera que alguien le diga que ha salido del coma, que se va a poner bien. Pero los médicos no se atreven a hacer una previsión. Puede que algún día despierte, y puede que no. Y ella aún no ha sido capaz de reunir el coraje para ir a ver a su compañero entregado a un sueño indefinido con la cabeza pelada y lleno de cables.

El resto del grupo la observa expectante, de lo que deduce que Molina ha preferido no avanzarles nada del caso en ciernes. Sabe que será el más mediático al que se ha enfrentado desde que asumió esas funciones y, por tanto, el más delicado. Exhala con fuerza en un intento de alejar sus pensamientos y se centra en lo que tiene por delante.

—Doy por hecho que habéis visto la prensa.

—¿El atropello con huida? —es Fito, el subinspector más joven y más cañón de toda la Brigada de la Policía Judicial de Sevilla. Y también el más cabezota.

La inspectora confirma con un ligero asentimiento.

—Supongo que el chupete descarta un homicidio imprudente —ha susurrado Lupe con el tono cohibido al que todos empiezan a habituarse.

—Más que el chupete, el informe de la forense. Deja acreditada la intencionalidad del atropello.

—Le pasó dos veces por encima —Pascual alza la foto en la que se ve el cuerpo de la pobre mujer.

—Hijo de puta.

Todos miran a Teresa, la policía amable y candorosa. Tiene sesenta y cuatro años, está a punto de jubilarse y es una superabuela de la friolera de ocho renacuajos. No se caracteriza por soltar ese tipo de exabruptos, pero nadie se lo afea. Están absolutamente de acuerdo.

La inspectora pide a Pascual que ponga al día de los detalles al resto de sus compañeros mientras busca en su bolso un medicamento para los dolores menstruales que empiezan a hacer mella. Los miembros del Grupo de Homicidios van anotando en sus respectivas libretas a medida que el oficial habla.

—¿Por qué un chupete? —pregunta Fito.

—Eso nos gustaría saber.

—¿Creéis que se lo metió el asesino?

Camino observa fijamente a Teresa. Ni siquiera había pensado en otra posibilidad. Barre con la mirada a todo el equipo.

—Puede que no. Marchando una de lluvia de ideas. ¿Qué podía hacer una mujer de treinta y tantos con un chupete en la boca?

Durante unos segundos nadie habla. Al inspector Arenas esto siempre le funcionaba, pero con ella les cuesta lanzarse. Tamborilea con gesto impaciente.

—Venga, lo que sea. Disparad.

—Había dejado de fumar —Pascual rompe el hielo.

La inspectora alza una ceja.

—Explícate.

—A algunos les da por comer piruletas y chupa-chups sin control, que son bombas calóricas. Fatal para las caries y para la línea.

Fito le mira divertido. Le cuesta reprimir una carcajada.

—Tú sigues a dieta, ¿verdad?

Pascual se lo toma muy en serio.

—Un chupa-chups rondará las cincuenta calorías. Imagínate que te comes seis en una jornada. Ya tienes trescientas, lo mismo que un chuletón. Así que esta tía fue práctica —continúa, cada vez más convencido—. Se compró un chupete, y cuando le entraba el mono, le pegaba un rato al tema. *Calorie-free*.

Camino cierra los ojos y toma aire, tratando de contenerse. Como suelte lo que está pensando, nadie más se atreverá a hablar.

—¿Alguna otra idea? —pregunta.

—Nunca lo dejó.

Se gira hacia Teresa, sentada a su izquierda.

—Mi nieto Lucas tiene siete años y todavía lo usa de vez en cuando. Es hiperactivo y su madre dice que eso le relaja.

—Así que la hipótesis es que esta mujer de treinta y no sé cuántos...

—Treinta y seis —precisa Fito.

La inspectora le mira con fastidio. Nunca ha soportado la manía que tiene el subinspector de corregirla. Desde que es la jefa del grupo, parece especialmente entregado a la causa.

—De treinta y seis años —el tono de Camino suena irónico—. Y no había dejado el chupete desde la cuna. Iba por la vida succionando.

—Mujer, no siempre. Solo cuando estaba nerviosa por algo —dice Teresa, muy seria.

—¿Alguien da más?

—Prescripción médica —ahora es Fito quien lanza la teoría, y las cejas de la inspectora se elevan. Cada idea le resulta más extravagante que la anterior. Pero él sigue—: Tenía algún problema en el paladar y el dentista le recomendó que hiciera ejercicios de succión para corregirlo.

—Y los hacía en mitad de la calle.

—Igual tenía que hacer muchos.

Camino piensa que en ese equipo no hay nadie cuerdo. Tanto espolearlos a lo largo de los años para que fluyera la creatividad, y lo que el inspector Arenas ha conseguido es un hatajo de chiflados. Y ahora le toca a ella liderarlos. Pensar en ello le da una idea.

—¿Y si estaba mal de la chaveta?

Todos la observan como si hubiera dicho algo fuera de lugar.

—Ya sabéis, tenía algún problema mental. A la gente le da por hacer cosas muy raras.

Siguen sin decir nada.

—Está bien, olvidemos eso. Habrá que esperar a los de la Científica. Con un poco de suerte encuentran huellas en el chupetito y nos facilitan la tarea. Mientras, descartemos esas hipótesis. Fito, habla con la forense. Dile que te confirme si la víctima había sido fumadora. Y si tenía algún problema en el paladar.

A nadie se le escapa el tono de sorna, pero contestan con gestos de asentimiento. Menos Fito, que la mira muy serio. Siempre lo hace. Es otra de sus formas de desafiar su autoridad, de mostrarle que no le parece bien que ella esté al mando. Pero después obedece, porque aunque sea un terco y un vanidoso, no tiene un pelo de tonto.

Va a dar por zanjado el tema cuando ve que Lupe levanta tímidamente el brazo.

—¿Sí?

46

—Hay otra cosa que no comprendo.

—¿Qué?

—Has dicho que se la encontraron a las cuatro de la mañana.

—Ajá.

—Y la data de la muerte está fijada poco antes, una hora como mucho, ¿no es así?

—Eso estima la forense, sí.

—No cuadra.

—¿Qué es lo que no cuadra?

—Una mujer embarazada a las tres de la mañana sola por Las Letanías.

—Habría salido a dar un paseo, tendría insomnio —Fito exhibe la sonrisa provocadora que a Camino tan poco le gusta.

—No sabemos dónde vivía. Seguía empadronada en su último domicilio de Madrid, así que no consta ninguna dirección en Sevilla. Pero estaría cerca de casa.

Es Pascual quien secunda la idea, pero la mueca de Lupe deja entrever que no la convence.

—Aun así —dice—. Una embarazada se pone a leer un libro, no se lanza a la calle a esas horas y por ese barrio.

—No le gustaría leer —insiste Fito.

—Pues ≠se habría encendido la tele.

—Los programas de tarot a esas horas son apasionantes —continúa el subinspector con sarcasmo.

—Yo prefiero la televenta —ahora es Teresa quien interviene—. Gracias a una especie de tapones para la nariz que anunciaban, mi Antonio ya no ronca. Maravillosos.

—Teresa, ¿estás segura de que todavía respira? Mira a ver si no te lo has cargado —Fito se ríe de su propia gracia.

—Al revés, tienen un hueco por dentro y le dilatan los agujeros nasales. Toda una invención.

—Ya basta. No estamos aquí para hablar de los milagrosos avances de la ciencia —los corta Camino—. Habrá que recurrir al entorno de Soledad para conocer algo de ella. Ya haremos cábalas sobre si paseaba porque tenía insomnio o si sacaba el chupete a que le diera el aire, como otros hacen con el perro.

—¿Por dónde empezamos? —Teresa no puede disimular del todo su expresión de fastidio. A ver qué le costaba dejarle contar el milagro que ha obrado en su marido el cacharrito de la tele.

—Toca una charla con el ex de inmediato. Un padre tiene olfato para esas cosas. Si estaba tan convencido de que lo hizo él, por algo será.

El oficial se revuelve incómodo en su silla. No le gusta lo que oye, pero le cuesta llevar la contraria a la jefa.

—¿Qué pasa, Molina?

—Que no me parece serio poner en el punto de mira a alguien porque el papá diga que es un maltratador psicológico. Necesitamos algo más sólido.

—Es lo más sólido que tenemos.

—¿Un padre al que no le gustaba su yerno?

—Un tipo que menospreciaba a su mujer.

—Eso según el padre. Yo no me obsesionaría con el ex —porfía Pascual—. No sabemos nada de esa mujer, la puede haber matado cualquiera.

—Pero da la casualidad de que a casi todas las mujeres asesinadas se las carga su pareja. O su expareja —Teresa no reprime su indignación.

—Eso. Recordad las estadísticas: cuarenta y nueve mujeres en lo que va de año. Con esta, cincuenta. ¡Nos están matando! —Lupe ha alzado la voz.

—A nosotros sí que nos estáis matando, pero del aburrimiento con esas consignas baratas.

—Bueno, relajemos los ánimos —dice Camino, aunque lo que le gustaría es sumarse al sentir de sus compañeras. Y darle caña al oficial, que desde que se divorció de Noelia está insoportable.

—Entonces, ¿qué hacemos?

Camino mira a Fito y reflexiona antes de contestarle. Sabe que con el subinspector tiene que ir con pies de plomo.

—Investigamos al ex, pero no nos centramos solo en él. En una cosa Molina tiene razón. Tipos que menosprecian a sus mujeres los hay a patadas —ve rostros de asentimiento y sigue—: Y cada vez más, porque están muertos de miedo con cómo está cambiando el mundo. Anda que no es difícil dar con un hombre que no quiera imponer supremacía en una relación, aunque sea para sentir a salvo su virilidad en este heteropatriarcado que se les cae a cachos.

Teresa no ha entendido mucho, Lupe ríe para sus adentros, Pascual se muerde la lengua y Fito frunce el ceño. Sin embargo, nadie protesta. Saben que a la jefa hay que permitirle una soflama de vez en cuando. Las de Arenas iban por otros derroteros, pero ahora le toca a ella. Para algo es la que manda.

—Resumiendo, que todas las vías de investigación están abiertas —prosigue Camino tras quedarse a gusto—. Fito, tenemos el teléfono de la víctima. Habla con los de Informática Forense de la Científica, a ver qué pueden hacer. Teresa, pregunta qué pasa con los vestigios que se recogieron en la zona. Ojalá hayan rescatado alguna huella. Seguimos partiendo de la premisa de que ese tío se bajó del coche para ponerle el puñetero chupete, pese a vuestras fascinantes teorías.

Lupe la mira a la espera de recibir instrucciones.

—Y tú, Quintana, vete a la zona y entérate de si había alguna cámara de establecimientos en los alrededores. Bancos, cajeros automáticos, yo qué sé. No era un sitio muy transitado, puede que haya suerte. Y pregunta. Hay un par de bloques de vecinos, quizá alguien vio algo. Llama a cada casa y que te cuenten.

—¿Yo sola?

—¿Qué pasa, acaso necesitas refuerzos para darte un paseo por el Distrito Sur?

Lupe achina los ojos, conteniendo la rabia. Ese tipo de funciones no son para una policía sola, pero aun así se las encasqueta. Hay momentos en que admira a la inspectora. Hay otros en los que la odia con todas sus fuerzas.

15.

Lupe aparca a unas decenas de metros de la escena del crimen.

Sabe que la Científica ya ha barrido la zona recogiendo cualquier vestigio que pueda darles una pista sobre el conductor prófugo, pero no puede evitar acercarse a echar un vistazo. La mancha oscura de un pardo rojizo que el *Diario de Sevilla* reprodujo en tinta sigue impregnada en el asfalto. El inclemente sol sevillano se cierne sobre la escena, y un olor a herrumbre comienza a desprenderse. Sin embargo, lo que Lupe experimenta en ese momento, por encima del calor atosigante, es un escalofrío que le recorre la espina dorsal. Se queda mirando la escena unos segundos, hasta que exhala en un suspiro de resignación y se pregunta por dónde empezar.

En el camino hasta allí venía tan enfadada que no se ha parado ni a pensar en cómo organizarse. A veces no entiende a su jefa. Todos han salido de la reunión con tareas, pero la suya es, con mucho, la más ingrata y la más expuesta. Y la inspectora lo sabe, pese al tono burlón con que ha respondido a su queja.

Examina la zona. Se encuentra en un barrio marginal con las tasas de paro y de absentismo escolar más altas de la ciudad. Uno de esos barrios en los que las inversiones no son rentables y el dinero parece no llegar nunca, donde los programas sociales, si es que existen, dan escasos frutos. Asistentes sociales con contratos precarios que se matan por intentar hacer algo hasta que les llega la fecha de caducidad y, con suerte, son reemplazados por otros que tratan de volver a empezar. En este rincón del mundo la seguridad brilla por su ausencia, como lo hace cualquier negocio legal de los que usan videocámaras disuasorias. Una cámara aquí duraría lo mismo que un coche con las llaves puestas. Puede olvidarse de esa parte, tendrá que recurrir a algún posible testigo.

A un lado de la avenida hay un descampado donde un grupo de niños juega al fútbol con piedras haciendo las veces de porterías y un balón que parece tener más años que los que le pegan patadas como si les fuera la vida en ello. Pelotean a pecho descubierto, sin más vestimenta que unas viejas calzonas y chanclas de mercadillo. Tienen la piel atezada, como los jornaleros curtidos en interminables recolectas de sol a sol. Observa cómo se entretienen del todo indiferentes a la sangre derramada cerca de ellos, y se pregunta qué no habrán visto ya esos ojos para que el macabro recordatorio de la muerte ni siquiera atraiga su atención.

Al otro lado, bloques ruinosos de cuatro pisos pintados de un ocre sucio y desconchado se repiten en una simetría infausta. Ventanas enrejadas, toldos raídos y ropa tendida en cuerdas desgastadas que van de una punta a la otra de las minúsculas viviendas. «Hay un par de bloques de vecinos», fueron las palabras de la inspectora. De un par, nada. La simetría se reproduce a lo largo de toda la calle hasta donde le alcanza la vista. Suspira de nuevo.

Se encamina hacia el descampado y da una voz:

—¡Eh! ¡Vosotros! Venid aquí.

Los niños paran el balón y la miran con ojos desconfiados. Uno de ellos va a acercarse, pero otro le pega un codazo. «Quieto, tío. ¿No has visto el coche? Es de la pasma», le oye decir.

Lupe alucina. Ha venido con un Seat León blanco, uno de los camuflados de la brigada. En los ambientes más chungos tienen más que calados los vehículos para los operativos de la Policía Judicial, por eso a veces solicitan a la Unidad de Drogas y Crimen Organizado que les ceda alguno de los coches intervenidos por blanqueo de capitales. Pero nunca imaginó que un chaval que no pesa más de treinta kilos ya tuviera identificada la flota policial.

—Venga, solo quiero que me contéis algo de la mujer a la que atropellaron anoche. Seguro que lo habéis oído, ¿a que sí?

—Nosotros no sabemos nada.

Un chico de ojos negros como tizones, más alto que la mayoría, se ha erigido en portavoz del grupo, y los demás secundan sus palabras con asentimientos rotundos. No hay duda de que es el líder.

Lupe empieza a irritarse, pero no es mujer a la que le falten recursos. Cambia el tono por uno mucho más sugestivo.

—Si me decís algo de esa mujer, os enseño la pistola —se levanta el bajo de la camisa y, con una sonrisa zalamera, acaricia la funda donde porta el arma.

—Oh, nos enseña la pistola —se mofa el que ejerce de jefecillo.

—Mi padre tiene una como las de los maderos —presume una cría, la única del grupo.

—El mío tiene una escopeta —se jacta otro.

—¡Mejor enséñanos las tetas!

La propuesta ha llegado de un chico que no pasa de los seis años, y todos estallan en risas.

—Enséñanos las tetas o te meto la escopeta.

Todos corean la frase, repitiéndola una y otra vez como si fuera un estribillo. Lupe les levanta el dedo corazón a modo de despedida y las carcajadas de los críos aumentan. Están exultantes ante la idea de haber cabreado a una madera.

16.

Al fin la cosa se ha tranquilizado un poco.

No hay nadie en el mostrador y aunque parezca impo-sible, el teléfono lleva en silencio unos minutos. Aun así Nerea sigue enfurruñada: este sería el momento perfecto para escaparse a tomar un café y no puede hacerlo porque su compañera sigue sin dar señales y no le está permitido dejar solo el mostrador. Así que se pone a navegar en inter-net. Tiene fichado un vestido que va a caer ahora mismo. Elige la talla, el color, lo añade a la cesta de la compra, y está a punto de autorizar el pago cuando un alboroto en el pa-sillo le hace levantar la vista. Los doctores han abandonado sus consultas y se arremolinan en torno a uno de ellos, que les enseña algo en su teléfono móvil. Ella también quiere cotillear y se dirige hacia allí sin pensarlo, pero a medida que se acerca se da cuenta de las muecas de horror de sus compañeros. Lo que sea que haya ocurrido, no es bueno. Piensa en un atentado yihadista o en un ERE en la empre-sa, y ambas posibilidades le dan escalofríos.

—¿Qué pasa?

—Soledad —uno de los médicos jóvenes la mira con gesto fúnebre.

—No ha venido hoy, me ha dejado colgada —dice Nerea con fastidio.

—Claro que no ha venido. La han atropellado. Está muerta.

El médico le muestra la pantalla con la noticia. En ella, su compañera les sonríe desde la foto capturada de Face-book a la que ella misma dio el *like* hace unos días.

17.

Hay cuatro viviendas en cada piso.

Dieciséis en cada bloque. Bloques, incontables. Pero delimitará el radio en los cinco más cercanos, los que constituyen la manzana más próxima. Si después de llamar a ochenta viviendas no ha obtenido ninguna información relevante, es que no hay nada que rascar. Volverá a la brigada, redactará el informe pertinente y se irá a su casa con su marido y su hijo. Con esta decisión, Lupe se imbuye de un ánimo resignado y emprende su periplo.

Comienza por el edificio que está justo encima del lugar donde se cometió el atropello. La puerta está rota, no tiene que llamar al portero electrónico. Al mirarlo con detenimiento, ve que los plásticos que enlazan con el telefonillo de cada una de las viviendas están parcialmente quemados. Los nombres no se distinguen, y mucho le extrañaría que aquello funcionara. Sube las escaleras hasta la última planta con la idea de abordar primero los pisos más altos e ir barriendo hacia abajo. Está en buena forma pero las paredes recalentadas del edificio crean un clima asfixiante, que no parece importar lo más mínimo a las cucarachas que sortean sus pasos en un correteo frenético. Llega asqueada a la cuarta planta y se toma unos segundos para limpiarse la frente y controlar la respiración antes de tocar en una de las puertas.

En las tres primeras viviendas nadie contesta. Como siga a ese ritmo, va a acabar antes de lo esperado. En la cuarta se demora un poco más. El timbre no suena, pero le parece oír pasos dentro de la casa, así que golpea con los nudillos. Nada. Pega la oreja. Hay alguien susurrando. Irritada, grita con más fuerza.

—¡Policía, abra! —repite, a la vez que la aporrea de nuevo.

Una puerta se abre, pero es la del 4.º A, la primera a la que llamó.

—¿Quiere dejar de hacer ruido? Me va a despertar al crío.

La chica que protesta no ha cumplido los veinte años. Lleva un pijama minúsculo de Hello Kitty, casi transparente por el uso, y le corona la cabeza un moño rubio pajizo a medio deshacer.

Lupe saca a relucir la placa, aunque no hace ninguna falta. Con el grito que ha pegado ya lo ha dicho todo.

—¿Por qué no ha abierto cuando he llamado a su casa?

—¿Y por qué tendría que abrir? No la conozco de nada —su mirada es desafiante, con un punto de sorna.

—Estoy investigando el atropello de anoche —Lupe se carga de paciencia—. Solo quería saber si vio algo que pueda ayudarnos a esclarecer el caso.

—¿Qué atropello?

Lupe la observa con detenimiento. Trata de discernir si realmente no se ha enterado o si le está vacilando.

—Una mujer murió justo delante de su portal. ¿Es que no ha visto nada?

—Pues no. Hoy no he salido de casa, bastante tengo yo aquí dentro.

Una niña de cuatro años parece querer corroborar sus palabras al asomar junto a ella y tirarle del brazo.

—Mami, el hermano se ha despertado.

—¿Lo ve?

Es lo último que dice. Acto seguido, la chica le cierra la puerta en las narices para volver a sus quehaceres.

Lupe bufa y vuelve a la carga con la del 4.º D. Sin resultado.

Una hora después, se encuentra en el tercero de los bloques. Solo ha conseguido que le abran la puerta siete vecinos de las cuarenta viviendas que ha aporreado, y le da la sensación de que todos se ríen en su cara. Los que abren y los que no. Aplasta con saña una cucaracha que le roza el pie y continúa con diligencia con su cometido. En el 2.º A, un hombre de unos treinta y pocos le franquea el paso a la primera y se la queda mirando como si no hubiera visto a una mujer en su vida.

—Hola...

Al momento, Lupe se da cuenta de que está colgado. Tiene las pupilas contraídas y alterna una especie de tic nervioso de un ojo al otro. A pesar del calor infernal, lleva puesta una sudadera que le queda como un saco en su cuerpo escuálido.

—Buenos días —Lupe vuelve a enseñar la placa—. Quería preguntarle por el accidente de anoche.

—¿Accidente?

—Sí, anoche, cerca del portal. ¿Vio algo?

—Ah, sí. Las luces..., las sirenas. Nino nino nino nino. Mucho jaleo.

Por un instante se siente esperanzada. Al menos este no se acuerda de la lección que el resto tiene grabada a fuego en el cerebro: no contarle nada a los maderos.

—Sí, sí, eso. ¿Vio cómo ocurrió?

—Una mujer... muerta.

—¿Cómo?

—Cómo... no sé. Muerta, espachurrada. Pobrecita —dice él.

—¿Quién lo hizo?

—¿Quién hizo qué?

—¿Quién la mató?

Un brillo de lucidez tizna las pupilas del hombre. Por un segundo, incluso parecen recuperar su tamaño normal.

—Y a mí qué me cuentas. Fuera de mi casa, poli de mierda.

18.

Fito entra en la sala de briefing.

Allí siguen Pascual y Camino, echando a volar ideas a ver si sacan algo en claro. Ambos apagan disimuladamente sus cigarrillos como si no los hubiera visto, y como si aquello no apestara ya a tabaco. Fito Tuerce el gesto. Si Arenas estuviera allí, eso no pasaría. Pero ahora ella es la jefa.

—He hablado con el ex —proclama.

—¿Y bien? —la inspectora le mira con curiosidad.

—Dice que se acaba de enterar por la prensa.

—¿Le has emplazado para una toma de declaración?

—Lo he intentado, pero se ha puesto en plan legalista preguntando en calidad de qué tenía que venir. Le he dicho que como testigo al ser una de las personas más cercanas a la víctima y ha contestado que le envíe la citación por escrito.

—Vamos, que el caballero no tiene ganas de colaborar...

—Me ha soltado que tiene mucho trabajo y que no puede perder la mañana desplazándose hasta aquí. Que si queremos, vayamos nosotros. O que le enviemos esa citación.

—Así que ese mamarracho tiene mucho trabajo. Su ex acaba de morir y él tiene mucho trabajo. Estamos de cojones —brama la inspectora.

—Pero tengo la dirección del lugar en el que trabaja tanto —Fito agita en el aire un papel con las señas.

—Pues vamos a hacerle una visita al nota este, mira tú por dónde —Camino se levanta y hace un gesto con la cabeza a Pascual.

Fito asiente satisfecho, aunque habría preferido ir él mismo a bajarle los humos a ese *businessman* de pacotilla.

19.

A Lupe le queda un bloque de pisos y menos de una pizca de paciencia.

Siente todo el cuerpo pegajoso y una repugnancia creciente por el calor y por la situación. Nadie debería vivir en condiciones tan precarias. En parte entiende que le den con la puerta en las narices. Si ella hubiera pasado la vida encerrada entre esas paredes, condenada al pillaje y a la falta de oportunidades, si los que se supone que le iban a echar un cable brillaran por su ausencia y solo aparecieran en forma de fuerzas y cuerpos de seguridad para llevarse a un hijo o a un padre a la cárcel por tratar de salir adelante del único modo que conocen, quizá actuara igual. Pero a ella le ha tocado en suerte otra vida y otra manera de ver el mundo, y tiene que cumplir con su cometido y aferrarse a la esperanza de que no todos los que viven allí hayan sucumbido a las reglas invisibles que imperan de ese lado. A que alguno todavía crea en las buenas personas, en que las normas están para respetarse, en las ideas de moralidad y de justicia que se necesitan para hacer del mundo un lugar un poco más habitable.

Va a acometer la última subida cuando el teléfono vibra en la funda de su cinturón. La ansiedad le surca el rostro al ver que la llamada procede del colegio de Jonás.

—¿Sí?

—Buenos días, ¿es usted la madre de Jonás Espino?

—Sí, soy yo. ¿Ha pasado algo?

—Ha tenido un encontronazo con un compañero. Se han peleado y le ha hecho sangrar por la nariz. Al chico se lo han tenido que llevar al médico.

—¿Jonás está bien?

—A su hijo no le ha pasado nada.

Nota un tono de reproche en la voz de la maestra, pero le da igual. Lo que experimenta ahora es alivio, y también una incipiente oleada de irritación.

—Me gustaría que se acercaran a recogerle y pudiéramos charlar con tranquilidad —continúa la maestra.

—Claro, mi marido irá para allá. ¿Por qué no le ha llamado a él? Es el teléfono que tenemos para las incidencias.

—He llamado cuatro veces, pero nadie contesta. Por eso he buscado el segundo número de contacto.

Lupe consulta el reloj. Es la una del mediodía. ¿Dónde demonios está Jacobo?

—¿No puede seguir con las clases? Estaremos allí a la hora de recogida del niño.

—Mire, su hijo la ha montado buena. Todo el mundo está muy nervioso, sobre todo él, así que será mejor que vengan a por él y se vaya ya para casa. Y que se quede allí algunos días.

Se siente aturdida, sin saber qué decir. ¿Está expulsando a su hijo del colegio? El conato de irritación que creía haber reprimido amenaza con convertirse en un cabreo en toda regla. Y eso no es bueno para nadie.

—Estoy en el trabajo. Voy a tratar de localizar a mi marido y uno u otro iremos para allá lo antes posible —zanja sin opción a réplica.

Telefonea de inmediato a Jacobo, solo para confirmar que la maestra de Jonás tiene razón y nadie contesta. Lo intenta un par de veces más antes de desistir y de dejarle un mensaje de voz en el que queda de manifiesto lo que piensa de él y de la indolencia que le caracteriza desde hace unos meses. Y es que ese no era el plan cuando se fue al paro. El plan, a pesar de haberse quedado sin trabajo, no sonaba del todo mal. Jacobo haría las tareas de la casa, cocinaría y se encargaría del cole de Jonás. Y todavía le quedaría tiempo libre para escribir ese libro con el que siempre soñó. Solo tenían que apretarse un poco el cinturón, prescindir de algunos extras que tampoco les suponían tanto. A cambio, la imagen de una vida mucho más serena y feliz planeaba sobre sus cabezas. Y quizá el éxito de Jacobo como escritor. Ella creía en él. La enamoró con sus cartas y sus poemas de juventud y aún seguía admirando su forma de escribir. Estaba segura de que cuando el resto pudiera leer lo que su marido tenía en la cabeza, se quedarían prendados igual que hizo ella. Y comprarían sus libros como churros.

Pero han pasado siete meses desde que Jacobo se apuntó a la cola del INEM y los buenos propósitos se han ido diluyendo. Lleva al niño al colegio, regresa a casa y se vuelve a acostar. Cuando se levanta, agarra un libro y se pone a leer, tan pancho. Solo cuando se acerca el mediodía echa un vistazo al frigorífico y prepara lo primero que ve. Lupe ha tratado de ser respetuosa, porque intuye que la transición no es fácil. Sospecha que tiene miedo de fracasar y que por eso no se atreve ni a intentarlo. Pero ya empieza a estar hasta el gorro.

Sopesa sus opciones. No puede contar con Jacobo. Únicamente le queda un bloque, y es uno de los más alejados de la zona del crimen. Podría saltárselo y nadie se enteraría. Es ella misma quien se ha impuesto ese límite. Pero no, no podría. Le crean ansiedad las cosas hechas a medias. Necesita completar su tarea. No por la inspectora, ni por el caso, porque está segura de que no sacará nada en claro, sino por ella, para sentirse bien consigo misma. Pero su hijo se ha peleado con otro niño y ahora está encerrado en el despacho de una pelleja que quiere echarle del colegio.

«Cinco minutos —se dice—. En cinco minutos liquido este bloque.» Sube los escalones de tres en tres y se planta en el cuarto piso sudando como una condenada a galeras. Aporrea las cuatro puertas. Espera medio minuto. Nada. Desciende al tercero. Misma operación. Al segundo. Oye una vocecilla que proviene de arriba.

—¿Mamá?

Da media vuelta y se planta de nuevo en el piso superior. La puerta del 4.º B está abierta. Al bajar la mirada ve a un chiquillo de unos seis años. Tiene el pelo rubio y los ojos azules, como los niños de los anuncios de televisión, aunque los pantalones sucios y andrajosos dos tallas por encima de su edad le dan la pinta de desheredado que nunca se verá en esos anuncios. Su cara le suena. Es uno de los críos que jugaban al balón en el descampado.

—Ah, eres la pitufa.

—¿Están tus padres en casa?

—No. Pero mis padres no hablan con la bofia. Y yo tampoco.

Lupe se sorprende del vocabulario tan amplio que tienen esos chiquillos: en cuatro frases que le han dirigido no la han llamado igual ni una sola vez. Pasma, madera, pitufa, bofia.

—Soy policía. Se dice así.

—Pues menos todavía.

—Vale —se ha dado ya la vuelta cuando oye la vocccilla de nuevo.

—Yo sí que quiero ver tu pistola.

—Llegas tarde para eso, enano.

—Era guapa.

—¿Qué?

—La mujer. A la que le pasó el coche por encima. Era guapa. Más que tú.

—¿Y tú cómo lo sabes?

Lupe se ha acuclillado. Está a la altura del crío, le mira con interés.

—Porque tengo ojos en la cara.

—¿Te dejaron acercarte?

—A mí no me tiene que dejar nadie. Estaba en la calle sola y hablé con ella.

—Espera, espera. ¿La viste viva?

—Pues claro. ¿Qué te estoy diciendo?

—¿De qué hablasteis?

—Le pregunté que por qué estaba tan sola, con lo guapa que era.

—¿Y qué contestó?

—Se rio. Tenía una risa bonita. Los dientes blancos, muy bien colocados, como las de la tele.

—¿No llevaba un chupete?

—¿Qué?

—Un chupete, en la boca.

—¿Cómo iba a llevar un chupete? Ni que fuera un bebé —el niño ríe ante la ocurrencia.

—¿La conocías? —continúa Lupe.

—No, no la había visto nunca.

—¿Qué hacía ella?

—Nada.

—¿Paseaba por el barrio?

—Que no, que no hacía nada. Estaba ahí sola, parada. Como esperando.

—¿Y qué pasó después?

—No sé. Mi madre me llamó desde el balcón para que subiera a acostarme. Si no le hago caso, me pega con la zapatilla.

—¿No volviste a verla?

—Que no. Vaya hembra... —suspira el enano.

—¿A qué hora fue eso?

—Yo qué sé. Tarde. Ya te he contado mucho, madera. Enséñame tu pistola. Y las tetas —el crío vuelve a reír, ufano por su atrevimiento.

Lupe le revuelve el pelo en un gesto afectuoso.

—Has sido un buen chico. No le cuentes a nadie nuestro secreto.

—¡Eh! ¡Por lo menos una teta! —grita disgustado mientras Lupe baja las escaleras a trompicones, flechada hacia el coche.

Ella estaba en lo cierto: Soledad no había ido hasta allí a dar un paseo. La jefa tendrá que reconocerle que llevaba razón. Y es que Lupe se muere de ganas de que empiecen a tenerla en cuenta en el grupo, de que se enteren de todo lo que puede aportar.

Irá a por su hijo y volverá a la brigada. Ya se le ha pasado el mal humor.

20.

Alonso se manosea el cabello desde la frente hasta la coronilla.

Lo hace una y otra vez, como en un intento de peinarse, aunque sus rizos son tan indomables que siempre vuelven a su lugar. Es un gesto que repite cuando le invade la desesperación, y que hoy acompaña a los paseos en círculo por su amplio despacho de la calle O'Donnell. Le ha dicho al policía que está hasta arriba de trabajo y no ha faltado a la verdad, pero aunque quisiera, hoy no podría concentrarse en nada. Hoy solo piensa en Soledad y en por qué han acabado así las cosas. Si ella hubiera confiado en él, si no le hubiera dejado..., todo habría sido muy distinto.

Suena el teléfono fijo. Es Remedios, su secretaria. Le ha dejado claro que no le pase llamadas, así que contesta enfadado, pero ella le interrumpe antes de que le venga con alguna salida de tono.

—Una inspectora de policía pregunta por ti.

—Ya les he dicho que me envíen una citación si quieren que vaya. ¿Acaso ha llegado?

—La citación, no. La inspectora. Y otro policía con ella. Están en la sala de espera.

En el rostro de Alonso se refleja una expresión de horror. Afortunadamente, no hay nadie allí para verla. Se toma unos segundos para recomponerse y pronuncia con su acostumbrado tono frío:

—Pues que esperen. Quince minutos. Después, hazles pasar.

Cuando los policías entran en el despacho, lo primero que sienten es una ráfaga de viento gélido que parece venir de otra región del mundo. En Sevilla el verano es así: cuanto más dinero, más frío. Delante del aparato que causa la temperatura polar ven a un hombre de negocios concentrado en los papeles que tiene sobre la mesa. Ni siquiera parece apercibirse de su presencia. Camino contiene el mal humor que ha ido en aumento durante la espera baldía a que los han sometido.

—Buenos días. Inspectora Camino Vargas, de Homicidios. Este es el oficial Pascual Molina.

—Buenos días —el hombre levanta la vista con una indiferencia muy calibrada.

—¿Es usted Alonso Márquez?

—El mismo que viste y calza.

—¿Sabe por qué estamos aquí? —el tono de Camino es duro, no lo puede evitar.

—Por la muerte de Sole. Un compañero suyo me ha informado.

—Soledad Cabezas. Tenemos entendido que mantenía una relación con usted —Camino le mira desafiante.

—Mantenía, sí. Esa es justo la palabra.

—¿No era así en la actualidad?

—No. Me dejó hace dos meses.

La inspectora asiente con expresión pensativa. Por ahora, todo cuadra con la versión de Juan. Nota cómo Alonso mira el enorme reloj de pulsera con cierto desasosiego por que sus agujas no avancen más rápido.

—¿Le dejó ella a usted? —continúa.

Alonso hace un gesto de desesperación con las manos.

—Ella a mí, sí. ¿Acaso importa?

—No lo sé, señor Márquez. Han atropellado intencionadamente a una mujer embarazada y tratamos de reconstruir los últimos días de su vida para averiguar por qué.

—Espere. ¿Qué está diciendo?

Camino mira de reojo a Pascual. La sorpresa parece genuina, y ese dato no se ha filtrado aún a los medios. O están ante un mentiroso consumado, o es cierto que no sabe nada.

—Su expareja estaba embarazada. Los resultados de los análisis no dejan duda al respecto.

Alonso ha perdido la presencia con la que los ha recibido. Se levanta y comienza a pasear por el despacho, mientras la mano derecha reanuda el magreo de su cabello rizado.

—¿Era suyo el hijo que esperaba Soledad, Alonso?

Camino no se anda por las ramas. Él se detiene y la mira, pero como quien mira al vacío. Sus ojos parecen traspasarla e ir mucho más allá.

—¿De cuánto tiempo estaba? —pregunta al fin.

—En torno a las quince semanas.

—Casi cuatro meses.

Alonso se desploma en uno de los sillones y se cubre el rostro con ambas manos.

—¿Era suyo? —repite sin piedad la inspectora.

Transcurren unos instantes. Alonso no reacciona. Camino va a repetir la pregunta por tercera vez, pero su compañero la frena con un gesto para dar al hombre algo de tiempo. Puede que esté reconstruyendo el pasado. Evocando el punto en el que se encontraban por esas fechas. Si estaban reñidos, si se fueron de fin de semana, si notó algo raro en ella. Al fin contesta.

—No lo sé.

Alonso ha levantado la cabeza y clava los ojos en ella. Ahora sí la ve. Es una especie de provocación. Pero parece también como si buscara respuestas en el rostro de la inspectora.

—Cuéntenos qué pasó —la voz de Pascual, que se ha mantenido en segundo plano observando la escena, suena susurrante, casi dulce.

Increíblemente, se diría que Alonso repara en ese bigardo de dos metros por primera vez. Le escanea sin el menor disimulo antes de tomar aire y comenzar su relato.

—Nunca nos llevamos bien. En realidad los dos sabíamos que no funcionaría, pero nos empeñábamos en creer lo contrario. Nos dejamos mil veces y mil veces volvimos a estar juntos. Cuando me quedaba solo la echaba muchísimo de menos y mi meta era reconquistarla como fuera, y siempre lo conseguía. Entonces el mundo parecía maravilloso. Pero al poco los problemas resurgían, y nos dábamos cuenta de que no iba a salir bien.

—Tenemos entendido que ella se vino a vivir a Sevilla por usted —continúa Pascual.

—Así es. Los dos trabajábamos en Madrid, yo como jefe del Departamento de Inversiones en una farmacéutica y ella en una oenegé. Le gustaba ayudar a los demás. Por mi parte, siempre había querido montar mi propio negocio, así que cuando vi una buena oportunidad en Sevilla, me lancé. Aquí había vivido mis mejores años y llevaba mucho tiempo queriendo regresar.

—Y ella dejó su trabajo y le siguió.

—No exactamente. Al principio no. Se quedó allí y aprovechó la distancia para tratar de cortar la relación. Pero acabé convenciéndola. Lo suyo era un trabajo precario, de administrativa gestionando subvenciones para inmigrantes. Le renovaban el contrato cada seis meses, siempre pendiente de que algo no se torciera con la subvención que sufragaba las nóminas, de que no llegara al gobierno un partido sin compromiso por mantener los fondos sociales, de que a su jefe se le cruzara el cable y decidiera cambiarla por otra con más currículo o con más idiomas o con más ganas de echar horas. Tras unos meses separados, la persuadí para que viniera un fin de semana. Sabía que le encantaría el piso en el que me había instalado en Triana, porque lo había comprado pensando en ella, en una vida juntos. Quería que se enamorara de mi ciudad y lo conseguí. Recorrimos los jardines del Real Alcázar, nos hicimos fotos en los azulejos de la plaza de España, tapeamos por Santa Cruz, salimos de fiesta en la Alfalfa, a bailar, como en los viejos tiempos... Cuando acabó el fin de semana, ya no quería irse.

Alonso se detiene, perdido en los recuerdos. Su rostro evoca un periodo de felicidad, pero ahora cambia a un registro más triste.

—Las primeras semanas fueron maravillosas. Yo tenía que trabajar mucho para levantar mi negocio, pero al llegar a casa la veía feliz. Se recorría la ciudad y la iba descubriendo trocito a trocito, haciéndola suya. Un día venía eufórica porque había subido a la Giralda y otro porque había rechupeteado caracoles en alguna tasca perdida. Ella era así. Entusiasta, intensa. Y yo amaba a esa Soledad.

Camino se lleva la mano izquierda a la boca y arremete contra la uña del índice. Está impaciente, pero sabe que no puede cortarle ahora. Tiene que dejar que suelte su historia de un tirón. Pascual la mira de reojo y ella le devuelve la mirada. «No, no voy a interrumpirle», le dice con los ojos en un intento por tranquilizarle, mientras arranca un trocito de uña con infinito placer.

—Después llegó la crisis. Yo no la aguantaba cuando se metía en una de sus depresiones sin sentido. Se empezó a angustiar porque no encontraba trabajo. Decía que aquí no había nada, que nunca lo conseguiría. Y a mí me sacaba de quicio. Me levantaba a las siete, me pasaba el día en la oficina y llegaba muerto a casa. Y ella, que no tenía nada que hacer, era la que se quejaba todo el tiempo. Parecía que estaba deseando que yo llegara para desahogarse. Yo solo quería charlar un rato con mi pareja, desconectar, reírme un poco. Pero era insufrible. Así que pasaba de ella. Me encerraba a leer un libro, o me iba a tomar unas cañas con algún amigo que conservaba de mi época universitaria. Ella decía que regresaría a Madrid, pero yo sabía que no iba en serio porque allí tampoco tenía nada. A veces incluso deseaba que lo hiciera. Que desaparecieran ella, sus llantos y sus cambios de humor. Un día cogí las riendas: le pedí a un contacto que la colocara, y se portó.

—¿Le consiguió trabajo?

—Las cosas aquí funcionan así —se encoge de hombros—. Por recomendación.

Camino ve cómo Pascual toma nota con un lápiz mordisqueado en su libretita, que casi queda oculta en el interior de su manaza.

—¿De qué?

—De recepcionista en una clínica. No es que fuera el trabajo del siglo, pero al menos estaba entretenida y tenía para sus gastos.

—Es donde seguía hasta la fecha, ¿verdad?

—Sí. Que yo sepa.

—¿Qué pasó después?

—Las cosas mejoraron un poco, pero no mucho. Eso también la desanimaba. Decía que no había estudiado Económicas para coger el teléfono y dar citas. Aunque al menos conoció a gente nueva y empezó a hacer cosas. Yoga o algo así. Y luego, un día, por las buenas, me dejó.

—¿Sin motivo? —a Camino se le escapa un tono de sorna que quería evitar.

—Lo de siempre. Que yo no la hacía feliz.

—Y usted, ¿cómo se lo tomó, Alonso?

—Mal, para qué nos vamos a engañar. Pero estaba seguro de que volvería. Siempre lo hacía.

—¿Y si esta vez no era así?

—No consideré esa posibilidad. Necesitaba tener toda mi atención puesta en el negocio. Pero ahora que me he enterado de que estaba embarazada, ya no sé qué pensar.

—¿Cree que le engañó con otro y por eso le dejó?

A Alonso, la pregunta de la inspectora le impacta como una patada en la barriga sin previo aviso.

—Ni siquiera había pensado en ello —afirma contundente—. Pero quizá sea mejor así. Quizá sea mejor pensar que ese niño no era mío.

21.

—*Joder, estoy helada.*

—A este se la suda el cambio climático —dice Pascual.

—O ha querido demostrarnos su poderío en forma de iglú —Camino pega la espalda al asiento del coche agradecida por el calor almacenado, aunque sabe que en un visto y no visto romperá a sudar de nuevo—. ¿Tú qué piensas?

El oficial arranca de vuelta a la brigada y conduce abstraído durante un minuto antes de contestar.

—Parecía sincero.

—Pero tiene un móvil de peso.

—¿Crees que estamos ante un crimen pasional? —la mira de reojo.

—Piensa en ello —dice Camino—. Soledad tiene una aventura con otro tío, se queda embarazada en un descuido y deja a Alonso antes de que se entere de nada.

—¿Por qué haría algo así?

—¿Dejarle antes que reconocer que le ha puesto los cuernos?

—Podría engañarle, decirle que el niño era suyo. Cuántas no lo habrán hecho.

Camino le lanza una mirada reprobatoria, pero aprieta los dientes y se reprime. Pascual está en fase de aversión a las mujeres desde que se divorció y todo lo lleva al terreno de la guerra de sexos. No es momento de entrar en ese tipo de debates.

—Quizá eso le dio más miedo. Era mejor quitarse de en medio. O quizá estaba cansada de una relación tóxica y prefirió quedarse con el otro.

—Alonso se acaba enterando y no se lo perdona —Pascual pone en palabras el pensamiento de la inspectora, pero no se le ve convencido.

—Además está lo del chupete —le recuerda Camino.

—¿Qué pasa con el chupete?

—La firma del crimen. Toma, por preñarte de otro.

—Estás pintando el cuadro de un zumbado. A mí no me ha parecido que este tío estuviera mal de la cabeza.

—Al contrario. Hace falta mucha sangre fría para consumar algo así.

—Y muchos cojones para poner la puntilla metiéndole el chupetito.

Camino va a replicar que para lo que hay que tener cojones es para sostener la hipótesis de las calorías delante de un juez, pero se enciende la pantalla de su móvil y se lo ahorra.

—Llaman de la brigada —dice haciendo un gesto para interrumpir la conversación.

Es Fito, que al otro lado de la línea anuncia:

—Tenemos nuevos datos.

Cuando Camino y Pascual entran en la sala de *briefing,* hay una humareda notable, pero ni un cigarrillo a la vista. Lo peor de todo es el olor, un empalagoso aroma a pachuli que lo envuelve todo y que a la inspectora le produce arcadas. En cada lado de la mesa de juntas se hallan los vestigios de esa fechoría: restos de ceniza de unas varitas de incienso.

Camino escruta a Fito, que le devuelve una mirada inocente. Es su forma sutil y retorcida de recordarle que ahí no se fuma. A ella le da mal rollo el incienso, además de que es igual de tóxico que el tabaco, pero se muerde la lengua porque sabe que tiene las de perder. Y que hay que guardar las formas. Aunque sea un poco.

—¿Qué es eso que has averiguado? —dice por todo saludo.

—Hemos hablado con el centro de trabajo donde aparece la víctima como empleada. Nos han confirmado que era una de las recepcionistas y que acaban de enterarse por los medios.

—Clínica Santa Felicitas —recita la inspectora al tiempo que abre las ventanas de par en par.

Fito asiente disimulando una sonrisa. Pero tiene más.

—Y nos han facilitado la dirección de su domicilio.

—¿Las Letanías?

—No.

—¿Triana?

El subinspector mueve la cabeza de lado a lado.

—Sevilla-Este. En la otra punta del lugar donde la atropellaron.

En ese momento entra Lupe y se sienta discretamente.

La inspectora se agarra un mechón de pelo y comienza a retorcerlo sin piedad. Los demás callan, porque saben que cuando hace eso es que algo no le cuadra. Al final pega con los nudillos en la mesa y dice lo que todos están pensando:

—¿Y qué coño hacía esa mujer de madrugada en Las Letanías?

Lupe se endereza en su asiento y alza la voz con una pizca de retraimiento, pero cargada de convicción:

—Había quedado con su asesino.

22.

—Hay que intervenir el teléfono de ese tío. Y ponerle vigilancia.

Pascual mira a la inspectora con su cara de escepticismo. Es tarde, el resto del grupo ha vuelto a sus despachos y ellos se han quedado solos en la sala de reuniones. Camino sabe que va siendo hora de cortar, que no puede forzar más a su gente, pero desde que Pascual se separó nunca tiene prisa por llegar a casa y ella aprovecha la circunstancia.

—San Millán no va a autorizar una intervención telefónica.

—¿Tú crees?

—No tenemos bastante para incriminarle —Pascual alza los brazos con las palmas hacia arriba en un gesto de resignación.

—Dile a Lupe que motive la solicitud. Se le dan bien esas cosas.

—A Lupe se le da bien todo, pero su turno acabó hace rato y la esperan en casa.

—Estamos con un caso de asesinato. Quien pide el traslado a Homicidios sabe de sobra lo que le espera.

Pascual le lanza un reproche con la mirada a su jefa.

—Se llama conciliación. ¿Te suena de algo, feminista incansable?

—La feminista incansable no va a descansar hasta que pille a ese desgraciado y le meta entre rejas.

—¿De verdad crees que se ha cargado a su expareja embarazada?

—No lo sé, Molina. Lo único que sé es que el tiempo es clave ahora mismo. Podría estar eliminando pruebas. Cerrando el asunto con un sicario si es que lo encargó, cancelando mensajes o limpiando el coche, tirando los zapatos que llevaba ayer... Si lo dejamos pasar, puede que nunca le pillemos.

El oficial la escruta durante unos segundos.

—Vamos a hacer una cosa. Me planto enfrente de su casa con el camuflado y troncho un par de horas. Si no pasa nada, me voy a descansar y mañana a primera hora movemos esa solicitud.

—Tres horas —replica Camino.

—¿Qué?

—Tres horas. Y después te relevo yo.

Pascual eleva la mirada al techo en son de protesta y la inspectora esboza una sonrisa de triunfo. Sabe que eso es un sí.

23.

Son las siete de la tarde cuando Camino entra en casa.

Se descalza, se quita los vaqueros y va directa a echar un ojo al terrario. Lleva fuera desde anoche y se sorprende al contemplar el nuevo túnel que han cavado las hormigas. Esta especie la tiene embelesada. Hay diferentes castas de obreras, y cada una ejerce a rajatabla el papel que le ha encomendado el destino, logrando un equilibrio perfecto para el sistema.

Su hermano le regaló su primera granja de hormigas hace unos cuatro años. Era su cuarenta cumpleaños y él se presentó con un kit comprado a través de una página de internet. Dijo que ya iba siendo hora de que tuviera una mascota, y como no estaba preparada para un perro o un gato, las hormigas le parecían una buena opción. A ella no le hizo gracia, pero enseguida se enganchó y ha seguido criando colonias desde entonces. Ahora las selecciona en el parque. Cada cierto tiempo tiene que realizar una excursión para encontrar a una hormiga reina que siga reproduciéndose y el ciclo de la vida continúe. Al principio provocó un desastre tras otro: mezcló especies que se destrozaron entre sí, confundió una hormiga reina y la colonia murió al no poder reproducirse, las ahogó pasándose con el agua..., pero ya conoce todos los trucos para mantener una granja en condiciones óptimas para sus habitantes.

Va a la cocina en busca de un trozo de fruta que haga las delicias de sus compañeras de piso y se queda absorta viendo cómo se lanzan a por él.

Le fascina todo de ellas: su sistema social, en el que sacrifican la individualidad por el grupo, el acatamiento sin fisuras de una estructura piramidal, la veneración hacia la hormiga reina, su laboriosidad y estoicismo. Esos insectos representan todo lo que ella no es. Liviana con el seguimiento de las normas, le cuesta obedecer las órdenes con las que no comulga y los convencionalismos impuestos por una sociedad de la que se siente ajena con demasiada frecuencia. Toma sus propias rutas, a menudo con atajos que la lleven a conseguir su objetivo, todo según su propia idea de la justicia y de la existencia. Lo cual le ha acarreado no pocos problemas, tanto en su profesión como en la vida.

De ahí que aprecie tanto a sus hormiguitas. La ayudan a reenfocar la mirada, le sirven como balanza para recordar que su forma de ver el mundo no es la única que existe, que hay otras válidas e incluso mucho más eficaces. Y que a veces hay que mantenerse dentro del redil y ceder en pro del bien común. Quizá precisamente por ello las ha conservado como compañeras a lo largo de los años. Son los únicos seres, aparte de su familia y un núcleo muy reducido de personas, por los que experimenta un sentimiento parecido al apego.

Está agotada y sabe que le vendría bien dormir un par de horas antes de relevar a Pascual, pero necesita relajarse. Vuelve a la cocina, descorcha una botella de vino tinto, se sirve una copa generosa y se va con ella al sofá, a dejar que su mente vague por los acontecimientos del día mientras observa cómo el trozo de manzana se mueve cargado por una decena de hormigas sincronizadas en una colaboración perfecta.

Recuerda la actitud de la forense. Es impropio de ella dejarse afectar por una muerte, por muy dolorosas que sean las circunstancias. Ha sido un atropello despiadado, una forma terrible de morir. Pero ¿por qué ha removido así a Micaela? ¿Por qué la forense más profesional que conoce se echa a llorar después de realizar una autopsia? La convicción de que sabe algo que no les ha contado la aguijonea de nuevo.

Alcanza el teléfono y marca su número personal. A los pocos tonos, oye del otro lado una voz rota.

—¿Micaela?

—Camino, si es por el informe, sabes que no depende de mí. Hay que esperar los resultados de la Científica y...

—No es por el informe.

—Ah, ¿no? ¿Y entonces?

—Me gustaría hablar contigo. ¿Podemos quedar a tomar un café?

Silencio.

—Micaela, ¿estás ahí?

—Sí.

—¿Qué te parece?

—No me encuentro bien. Otro día, si no te importa.

—Serán solo unos minutos.

—He dicho que no me encuentro bien.

—De acuerdo. ¿Qué tal si me paso mañana? A media mañana. Nos comemos unos calentitos enfrente del tanatorio, de esos que prepara la Juani.

—No sé, tengo mucho lío...

—Venga, me acerco en tu rato de descanso. Y prometo no hablar de trabajo.

—Está bien —Micaela parece a punto de hacer pucheritos.

Al colgar, Camino está aún más escamada. El aplazamiento hasta el día siguiente se le antoja intolerable. Le dan ganas de plantarse en su casa y obligarla a hablar ahora mismo, pero sabe que no puede ir avasallando de esa forma. Tendrá que esperar.

Sigue dándole vueltas al caso. Alguien decidió quitar de en medio a esa mujer. ¿Y si no ha sido el ex? ¿Quién podría tener motivos para hacerlo?

El inspector Arenas le enseñó que la teoría más sencilla es la que suele llevar a buen puerto. Aquí hay un chupete y un embarazo. Eso tiene que estar conectado de alguna forma. Y siendo así, ¿qué pulsión tan fuerte sacudiría al asesino para matar a una mujer embarazada y dejar una prueba de que lo sabía?

Hasta alguien como Camino, que no siente simpatía por los misterios de la reproducción ni por los mocosos que derivan de ella, es capaz de comprender la carga de frialdad añadida que se requiere para perpetrar un crimen así. Y de indignarse por ella. Porque las injusticias son la gasolina que la pone en marcha, y quitar de en medio a una futura madre es de las más despiadadas con las que le ha tocado lidiar. Y no va a parar hasta encerrar a quien haya sido capaz de cometerla.

El silbido del chat telefónico la distrae de sus disquisiciones. Es su hermano, que le recuerda que el sábado celebrarán el primer cumpleaños de Arya. A Camino se le cuela una mueca de apatía. Nada le apetece menos que una sesión familiar con su cuñada y los críos. Rihanna, con tres años, está en esa época en la que chilla por todo, mucho más desde que su hermanita llegó al mundo y le quitó el protagonismo. Y Arya lo único que hace de momento es llorar, regurgitar y cagar. Así que le espera una tarde apasionante. Su cuñada cambiando pañales a la vez que lanza insinuaciones sobre lo mucho que se pierde Camino al dejar escapar la maternidad. A sus cuarenta y cuatro años, la inspectora tiene la tranquilidad de que ese barco ya zarpó para ella, pero aun así, Marisa siempre aprovecha para recordárselo. Su sobrina mayor berreando, la pequeña vomitando, y su hermano manteniendo con estoicismo una sonrisa permanente ante todo el alboroto. Después, entrega de regalos —«Mierda, ¿y qué le compro yo ahora a esta cría?»—, zampamiento de tarta y canciones infantiles.

¿Qué le compro?, teclea en el teléfono, resignada.

No hace falta nada, responde su hermano, siempre tan bienqueda.

Venga, en serio.

Espera, le pregunto a Marisa.

El chat suena enseguida.

Un triciclo evolutivo le vendría muy bien.

Camino vuelca el término en el buscador. El más barato cuesta cien euros. Suelta una sarta de maldiciones. Quién coño le manda a ella preguntar.

El tono del teléfono la saca de su sopor. Debe de llevar sonando un buen rato, porque ha ido en aumento y ahora atruena sus oídos en una escala casi insoportable. Se sorprende al ver que es Pascual.

—¿Qué ha pasado?

—Nada. Esto tiene menos movimiento que mi cuenta a fin de mes.

—¿Y por qué me llamas?

—¿Cómo que por qué te llamo? Pues porque llevo tres horas y media aquí pinchado. ¿Qué quieres, que me quede a vivir en el K?

Camino despega el teléfono de su oreja y se fija en la hora. Son las diez de la noche. Fue ponerse a ver los puñeteros triciclos en el iPad y quedarse como un leño. Se incorpora y masculla un juramento antes de contestar. Nota la incomodidad de todo un día de sudor sobre la piel, pero es tarde para una ducha.

—Espérame. Estoy ahí en quince minutos.

Pasa por la cocina para agarrar un par de piezas de fruta y sale de casa, no sin antes echar un último vistazo a sus hormiguitas.

24.

Lupe querría haber regresado antes a casa,

pero la jefa estaba nerviosa y los ha retenido dando vueltas a los pocos datos que todavía tienen. A pesar de apasionarle su trabajo, el incidente de la mañana con Jonás la había dejado abatida y sentía la necesidad de estar con su familia.

La recogida de Jonás del colegio ha sido un desastre: la tutora ha insistido en que era mejor que el niño se tomara un par de días y ha llegado a la desfachatez de sugerir que lo justificaran con un constipado. Lupe ha montado en cólera ante semejante idea. Le ha dicho que no va a falsear una enfermedad de su hijo para que ella se quede a gusto, así que la profesora, roja de rabia, ha reaccionado expulsándole oficialmente durante lo que queda de semana. Para colmo, Jonás no ha querido darle su versión de los hechos. Se ha encerrado en un mutismo feroz que ella no ha sido capaz de ablandar ni con amenazas ni con intentos precarios de empatía, de modo que ha tenido que conformarse con dejarle en casa castigado, poner al día a su padre no sin montarle también a él un numerito por olvidarse del teléfono, y regresar al trabajo.

Ahora Lupe entra dispuesta a aparcar los malos rollos y tener una tarde apacible en familia. Quizá con un baño y una buena cena logre reorientarlo todo.

—¡Hola! —saluda desde el recibidor.

Nadie contesta. Se adentra en el salón y queda estupefacta con lo que ve: Jonás se aferra al mando de la videoconsola, tan ensimismado en el partido que está jugando contra la máquina que ni repara en su presencia.

—*¡¡¡Jonás!!!*

Su hijo pega un bote y la mira asustado. Sabe muy bien que su madre solo le permite jugar los fines de semana y que sus castigos cuentan, entre el abanico de prohibiciones, con la de acercarse a la PlayStation.

Lupe camina hacia la televisión dispuesta a apagar la consola, y ahora es el niño quien grita:

—¡No! ¡Estoy ganando a Alemania! Déjame terminar —la frase acaba con una súplica y una mirada implorante que no le sirven de nada.

Su madre presiona el botón hasta que la televisión queda en negro.

—¡Mamá, eres idiota!

—¿Cómo has dicho?

—Estaba en semis. Nunca había llegado tan lejos —gimotea.

—¿Y a ti quién te ha dado permiso para jugar hoy? —a Lupe se le cuela una pizca de pena entre el enfado al verle tan afligido.

—Papá.

—*¿¿Papá??*

—¡Sí, papá! —grita el niño a la vez que se levanta del sofá y se larga a su habitación. Unos segundos después, un portazo suena al otro extremo del pasillo.

—Conque papá, ¿eh? —Lupe murmura para sí en dirección al estudio de Jacobo. Al cuerno con la paz hogareña.

25.

Camino divisa el K en el que el oficial aguarda su llegada,

aparca unos metros más allá y se acerca hasta él. Al pegar con los nudillos en la ventana, ve cómo Pascual se sobresalta.

—Te has dormido.

—De eso nada, jefa —él se frota los ojos y esquiva la regañina—. Pero estoy a punto de caramelo. Esto es un coñazo.

—Como todas las tronchas.

—Ya. Ha llegado a las ocho y diez con el mismo traje que llevaba esta mañana y con un maletín de cuero. Se ha metido en casa y hasta ahora.

—Necesitamos que el juez autorice la geolocalización del vehículo. No sabemos si ha venido directo desde el trabajo —se queja la inspectora.

—Fito ya está en ello. Se ha quedado preparándolo. Mañana incluimos lo de la intervención telefónica y lo enviamos todo.

Camino le dedica una mirada de agradecimiento. Aunque no sea de esas personas que van dando palmadas en la espalda, sabe que tiene un equipo de primera. Siempre faltos de recursos, con ideas un poco peregrinas y algo contestones, pero con una vocación y una entrega dignas de la más alta condecoración. Incluso alguien que suele cuestionarla en todo, como el subinspector Alcalá, se arremanga el primero si se trata de pillar a un sospechoso. Se pregunta qué sería del cuerpo sin el factor humano y se responde a sí misma: nada. No sería nada.

—Vale. Pues ya sigo yo.

—Hasta mañana, jefa.

—Hasta mañana. Y... bien hecho.

Pascual se aleja con una media sonrisa. Sabe que esa parca frase en labios de la inspectora es un gran reconocimiento.

Son las doce y media de la noche y Camino bosteza de puro aburrimiento. Las vigilancias, ya de por sí tediosas, suelen hacerse en compañía. Estar sola en un coche a esas horas sin poder moverse no deja de ser un fastidio. En la primera hora se ha comido la manzana y el plátano que se llevó de casa; en la segunda, cada una de las uñas de la mano derecha, y ahora está a punto de acabar con las de la izquierda.

Consulta el teléfono cada poco para ver si hay un nuevo movimiento de Nabokov77. Desde que descubrió una aplicación para jugar al ajedrez online, las tronchas son un poco más llevaderas. Puede permanecer sin quitar ojo al objetivo al mismo tiempo que piensa en la próxima jugada. Ahora está impaciente por saber por dónde le sale el ruso tras su brillante bloqueo, pero sigue sin dar señales y no parece que vaya a amenizarle la noche con una jugada imprevista.

En la radio, unos contertulios despotrican sobre los candidatos a las próximas elecciones municipales y eso acentúa el hastío que se apodera de la inspectora. Arriba, en el piso del exnovio, una luz tenue continúa encendida. «¿Y si tiene insomnio y le da por pasarse toda la noche leyendo?», se pregunta, cada vez menos convencida de su decisión. Mira el reloj por enésima vez desde que pasó la medianoche y se obliga a establecer un límite. «Las dos», dice en voz alta. Cambia de dial en busca de algo más entretenido. Crónica deportiva nocturna, música maquinera, un programa sobre misterios del más allá..., todo le produce el mismo sopor. Está por darle una oportunidad al locutor de los enigmas cuando ve cómo la luz del piso se apaga. «Muy bien, Alonsito. A dormir, que ya está bien por hoy.» Deja pasar los cinco minutos de rigor y entonces, cuando está a punto de irse, ve que la puerta del garaje se acciona. Se pone en guardia. Muy pronto un Passat rojo emerge de las entrañas del edificio y franquea la cancela. Sí, no hay duda. Es Alonso Márquez.

La inspectora arranca el coche y le sigue en la distancia.

Hay pocos vehículos circulando a esa hora, no es fácil pasar desapercibida. El Passat enfila la arteria trianera y la recorre hasta cruzar el puente de San Telmo. Ante la impresionante vista nocturna de la Torre del Oro flanqueada por el Guadalquivir, toma el paseo de las Delicias y circula por él hasta llegar a la altura del Costurero de la Reina, donde cambia de dirección. Acaba en las traseras de la emblemática plaza de España. Allí estaciona su vehículo en una explanada destinada a zona de aparcamiento. A su izquierda quedan la plaza del Ejército Español y la Capitanía General, el edificio que hace las veces de Cuartel General del Ejército de Tierra. Camino se alarma ante la idea de que Alonso se dirija hacia allá. ¿Se habrá equivocado con él, y será, más que un asesino frío, un loco zumbado que quiere llevarse por delante todas las instituciones sagradas? Primero la maternidad, ahora la seguridad del Estado... Pero no. Alonso cruza la avenida y se adentra en un bloque que está justo al otro lado. Unas letras gigantescas dispuestas en vertical desde los pisos más altos claman la funcionalidad del edificio: HOTEL.

26.

De la sala de reuniones emana un delicioso olor a café recién hecho.

A Teresa le gusta llegar temprano y comenzar su rutina preparando una cafetera, lo que sus compañeros agradecen en el alma. Nada como acudir a la oficina y servirse una taza bien cargada antes de meterse en faena.

Normalmente a primera hora hay bromas, conversaciones informales con el primer café. Hoy no. Una corriente de seriedad barre la sala. Una mujer ha muerto asesinada y todos saben que los espera un día duro por delante.

Cuando la inspectora Vargas se incorpora, el resto del grupo ya está allí. Gruñe por todo saludo y se lanza de cabeza a llenar su taza. Pascual la observa, sospecha que se excedió con la vigilancia nocturna.

—¿Estamos? —la de Camino es más una afirmación que una pregunta—. Vamos a recapitular y a organizarnos. Molina, ¿empiezas tú?

El oficial asiente. Sabe que acompañar a la jefa implica que sea él quien tome nota de todo y lo relate a los compañeros. Saca su cuaderno del bolsillo de la camisa, se lleva el grueso índice a la boca y moja con él las páginas, hojeando hasta dar con lo que busca.

—Soledad Cabezas Muñoz. Treinta y seis años, víctima de atropello y fuga. Presenta marcas de haber sido arrollada varias veces, de lo que se deduce que no fue un accidente fortuito. Causa de la muerte: parada respiratoria derivada de uno de los traumatismos —toma aliento—. Otro de los indicios en los que se apoya la hipótesis del atropello deliberado es la aparición de un objeto en la boca de la víctima, un chupete de color violeta.

—¿Tenemos alguna novedad de la Científica? —Camino hierve de impaciencia.

—Los vestigios recogidos en la escena del crimen han seguido la cadena de custodia y están siendo analizados —continúa Pascual, disimulando una mueca de fastidio. No le gusta que le hagan perder el hilo, ni siquiera cuando es la jefa quien lo hace.

—¿Todavía no se sabe si hay huellas en el chupete? No lo entiendo, es máxima prioridad —la saca de quicio que se lo tomen con tanta calma. Si no le dan prioridad a algo así, ¿a qué se la darán?—. Esta gente se duerme en los laureles.

Como si la hubiera escuchado, el fax que hay junto a la cafetera comienza a emitir pitidos y, tras un minuto que a todos se les hace eterno, expulsa un folio con los resultados. La inspectora lo alcanza de un tirón y lo examina con avidez. Su gesto deja claro el sentido del informe.

—Limpio. Como recién comprado.

—¿Tampoco tiene huellas de la víctima?

Camino niega con la cabeza.

—Ya podemos descartar la teoría *calorie-free*.

Consigue abochornar a Pascual, que se abre un poco el cuello de la camisa antes de volver la vista al cuaderno. Fito cambia de tema:

—También había restos de pintura del vehículo. ¿Algo que rascar por ahí?

Camino ha ido directa al análisis del chupete que la trae de cabeza. Ahora relee de forma reposada. Niega para indicar que no hay nada tampoco por ese lado, pero sus ojos se detienen y la mirada queda fija en un punto del informe.

—¿Qué pasa?

—Roja. Joder, no me acordaba de que la pintura era roja.

—¿Y qué?

—El sospechoso. Tiene un Passat rojo.

—¿Quién? ¿Alonso Márquez? Tiene un Audi de la hostia. Negro como la noche —la rebate Pascual sin dudarlo.

—¿De dónde te has sacado esa idea, Molina? Es un Passat rojo.

—¿Cómo que de dónde? De mis propios ojos. Te dije que le vi llegar a casa. Audi A5 Sportback. Del taco gordo.

—Anoche salió con un Passat rojo —repite Camino con obstinación.

—Espera, espera. ¿Salió?

La inspectora da un sorbo al café y le mira, primero a él, después al resto.

—Ayer, el oficial Molina y yo echamos un ratito delante de su casa. Pasada la medianoche, se dirigió en un Passat rojo al hotel Pasarela, en la avenida de la Borbolla. Permaneció allí hasta las tres de la mañana.

—¿Pudiste ver con quién estaba?

Teresa parece interesarse de repente.

—No. Traté de sonsacar al tipo de recepción, pero sin delatarme no había nada que hacer. Justo cuando menos lo necesitas, vas y te topas con alguien íntegro.

—Qué contrariedad.

—Entonces, puede que tengamos una cómplice —la voz de Lupe suena emocionada.

—Eso es lo que averiguaremos. Vamos a montar un dispositivo de vigilancia en condiciones. Solicitamos al juez la localización por GPS de los dos coches, el Passat y el Audi A5. Lupe, retoma y completa la autorización que preparó Fito. Y verifica que no tiene más vehículos. En cuanto esté, me la das para que la revise y la tramitamos.

—Es capaz de tener más coches. O un puto yate. Montado en el dólar, de los que nunca han pegado un palo al agua y se creen con derecho a hacer lo que les dé la gana —Fito tiene muy clara su opinión al respecto—: Esos son los peores.

—Lupe, encárgate también de la intervención telefónica y de la solicitud para registro domiciliario. Le vamos a seguir hasta en el cuarto de baño. Que se ponga nervioso, que cometa errores —la inspectora observa cómo garabatea a toda prisa—. Y de una muestra de ADN que podamos cotejar con el embrión. Así descartaremos su posible paternidad.

—Está el magistrado San Millán a cargo —recuerda Pascual.

—¿Y qué?

—Es durito. Ya sabes que los nuevos se agarran hasta a la última coma del código.

—Por eso lo va a redactar Quintana, que tiene mucha imaginación y mucha pluma —la inspectora se gira hacia ella—. Mete bien de narrativa para compensar los indicios que nos faltan. Como tú sabes.

Lupe asiente sin disimular una sonrisa. No es que sea el papeleo lo que más le gusta, pero al menos le reconocen su valía.

—Fito, desde ahora eres la sombra de Márquez. Allá donde esté él, estás tú. Cualquier movimiento raro, nos avisas a Molina o a mí.

—A la orden —dice él con apatía.

Quiere precisar que no tiene por qué rendir cuentas a un oficial y que no está allí para comerse todas las tronchas, que para algo se sacó la plaza de subinspector, pero se refrena. Su situación es anómala desde que el inspector Arenas se encuentra hospitalizado. Él confiaba en su criterio y estaba dándole cada vez más alas. Pero ahora la que manda es Vargas, que hace lo que le da la gana. Está condenado a funcionar como un satélite de la jefa del Grupo de Homicidios y acatar sus instrucciones. Aunque en el fondo quiere tener atado en corto a ese millonetis. Pero no así.

—Teresa, habla con Informática Forense, a ver cómo va lo del móvil de la víctima. Que espabilen.

—Es un iPhone. Esos cacharros siempre dan problemas.

—Pues que se ganen el sueldo. ¿Quién me falta?

Pascual la mira.

—Molina, te vienes conmigo.

Al oficial no se le escapa la mirada de rencor que les dirige Fito. El equipo comienza a levantarse, cada uno dispuesto a encomendarse a su tarea, cuando Camino hace un gesto, como si de repente hubiera recordado algo.

—Fito.

—¿Sí?

—¿Qué sabemos de Arenas?

Las facciones del subinspector se tornan de una hosquedad sin límite.

—Sigue igual.

Camino asiente de forma casi imperceptible. Advierte cómo todos bajan la cabeza, evitando cruzar la mirada con ella. Todos menos el subinspector, que se la sostiene con dureza. Él es el más severo en esto, pero en el fondo todos la censuran por su actitud y piensan justo lo mismo. Que cuándo coño va a ir a verle.

27.

—*En marcha.*

—¿Vas a contarme adónde vamos? —Pascual lleva más de veinte minutos subido al camuflado, esperando a que Camino se digne bajar de una vez.

—Tira por la circunvalación.

El oficial obedece sin insistir. Pasado un cuarto de hora y una vez que han rebasado el Polígono Sur, al fin cae en la cuenta.

—Uf. Hasta Sevilla-Este nada menos.

Una media sonrisa de la inspectora le confirma su suposición: se dirigen al domicilio de la víctima.

—Para por aquí.

Pascual refunfuña cuando un gorrilla le empieza a dar indicaciones para aparcar. Va a enseñarle la placa, pero Camino le frena con un gesto.

—No seas burro, hombre. Que se va a enterar todo el mundo.

—No pienso darle un euro a ese mamarracho.

—Molina, hostias, que nos va a rallar el K.

—¿Y qué pasa con la ordenanza antivandálica?

—Sabes que eso no va a ninguna parte. Nunca se cobra la sanción.

Su compañero le dirige una mirada grave y ella sabe que no va a ceder. Conoce tan bien como él la batalla que lleva años librándose contra las coacciones de los guardacoches ilegales, muchos de ellos organizados en mafias, pero no tiene ganas de caldeos. Rebusca en su monedero. Lo único que encuentra es una moneda de dos euros.

—¿En serio no tienes monedas? Cámbiame al menos.

Pascual no contesta. Está ocupado apretando los labios en un mohín infantil. La inspectora suelta un suspiro que se oye en medio barrio y sale del coche.

—Tenga, cuídemelo bien.

El hombre cierra el puño en torno a los dos euros, farfulla algo y se aleja corriendo a la vista de otro vehículo que se acerca.

En las escasas decenas de metros que recorren hasta el domicilio atraviesan tres terrazas de bares donde la concurrencia charla sin prisa aparente por ir a trabajar. Pascual mira con envidia los desayunos que están devorando en varias mesas. Al menos hoy ha podido salir de casa comido, pero la manzana y la tostadita integral las tiene ya en los zancajos.

Al llegar al número 23, Camino se saca un llavero del bolsillo y abre como si tal cosa. Una señora que está a punto de salir le corta el paso y se queda mirando con recelo.

—Buenos días. ¿Es amiga de la chica nueva?

—Sí.

—¿Y él? —la mujer señala a Pascual.

—Otro amigo.

La señora los mira de arriba abajo con una mezcla de curiosidad y desagrado, antes de seguir su camino.

Pascual entorna los ojos.

—No me digas que venimos sin autorización.

—Calla, hombre. No seas aguafiestas.

—Creía que tenías la orden.

—Zaplana me debe algún favor.

—Sabes tan bien como yo que no podemos hacer esto. Estás infringiendo la cadena de custodia, entre no sé cuántas irregularidades más.

—No seas purista, Molina, que solo vamos a echar un vistazo. Si encontramos algo, tramitamos los papeles y volvemos.

—Camino, con todos mis respetos, esto es una marrullería. Y tú ahora eres la jefa, debes tener más cuidado. No puedes seguir cogiendo atajos como te dé la gana.

—Pues por eso mismo, oficial, porque soy la jefa, tendrías que respetarme y acatar lo que te digo en lugar de llamarme por mi nombre de pila como si fuéramos coleguitas en un bar.

Le ha dado en su punto débil. Sabe perfectamente de su reverencial respeto por las jerarquías. En el fondo, Pascual es como sus hormiguitas. Agacha la cabeza con gesto dolido.

—¿Y si hay alguien en el piso? —protesta sin fuerza.

—Está a nombre de una tal Bonifacia Muñoz, de sesenta y siete años. Se lo había arrendado a Soledad hace mes y medio.

—Eso no significa que viviera ella sola.

—Es un estudio de cuarenta metros. Y se acababa de separar.

—Pero estaba embarazada. Igual lo compartía con su nuevo novio.

—Vamos a llamar a la puerta. Además, te vas a quedar en la entrada vigilando. Por si acaso.

El llavero de la víctima no da mucho margen de error. Tres llaves. Una pequeña para el buzón, la de la entrada del portal y una de seguridad para el apartamento. Camino la introduce y la puerta se abre con un ligero chirrido.

Los cuarenta metros no le parecen tales. Toda la vivienda se abarca de un vistazo. Una cama de matrimonio pulcramente hecha la recibe nada más entrar. A la derecha, sin separación alguna, una cocina pequeña en la que se alojan una placa vitrocerámica de dos fuegos, un fregadero minúsculo y una nevera poco más grande que las de los hoteles. A la izquierda de la cama, una mesa con una silla hace las veces de comedor, mesilla de noche y zona de estudio, y un poco más allá, la única puerta da a un cuarto de aseo del que proviene un desagradable olor a humedad. Un armario ropero completa el mobiliario.

—Al menos no tardaremos mucho.

Camino da un paso adelante y observa la estancia al tiempo que saca del bolsillo unos guantes de látex. Todo está en orden, como si la muerta supiera que alguien podía aparecer por allí en cualquier momento. La cama tiene varios cojines estratégicamente colocados y está vestida con una colcha de colores a todas luces innecesaria en esa época del año. En la cocina no hay vajilla por fregar ni basura por tirar; todo está recogido a excepción de un vaso en el escurreplatos. Rodea la cama en dos zancadas y se coloca a la altura de la mesa. Los libros que se apilan en ella no dejan lugar a dudas sobre la preocupación de Soledad: *La biblia del embarazo, Embarazo consciente, La maternidad alegre, Embarazo para dummies*. Está claro que quería documentarse bien sobre la que se le venía encima.

La inspectora se siente violenta al invadir el espacio privado de esa persona, aunque ella ya no esté. Pero hay prioridades, y sabe muy bien lo que busca: alguna prueba que le dé información sobre el padre del bebé que Soledad esperaba.

Un bolso cuelga del respaldo de la silla. Camino supera el pudor inicial y se lanza de cabeza a escarbar en sus profundidades. Encuentra la cartera con su documentación, varias tarjetas de crédito y de descuentos en diversas franquicias y unos quince euros. Por lo demás, nada reseñable: un paquete de pañuelos de papel, un pintalabios, un espejo, las gafas de sol, una muestra de perfume y un par de tiques de la compra arrugados.

La armonía también reina en el ropero. Las prendas interiores dobladas en los cajones, cada camisa en una percha, varios pares de zapatos uno sobre el otro en la parte inferior. No cabe duda de que Soledad era una mujer meticulosa.

Tampoco en el baño encuentra nada que llame su atención. Una pequeña colada de ropa íntima cuelga de un accesorio de ducha para tender.

—¿Algún rastro del nuevo amante? —Pascual ha abandonado su vigilancia en la entrada y se acerca a curiosear.

—Ni un puñetero calzoncillo.

—Venga, vámonos.

—Echo un vistazo a la nevera y nos piramos.

—Si hay fruta, cógela.

Camino le mira con una mueca divertida.

—¿Y tú eres el riguroso? No podemos alterar el escenario.

Pascual se encoge de hombros.

—Tengo más hambre que un perrillo chico.

La inspectora niega con la cabeza en un gesto de desaprobación fingida. Después se centra en la nevera. Soledad se cuidaba bien. Nada de platos precocinados, carnes procesadas o salsas industriales. Tampoco refrescos, ni siquiera una cerveza sin alcohol. Un zumo natural de naranja, leche de soja, huevos camperos y alguna verdura que empieza a pasarse. En el cajón inferior, un buen surtido de frutas.

—¿Qué prefieres? —le grita—. Hay peras, manzanas, media sandía y un par de plátanos.

Pascual acude salivando ante la posibilidad de llevarse algo al estómago.

—¿Puedo?

—Total, se va a estropear.

Él va a agarrar el plátano pero entonces ve un melocotón detrás y cambia de idea. La mitad de calorías y efecto diurético.

—¿Ya? ¿Te das por contento?

—Sí. Oye, mira eso —Pascual señala un envase azul marino que ha quedado al descubierto al fondo del cajón.

La inspectora lo coge y lo abre. Contiene una especie de pluma. Le quita el capuchón y ve que tiene una aguja en la punta superior.

—Un inyectable. ¿Qué significa esto?

—Sería diabética.

—Apunta el nombre en esa libretita tuya. No, mejor. Escríbelo en San Google, que nos ilumine.

El oficial saca el móvil y teclea: Puregon.

Cuando le ve abrir los ojos como platos, Camino comprende que han dado con algo.

—¡¿Qué?!

—Su principio activo es la folitropina beta, equivalente a la hormona foliculoestimulante —lee de un tirón.

—¿Puedes traducir al cristiano, Molina?

—Es un fármaco para la hiperestimulación ovárica. Aumenta las probabilidades de embarazo.

—¡Para quedarse preñada!

—Exacto. En cristiano.

28.

Camino ha pedido a Pascual que la deje en la puerta del tanatorio.

El sol hierve sobre los adoquines, pero a Micaela no parece importarle. También hoy está liándose un cigarrillo con la mirada perdida. Ahora que la ve sin bata, Camino repara en que ha engordado mucho desde el último caso en el que coincidieron. No hay ni rastro de la sonrisa contagiosa de dientes grandes y algo separados con la que siempre la saluda y que ilumina hasta a los muertos. Hoy la muerta parece ella.

—¿Tienes otro para mí?

La forense acaba de liar su cigarro y, haciendo gala de una destreza asombrosa, prepara otro en cuestión de segundos.

—Creía que lo habías dejado —dice Camino mientras saca el mechero y prende fuego a ambos.

—Fumar me calma los nervios.

La inspectora asiente en silencio.

—¿Vamos a por esos churros?

—Vamos.

—¿Me lo vas a contar?

Camino no ha esperado ni a que acabe de comer, y ahora Micaela la mira con ojos consternados mientras la grasienta masa de papa se le hace bola en la garganta.

—¿Tanto se nota? —dice cuando al fin es capaz de tragar.

—¿Que si se nota? Micaela, te has puesto a llorar después de rajar a una muerta. Es como si Juani se viniera abajo por echar los churros en el perol.

—Hay que freírlos a ciento ochenta grados. No tiene que ser agradable para un churro —la forense intenta sonreír, pero le sale una mueca extraña.

—Y gracias a ello se convertirá en un maravilloso calentito.

—Claro.

—Venga, en serio. Puedes contármelo.

Micaela sorbe lo que le resta de café y le da el último mordisco al dulce, que desaparece tras su formidable dentadura.

—Luis y yo hemos estado más de dos años buscando un bebé.

Ahora escruta las facciones de la policía. A Camino la noticia la desconcierta, así que mantiene su expresión de seguridad: la de rostro impenetrable.

—Al principio nos lo tomamos con calma pensando que ya llegaría —continúa Micaela—. Pero el tiempo pasaba, estábamos cada vez más nerviosos y nuestra relación se resintió. Nos separamos el mes pasado.

—Lo siento —murmura torpemente Camino.

La doctora aprieta las mandíbulas.

—Gracias. Está siendo muy duro. Había demasiados reproches entre nosotros.

—¿Os reprochabais no quedaros embarazados?

—No es eso. O sí. Yo estaba harta de encargarme de todo y él se limitaba a empujar cuando tocaba.

—Bueno, tampoco es que haya que hacer mucho más, ¿no?

—Eso es lo que creía yo antes de empezar. Pero a medida que pasaban los meses, me especializaba más: calculaba el momento de la ovulación, planificaba el sexo, tomaba la pastilla de ácido fólico, me tiraba media hora con las piernas para arriba después de cada polvo... ¿Sigo?

—No sabía que exigiera tanto. Me habría ahorrado mucho dinero en condones.

—Dinero el que me he dejado yo en test de ovulación y de embarazo. Mi vida gira en torno a lo que diga mi pis.

—¿No crees que te estás obsesionando?

—Tú nunca has querido tener hijos, ¿verdad?

—Dios me libre.

—Entonces no puedes entenderlo.

Camino se siente muy incómoda, no sabe qué decir ni por qué Micaela le cuenta esto. Decide que lo mejor que puede hacer es hablar lo menos posible y ver dónde acaba todo. E intentar borrar la imagen de la forense con las piernas elevadas para retener esperma.

—En fin, que ni por esas. Y cuando me venía la regla y me metía en la cama a llorar, Luis se quedaba mirándome como un pasmado que no se enteraba de nada.

Micaela pide al camarero otra ración de calentitos. La inspectora la mira con recelo. Ni ella se atreve con un subidón de azúcar de semejante magnitud.

—El caso es que yo ya veía embarazadas por todas partes. En el trabajo, en la urbanización, entre mis mejores amigas... Primero las envidiaba, pero luego empecé a odiarlas. Todas felices paseando sus barrigas, como si me las restregaran.

Camino achina los ojos. Cada vez entiende menos la deriva que está tomando el asunto.

—¿Las odiabas?

—A todas. Y entonces, cuando creía que no podía más, va y se me aparece una en una autopsia. Me derrumbé.

La inspectora asiente con un movimiento lento, tratando de encajarlo. ¿Así que eso era todo? La obsesión por la maternidad, que la removió hasta los cimientos al tener que enfrentarse a una muerta embarazada. Y ella pensando que Micaela le iba a resolver el caso.

—Entonces, solo por confirmar..., ¿no la conocías de nada?

—¿A quién, a la muerta? No la había visto en mi vida.

Una vibración en el móvil de la inspectora interrumpe la charla. Es Nabokov77; por fin ha movido ficha. No puede evitar echarle una ojeada.

—Será mamonazo...

—¿Cómo dices?

—No, nada, el ruso, que me la ha colado. Qué hijoputa. A ver cómo salgo yo de esta ahora.

Micaela le lanza una mirada estupefacta y dolida, antes de levantar los ojos al techo, como buscando en un poder celestial la comprensión que no va a encontrar en la bruta que tiene enfrente. Esperaba unas palabras de consuelo, no que se pusiera a estudiar una jugada de ajedrez en sus narices. Suspira ostensiblemente, tanto que Camino suelta el móvil al instante.

—Total, que a la víctima no la conocías. Oye, y ya que estamos con el tema de las maternidades, ¿tú sabes lo que es el Puregon?

—¿Por qué me preguntas eso?

—No, curiosidad mía. Una amiga, que se lo está pinchando.

—Claro. Yo misma lo probé —Micaela se muerde el labio inferior con tanta fuerza que Camino piensa que va a empezar a sangrar.

—¿Y cómo funciona?

—Te lo inyectas a diario, así en lugar de un óvulo al mes puedes conseguir más. Y a más óvulos, más oportunidades de que algún espermatozoide fecunde alguno.

—Como si en lugar de una sola llegada a la meta hubiera varias posibles.

—Exacto. Incluso los tontos que se vayan por el camino equivocado pueden encontrar su trofeo al final. Luego te metes otra medicación para ovular un día en concreto, y ahí es cuando toca darlo todo en la cama. O donde te pille.

—¿Y eso tampoco resultó? —Camino se interesa a su pesar, ya intrigada en un tema tan desconocido para ella.

—No. Pero lo abandoné al mes. Te descontrola los niveles hormonales, y eso tiene su respuesta en cambios somáticos, emocionales y conductuales.

—O sea...

—Que te vuelves loca. Un día te da por llorar sin motivo, después quieres asesinar a alguien, y un minuto más tarde lo único que deseas es que te abracen. Y comer mucho chocolate.

—Como el síndrome premenstrual, pero a lo grande.

—Eso es. Una dosis bestial chutada a diario.

—Qué horror.

—Tu amiga es muy valiente si está dispuesta a pasar por eso. O tiene muchas ganas. Incluso más que yo.

Con todo lo que ha oído, a la inspectora no le parece posible que alguien pueda tener más ganas.

—Entonces... ¿cualquiera puede comprarlo?

—Sí. Pero suelen prescribirlo las clínicas de reproducción. Para las inseminaciones artificiales, las fecundaciones *in vitro,* todo eso. Supongo que tu amiga habrá ido a una de esas.

29.

De vuelta en la brigada,

Camino va a buscar a Pascual y le hace una seña para que la acompañe a la sala de reuniones.

El oficial deja asomar la punta del paquete de tabaco del bolsillo y ella asiente con vehemencia. Recuerda la frase de la forense: «Fumar calma los nervios». Y a ella toda esta historia la está poniendo cardíaca.

—Abre las ventanas —dice a la vez que le coge uno. Está por encendérselo cuando aparece Lupe cargada con varias subcarpetas.

—Me han dicho que habías llegado.

La inspectora esconde el pitillo en el puño.

—¿Qué hay?

—He acabado ahora las solicitudes para el juez.

La inspectora las lee entre líneas y echa un garabato tras otro. Lupe las recoge. Parece que se va a ir, pero en el último momento decide quedarse. Le encanta cuando los mandos maquinan intentando completar el puzle siempre falto de piezas que conforma una investigación. Y a ella se le dan bien los puzles. Y maquinar. Se sirve un café y toma asiento junto a ellos, justo cuando entra Teresa.

Camino se resigna y guarda el manoseado cigarrillo en la cartera. La policía más veterana es también la más intolerante con las transgresiones fumatísticas. Ella fumaba como una india cabreada hasta que prohibieron hacerlo en lugares públicos. Le costó la vida dejarlo, pero ahora es toda una *hater* del tabaco.

—¿Y tú, Teresa? ¿Has averiguado algo?

—Están liados ya con el teléfono. Me han dicho que entre hoy y mañana nos pasan los datos.

—Bien. A ver si por ahí averiguamos por qué esta mujer tenía tantas ganas de parir.

—¿De dónde habéis sacado esa idea? Igual se le rompió la gomita.

—Nada de gomitas. Molina y yo hemos encontrado un... —Camino nota un puntapié por debajo de la mesa que le recuerda que no puede ir aireando sus atajos—. Tenemos fundadas sospechas de que se pinchaba unas inyecciones para ser más fértil. Y eso nos lleva a pensar en un tratamiento de reproducción asistida.

—Claro, lo tenía fácil.

Todos se giran hacia la policía veterana.

—¿Por qué lo tenía fácil, Teresa?

Ella observa sus caras de desconcierto.

—¿En serio me estáis preguntando esto? La clínica, Santa Felicitas. No me digáis que no os suena de nada.

Teresa se infla y deja pasar unos segundos para mantener la expectación.

—No sé en qué mundo vivís, hijos, de verdad. Allí hacen de todo, pero por lo que se ha hecho famosa es por sus tratamientos de reproducción asistida. Empezaron hace unos diez años y ya es la número uno de España.

—¿La víctima trabajaba en una clínica de reproducción asistida?

—Hasta le harían descuento. Esos tratamientos valen un pastizal.

—Entonces hay que ir a verlos a la de ya. Ellos nos confirmarán quién era el padre del hijo que esperaba.

—Oye, Teresa, ¿tú cómo sabes tanto de esto? —Lupe, aguijoneada por la curiosidad, vence su timidez y lanza la pregunta.

La veterana suspira.

—Ay, la gente espera tanto para tener hijos que cada vez es más habitual recurrir a esos tratamientos. De mis ocho nietos, dos han nacido gracias a esas clínicas. Yo diría que tres, aunque la Loli es muy reservada para sus asuntos.

Camino se empieza a impacientar por la interrupción, pero Teresa ya está lanzada con una de sus historias de familia.

—A mi José le dijeron que tenía teta... No, espera..., tera... teratozoospermia.

—Ojú, qué nombrecito. A saber lo que significa.

—Que los bichinos los tenía tó chuchurríos. Unos con media cabeza, otros con la colita chica...; en fin, que no estaban muy en forma para hacerse la maratón.

Se esbozan sonrisas. No la de Camino, que sigue impaciente aunque Teresa finja que no se da cuenta.

—Luego está mi Salomé, la mayor. Decía que no quería hijos hasta que cumplió los treinta y nueve. El reloj biológico, decía, y yo le contestaba que lo tenía un pelín atrasado. Pero ella se empeñó, así que venga a pasar pruebas en un centro de esos.

—Y lo consiguió.

Lupe sonríe con ternura. Todos están hartos de oír las anécdotas de la pequeña Andrea, la hija de Salomé.

—Sí, pasando las de Caín. Y... —Teresa baja la voz— después de tres inseminaciones y dos *in vitro*. Estuvo un año y medio tan hormonada que no había Dios que la aguantase. Todo el día con rabietas, como si tuviera cuatro años. Pero que no se entere que lo voy contando porque me mata.

—Hay mucho tabú con estos temas.

—Pues a ver qué querían. Antes empezábamos a tener hijos a los veinte, ahora a los cuarenta. ¿Va a ser lo mismo?

—Pero es que con veinte años yo ni había acabado la carrera, y luego tienes que encontrar trabajo y la vida se te va —se queja Lupe.

—Que no se te va, que no. Mírame a mí. Con veintiuno me saqué la plaza de policía y a los veintidós ya nació Salomé. Y luego Luis, y Margarita, y José Manuel.

—Y Alberto.

Camino se sabe de memoria los hijos de Teresa. Siempre está hablando de ellos. De ellos y de sus nietos. Se muerde la única uña que le queda al tiempo que recuerda al inspector Arenas. Él siempre permitía esos momentos de asueto, decía que reforzaban los lazos entre compañeros y que eso era esencial para funcionar mejor. A ella, en cambio, le quema cada minuto que no pasa volcada en el caso.

—Bueno, lo de Alberto fue un descuido. Pero ahí está, que me ha salido más bueno que ninguno. Si no fuera por él...

—¿Y el otro? Has dicho que tenías tres nietos de reproducción asistida —indaga Lupe para desesperación de la inspectora.

—Izan. Ese nunca me lo confirmaron. Pero vamos, que se casaron en el 99 y nació en 2010.

—Mujer, estarían centrados en sus carreras.

—No digo yo que no. Pero tú míralos. La Loli medio gitana, mi Luis más negro que el sobaco de un grillo, y va el niño y sale rubio con los ojos azules.

Ni Lupe ni Pascual pueden contener la risa.

—¿Qué os parece si nos ganamos el sueldo? —Camino no aguanta más.

Los rostros recuperan la seriedad. Es Lupe la primera que se atreve a hablar, tratando de enmendar la distracción.

—¿Por qué estáis tan seguros de que había un padre?

—¿Te saltaste las clases ese día? Hay un óvulo, que viene de la mamá, y un espermatozoide, que viene del papá —la inspectora finge un tono profesoral.

—Lo que quiero decir es que igual era madre soltera. En el siglo XXI eso existe.

—Explícate mejor.

—Sabemos que estaba pinchándose un tratamiento. Y que buscaba ser madre a toda costa. Lo que no sabemos es quién era el padre. Si descartamos al ex, no parece haber existido nadie más en su vida.

—Correcto.

—Pudo haberlo intentado sola. Utilizando un donante, o incluso montándoselo por su cuenta. Eso hizo una amiga mía.

—¿Cómo? —Camino recobra el interés.

—Estaba cansada de no encontrar un tío que valiera la pena, así que se controlaba la ovulación y se pinchaba un medicamento de esos. Luego, cuando estaba en los días fértiles, se vestía y se maquillaba para la guerra y salía a darlo todo por la Alameda. Siempre caía alguno.

—¿Y se quedó preñada?

—Vaya que si se quedó. De gemelas. Se emocionó con los pinchazos y subió la dosis recomendada. Ahora dice que se precipitó, que al final le estaba empezando a coger el gusto a esas noches de desenfreno.

Teresa suelta una carcajada.

—Claro, ahora tampoco dormirá, pero por otras razones.

—¿Y qué pasa con el padre? —Pascual ha intentado contenerse, pero al final ha estallado. Su rostro es el puro reflejo de la indignación.

—¿Qué padre? El tipo echó un polvo y se fue tan contento. Como los anteriores.

—¿No se lo dijo? Tiene derecho a saberlo.

—¿A un tío que no conoce de nada? Por supuesto que no. Imagina que es un zumbado. Ella está sacando adelante a sus hijas sola, y mira, tan feliz. Sin un hombre que dé por saco —Lupe todavía exuda los restos de la pelotera con Jacobo. Repara en lo cínica que ha sonado y se calla de repente.

—Pues yo no estoy de acuerdo. Un padre siempre tiene derecho a saber que lo es. Y a implicarse en la educación de su hijo.

—¿Y deberes? ¿Deberes no tiene, Pascual? Porque hay muchos que se pasan sus obligaciones por el forro, como el exmarido de mi Marga. Que le ingresa una pensión de cada tres, y tarde —Teresa salta como si le hubieran accionado un resorte.

—Pues claro que hay deberes, ya querría yo ejercerlos si me dejaran, no te jode. Pero resulta que como la custodia se la dan a las madres, aquí el único deber que cuenta es soltar la pasta y poquito más. Para cuando veo a Samantha no sé ni de qué hablar con ella.

—Nos estamos yendo —dice la inspectora en su tono más apaciguador.

—Las mujeres son las que siempre se han hecho cargo de los críos, es normal que cuando se separen, sigan siendo ellas —Teresa continúa a lo suyo—. Mírame a mí, con cinco que crie. A ver quién te crees que les cambió los pañales. A los cinco.

—Pero ¿no queréis transformar el mundo, coño? ¿No queréis hacer otras cosas, además de cuidar niños? ¡Pues no nos los quitéis!

—¡Ya está bien!

El grito de la inspectora, acompañado de un puñetazo en la mesa, acaba abruptamente con el debate. En la brigada todos saben de la peliaguda situación de Pascual tras la negativa del juez a darle la custodia compartida, y Teresa le ha metido el dedo en la llaga. Si no lo cortaba, podía liarse buena. Aunque en el fondo a Camino le interesaba el debate en el que se habían enzarzado, porque la refuerza en su forma de ver la vida: los niños no dan más que caldeos.

Se ha instalado un clima de tensión, con miradas rencorosas que se cruzan a un lado y otro de la mesa. Durante un par de minutos solo se oye el sorbeteo de los cafés, hasta que la inspectora vuelve a coger las riendas.

—Concluyendo. Que Soledad Cabezas quería quedarse embarazada y lo consiguió. Lo que no sabemos es si existe un padre con conocimiento de que iba a serlo. Y eso es lo que nos toca averiguar —Camino se dirige a Pascual—: Molina, te vienes conmigo. Nos vamos a esa clínica a que nos lo aclaren. Lupe, como hoy te he visto muy relajadita, échate un viaje hasta Sierpes y relevas un par de horas en la troncha a Alcalá.

La jefa ve cómo la agente se pone roja. Se pregunta si se ha pasado de borde y trata de sonar más conciliadora.

—Casi es la hora de comer. Sabemos lo duras que son las tronchas en solitario, que no te puedes mover ni para mear. Le das un descanso, que se coma un flamenquín, se beba su par de cañas y vuelva como una rosa. Y tú te vas para casa, que sé que no te puedo pedir más.

El enojo se le pasa enseguida a Lupe, quien se apresura a desmentirla.

—Si tengo que echar más horas las echo, ¿eh, jefa? Para mí el trabajo es lo primero.

—Gracias, Lupe. Si puedes adelantar algo de papeleo antes de irte, sería estupendo. Que luego se nos acumula y no hay Dios que le dé salida.

Camino se pone en pie, lo que significa que la reunión ha finalizado y todo el mundo tiene que volver a sus puestos. Teresa sonríe aliviada al ver que no le ha tocado trabajo extra. Consulta el reloj. Se va a escapar un momentito a comprar el *Hola*, que no ha tenido un respiro en todo el día.

30.

Están llegando a la clínica.

Ahora es la inspectora quien conduce. Le suena el teléfono y al sacárselo de la funda ve que es la comisaria.

—¿Qué querrá esta ahora?

—Cógeselo, ¿no?

Pascual oye cómo los tonos siguen sonando y se empieza a poner nervioso.

—No tengo conectado el manos libres. ¿Qué quieres, que me multen?

—Joder, pues para el coche.

—¿Aquí? ¿Qué quieres, que me multen? —repite Camino. Le encanta mofarse del exacerbado respeto a la autoridad que sigue manteniendo el oficial a pesar de los años.

—¿Y si es importante?

—¿Qué va a ser? Que cómo vamos, que si ya tenemos algo, que la prensa la atosiga, los superiores también, que movamos el culo... —ella suelta la retahíla a la que cada vez está más acostumbrada.

Pascual esboza una mueca de resignación. El teléfono ha dejado de sonar. Sin embargo, al momento se produce una nueva llamada y la resignación se convierte en desasosiego.

—Contesta tú.

Camino le alcanza el aparato.

—¿Yo?

—Pues claro. Le dices que no me puedo poner y que qué quiere.

Pascual titubea.

—Venga, hombre.

Ella le lanza una mirada apremiante. Le agota cuando en su equipo se comportan como niños pequeños y le toca hacer de madre. No hay papel que le cuadre menos.

—¿Comisaria Mora? —el oficial se decide por fin. Ha roto a sudar y su voz suena terriblemente seria.

Camino sonríe para sus adentros, sabe que está impresionado por el simple hecho de hablar con la jefa suprema.

—Es que está conduciendo... Ya... Sí, comisaria. A la clínica donde trabajaba la víctima... Ajá... Ajá... Ajá... Ajá. Sí, comisaria. Ahora mismo... Cinco minutos, sí. No tardamos más.

Cuando cuelga, Pascual está blanco, no reacciona. Camino le mira con expresión divertida.

—Tampoco es para tanto, ¿no? No muerde. Al menos por teléfono. ¿Y para qué le dices que tardamos cinco minutos? Esto está en pleno centro, solo en aparcar echamos veinte.

—No vamos a la clínica. Y no nos va a hacer falta buscar aparcamiento.

—¿Cómo que no vamos? Mira, que no me venga la comisaria con sus tonterías. ¿Habrá algo más importante ahora?

—Lo hay. Acaban de encontrar el cadáver de una mujer en su casa.

La inspectora tuerce el gesto mientras el desaliento y la sensación de impotencia que tan bien conoce se apoderan de ella. Van demasiadas este año. La suma de mujeres asesinadas es terrorífica, y cada muerte se le clava en el pecho como un puñal. A veces le dan ganas de pasarse al Grupo de Violencia de Género. Si por ella fuera, no se les colaría ni uno. Al menos, ni uno sobre el que se hubiera interpuesto denuncia. Pero le parece que si tuviera que verse de frente con alguno de esos cabrones que se creen con derecho a matar a sus parejas, sería ella la que cometería más de un homicidio. Así que se queda donde está.

—¿Apuñalada? ¿Apaleada? —aprietas las mandíbulas hasta hacerse daño.

—Descalabrada.

—¿Dónde?

—En el barrio de Santa Cruz.

Camino pisa el freno sin contemplaciones y realiza un giro prohibido. Un coche se ve obligado a frenar en seco. El conductor toca el claxon con saña a la vez que saca la cabeza por la ventanilla y la insulta con el único insulto que los hombres dedican a las mujeres conductoras. El comodín de los insultos.

—¡Puta!

—¡Puta tu madre!

El hombre se enfurece y sigue vociferando, pero el camuflado ya se aleja en dirección contraria. Pascual mira hacia abajo, avergonzado.

—Saca las luces, Molina.

—Hay un detalle que no me has dado tiempo a contarte, jefa.

Camino le mira de reojo mientras se concentra en la carretera.

—¿Qué?

—La muerta. Tiene un babero de bebé atado al cuello.

Segunda parte

María Jesús lleva más de diez minutos encerrada en el baño, y Soraya sabe lo que eso significa. A medida que transcurren los segundos, una desazón se va apoderando de ella. Ya no cabe duda. Prueba a llamarla de nuevo, con su tono más dulce:

—Mariaje...

No oye nada del otro lado. Espera un poco más y vuelve a intentarlo:

—Mariaje, abre, por favor.

Pega la oreja a la puerta y ahora sí oye un débil gimoteo.

—Lo intentaremos otra vez —susurra.

—¡No!

La voz le llega clara y fuerte. Tras ella, María Jesús abre la puerta y se lo repite.

—¡No! ¡No! ¡No! ¡No pienso intentarlo más, maldita sea!

—Tranquila, sé que ahora lo ves así. Ya se te pasará —Soraya trata de abrazarla, pero ella se zafa de forma arisca y la mira con los ojos castaños enrojecidos por la cólera.

—¡No se me pasará! ¡Y no quiero que se me pase! Estoy harta, ¿me oyes? ¡Harta! No voy a soportar esto ni una vez más.

Su chica se dirige a la habitación y pega un portazo. Soraya cierra los ojos, inspira con lentitud y va hacia allí. Al abrir la puerta se encuentra a Mariaje tirada en la cama, hecha un ovillo. Mariaje levanta la vista y le vuelve a clavar sus ojos color café, ahora anegados en lágrimas.

—Es la tercera vez, Sori. La tercera.

Soraya asiente, cabizbaja. Cuando se metieron en el tratamiento, ninguna de las dos alcanzaba a imaginar las consecuencias. Nadie las avisó de lo duro que sería. «Es un trata-

miento sencillo, no invasivo», les decían entre falsas sonrisas. Y un carajo, no invasivo. Es tan invasivo que ha ido conquistando cada una de las parcelas de la vida de ambas. Primero empezó con el cuerpo de María Jesús, con los cambios hormonales, la hinchazón, las molestias, las cefaleas. Después fue creciendo hasta llegar a su cabeza, ganando la batalla a su eterno buen humor, borrando las sonrisas de su rostro cada día un poquito más, sustituyéndolas por llantos repentinos, por taquicardias, por una ansiedad que le entraba cuando menos lo esperaban y que era incapaz de manejar. Y cuando no tuvo bastante con María Jesús, fue a por ella, a por la relación que habían construido. Ya no llega a su chica como antes, no puede. Intenta comprender sus arrebatos de cólera o de tristeza. Querría que pudiera apoyarse en ella, ser una buena pareja. Ser la mejor pareja. Pero es imposible. Cualquier cosa que diga para tratar de que María Jesús se sienta mejor se convierte inevitablemente en un bumerán que vuelve a Soraya en forma de acusaciones y reproches. Es como si un muro se hubiera levantado entre ambas. Un muro de incomprensión que cada día crece un poco más y al que no es capaz de infligir una sola grieta. Sí, esto las está separando. Está alejándola del amor de su vida. Se da cuenta de que quizá haya llegado la hora de elegir: entre su sueño de ser madre o el de una vida junto a la mujer de la que se ha enamorado.

Se tumba en la cama frente a ella. Busca sus ojos. Ahora los de ambas derraman lágrimas que mojan las sábanas.

—Vale —susurra entre hipidos.

El rostro de María Jesús se deja llevar por una mueca de estupor.

—Vale —repite con más convicción—. No te haré pasar por esto más.

María Jesús se pega a ella y la abraza fuerte, muy fuerte. Soraya le devuelve el abrazo. Permanecen durante un buen rato en esa postura, aferrándose la una a la otra como si quisieran combatir todos los desencuentros reteniendo ese instante para siempre.

La tarde ha ido cayendo y ahora la habitación está casi a oscuras. Los brazos de Mariaje se han relajado poco a poco. Sabe que esos arrebatos de ira desesperada la dejan exhausta. Poco antes de quedarse dormida, la oye murmurar una última frase:

—Una vez más. Pero solo una.

Soraya le acaricia el pelo, pensando en ello. Debería sentirse contenta, o al menos aliviada por ese cambio de actitud. Debería imbuirla de esperanza. Pero lo único que experimenta es una terrible congoja. A ella también le asusta volver a empezar. Teme que acabe destruyendo su relación.

Cuando ve que María Jesús ha sucumbido al sueño, la besa en la frente muy despacio y se levanta poniendo cuidado en no despertarla. Va directa hasta el cuarto de baño, recoge el test de embarazo del suelo y echa un vistazo a la única línea roja que aparece en su interior. Después, lo tira a la basura con rabia.

31.

La calle está cortada y un agente de la Policía Local regula el tráfico.

Le enseñan la placa, les hace un gesto para que pasen. Aparcan junto al resto de vehículos del operativo y ven que de uno de ellos están bajando el juez San Millán y Ramírez, el secretario judicial más antiguo de Sevilla. Camino los observa con interés antropológico. Un juez flaco como un fideo y con aspecto de pijoprogre recién salido de la universidad y un secretario arrugado y barrigón. Todo lo que tiene el segundo de clásico lo tiene el primero de modernillo. No se le escapa un detalle: pantalones chinos color camel de pierna entallada, americana bien ceñida, zapatos de piel azul y puntera recta, perilla recortada al milímetro y gafas de pasta a juego con el calzado. No hay duda de que le interesa la imagen que proyecta, y no es de extrañar: un magistrado insultantemente joven en los juzgados de la capital. Tiene que mostrar seguridad y buena planta o esos jueces resabiados se lo comerán por los pies. Por fortuna para él, cuenta con un apoyo incondicional en Ramírez, que lo ha adoptado como mascota.

Todos se saludan con apretones de manos y caminan juntos por la judería medieval, torciendo a derecha e izquierda en ese laberinto de calles angostas. El barrio, siempre a rebosar de turistas, está más abarrotado que de costumbre a medida que se acercan al lugar de los hechos, donde el trasiego de los curiosos de chancla y calcetín aumenta a pesar del empeño de los agentes en dispersarlos. Algunos dirigen los objetivos de sus cámaras hacia el portal cuya entrada está custodiada, de forma que la macabra imagen quedará almacenada junto a la de balcones cuajados de flores, antiguas casas palacio y plazas ajardinadas. El grupo se abre paso entre el enjambre de turistas ávidos de emociones y aparentemente inmunes al horno que es Sevilla estos días. Nadie en su sano juicio se pondría a patear la ciudad con esta ola de calor si no es por una imperiosa necesidad o para saltar de bar en bar mojándose el gañote en San Miguel. Excepto este hatajo de guiris, carentes de todo sentido estético y común.

Camino no deja pasar la oportunidad de tener al juez a tiro.

—Le he enviado unas solicitudes para la investigación del atropello.

—Las he visto.

—Pero no las ha firmado.

—Un registro domiciliario supone una importante vulneración de derechos, inspectora. No hablemos ya de extraer fluidos corporales.

—¿Y la intervención telefónica?

—También me parece algo excesiva.

Camino va a protestar, pero se traga el orgullo y lo intenta por el flanco que les queda.

—¿Qué hay del dispositivo de seguimiento a los vehículos?

—No lo veo fundamentado. Mucha narrativa pero poca chicha.

—¿Tampoco va a concedernos eso? ¿Cómo quiere que pillemos al asesino si no nos ayuda?

—Haciendo su trabajo sin violar los derechos de los ciudadanos.

Pascual interviene antes de que la jefa le suelte alguna bordería al juez. Intuye que este solo trata de disimular su bisoñez mostrándose inflexible.

—El GPS es un apoyo para la vigilancia, señoría. Con las cifras de seguridad ciudadana que llevamos este año, no vendría mal cerrar el caso rápido.

San Millán le mira pensativo y sigue caminando. Llegan por fin. Se le ve indeciso, al contrario que a Ramírez. La veteranía del letrado compensa con creces la inexperiencia del joven juez. Ambos son, eso sí, igual de rancios para algunas cosas. Se paran en seco a fin de dejar pasar primero a Camino.

—Inspectora.

—Señoría —ella devuelve el cargo con sorna, insistiendo para que cruce la puerta en su lugar.

El magistrado obedece algo cohibido y comienza el ascenso hasta la segunda planta con el resto de la comitiva tras él.

Allí se encuentran con toda una muchedumbre. Dos agentes uniformados custodian la entrada al domicilio, un par de sanitarios aguardan para llevarse el cuerpo y varios miembros de la Científica con sus monos blancos de trabajo se mueven de aquí allá tomando fotografías. Entre ellos se halla la doctora Velasco. Tiene la cara demudada y presenta un aspecto ojeroso, casi enfermizo. Está claro que hace tiempo que el sueño no la honra con una visita.

—¿Tú otra vez, Micaela?

—Le cambié la guardia a un compañero para hacerle un favor y aquí estoy. Parece el destino.

—¿Qué destino? —gruñe Ramírez—. A nosotros tampoco nos tocaba, pero con las vacaciones de unos y otros echamos más horas que un saco de relojes. Y encima nos toca otro premio gordo.

—Pues nada, juntitos de nuevo. Venga, al lío. ¿No, señor juez? —Camino trata de agilizar el tema. No hay tiempo para cháchara.

San Millán asiente, pero está tenso; aún le impacta mucho la imagen de un cadáver y la responsabilidad que conlleva el levantamiento.

—¿Dónde se encuentra?

—En la salita. Aviso, lleva tiempo muerta —dice la forense—. Y con este calor... En fin, ya imaginarán.

Embocan un pasillo angosto, cediéndose unos a otros el paso. Sea por educación, galantería o pocas ganas de enfrentarse a la escena, ninguno tiene prisa por llegar. Excepto Camino, que se coloca como líder de la comitiva sin perder un segundo.

El corredor finaliza en una estancia luminosa de unos veinte metros cuadrados. Las persianas están subidas y el sol golpea sin compasión. Sus rayos dan de lleno en el cadáver de la mujer, que desprende un hedor nauseabundo. Las altas temperaturas han acelerado el proceso, y la putrefacción comienza a presentar sus primeras señales. Un enjambre de moscas vuela entusiasta a su alrededor.

—Por Dios, que alguien baje esa persiana —San Millán se ha quedado pálido. Parece que vaya a caerse redondo de un momento a otro.

Un miembro de la Científica se dirige hacia la ventana para acatar la orden. Ya han tomado muestras de esa zona.

—Espérese por lo menos a que la veamos bien —la inspectora le lanza una mirada de censura al juez y tapándose nariz y boca con un pañuelo, se adelanta sin titubeos para escudriñar el cuerpo de la víctima.

Es una mujer de unos cuarenta años, estatura media y tirando a escuchimizada. Tiene una abundante cabellera de perfectos tirabuzones con unas mechas *balayages* muy monas que han perdido su brillo al absorber la sangre de la herida. El asesino no se ha conformado con cascarle el parietal, sino que le ha atizado también en la cara, rompiéndole la nariz y deformando lo que debió de ser un rostro agradable. Un hilillo de sangre seca cae desde la boca, abierta en una mueca de espanto y que deja ver una hilera de dientes cuidados, aunque con algunos empastes de amalgama de plata que testifican que no siempre los atendió igual de bien. A continuación, Camino se centra en las manos. Sabe que dicen mucho de una persona. En esta mujer hablan de coquetería y de un nivel de vida aceptable, pues las lleva arregladas y con unas uñas de tono asalmonado pintadas a la perfección. Se agacha para contemplarlas más de cerca. Sí, se ve un vacío cerca de la raíz. Es una manicura permanente, como imaginaba. O esta tía era estetición o se dejaba treinta euros al mes en lucir las uñas perfectas. Lo que no parece que haya son restos de piel bajo ellas. La Científica dirá, pero apuesta a que no le dio tiempo a defenderse.

Se fija en su vestimenta. Va cómoda pero arreglada, con un pantalón de lino holgado y una blusa de flores rosas y rojas. En los pies, unas manoletinas. Pero sin duda, lo que más llama la atención de todo el conjunto es lo que lleva atado al cuello: un babero de bordes carmesíes y con el diseño de un cerdito sonrosado y la palabra PIG en su interior.

Camino se estremece. Recorre la habitación de un vistazo y se dirige al miembro de la Científica encargado de coordinar el dispositivo.

—Necesito que analicéis cada fibra del babero. Quiero saber si hay huellas, pero también si pertenecía a la víctima, si se ha usado alguna vez, de dónde procede, cuándo se compró. Quiero hasta el nombre del paquistaní que lo ha cosido.

—Al menos el asesino ha tenido el detalle de conjuntarla bien. Le va que ni pintado con la blusa —dice el letrado.

Nadie le ríe la gracia, ni siquiera el juez, cuyo rostro ha adquirido un tono blancuzco que no augura nada bueno.

El comentario de Ramírez hace que la inspectora repare en algo.

—Está vestida. Micaela, ¿podemos descartar un crimen de carácter sexual?

—A falta de un análisis más completo, no parece que el homicida haya cometido ningún abuso de ese tipo.

—Está bien —Camino mira de nuevo al personal de la Científica—. ¿Qué hay de la posibilidad de un robo que se complicó?

—No había cerraduras forzadas y en apariencia todo está en orden. Tampoco parece que les interesaran los objetos de valor. Hay un estuche en el dormitorio con unas cuantas joyas por las que cualquier compro-oro ofrecería un buen taco. El libro electrónico está en la mesilla, y la tele... Bueno, mirad qué tele. Imaginaos ver ahí a la Jennifer Aniston. Es como si estuviera contigo en tu salón.

—Comiéndose tus palomitas, no te jode —dice Ramírez.

—Y lo que ella quiera se puede comer.

—Ya vale —Camino les corta sin titubear. Cada día que pasa tolera peor las machotadas—. ¿Sabemos con qué le pegó?

—Parece claro —Micaela señala una mesita auxiliar.

En ella hay expuesto un trofeo refulgente con forma de libros apilados que se apoyan sobre una peana de mármol. En la peana pueden apreciarse restos de sangre seca.

Se acerca para leer la inscripción.

«XXI certamen literario Villa Paraíso. Mejor Novela Negra.»

—¿Qué demonios...?

La forense se encoge de hombros.

—Era escritora.

En ese momento un alarido suena en la habitación de al lado. Camino pega un respingo y de manera instintiva se lleva la mano a la cintura en busca del arma reglamentaria.

—¿Qué ha sido eso?

Micaela mira con rencor hacia la puerta que permanece cerrada.

—El puto gato.

—¿Qué?

—Lo encerré, porque cuando intenté acercarme a la muerta se me tiró encima como un desquiciado. Mira —hace un giro de muñeca y le muestra tres rasguños paralelos que le recorren el antebrazo.

—¿Había un gato paseándose por la escena del crimen?

—Desde ayer. De hecho, lleva así desde que mandamos a casa a la vecina.

Como para secundar las palabras de la forense, otro maullido de desesperación emana de la garganta del felino perforándoles los tímpanos.

—La vecina también ha estado en la escena, entonces.

Micaela se limpia el sudor por enésima vez y asiente.

—Fue ella la que se topó con el pastel.

—Todo contaminado. Esto es un desastre.

El gato vuelve a desgañitarse, al parecer ya sin intención de parar. Camino resopla ostentosamente.

—Oficial, vamos a ver qué cuenta la vecina. Y por el amor de Dios, que alguien calle a ese bicho.

32.

Ding dong.

El eco del timbre del piso contiguo aún resuena cuando se abre la puerta y una mujer de unos setenta años se asoma al zaguán. Sus canas se ven teñidas de un castaño claro tirando a rubio, ahuecadas a golpe de peine mojado. Lleva un vestido playero de tirantes que deja al descubierto unos brazos rollizos y es dueña de un rostro agradable, aunque las cejas delineadas con lápiz marrón le dan una expresión extraña.

—Buenos días. Soy la inspectora Vargas y él es el oficial Molina, de la Policía Judicial de Sevilla.

—Encarni Rabazo, para servirles. Por favor, pasen.

Se hace a un lado y refuerza con un ademán enérgico su ofrecimiento. Los policías penetran en una vivienda simétrica a la anterior, aunque dispar en cuanto al mobiliario, que se parece más al decorado de una película setentera que a la característica decoración ikeanense que puebla la mayoría de los hogares.

La mujer los invita a sentarse alrededor de una mesa camilla, con su tapete de ganchillo y su hule de plástico transparente. Un ventilador genera una suave brisa. Brisa caldeada, pero brisa al fin y al cabo. El suelo huele a recién fregado y de la cocina llega un delicioso aroma a café recién hecho. Camino se pregunta si esa señora no tiene otra cosa que hacer o si los estaba esperando, pero se responde que le importa tres pimientos.

—¿Toman café?

—No será necesario —la inspectora se apresura a rechazarlo. Arde por ir al grano.

Pascual discrepa con una sonrisa de amabilidad.

—Un cortadito, si no es mucha molestia.

La señora se dirige con diligencia a la cocina mientras Camino se queda mirando a su subordinado con el ceño fruncido.

—Deja que sea hospitalaria, mujer. Le soltará más la lengua.

Camino se calla, porque sabe que Pascual tiene más empatía para esas cosas. Vamos, que tiene una poca, que ya es más de lo que puede decirse de ella misma. Y se arrepiente de no haber pedido otro, pero piensa que ya es tarde para marear a la señora.

Encarni vuelve con una bandeja en la que hay una taza con su platillo de grecas y flores. Le acompaña un azucarero a juego y una fuente con una selección de dulces digna de la mejor confitería sevillana: pestiños, mantecados, tortas de aceite, cortadillos de cabello de ángel.

Pascual chasquea la lengua nada más verlos y Camino no puede evitar una sonrisa malévola.

—Un pequeño acompañamiento —dice Encarni disponiendo la bandeja junto al oficial.

—Coge uno, está siendo hospitalaria —Camino pega un codazo al oficial, que carraspea, realiza un conteo aproximado de calorías y se decanta a regañadientes por una torta de aceite.

—Ya le he servido el azúcar al cafelito, pero póngase usted más si quiere.

La inspectora reprime una nueva sonrisa mientras su compañero pone los ojos en blanco. Ella coge un pestiño. No han parado a comer y está famélica. Al instante su rostro se torna grave, como si no se perdonara haber descuidado el motivo por el que se encuentran allí.

—Encarni, sentimos mucho lo ocurrido.

La mujer se santigua.

—Pobre Lola, Dios mío, pobre Lola.

—¿Le importaría contarnos cómo lo descubrió?

—Ya se lo he contado a los chicos de uniforme, pero se lo cuento a ustedes otra vez, faltaría más. ¿Desde el principio?

—Desde el principio.

—Pues verá, a Nacho empecé a oírle ayer por la tarde, pero al principio no le di mucha importancia, porque a veces se pone pesado sin motivo...

Camino no se puede creer su suerte. «Ahí está, ya tenemos a ese cabrón.» Hace una seña al oficial para que saque la libretita.

—Perdone... ¿Nacho qué más?

—¿Cómo que qué más?

—Los apellidos, ¿los sabe?

—¿Del gato? Mujer, vale que lo trate como a una persona, pero de ahí a darle apellidos y todo...

—¿Gato? ¿Nacho es el gato?

—Sí, hija, Lola era así. Le gustaba ponerle nombres de persona a los animales. Antes tenía una perra que se llamaba Toni, bueno, Antonia, pero la llamaba Toni.

—Ajá —Camino se lleva una palma a la frente—. Continúe, por favor.

—He perdido el hilo.

—Oyó al gato por la tarde.

—Eso es. Serían las cinco o cosa así, no me había ni movido del sillón, que no es que yo sea una vaga, pero con este calor a ver quién se salta la cabezadita...

La inspectora dirige una mirada de impaciencia a Pascual en busca de un cable, pero él se limita a saborear el café y el enfado creciente de su jefa, en venganza por lo del dulce, mientras la vecina sigue hablando:

—Pues ahí fue cuando empezó a miar, y ya no paró. Como a las ocho ya me tenía negra, me fui a dar un paseo. Cuando volví la cosa seguía igual, y ya para las diez, viendo que no paraba, llamé al timbre.

Encarni se interrumpe y alcanza un pestiño que comienza a mordisquear, más por los nervios que por hambre.

—¿Sí? —Camino la insta a continuar.

—No había nadie en casa, como era de suponer.

—¿El gato siempre actuaba así cuando no había nadie?

—Qué va, para nada, si ese gato es un santo. A veces sí, a veces mía para que Lola le haga caso y le dé alguna golosinilla, pero poco más.

—¿Y por qué dice que era de suponer que no hubiera nadie?

—Pues porque eso no hay cabeza que lo aguante, que no paraba ni a respirar, el angelito. Y además con un tono de desesperación que le ponía a una los pelos de punta.

—¿Y qué hizo usted?

—Pues qué iba a hacer, hija, volverme para casa y aguantar, que para eso estamos los vecinos, para ayudarnos y para aguantarnos. Puse el programa de la primera, le di al volumen y así hasta que me dormí.

Encarni se calla, parece esperar a que le pregunten algo.

—¿Y qué paso después? —la inspectora hace acopio de paciencia.

—Pasó que esta mañana seguía igual, y dije que hasta aquí habíamos llegado. A ese gato le pasaba algo, estaba claro. Así que volví a llamar a la puerta, y como no abría nadie, cogí las llaves para comprobarlo yo misma.

—Usted tiene las llaves del piso de Lola.

—Claro, yo las suyas y ella las mías, para cualquier cosa. Imagínese que un día me caigo en la ducha y no soy capaz de salir. Pues grito como gritaba el gato, y hasta que vengan a sacarme. Pero la verdad es que yo las usaba más que ella, porque un par de veces al año se iba de vacaciones y me pedía que le regara las plantas y le echara un vistacillo al Nacho, ya saben, que le rellenara el pienso y el agua y demás. La tierra no, ¿eh? La tierra ya le dije que no se la cambiaba. Que ya he limpiado yo bastantes cacas en mi vida para limpiárselas al bicho este también.

—Cogió las llaves, entonces —Camino trata de que la otra no pierda el hilo. No están las cosas para pasarse allí toda la tarde.

—Las cogí, sí, las cogí —Encarni se lleva la mano a la boca ahogando un grito al recordar la escena. Echa el cuerpo hacia delante y hacia atrás en un movimiento rítmico que anticipa una crisis—. Qué horror, qué horror y qué desgracia, ¿quién ha podido hacerle algo así a Lola?

—Le pido que haga un esfuerzo, Encarni. Necesitamos que nos cuente qué pasó.

—Pasó que abrí y la llamé por su nombre, pero claro, nadie respondió. Entonces fui hasta la salita y la vi allí muerta, eso fue lo que pasó.

—¿Vio algo extraño?

—¿Le parece poco extraño encontrarme a mi vecina con la cabeza aplastada?

—Quiero decir, algo que le llamara la atención en la casa, no sé, cualquier detalle.

—Mire, a mí solo de verla así me temblaron las piernas y se me nubló la vista, que no me caí redonda de milagro. Lo único que recuerdo es al Nachito dando vueltas a su alrededor como un histérico, pobrecillo.

—¿Tocó algo?

La señora se queda pensando.

—El teléfono, para llamar a urgencias. Aunque Lola estaba ya más frita que mi marido, que en paz descanse.

33.

—*Voy a por más café.*

Encarni se levanta trabajosamente. Por cortesía ha dejado el sillón al oficial, y ahora se lamenta porque le cuesta un esfuerzo inmenso salir del sofá hundido que parece querer tragarla. Además, el escay se le adhiere a las piernas y a los brazos en una desagradable fusión con el sudor. Antes el sillón de lino verde era de su Pedro, que era quien mandaba en casa y eso se daba por hecho, así que ella siempre se sentaba en el sofá, más bajito y más incómodo. Pero eso era antes, claro, porque su Pedro hace mucho que ya no está. Ella lo heredó y no volvió nunca más al incordioso sofá de escay, hasta ahora, que ha cedido el sillón al oficial, no sabe muy bien por qué, porque ni siquiera es el jefe, la jefa ahí es la rellenita de la coleta rubia mal hecha, esa es la jefa. Porque ahora las mujeres mandan en sitios donde antes una no podía ni imaginar. Y si las mujeres mandan hasta en la policía, hasta a un señor tan serio y tan grande como ese, repeinado y con un bigote de los de antes, ¿por qué va ella y le deja su sillón (que ya es su sillón)? Cabecea arrepintiéndose y se muerde el labio al sentir cómo se quejan sus articulaciones, que ya no son lo que eran. Como el mundo, que ya no es lo que era. Y eso está bien, en parte está bien, aunque en otra parte tiene que seguir cambiando, y si no, mira lo que le ha pasado a Lola.

—¿Me traería otro para mí? —la voz de la inspectora la saca de sus pensamientos.

—Claro, jefa, digo inspectora, faltaría más. Y le echo una miajita de hielo, que con este calor no hay quien aguante.

—Gracias, es usted muy amable.

—Al mío también. Y otra cosa…, ¿me lo pone con sacarina?

Encarni mira con fastidio al grandullón. Pues no va a ser que todavía se creen los reyes del mambo, estos hombres. Pero claro, ella le ha dejado el sillón, porque a su edad todavía no ha aprendido y sigue siendo una machista como el que más, y ahora él se cree que es su sirvienta y le pide sacarina. Sacarina.

—Ay, hijo, yo no tengo de esas cosas modernas. Azúcar blanca, refinada, de la de toda la vida. Eso es lo que hay.

—No me ponga nada entonces.

Encarni masculla algo y Pascual suelta un «gracias» que se pierde entre el arrastrar de zapatillas y lo que quiera que va rumiando la mujer.

Camino aprovecha para pegarle otro codazo, este menos amistoso.

—Anda que me vas a ayudar con el interrogatorio. No vayas a decir algo, ¿eh? Ni soñando. Así no quemas tú las calorías de la torta esa que te has zampado.

—Es que ha sido un golpe bajo, jefa. Que bastante me cuesta ya. Ahora me voy a tener que saltar la cena, y no veas tú el hambre que se pasa como te entre el insomnio y te líes a dar vueltas en la cama.

—Pero si ni siquiera hemos almorzado —Camino piensa que el tema de la dieta se le está yendo a Pascual de las manos—. Apúntate a baile, como yo. Eso sí que fulmina calorías.

—¿A baile, yo? En eso estaba pensando, jefa. En ser el hazmerreír de cuatro tontos.

—Oye, que allí no hay cuatro tontos. Hay por lo menos treinta.

La vecina regresa portando la bandeja con los dos cafés para los policías y una salobreña para ella. Lleva también un platito de altramuces para pasarla mejor. Dispone todo en la mesa y da un trago a su bebida.

—Encarni, esto es importante. Le voy a pedir que se concentre al máximo.

—Por supuesto, pregunte lo que quiera.

—¿Se fijó en lo que llevaba puesto su vecina?

—Hija, por Dios. Tenía la cabeza abierta, ¿cómo quiere que me fije en la ropa?

—Me refiero... en el cuello.

La mujer frunce el ceño.

—Ahora que lo dice, creo que llevaba algo atado. ¿Un babero?

—Sí. Usted la conocía bastante bien. ¿Qué cree que puede significar?

—No lo sé. Es muy raro. Eso son cosas de bebé. Y Lola no tenía hijos ni sobrinos ni nada por el estilo. No sé qué podía hacer con algo así.

Camino vacila. Y se lanza. Tiene que intentar confirmar la idea que le ronda la cabeza.

—¿Cree que su vecina podía estar embarazada?

—¡Uy! Nada más lejos.

—¿Por qué?

—Pues porque Lola no tenía pareja.

—Quizá andaba con algún noviete.

Encarni mueve la cabeza a un lado y a otro.

—Mi vecina no tenía nada de eso.

—¿Ni un ex con el que pudiera haber vuelto?

—No. Por lo menos, desde que se compró el piso de al lado. Y de eso ya hace más de diez años.

—Trate de recordar.

—No había hombres en su vida —Encarni insiste con obstinación—. Ni maridos, ni exmaridos, ni novios o parejas o compañeros o como se les quiera llamar ahora con estas modernidades. Ni pasados ni futuros.

—Pues un amante.

—Eso menos.

Ambos la miran con una expresión de sorpresa que parece querer decir: «¿Y usted qué sabe?».

—Aquí se oye todo. Si oigo los maullidos del gato, ¿no creen ustedes que oiría también el trantrán de los vecinos?

—Está diciendo que su vecina nunca tenía sexo.

—No le iba el tema, eso es lo que creo. Porque déjenme que les diga, aunque no me lo hayan preguntado, que mujeres tampoco había en la vida de Lola. Mire que yo al principio lo pensaba, que aquí donde me ven soy una mujer muy de mi tiempo y todo me parece bien. Me decía: si a esta chica no le van los hombres, pues le irán las mujeres. Será una bollera de esas, que cada vez se ven más. Pero tampoco. No le iba el tema y punto.

—¿Qué pasa, era asexual? —interviene Molina.

—Ay, hijo, pues tampoco llego a tanto. Si asexual es que tienes otras prioridades en la vida, pues sería. Porque Lola solo tenía dos pasiones: su gato y la escritura. Y eso sí que lo hacía bien, la jodía niña. Escribía como los ángeles. Miren, miren.

Encarni se incorpora de nuevo del sofá y se dirige a una estantería que hay al lado del televisor. Enseguida vuelve con un par de libros.

—Son las novelas de Lola —se las tiende a los policías, que alcanzan una cada uno y las observan.

—«Lola Cuadrado» —la inspectora ha leído en voz alta el nombre que aparece en la portada.

—En realidad, su apellido era Sánchez. Sánchez Cuadrado. Pero quitaba el primero porque decía que era muy poco original.

Molina se rasca la cabeza. No deja de mirar la tapa de la que tiene en sus manos.

—*El secreto del mar Muerto*. Con ese libro es con el que ganó el premio —explica Encarni con un brillo de orgullo en la mirada, como si fuera su propia hija quien lo hubiera escrito.

Ahora la inspectora también lo mira. Es un novelón de unas seiscientas páginas. En la portada aparece dibujado el cuerpo tendido de una mujer, contorneado por una figura de tiza que sugiere que está muerta. Lo corrobora el reguero de sangre que le mana de la cabeza.

Camino abre mucho los ojos al caer en la cuenta.

—Muy premonitorio.

34.

Cuando salen de la casa de Encarni, el escenario del crimen ya ha quedado vacío.

Tras el levantamiento del cadáver, no hay mucho que hacer allí. Salvo por dos agentes que custodian la puerta, no queda rastro de la tropa que ha trabajado como hormiguitas, cada uno en su rol asignado. Camino se acuerda de las suyas y agradece que sean su única mascota, mucho más cuando oye un ruido que sigue saliendo del piso. Es Nacho, que ha cambiado sus alaridos estridentes por un lamento bajito y chillón.

—¿Qué va a pasar con ese gato? —pregunta Pascual.

Camino se encoge de hombros.

—Pero alguien debería cuidar de él, ¿no? No puede quedarse aquí encerrado hasta que se muera.

—Alguien, tú lo has dicho. Alguien se encargará.

—Voy a preguntarle a la vecina.

Pascual vuelve sobre sus pasos y llama al timbre de Encarni.

—¿Qué se les ha olvidado?

—El gato. Alguien tiene que quedárselo.

—Eso sí que no, hijo. Yo en mi casa no quiero bichos.

—Solo hasta que lo recoja algún familiar de Lola.

—Por ahí no me la cuela. Familiares tenía menos que amigos. ¿Por qué se cree que era yo la que le iba a rellenar el pienso? Lo siento, pero no. Ya se lo dije antes: yo no limpio ni una caca más en mi vida. Con las mías tengo bastante.

Encarni cierra sin más y Pascual se queda con cara de tonto frente a la puerta.

—Ese gato no se va a morir ahí dentro, cojones.

El oficial entra con decisión en el domicilio de la víctima, se introduce en la habitación desde donde emerge el lloro incesante y sale con un gato blanco enorme que mira a Camino con unas pupilas contraídas en finísimas líneas verticales.

—Muy bien, Molina, ya has hecho la buena acción del día. Ahora a corretear por los tejados en busca de hembras, Nachito.

—Estará castrado.

—Pues en busca de pajarillos que asesinar.

Pascual tiene los labios fruncidos. Sujeta al gato en brazos como si fuera un bebé, que se ha acoplado a él y se le ve tan a gusto.

—Este gato es un testigo ocular del crimen, jefa. Ha visto perpetrar el asesinato de su dueña con sus propios ojos.

—Pues dile que te lo cuente.

—No podemos dejarle ir así, sin más.

—Claro que podemos —dice con gesto cansado la inspectora—. No es una norma establecida en ningún protocolo, ¿sabes? Llévense para casa todos los bichos que vayan encontrando en cada escena del crimen. Ratas, periquitos, lo que sea.

—Ya. ¿No nos íbamos?

—Ah, no. Esa cosa no me la metes en el coche.

Pascual la ignora y sigue bajando las escaleras. Camino resopla. Sabe cuándo tiene una batalla perdida.

—Lo va a poner todo bueno de pelos.

35.

Camino y Pascual ya han llegado a la brigada.

La inspectora quiere convocar al grupo para recapitular los avances de la jornada, pero el turno de tarde está bajo mínimos. Consulta el cuadrante. Joaquín no regresa de vacaciones hasta dentro de diez días. Con el año que llevan, no puede pedirle que deje a la familia en Conil y se venga a echar horas. Y Águedo está de baja por paternidad, ni hablar de molestarle. Pero ahora tienen que ocuparse de dos crímenes en paralelo, y se pregunta cómo demonios van a hacerlo. Para colmo, a Teresa la ha llamado su hija pidiéndole que recoja al niño de piano. Y Fito sigue vigilando a Alonso. La única que anda por allí es Lupe, rematando un informe.

—Dile a Lupe que se venga a la sala de *briefing*. Vamos a organizarnos. Y llama a Teresa, que se dé prisa.

—No creo que tuviera pensado volver.

—Me da igual lo que tuviera pensado. Tenemos una segunda muerta y hay que ponerse las pilas. Mientras siga trabajando aquí, es lo que hay.

Pascual obedece a regañadientes. Su compañera tiene un pie ya en la jubilación y sabe que le interesan más las vicisitudes de sus nietos que el día a día de la brigada. Cuando acaba de movilizar al personal, busca un cuenco y le pone agua al gato, que comienza a dar lametazos desesperados.

Mientras, Camino se dedica a imprimir las fotos del escenario del segundo crimen. Las mira una y otra vez, y cuanto más lo hace, más cara de mala leche se le ve.

—¿Te has fijado en cómo se ha puesto la forense? —chismorrea Pascual para relajar el ambiente.

—No.

—Joder, jefa, es que no eres observadora. Se le nota hasta en la cara. Qué mofletes, ni mi hija cuando era pequeña. Dan ganas de pellizcárselos.

—¿Que no soy observadora? No digas tonterías, a ver si te va a oír alguien: una jefa de Homicidios despistada. Para qué queremos más.

—Es la verdad. Que tú para jefa bien, pero observadora no eres.

—Y dale.

A Pascual le viene un estornudo que retumba en toda la sala.

—Te vas a dar la vuelta.

—Yo he perdido cinco kilos y ni te has enterado —insiste en el tema tras sonarse la nariz.

Camino le mira de arriba abajo.

—Tienes razón, no me había dado cuenta.

—Al menos podías fingir.

—No es lo mío, ya lo sabes. No finjo en la cama con lo bien que queda, voy a fingir fuera.

Pascual sonrojado, simula no haberla oído y vuelve al tema.

—Pues yo diría que la que estaba en el piso de Santa Cruz es más bien la que se ha comido a Micaela. Quién sabe cuántos kilos se habrá echado encima.

—Es que está muy estresada con un asunto personal. Pásale tu plan de dieta.

—Dios me libre a mí de decirle a una mujer lo que tiene que llevarse a la boca.

—Ahí te doy la razón. Oye, Molina, igual es ella la que se come todos los chupa-chups de Sevilla.

—Eso son muchas calorías, jefa.

La guasa queda interrumpida cuando Lupe entra en la sala y se queda boquiabierta mirando debajo de la mesa.

—¿Qué pasa, niña? Ni que hubieras visto un fantasma —dice Camino.

—Pues casi. ¿Qué es eso? —Lupe señala al felino blanco, que se refriega en las piernas de los dos policías.

—Un gato.

—Ya sé que es un gato. Aunque parece un tigre siberiano, qué barbaridad. ¿Y qué hace aquí?

—Es un testigo ocular —Pascual la mira con un punto desafiante. Parece decirle: «En esto no te metas».

Lupe toma asiento con gesto de desconfianza, pero no osa replicar. Por un momento solo se oye al gatazo junto a las piernas del oficial. Le está dando trocitos de un sándwich por debajo de la mesa, y a juzgar por el ronroneo, le gustan. Eso o que tenía más hambre que el propio Pascual con su dieta.

La inspectora abre la boca al fin, pero para lamentarse:

—Tres personas. Tres personas para dar con los culpables de dos asesinatos. Y luego quieren que garanticemos la seguridad ciudadana y todo eso.

Pascual va a decir algo, pero se ve interrumpido por una serie de estornudos, a cada cual más escandaloso.

—¿Y a ti qué te pasa?

—Habré cogido frío.

—A quién se le ocurre salir sin el abrigo —Camino mira a Lupe—. Relevaste a Fito, ¿no?

—De una a cuatro. Le dejé tiempo para que se echara una cabezadita y todo.

—¿Novedades?

—El sospechoso no salió de la oficina hasta las tres de la tarde. Iba con otro hombre enchaquetado y encorbatado como él.

—Uf, me da calor hasta de pensarlo. ¿Y adónde fueron los pingüinos?

—A un restaurante en la calle Sierpes. Pidieron un menú ejecutivo, se tomaron el café y se despidieron. Alonso pasó por la farmacia y luego volvió a encerrarse en la oficina.

—¿Pasó por la farmacia? ¿Qué compraría?

—Ibuprofeno. Y un colirio para ojos irritados.

—¿Cómo lo sabes?

—Entré detrás de él.

—Pudo darse cuenta de que le seguías.

—Disimulé, jefa. La mujer de un hipocondríaco y madre de un niño hiperactivo siempre tiene algo que comprar en una farmacia. Vamos, que si me pongo me la llevo entera.

—Vale —Camino se arrepiente del comentario porque sabe que a veces infravalora a Lupe—. ¿Y después?

—Nada. Cuando volvió Fito a las cuatro, el nota seguía en la oficina.

—Y lo que le quedará —Fito aparece de improviso. Tiene los brazos en jarras y actitud provocadora.

—¿Qué haces aquí? —Camino le mira desconcertada.

—Molina me ha dicho que había reunión y me he venido.

El oficial mira para otro lado, como si la cosa no fuera con él.

—¿Y el sospechoso?

—Ya está colocado el GPS —contesta Fito con una sonrisa petulante.

—¿Ha llegado la autorización del juez?

—Hace un rato.

—Pero alguien tiene que quedarse vigilando.

—Tengo un par de amigos que patrullan la zona y les he pedido que no le quiten ojo este rato.

Camino le mira fijamente durante unos segundos. No le gusta que tomen las decisiones a sus espaldas, como si ella no pintara nada allí. Tiene ganas de soltarle alguna fresca a los dos. Pero, por otro lado, acaba de quejarse de que están bajo mínimos, y no se puede permitir despreciar efectivos. Mucho menos a un subinspector, aunque sea un subinspector insolente y vanidoso.

—¿Son de fiar esos amigos tuyos? —pregunta al fin.

—Lo son, aunque sean guindillas.

Lupe reprime una sonrisa. Los piques entre la Policía Nacional y la Local están a la orden del día, y una de sus aficiones es lanzarse pullas los unos a los otros.

Justo entonces se abre la puerta y aparece Teresa con bolsas de la compra y gesto enfurruñado.

—Bueno, ya estoy aquí. ¿Qué es tan urgente?

—Ha aparecido otra mujer muerta. Le han destrozado el cráneo y le han atado un babero al cuello.

Teresa deja caer las bolsas al suelo y se lleva una mano a la boca. Una mandarina rueda por el suelo de la sala. El gato sale disparado hacia ella y la alcanza justo antes de que se cuele debajo de un archivador.

Camino hace una seña a Pascual para que presente los hechos; él saca su libreta y procede:

—La inspectora y yo nos hemos personado en la escena del crimen, una vivienda en el barrio de Santa Cruz, en torno a las catorce horas. La víctima responde al nombre de Dolores Sánchez Cuadrado y era una mujer de treinta y nueve años, soltera y escritora de profesión.

—Y aquí nos encontramos con la primera de las complicaciones —Camino pasea la mirada por los rostros de su equipo—. Si ya teníamos a los medios encima por el otro caso, imaginaos con una famosilla. La comisaria estará recibiendo presiones por todos lados, los medios se le echarán encima, los jefazos también, y ya sabéis en qué se traduce eso: nos joden a nosotros.

Todos asienten. Teresa es la primera que se rehace.

—Pues a mí no me suena de nada, y eso que soy una lectora empedernida.

—Firmaba los libros como Lola Cuadrado —dice Pascual.

Teresa deja escapar un gritito.

—¡Mi hija me regaló su novela el mes pasado!

—¿Y qué tal está? —a Lupe le puede la curiosidad. Ojalá supiera cuál es la fórmula del éxito. Y ojalá Jacobo la aplicara. Aunque en el fondo se conforma con que empiece su dichosa novela.

—No estamos aquí para hablar de literatura —Camino le lanza una mirada torcida.

—No lo he empezado todavía —confiesa la veterana.

—Tampoco eres tan empedernida, entonces —Pascual no puede reprimirse. Luego ve la exasperación en el rostro de su jefa y hace un gesto para aplacarla—. Prosigo, prosigo. La causa de la muerte fue un traumatismo craneal. Todo indica que alguien la golpeó con un objeto hallado en su domicilio, un trofeo de unos cinco kilos de peso que le abrió la cabeza provocándole la muerte. Y luego está lo más espeluznante de todo: el babero que llevaba atado al cuello.

Camino abre la carpeta que tiene ante sí, extrae las fotos, se las entrega a Fito y espera a que vayan pasando por todos los miembros del grupo, quienes las examinan en silencio.

—El cadáver lo descubrió su vecina esta mañana. El gato de la víctima, aquí personado gracias al heroico rescate de nuestro compañero —mira de reojo a Pascual—, llevaba maullando desde la tarde anterior. A falta de establecer la data de la muerte, la primera impresión de la forense es que el homicidio se produjo alrededor de veinticuatro horas antes del hallazgo. Esto confirma la versión de la vecina. Es decir, que el bicho empezó a dar la voz de alarma cuando mataron a su dueña: en torno a las cinco de la tarde del día de ayer.

—¿Algún sospechoso? —Fito acaricia al peludo bajo la mesa en un gesto cómplice hacia su compañero.

—Hasta ahora, la única pista es el babero. Si el asesino firmó la primera muerte con un chupete, ahora ha elegido esto. Eso nos hace pensar en una secuencia.

—¿Qué pinta un babero atado al cuello de una mujer de treinta y nueve años?

Lupe lanza la pregunta al aire.

—Lo mismo que un chupete en la boca de una de treinta y seis.

—Exacto, Molina —Camino hace un gesto de aprobación.

—O sea, que estamos hablando de la misma persona.

Teresa está descolocada. A estas alturas de la carrera no esperaba tener que lidiar con ningún asesino en serie.

—Un perturbado que firma con objetos de bebé. Con algún trauma de infancia.

—También puede tratarse de un *copycat*. Recordemos que lo del chupete se ha filtrado a todos los medios.

—Y al asesino se le ocurrió ponerle un babero para despistar —Lupe completa la hipótesis de Fito.

—Justo. No podemos descartar un crimen de otro tipo. Violencia machista, por ejemplo —la inspectora espolea a su equipo. Eso es lo que necesita, todos pensando a un tiempo.

—El tipo se cargó a su pareja, vio las noticias y decidió imitar el *modus operandi* para alejar las sospechas —Fito continúa vertebrando su teoría

—Ya podía haber usado también un chupete, qué tío más cutre.

—Tendría más a mano el babero.

—Sí, eso tiene algo de sentido —concede la jefa—. Salvo por una cosa.

—¿Qué?

—La vecina descarta esa posibilidad.

—Ah, claro, la vecina —ahora a Fito le sale su vena socarrona—. Pues nada, le hacemos una diligencia de traspaso y que lo resuelva ella.

—La vecina lleva diez años viviendo puerta con puerta y asegura que no había ningún hombre en la vida de Dolores. Ni novios, ni exnovios, ni amantes de una noche —Camino frunce los labios—. Por otra parte, la cerradura no estaba forzada, lo que sugiere que pudo abrir la puerta al asesino de forma voluntaria.

—Pues entonces pudo ser la misma vecina. Tenía la llave, ¿no? —dice Teresa.

—Es una señora de unos setenta y tantos años que nos ha tenido de charleta con café y pastas toda la santa tarde. No tiene pinta de matar a una mosca.

—¿Y yo, jefa? ¿Dirías que tengo pinta de matar moscas si me encuentras en mi casa con los rulos y las zapatillas?

—¿Tú? No te tengo por una ejecutora.

—Pues no sabes la de veces que se me pasa por la cabeza asesinar a alguien al cabo del día.

A todos se les escapa una sonrisa. Excepto a Camino.

—A ver, seamos serios. ¿Qué razón tendría esta Encarni para cargarse a su vecina?

—Ah, yo qué sé. Eso es lo que tenéis que averiguar los de la escala ejecutiva. A mí me pagan por acatar órdenes, a vosotros por pensar —dice Teresa.

Lupe alza la mano. Camino teme que lance alguna otra hipótesis peregrina, pero le hace un ademán para que hable.

—¿Vivía de los libros?

—¿Y eso qué tiene que ver?

—Si vivía de la escritura, trabajaría desde casa. Y cuando uno trabaja desde casa, no es que se acicale mucho. Lo sé por mi marido, que desde que está intentando escribir una novela se pone el chándal y de milagro. Por las fotos se ve que esta mujer sí que iba muy mona.

—Sigue.

—El caso es que si estaba así de arreglada, a lo mejor es porque había quedado con alguien.

—Pasadme las fotos de nuevo —pide Camino.

Las examina hasta dar con una en la que se ve una cafetera al fondo. Está llena. Y una persona que vive sola pone una cafetera por la mañana y tira de ella el resto del día. A menos que sea muy adicta al café. O que quiera ofrecérselo a los invitados, como hizo Encarni con ellos.

—Eso es, Lupe. Tenía una cita en su casa. Con su asesino.

Se produce un silencio. Sus compañeros la observan con reconocimiento. Lupe se ruboriza y se atusa el pelo para recuperar la compostura, un gesto tonto aprendido ya en el colegio. Aprovecha que la atención está puesta en ella y continúa:

—¿No hay nadie más del entorno de la víctima a quien interrogar? ¿Alguien de su familia?

—Ambos progenitores están muertos. Tiene una hermana que vive en Tomares y que se ha comprometido a venir después de ver el cuerpo —responde Pascual, tratando de disimular un bostezo que acaba en estornudo. Siguen tres más, que va encadenando uno tras otro.

Fito le mira con sorna.

—¿Has cogido frío, oficial?

—Otro con la tontería.

La inspectora continúa con el caso:

—Esperamos que esa charla nos revele algo importante. La vecina dice que hacía alguna escapada de fin de semana. Quizá se veía con alguien.

—¿Con alguien que nunca pasaba la noche en su casa?

—Igual era una historia reciente, la vecina tampoco tiene por qué saberlo todo.

—Ella sí —a Pascual se le ve muy convencido. Encarni le recuerda a sus tías mayores. No había detalle que se les escapara de todo el vecindario.

—O eran discretitos. Follaban en silencio y la vecina no se enteraba.

—Ya está bien —Camino ve que empiezan a irse por las ramas—. Además, hay gente a la que no le gusta que los amantes pasen la noche en su casa.

Lo ha dicho impostando indiferencia, pero todos conocen la afición de la inspectora al sexo sin compromiso tanto como su miedo al compromiso en sí. Y callan, porque a todos les ha venido la misma idea a la cabeza, y no, no quieren imaginarse a su jefa en esas lides. Por mucho que esa afición sea objeto habitual de la rumorología en la brigada.

—¿Y lo de que era escritora? Puede tener algo que ver —Lupe se lanza a la arena.

—Desde luego. Es un hilo del que tirar, no en vano le atizaron con su trofeo literario. Yo aquí veo dos opciones: o bien el asesino es un psicópata que va firmando sus crímenes con objetos de bebé, y en ese caso estamos hablando del mismo perturbado, o bien ha querido despistarnos a raíz de lo del chupete.

—El *copycat*.

Camino asiente.

—A fin de cuentas, ha salido hasta en Canal Sur. Con lo que aprovecho para decir que como me entere de quién lo filtró, lo ejecuto con mis propias manos.

Los barre con la mirada uno por uno, y uno por uno bajan la cabeza, incapaces de sostener esos ojos de fuego. En realidad no cree que nadie de su grupo pueda hacer algo así, pero prefiere amedrentarlos. Solo por si acaso.

—¡Y que no les llegue lo del babero, por Dios! ¡Que tenemos cachondeíto hasta el día del Juicio!

Descarga un puñetazo en la mesa y los vuelve a observar. Capta alguna mirada suspicaz entre ellos y se da cuenta de que no era necesario. «No sobreactuar», anota mentalmente antes de retomar el hilo.

—Yo apuesto por no presuponer nada e investigar ambas vías. Eso implica partir de cero en el caso de Lola Cuadrado, pero siguiendo las posibles conexiones con el de Soledad Cabezas. ¿Estáis de acuerdo?

Como nadie dice nada, da por hecho que sí y prosigue.

—Así que, vistas las estadísticas de los últimos meses, no descarto un caso de violencia de género, pero tampoco a alguien de su gremio.

—Quizá generó envidias en su entorno —recuerda Pascual—. La víctima acababa de ganar un trofeo.

—Trofeo con el que le abrieron la cabeza.

—Además, la portada de su última novela se parecía a la escena del crimen.

—Bueno, es que es novela negra. La imagen de una mujer muerta tampoco es muy original —a Teresa le encanta dárselas de sabidilla.

—Con el cráneo ensangrentado.

—Pues eso, un clásico.

—Está bien. Vamos a explorar a fondo esa vía, a ver qué sale. Quintana, sumérgete en internet. Esta gente suele tener perfiles muy activos en las redes. Y localiza quién era su agente, le haremos algunas preguntas.

—Perfecto —Lupe anota todo con diligencia y hace amago de levantarse—. Me lío con ello.

—Espera, nos queda el otro caso. Repasémoslo entre todos para ver si se nos escapa algo. Y recordad: la vista puesta en todas las posibilidades.

La joven policía se vuelve a sentar, contenta de su conquista. Siente que empiezan a tenerla en cuenta y eso le gusta, le gusta mucho.

—Soledad Cabezas Muñoz —refresca la inspectora. Ella no utiliza ningún cuaderno, ni falta que le hace. A estas alturas tiene cada dato grabado a fuego en la memoria—. Treinta y seis años. Embarazada de unas quince semanas. Recepcionista en la clínica Santa Felicitas. Causa de la muerte: traumatismo torácico consecuencia de un atropello deliberado. Data aproximada de la muerte: entre las dos y las tres de la madrugada del lunes al martes. Lugar: frente a un descampado en Las Letanías. Se halla un chupete alojado en la boca, posible firma del asesino. Sospechosos: el exnovio. Móvil: pasional, ella le dejó estando embarazada. Suponemos que le era infiel.

—¿Averiguasteis algo nuevo en la clínica? —pregunta Teresa.

—No llegamos, se nos cruzó la otra muerta.

—Ya, claro.

—Alcalá: Molina y yo vamos a sentarnos con la hermana de la escritora. Tenemos que priorizar, no damos más de sí. O continúas controlando al exnovio, o te vas a la clínica. ¿Tú qué dices?

Fito se sorprende ante la concesión. No está acostumbrado a que Camino le deje tomar las decisiones, ese era más el estilo de Paco. Lo sopesa. Puede ser un regalo envenenado. Decidir conlleva sus riesgos: si te equivocas, la cagas. El caso es que tiene enfilado a ese pijo sevillano.

—Bueno, no es que me muera por seguir tronchando, pero creo que no debemos dejarlo ahora. Las primeras setenta y dos horas son claves.

—Pues tú sigues con Alonso. Y no te cortes con los guindas. Si tienen ganas de ayudar, que ayuden, que buena falta nos hace.

—Pero no nos vendrían mal refuerzos. Así no hay quien tenga una vida. Mi novia me va a echar de casa.

—Tu novia siempre te está echando de casa —le recuerda Pascual.

—Ya, a mala hostia no la gana nadie.

—Pues vete tú y arreglado.

—El típico caso del divorciado que quiere que ahora todos se separen. De manual.

—Oye, oye, que el que está amargado con su novia eres tú.

—Aun así. Mejor en el sofá con ella que tronchando en el coche —Fito mira a la inspectora—. ¿Por qué no pides que nos manden a alguno del Grupo de Vigilancias?

—¿Crees que no lo he intentado ya? Pero Mora dice que imposible, que están hasta arriba. Y que a llorar, a casa.

—Con el tiempo que pasamos en casa, ni para llorar nos da.

Teresa le apoya con cara de resignación.

—Cuando le entre el ataque de celos a mi novia, se la voy a mandar a la comisaria, que le explique ella que he echado quince horas aunque tenga un turno de ocho.

—Hay que apañarse, Alcalá. Sabíamos lo que había cuando nos metimos a esto. A ver, ¿qué más nos queda?

—Los datos del teléfono de Soledad. Ya han conseguido desbloquearlo. A media mañana lo tendremos todo volcado en un informe.

En ese momento un agente toca a la puerta y avisa de que la comisaria Mora quiere ver de nuevo a la inspectora. Camino deja escapar un suspiro.

—Voy. Chicos, vamos a ver qué sacamos en claro. ¡Seguimos!

36.

Lupe lleva un rato rastreando la huella digital de la escritora.

Tiene trabajo para hartarse: además de la web y el blog, mantenía activos un perfil de Instagram, otro de Facebook, otro de Twitter y un canal de YouTube donde subía pequeñas píldoras reseñando libros de colegas. Todos los perfiles están abiertos, de forma que no hacía falta que ella autorizara previamente a alguien para sumergirse en su vida. Desde fiestas con amigos hasta fotografías de países exóticos que visitaba o comidas que ingería, incluida una centena de instantáneas del gato que cosechan más *likes* que todas las demás juntas. «La verdad es que es bonito, el condenado», se dice Lupe. Pero lo que más abunda son imágenes de su faceta como escritora: presentaciones de libros, conferencias junto a otros autores o encuentros con clubes de lectura, así como rebotes de críticas hechas a sus libros por periodistas y blogueros. Lola Cuadrado era una *influencer* en toda regla: entre unas y otras redes sumaba decenas de miles de seguidores, ávidos por conocer cada detalle de su vida y dispuestos a hacerle llegar parabienes ante cualquier nuevo avance en su trayectoria literaria.

Mucho *like* y mucha leche, pero a saber cuándo la habrían localizado de no haber sido por el gato. Eso sí: los mensajes de «Descansa en paz» ya se cuentan por cientos en su muro.

Teresa pasa a su lado mordisqueando una galleta y se asoma al ordenador.

—¿Encuentras algo?

—Por ahora, nada. Y eso que lo cascaba todo en las redes. Ya podía haber contado quién la iba a matar.

—Pero eso sería desvelar un final antes de tiempo —Teresa le guiña un ojo.

—A mí el *spoiler* me ahorraría trabajo. En fin. A ver cómo localizo yo a su agente entre todos estos miles de amigos.

—Mira en su web. Si es bueno, seguro que presumía de él.

Lupe le hace caso. Teresa es como es, pero nadie puede decir que no tenga olfato para algunas cosas. Y, efectivamente, ahí está.

—¡Bingo! Representada por Katarzyna Dumanska.

Lupe pincha en el nombre y el navegador la reenvía a la web de la agencia literaria. Tras unos minutos de conversación telefónica, consigue que Katarzyna acceda a charlar con ellos de inmediato. Pletórica, corre al despacho de la inspectora.

37.

Camino ha estado reunida con la comisaria.

A Mora se la ve decidida a convocar a los medios antes de que se le echen encima y necesita preparar bien las preguntas a las que se tendrá que enfrentar. Su teléfono, que ya no paraba desde lo del atropello, arde con el asesinato de una escritora sevillana.

Ahora la inspectora se encuentra de vuelta en su despacho tratando de poner las ideas en claro. Coge un rotulador y se sitúa frente a la pizarra de caballete. Pasa hacia atrás la última hoja escrita, mira el espacio en blanco, lo divide en dos y empieza a rellenarlo. Anota nombres, los conecta entre sí mediante flechas, toma las fotografías de ambos casos y las pega en cada una de las mitades. Escribe, tacha, escribe. La información obtenida en el caso de Soledad había afianzado las conjeturas sobre un crimen pasional, y todas las sospechas recaían en Alonso Márquez. Sin embargo, con la recurrencia en el *modus operandi* todo cambia. Quizá ese pretencioso hombre de negocios no haya tenido nada que ver en la muerte de su expareja. Quizá las terroríficas estadísticas de asesinatos machistas la hayan ofuscado. Julio está siendo el mes más negro del año. En las últimas tres semanas han sido asesinadas ocho mujeres; con Lola Cuadrado, son ya cincuenta y una contabilizadas desde enero. El tema se ha convertido en algo político y, al menos en su caso, personal. No puede cambiar el mundo, no puede evitar que los asesinatos se sigan cometiendo, pero hará cuanto esté en su mano para que los culpables paguen las consecuencias de sus actos. Está tan concentrada que se sobresalta cuando alguien llama a la puerta. Es Lupe. Viene con cara de entusiasmo.

—Ya está.

—¿Ya está qué?

—He contactado con la agente de Lola Cuadrado. Charlará con nosotros. En el bar Contrimá, dentro de media hora.

—No sé si puedo, Quintana. Estamos tan desbordados que hay que medir bien los tiempos.

A Lupe se le cae el alma a los pies. Con lo que le ha costado cerrar la cita...

Esa mujer se pasaba el día sola tecleando en su casa. Por el tiempo que le dedicaba al Facebook, diría que sus contactos reales eran limitados. La agente puede ser de ayuda.

Camino echa un vistazo al reloj que hay sobre el escritorio.

—Uf, no sé.

—Yo puedo llevar el coche. Y de paso te voy contando lo que he averiguado en las redes sociales.

—Está bien, vamos.

El rostro de Lupe se ilumina. Por fin acompañará a la inspectora, por fin podrá verla en acción y aprender de ella. Están a punto de salir por la puerta cuando la comisaria Mora irrumpe con el rostro desencajado.

—Vargas, hay novedades.

Camino no recuerda la última vez que Mora fue directa a su despacho. Casi no se atreve a preguntar, pero no le hace falta. La comisaria está tan nerviosa que no puede esperar.

—Confirmado. La escritora también estaba embarazada.

38.

En esta ocasión no hay nadie esperándola en las puertas del tanatorio.

Camino se dirige al Servicio de Patología Forense, y de ahí a la sala de autopsias. A través de una cristalera ve a la doctora y a un auxiliar examinando un cuerpo equipados con gorro y mascarilla. Cuando Micaela levanta la cabeza, la inspectora aprovecha para hacerle una seña.

Minutos después, se reúnen en el despacho de la forense. Al igual que con la autopsia anterior, la doctora ni siquiera se ha quitado la bata manchada de sangre. Cierra la puerta, se sienta tras el escritorio y se lleva las manos a la cara. Se quita las gafas y se restriega los ojos como si quisiera borrar todo lo que han visto. A continuación se levanta y pega un palmetazo estruendoso en los archivadores metálicos, y luego otro y otro.

La inspectora está confusa, no esperaba un arrebato de esa magnitud y no tiene idea de cómo gestionarlo. Echa de menos a Pascual.

—Cálmate, Micaela. Tú no eres así. No puedes perder los nervios con cada autopsia.

—Otra vez, Camino. No hay derecho.

—Te refieres al embarazo de la víctima.

—¡Pues claro que me refiero al embarazo! ¡Me voy a volver loca, te lo juro, no lo soporto!

—Tranquilízate. Es duro, pero nosotras tenemos que hacer nuestro trabajo.

Micaela la mira desde el fondo de unos ojos acuosos, tratando de contener la rabia.

—¿De cuánto esta vez?

—Ocho semanas.

La forense es una mujer inteligente. Camino está segura de que ella también se había planteado que algo así podía suceder. De hecho, apuesta a que es por eso por lo que lo han sabido tan pronto. Ha ido directa a hacerle la prueba.

—¿Has podido averiguar algo más?

—Claro, tú aún no lo sabes.

—¿Qué es lo que no sé?

Micaela la mira a los ojos con una intensidad que parece querer traspasarla.

—Gemelar.

—¿Cómo?

—Era un embarazo gemelar. Esta mujer esperaba dos hijos.

Ambas se quedan en silencio. Camino siente cómo una rabia roja y espesa va envenenando cada centímetro de su cuerpo. Ahora ella también tiene ganas de gritar.

—¿Qué está ocurriendo, Micaela?

—Está claro, ¿no? Alguien está matando a mujeres embarazadas.

39.

Katarzyna sorbe una manzanilla mientras hojea el último manuscrito recibido.

Es de un autor novel, pero tiene gancho. Sabe que lo aceptará cuando no puede dejar de leer, y este lo está consiguiendo a pesar de la trágica noticia. Una noticia que la ha dejado abatida. Y es que no es lo mismo leer los más cruentos asesinatos de la pluma de sus autores que escucharlos de boca de un miembro de la Policía Judicial. Sobre todo cuando la víctima es una de sus representadas. Deja a un lado la novela y mira por el ventanal. Hay gente en la terraza, pero hace tanto calor que ella prefiere guarecerse dentro, con la temperatura enlatada y agradable que proporciona el ruidoso aparato de aire acondicionado. Ve acercarse a una mujer que tiene la vista fija en ella e intuye que es su cita.

Lupe la reconoce incluso antes de entrar en el establecimiento. Ha visto su foto en la página web, y una mujer de pelo rubio y ojos claros llama la atención en Sevilla. Además, es la única que bebe una infusión en ese bar. Todos los demás le dan a la cerveza Capillita, una marca artesanal de moda creada ex profeso para los amantes de la capital andaluza.

Se nota nerviosa. No esperaba tener que manejar ella la entrevista, pero reconoce que la tarea le gusta, tanto por el reto profesional como por el tema en cuestión: la vida de los escritores de éxito. Que es, a fin de cuentas, con lo que sueña su marido cada noche. Quién sabe si algún día el propio Jacobo se verá lidiando con representantes y editoriales.

—Buenos días. ¿Katarzyna?

—Encantada —Katarzyna se levanta y la saluda con dos besos, aunque le queda la duda de si eso era lo adecuado, sobre todo por la rigidez de la policía.

—Soy Guadalupe Quintana, del Grupo de Homicidios. Iba a acudir la inspectora, pero ha habido una emergencia y la he sustituido yo.

—¿Una emergencia? Espero que no sea otro asesinato.

—No, no —se acuerda de que no puede comentar los casos con nadie y puntualiza—: Creo que no.

—Está bien. Supongo que querrá hablar de Lola.

—Sí.

—La verdad es que no tengo mucho que contarle. Llevaba poco tiempo con ella.

—¿Cómo la conoció?

—Me la presentó uno de mis autores. Charlamos un rato y a los pocos días me envió el borrador de su última novela. Era buena, muy buena. La lanzamos hace solo unos meses. Supongo que la habrá visto.

—Sí, *El secreto del mar Muerto*.

—Exacto. Está en todas las librerías —se jacta—. Ya tenemos los derechos vendidos en Holanda y Francia. Y estoy a punto de llegar a un acuerdo con Italia.

—¿Qué pasará ahora?

—Supongo que el libro seguirá su camino.

—Quizá se echen atrás otros países.

—Puede ser. O quizá sirva como gancho para llamar la atención de más lectores.

—Qué frío suena eso.

—Las editoriales son empresas. Están para hacer caja.

—¿A quién irá a parar su dinero?

—¿Los derechos de autor? Al familiar más directo.

—Sus padres han fallecido. Tiene una hermana, María del Carmen.

—Pues entonces, supongo que a ella.

Lupe asiente para sí, pensativa.

—De acuerdo. Entremos ahora en el terreno más delicado, su vida privada. ¿Le contaba algo? Quiero decir, si eran ustedes amigas o algo así.

—Lo cierto es que no. Tomábamos un café de vez en cuando, pero nos centrábamos en nuestra relación profesional.

—O sea, que no sabe si tenía pareja, por ejemplo.

—Nunca lo mencionó.

Lupe duda sobre si revelarle la información que acaba de conocer en el despacho de la inspectora. Al final, se decide a hacerlo.

—Katar...

—Kata, llámeme Kata. Es más sencillo así —dice la representante con benevolencia, habituada a esos titubeos.

—De acuerdo, Kata. Lo que voy a revelarle es confidencial.

—Cuente con mi reserva.

—Lola estaba embarazada.

La boca de la representante se abre en un gesto de asombro.

—¿Le sorprende?

—Sí, no le había notado nada. Dios mío, qué horror. El bebé...

—Estaba solo de unas semanas.

Katarzyna se queda callada. Pero a Lupe le ronda una idea.

—Oiga, Kata.

—¿Sí?

—Esos cafés de los que me ha hablado... ¿alguna vez los tomaban en casa de Lola?

La representante la mira de una forma extraña. Lupe siente como si sus pupilas la atravesaran.

—No, nunca. Siempre quedábamos en este bar. Se sentaba en la silla que está ocupando usted ahora mismo.

40.

—Oye, Pascual. Está aquí la chica esa.

El oficial está concentrado en su ordenador aporreando las teclas. Se detiene y mira despistado a Teresa.

—¿La hermana de la escritora?

—Sí.

—No tenemos noticias de la jefa, ¿no?

—Por aquí no ha pasado. Y yo me voy a ir ya, ¿eh?, que no estoy para estas palizas. Además, con este calor se me van a estropear los yogures.

Camino le ha dado instrucciones a Pascual para que se encargue de la hermana si se presenta antes de que ella regrese. No le ha hecho mucha gracia, sobre todo porque barrunta que se libra así, una vez más, de hurgar en la herida de alguien que acaba de perder a un familiar. Mascullando entre dientes, se encamina hacia la sala de espera sin ningún entusiasmo. Pero al llegar, su estado de ánimo cambia. Más que cambiar, se ve sacudido como si se hallara sobre el epicentro de un terremoto.

La mujer está concentrada en la pantalla de su teléfono, de modo que puede observarla sin recato. Es notablemente alta. Le calcula algo más de uno ochenta, a lo que hay que sumar los tacones que la elevan unos centímetros hasta igualar su propia altura. Siempre le han gustado las mujeres grandes, aunque se acabó casando con una de poco más de metro y medio. Que, eso sí, tenía toda la maldad reconcentrada en ese tamaño de llavero. O así lo ve él ahora, que se ha quedado sin casa, sin dinero y casi sin hija.

Se deleita contemplando la forma en que el sobrio vestido gris se le pega a cada una de sus generosas curvas como una segunda piel. Una melena oscura y lustrosa le cae abundante sobre los hombros. Se queda paralizado hasta que ella se percata de su presencia y le mira. Eso no le ayuda, porque al contemplar sus ojos, Molina siente que se pierde como hacía mucho tiempo que no se perdía, como quizá no se haya perdido nunca, al menos de esa forma que el común de los mortales ha dado en llamar «flechazo». Él, que se había prometido no volver a pensar en una mujer.

—¿Hola?

—Buenas tardes —Pascual trata de reponerse—. ¿María del Carmen Sánchez Cuadrado?

—Sánchez Casado —le corrige con una caída de párpados que pondría nervioso a cualquiera—. Y llámeme Mamen.

Mamen. Mamen. Mamen, que tiene unos ojos oscuros y grandes donde la melancolía se acumula sin restar belleza, que tiene una boca pequeña pintada de un suave tono anaranjado, que tiene una nariz algo grande que le da un toque exótico y singular a su rostro. Mamen Sánchez Casado. ¿Casado?

—¿Casado?

—No, soltera.

Lo dice con retintín, y Molina no sabe si es que no le ha entendido o se está burlando, o acaso le está enviando una señal. Su parte más racional sí que se burla de él por pensarlo siquiera, pero quién en su sano juicio de recién asaeteado hace caso a la parte más racional. Quién.

—El apellido. Dolores se apellidaba Cuadrado. ¿No es usted su hermana?

—Medio hermana. Mi padre se casó con mi madre unos años después de que la madre de Lola falleciera.

—Entiendo.

La mujer hace un gesto de impaciencia. Menos mal, porque si no, ese policía bigardo y percherón no reacciona.

—Oficial Pascual Molina —le tiende una mano que suele ejecutar el saludo con la precisión y fuerza justas, pero que ahora es desmañada y nerviosa—. Siento mucho su pérdida.

—Gracias —a ella le sale un quiebro en la voz.

—¿Me acompaña para que charlemos?

—Por supuesto.

Recorren juntos los corredores de la brigada. Ella camina a su lado con los tacones repiqueteando en el suelo de baldosas. Pascual se detiene frente a la sala de juntas, la deja pasar sosteniendo la puerta y le hace una seña para que se acomode en una silla a su lado.

—En primer lugar, querría agradecerle la deferencia de venir hasta aquí en un día tan difícil.

—Pídame lo que quiera.

—¿Cómo?

—Que me pida lo que quiera. Cualquier cosa que pueda ayudar a encontrar al asesino de mi hermana.

—Sí, por supuesto. Gracias.

Torpe, torpe, torpe. El oficial Pascual Molina, con veinte años de profesión a la espalda, nunca se ha sentido tan torpe. Le ofrece un café. Ella lo rechaza. Él toma aire para ver si se inspira.

—Como imaginará, estamos en la primera fase de la investigación. Para ello es primordial hacernos una idea del entorno de la víctima, y ahí usted puede ser una ayuda muy valiosa.

—Oh, no se crea.

—¿No tenía buena relación con su hermana?

—Ni buena ni mala. No hablábamos mucho. Antes nuestro padre funcionaba como enlace, pero desde que falleció ninguna hacíamos demasiado por mantener el contacto. No por nada, ¿eh? La vida, que la lleva a una en volandas sin que se dé cuenta.

—Pero quizá conozca a su círculo de amistades.

—No.

—¿A nadie?

La hermana niega tercamente, y en sus labios se dibuja un mohín que refuerza su seguridad.

—A algún hombre que formara parte de su vida.

—Eso sí que no.

Pascual no sabe por dónde seguir, pero ve que ella no ha terminado.

—Estoy segura de que no lo había. Ni lo hubo ni lo había.

—¿Cómo está tan convencida? Su vecina piensa igual que usted.

—Claro que piensa igual que yo. Porque a Lola nunca le interesaron los hombres. Al contrario que a mí —sonríe con tristeza y, o eso cree ver el oficial, un punto de coquetería.

Entonces Mamen hace algo que le confunde por completo. Alarga el brazo hacia él y le roza la mejilla con la yema de los dedos. Pascual se sonroja hasta las raíces, justo antes de que ella le ponga algo delante de los ojos.

—Un pelo. Tenía un pelo blanco en el bigote. No me diga que ha recogido a Nacho.

Pascual asiente en medio del azoramiento.

—Espero que no se lo haya comido —se echa a reír, y es una risa fresca que le alegra el alma.

—No.

—No, por supuesto que no. Era una broma muy tonta, discúlpeme. Es usted encantador. Una buena persona.

—No podía quedarse solo en la casa.

—Pero no se quite mérito. Eso no lo hace cualquiera.

Pascual carraspea.

—Entonces, ¿no cree que esto lo haya hecho un amante despechado?

—Despechado no sé, pero amante mire que lo dudo. El sexo no entraba en sus planes, se lo digo en serio.

Pascual está a punto de soltarle lo del embarazo cuando Mamen sigue hablando:

—Éramos muy diferentes. La noche y el día. Fíjese, ella, por ejemplo, adoraba a los niños. Al contrario que yo, que no los soporto. Desde crías, aun siendo Lola mucho mayor, me pedía que jugáramos con los muñecos. Le gustaba pasearlos en el carrito, cambiarles la ropa y todas esas cosas. Pero yo pasaba, porque a mí lo de jugar a las mamás me aburría un montón. Prefería el fútbol o el baloncesto.

—¿Y siguió pensando así?

—Siempre. Aunque ahora veo los partidos más por las piernas de los futbolistas que por los goles que meten.

—Me refería a Dolores.

—Ya lo sé, era una payasada. Perdone otra vez, me salen en los momentos más tensos. Soy así de tonta.

—No se preocupe, el humor es terapéutico.

Mamen le dedica una sonrisa de gratitud que a Pascual le hace sentirse muy importante.

—¿Qué me preguntaba? Ah, su devoción por los críos. Claro que no la abandonó. Se le caía la baba cada vez que veía un bebé. Los cogía, los besaba, ponía caras de idiota hasta que se reían. Y a ellos les gustaba. Habría sido una buena madre.

—En ese caso, quizá se lo planteaba —ahora Pascual la tantea a fin de conocer hasta qué punto está enterada.

—Así era. Siempre decía que ella tendría hijos, pero sola, sin un marido que diera por saco.

Pascual se revuelve en su asiento. ¿Eso creerá también Mamen? ¿Que los hombres solo valen para dar por saco? Ojalá no. Aunque eso es justo lo que él piensa de las mujeres desde su divorcio. O pensaba. No está seguro.

La hermana de Lola Cuadrado sigue hablando:

—Yo me burlaba y le decía que un poco lo iba a necesitar, al hombre. Aunque fuera para engendrar.

Para engendrar. Ya está. El subinspector acaba de conectar los puntos. Ha tardado un poco, pero es que sigue obnubilado.

—Quizá no.

—¿Cómo?

—Quizá no necesitaba al hombre como tal.

—Sí, eso decía ella. Que la ciencia ha avanzado mucho.

En los dos metros y ciento ocho kilos de peso —hoy ya ciento siete, a pesar de la torta de aceite de Encarni— hay un hombre seducido, pero también sigue habiendo un policía apasionado por su trabajo que sabe cuándo ha dado con algo interesante.

—Gracias, Mamen. No le robo más tiempo. Su colaboración ha sido muy importante.

Ella se levanta, desconcertada por un final de conversación tan abrupto. Pero no tarda en rehacerse.

—¿Me acompaña a la salida? No quiero perderme en este laberinto.

El hombre seducido manda al cuerno las urgencias del policía exigente y la conduce por los pasillos de vuelta, la acompaña en el ascensor, la lleva hasta la calle. Ella se cuelga del brazo de él con una familiaridad que desarma por completo al policía y al hombre. Cuando llegan a la puerta, se despide con un fugaz beso en la mejilla.

—Gracias. Lola y yo no éramos las hermanas más unidas, pero la apreciaba mucho. Atrape a quien le hizo esto. Y ya sabe, pídame lo que quiera.

Pascual traga saliva. Después saca una tarjeta de la cartera y garabatea unos números.

—Tenga, mi teléfono personal. Por si recuerda algo más que pueda ser de ayuda.

Ella asiente con seriedad, acerca su mano y desliza los dedos por el dorso de la de él al tiempo que se lleva la tarjeta. Luego se da media vuelta y se aleja calle abajo en la penumbra de la tarde. Él se queda mirándola, hechizado por el taconeo firme y el contoneo de caderas. De repente cae en la cuenta de algo.

—¡Mamen!

Ella se gira con una leve sonrisa, como si lo hubiera estado esperando.

—El gato.

—¿Qué pasa con el gato? —la sonrisa se trueca en gesto de confusión.

—Está en mi despacho, se lo tengo que dar.

—¿A mí? No, de eso nada. Nacho es mono, pero no es para mí. Quédeselo.

Mamen reemprende su caminar muy erguida, consciente del efecto que provocan sus pasos, mientras Pascual se queda con un palmo de narices. Y con un gato. Y tratando de entender qué ha visto en esa mujer. La ve alejarse y piensa en ello. Y estornuda.

41.

Pascual está regresando al despacho cuando recibe la llamada.

—Molina, esto lo cambia todo.

Camino está tan nerviosa que escupe la frase sin preámbulos.

—Lo sé, jefa. Dos embarazadas es mucha casualidad. Solo puede significar una cosa...

—Estamos ante un único asesino. Un puto *serial killer* de embarazadas.

—Sí.

Se hace el silencio. Al poco, la inspectora vuelve a hablar:

—Acabo de estar con la forense. La escritora estaba de gemelos. Dos, Molina, dos. No significa nada, pero es terrible.

—Sí que significa algo —Pascual lo dice con tono pausado. Ese nuevo dato le refuerza en su convicción.

—¿Qué?

—Lola Cuadrado quería ser madre soltera. Su hermana me lo ha confirmado. Y se quedó embarazada de gemelos.

Hay otro momento de silencio seguido de varios bocinazos y exabruptos de algún conductor iracundo que la inspectora devuelve con lindezas semejantes y algún que otro juramento que mascula para sí. Lleva dos días dando tumbos. Buscando a unos hombres que nunca formaron parte de la vida de esas mujeres.

—Reproducción asistida. Y eso nos conduce de nuevo a...

—La clínica Santa Felicitas —remata Pascual la conclusión.

—Espérame en la puerta de la brigada. No podemos demorar esa visita ni un minuto más.

42.

Los dos policías avanzan por los pasillos de la clínica.

El área de reproducción asistida se encuentra en la cuarta planta. Camino va renegada. Odia los hospitales, los evita siempre que puede. Ahora tiene una razón más para ello: le recuerdan al inspector Arenas, a la visita que tiene que hacer y nunca hace, al miedo a ver a un hombre dormido que no volverá a ser lo que fue, a la posibilidad aterradora de que Paco nunca despierte. Piensa que quizá eso ha influido para demorar esta incursión hasta ahora, cuando ya no queda más remedio porque todo parece confluir en esos tratamientos que la primera de las víctimas se encargaba de agendar en decenas de parejas cada día. Pero no le gusta reconocer que los sentimientos puedan influir en su trabajo.

Toman un ascensor abarrotado que va deteniéndose en cada uno de los pisos. Al abrirse en el suyo, el panorama cambia por completo: las paredes están pintadas de un suave verde esperanza, y aquí y allá hay cuadros de preciosos bebés que sonríen con cara de felicidad a las futuras madres. Avanzan hasta un mostrador donde una chica rubia de pestañas largas y gruesos labios color fucsia atiende a una pareja. Al hombre se le van los ojos al escote. La bata blanca, dos tallas más pequeña de lo conveniente, lleva los dos primeros botones abiertos, y un tercero parece inmerso en una lucha por mantener al ojal en su lugar. Tras él se adivina un surco profundo que anuncia todo tipo de peligros. La mujer que le acompaña mira alternativamente el escote y a su marido, y no parece muy contenta. Camino reprime una sonrisa. Está segura de que la mitad de las parejas que pasan por allí salen discutiendo.

La recepcionista les entrega una hoja de citación, les dedica una exquisita sonrisa con sus labios *waterproof* y se despide de ellos, antes de centrarse en los policías.

—Buenas tardes. La tarjeta de clientes, por favor.

—¿Perdone?

—Necesito ver su tarjeta para la cita.

—No venimos a una consulta.

—¿No?

Ahora separa la vista de la pantalla del ordenador y los mira con curiosidad.

—Inspectora Vargas, de Homicidios —muestra su placa—. Este es el oficial Molina. Venimos en relación con la muerte de Soledad Cabezas Muñoz. Tengo entendido que trabajaba aquí.

La recepcionista se lleva una mano a la boca ahogando una exclamación.

—Este era su sitio —señala un asiento vacío a su lado.

—¿Y usted es...?

—Nerea.

Camino la observa con las cejas enarcadas, como si esperara algo más.

—Nerea Franco. Sole era mi compañera, entre las dos llevábamos las citaciones de repro.

—Bien, Nerea. Necesitaríamos hablar con usted.

La chica echa un vistazo al reloj situado en la pantalla de su ordenador.

—Cerramos dentro de diez minutos. Si no les importa esperar, luego les cuento lo que quieran. A mano izquierda tienen una salita donde tomar asiento.

Algo más tarde de lo previsto, Nerea aparece en la puerta de la sala. Se ha quitado la bata y luce una camiseta ceñida de un rosa chillón a juego con sus labios, aunque es difícil reparar en los colores debido al escote vertiginoso por el que asoman unos pechos que podrían pertenecer a una mujer mucho más grande.

—¿Nos vamos?

Una vez acomodados en la terraza de un bar cercano, Nerea pide una caña doble y se bebe la mitad en el primer trago.

—Una cerveza bien fría hace la vida algo más tolerable —dice, como para disculparse, y les clava sus penetrantes ojos verdes—. ¿Es cierto lo que ha salido en las noticias? ¿Que tenía un chupete metido en la boca?

Los policías se miran. Camino enciende un cigarrillo y se encoge de hombros. No tiene sentido ocultarlo.

—Así es.

—Sole estaba embarazada.

Nerea lo dice como al desgaire; luego da un nuevo sorbo a su bebida y se queda con la vista fija en las figuras de humo que exhala la inspectora.

—Lo sabemos. ¿Ella se lo contó?

—Ya me habría gustado. Lo dijo hace unas semanas en la comida de la empresa. La hacemos antes de las vacaciones de verano, es tradición aquí. Pues entre plato y plato, pidió silencio, se levantó y dio la noticia. Todos aplaudieron como locos, pero yo me quedé con cara de idiota.

—¿Aplaudieron como locos?

—Sí, es que se puso muy emotiva. Dijo que la clínica había hecho realidad su sueño y que gracias a Santa Felicitas era la mujer más feliz del mundo. Y como el que más y el que menos ya iba cocido, aplaudieron, le dieron la enhorabuena, la abrazaron... Era la primera vez que una empleada se sometía a los tratamientos, y que tuviera éxito mola, la verdad.

—Entonces todo el mundo lo sabía.

—En la clínica, desde luego. Era la comidilla.

—Y... ¿el padre? —Pascual suelta como si nada la pregunta del millón.

—¿El padre? Yo qué sé, algún universitario pajillero.

Nerea se corrige con una sonrisa de disculpa ante la mirada censora y un poco perpleja de los policías.

—Perdonen, no son formas. Un donante anónimo.

—¿Podría explicarnos eso? Nosotros creíamos que Soledad tuvo un compañero estable hasta hace dos meses, y estaba embarazada de cerca de cuatro. ¿Qué pinta un donante aquí? Estamos confundidos.

—Confundida estaba yo, que me chupé todas las crisis de pareja de Sole. Le dije mil veces que tenía que dejar a Alonso, pero ella solo sabía quejarse. Decía que tenía que reunir las fuerzas. Pocos dolores de cabeza me dio. A mí, que soy propensa a la migraña. Y luego un día viene con cara de euforia y me suelta que hala, que ya le ha dejado. Sin más. Yo, claro, tan contenta por ella, aunque me extrañó que de repente hubiera encontrado todas esas fuerzas, porque nunca volvió ni a mentarlo. Y luego me entero de que llevaba meses con el tratamiento.

—O sea, que usted cree que le dejó cuando vio confirmado su embarazo.

—No lo creo, me lo contó ella. Aquel día de la fiesta la cogí en los baños y le dije: «A ver, a mí esto me lo vas a explicar bien, porque yo no me entero de nada», y me confesó que quería tener un hijo pero no con Alonso, porque eso la ataría a él para siempre. Y como no sabía qué hacer, le pidió cita a la doctora Matute, que le hizo las pruebas y salió que tenía una reserva ovárica baja.

—¿Una qué?

—Pocos óvulos para su edad. A medida que pasan los años, la reserva ovárica en la mujer disminuye, ¿sabe? Unas la tienen un poco más alta y a otras se les pasa el arroz sin que se cosquen. Y Sole estaba talludita, no le quedaba mucho tiempo para andar pensándoselo. Tomó la decisión de hacerlo por su cuenta y comenzó un ciclo de FIV.

—¿De qué? Traduzca, por favor —Camino se enerva ante el enésimo palabrejo que le resulta incomprensible. Empieza a estar harta de esa jerga.

—Perdone, es la costumbre. Fecundación *in vitro*. Decidió que sería madre soltera, pero a Alonso no se lo podía contar. Yo no sé por qué le daba tanto miedo ese hombre. Total, que se lo tuvo callado hasta que lo consiguió. Entonces sí, le dejó y se fue a la otra punta de Sevilla a empezar una vida nueva. Y cuando pasó un tiempo, lo hizo público en la clínica.

—O sea, que confirma que no había ningún otro hombre en la vida de Soledad.

—Qué iba a haber. Bastantes movidas había tenido ya con este. Decía que ahora solo quería centrarse en su embarazo.

—Oiga, y con la tal doctora..., ¿podríamos tener una charla?

—Claro, esa se la agendo yo ahora mismito —Nerea coge el teléfono y escribe algo—. Mire, está en línea —pasan unos segundos en los que la chica sigue tecleando—. Dice que se ha ido ya. A ver... Mañana. Que se pasen mañana por la mañana, sobre las nueve, y les hace un hueco entre una consulta y otra. ¿Les parece bien?

—Nos parece perfecto.

43.

Camino ha dejado a Pascual en la brigada para que recoja al gato.

No pueden estirar más la jornada. Además, le ha visto agotado, tiene cara de no encontrarse bien. Echa un vistazo al reloj situado en el salpicadero del coche: están a punto de dar las diez. Si se apresura, aún llega a clase de baile, y lo necesita para aliviar la tensión acumulada. Después podrá pensar con más claridad.

Porque el hecho de saber que en Sevilla hay un psicópata cometiendo crímenes la pone enferma. Que ese perturbado esté matando mujeres hace que le hierva la sangre. Pero si resulta que además de haberles arrebatado la vida junto con sus sueños, sus proyectos y su felicidad futura, ha suprimido la posibilidad de un nuevo ser humano, la mala leche se le acumula en cada uno de los siete *chakras* como si le fueran a reventar.

Llega con cinco minutos de retraso. Aparca en el primer hueco que ve, saca del maletero la bolsa de deporte que siempre lleva preparada y se lanza de cabeza a los aseos a cambiarse con el ritmo de la cumbia sonando de fondo en la sala.

Víctor la recibe con semblante serio.

—Llegas tarde —susurra mientras la agarra por la cintura y la hace girar sobre sí misma una, dos, tres veces.

—Casi no vengo, mucho trabajo —contesta ella entrelazando las manos y girando con él en el siguiente paso.

—Por qué será que no me sorprende. Voy a tener que buscarme otra pareja.

El ritmo aumenta y el monitor hace un ademán para que cambien el paso. Más rápido, más rápido, más rápido. Las vueltas se suceden y el cabello largo y rubio de Camino se convierte en una espiral dorada en torno a su cabeza.

—No seas gruñón. Bailo mejor que todas esas canijas juntas.

El ritmo se va templando y los cuerpos de las parejas se acoplan unos con otros para iniciar una nueva fase de la coreografía.

—Pero me dejas solo la mitad de las veces —dice mientras acerca sus labios a la oreja de Camino y ambos cuerpos quedan unidos moviéndose al mismo compás.

Cuando Camino sale del gimnasio ya duchada, ve a Víctor en la puerta de la academia con el móvil en la mano y cara de pocos amigos.

—¿Te llevo a casa? —le ofrece ella.

—Julio quedó en recogerme, pero se le había olvidado. Ya está llegando.

—¿Qué tal os va?

—Bien. Solo que a veces es idiota.

—Como todos los hombres.

Víctor pone los ojos en blanco haciéndose el ofendido.

—Oye, hablando de hombres, antes de que empezara la clase vino uno preguntando por ti.

—¿Por mí?

—Sí, un tal Marco. Al parecer bailasteis mucho el otro día. En horizontal y todo —a su amigo le sale una risita.

—Yo no le dije que venía aquí.

—Ya, pero no es tan difícil de averiguar. Apareces por el Mambo Club y te marcas unos bailes que dejas a todos con la boca abierta. Está claro que tomas clases.

—¿Y qué pasa, que ese desequilibrado se ha recorrido todas las escuelas de baile de Sevilla?

—Solo las mejores. Y estaba molesto porque le dijiste que no tenías móvil.

—¿Acaso es obligatorio tenerlo?

—Dice que te llamaron por teléfono cuando huías de su casa —ahora sí, Víctor estalla en una carcajada sin disimulo.

—¿Y qué coño quería?

—Pues el tuyo, ¿cuál si no? —a Víctor se le caen las lágrimas de tanto reírse, pero como ve que a Camino sigue sin hacerle ninguna gracia, se esfuerza por contenerse—. Venga, mujer, no es para tanto. Le gustaste mucho al chico.

—Y tú qué le has dicho, a ver.

—Que se quedara y bailara él contigo, que le cedía la pareja. Total, para las veces que me dejas plantado...

—¿Qué?

—¿Eres tonta? Qué le voy a decir. Que no conozco a ninguna Gladys. Y cámbiate ya el nombre de baile, que es horroroso.

—Gladys es perfecto.

Camino ve acercarse el coche de Julio, que lanza una ráfaga con las largas. Le saluda con la mano y se despide de Víctor. Cuando ya se aleja, le oye gritar:

—¡No te olvides del concurso del sábado! ¡Los campeones se llevan un jamón!

Ella le grita que no, que no se olvida, al tiempo que en su mente conecta la agenda familiar: el mismo día que el cumpleaños de su sobrina. Y aún no ha comprado el dichoso triciclo.

44.

YO: *Han venido a la clínica.*

MIAMOR: Quiénes?
YO: Dos polis.
MIAMOR: Cómo eran? Una mujer y un hombre?
YO: Sí. La mujer era la jefa.
MIAMOR: Gorda, no?
YO: Un poco. Fuertota.
MIAMOR: La inspectora Vargas.
YO: Eso.
MIAMOR: Y el otro era muy grande?
YO: Enorme.
MIAMOR: Son los que vinieron a mi despacho.
MIAMOR: Qué les has dicho?
...
MIAMOR: Qué les has dicho?
MIAMOR: Estás ahí?
MIAMOR: Qué cojones les has dicho?
...
YO: Eeeeeh, relájate. Que me habían llamado por te-
léfono.
MIAMOR: Quién?
YO: Mi madre, quién va a ser.
MIAMOR: Vale. Entonces?
YO: Les he contado lo del embarazo y eso, pero ya lo
sabían.
MIAMOR: Nada más?
YO: Nada más.
MIAMOR: Ya me explicarás más despacio.

YO: Nos vemos luego?

MIAMOR: No.

YO: 😔

MIAMOR: Hoy no es buena idea.

YO: Ah.

...

YO: Y por qué no es buena idea, si se puede saber?

MIAMOR: Creo que me están vigilando.

YO: A ti? Por qué?

MIAMOR: Yo qué sé. Hay un tío metido en un coche delante de la oficina a todas horas. Y un coche patrulla ha estado dando vueltas.

YO: A ver si es que te estás volviendo un poco paranoico...

MIAMOR: Que no, mi amor, que no.

YO: Bueno, y qué si están vigilándote. Ni que hiciéramos algo malo viéndonos.

MIAMOR: Mañana es el entierro de Sole. Hay que esperar un poco.

YO: Esperar. Puf.

YO: Estoy harta de esconderme.

MIAMOR: Ten paciencia.

YO: Pues no lo entiendo.

YO: Llevo mucho tiempo teniendo paciencia.

MIAMOR: Lo sé, cari. Solo un poco más.

YO: Entonces cuándo nos vemos?

MIAMOR: Yo te llamo.

YO: Tú me llamas.

MIAMOR: Sí, yo te llamo.

YO: Y yo a esperar.

MIAMOR: Un poco, sí.

YO: Todavía me quieres?

YO: Después de todo esto, quiero decir.

MIAMOR: Pues claro que te quiero, mi amor. Te quiero muchísimo.

MIAMOR: Eres mi vida, toda mi vida.

MIAMOR: Ya lo sabes. Me tenías loco desde el primer día que te vi.

YO: Pero si no hubiera sido por mí...

MIAMOR: Porque no me podía imaginar que una chica como tú pudiera estar conmigo. Te quiero, te quiero, te quiero.

YO: Vale. Yo también te quiero. Buenas noches.

MIAMOR: ♥

45.

Camino se quita los zapatos con los talones y se despanzu-rra en el sofá.

Nada más hacerlo, recuerda la convocatoria mediática y alcanza el iPad con una contorsión digna de un maestro yogui. Para entonces, la comisaria ya lo habrá largado todo y las agencias de noticias comenzarán a lanzar sus comunicados, que reproducirán en mayor o menor medida el resto de medios. Abre el buscador de noticias y ahí está Mora, impecable en su uniforme, rodeada de un enjambre de micrófonos. «Estamos cerca», es la frase que le atribuyen sobre el rótulo de la noticia que ha conmocionado a Sevilla en el día de hoy: «La escritora Lola Cuadrado, asesinada en su propia casa».

Esto la lleva a pensar en lo que dijo Lupe sobre su atuendo y en aquella cafetera llena que no se llegó a servir. Sí, Lola Cuadrado esperaba a alguien, al igual que Soledad Cabezas. La primera se citó con su asesino en su propia casa; la segunda, y tan solo unas horas antes, lo hizo de madrugada en mitad de la calle. ¿Significa eso que el asesino las conocía a ambas? Mujeres que habían emprendido el camino para convertirse en madres. Y un perturbado que firma sus crímenes dando a entender que conocía su situación y que no le gustaba demasiado.

Retoma la lectura del artículo, que confirma que ambos entierros tendrán lugar al día siguiente. Mora ha estado muy hábil a la hora de no conectar los crímenes ni dejarse liar por los periodistas, y nadie les ha filtrado el tema del babero. Ni del embarazo de la escritora.

177

La sensación de desasosiego regresa, y con ella otra: tiene prisa. Prisa por saber, por resolver el misterio y encerrar a quien corresponda antes de que todo llegue a la prensa. Porque llegará, y más pronto que tarde. Y lo complicará horrores. Disponen de unas horas, quizá días, hasta que la información más morbosa vea la luz y el pánico se adueñe de toda la ciudad. Eso debería bastarles. Ese perturbado debería estar entre rejas ya. Y es que hay algo que a Camino le produce una comezón mucho mayor que la de los medios y que la apremia hasta eliminar cualquier amago de sueño o de cansancio: ¿piensa parar ahí el asesino que ha firmado las dos muertes?

Tiene que encontrar la conexión entre ambas mujeres. Recuerda el iPhone de Soledad, muriéndose del aburrimiento en la Científica, y suelta una maldición. Agarra su propio móvil en busca del número del jefe de la Científica en Sevilla y lo marca. Su paciencia ya se ha agotado.

Tras varios tonos oye la voz grave del inspector.

—¿Vargas?

—Buenas noches, Zaplana.

—¿Todavía estás currando? Ah, claro, la comisaria tenía rueda de prensa... ¿Te ha apretado las tuercas?

Camino se muerde el labio antes de contestar. Se lo muerde tan fuerte que se hace un puntito de sangre. Pero no le sirve de mucho, porque explota igual.

—A ti no te las ha apretado nadie, por lo que veo.

—¿Cómo dices?

—El iPhone, Zaplana, el maldito iPhone.

—Ya, es que esos cacharros dan muchos problemas. Oye, pero lo tenían ya, ¿no has visto el informe?

—¿Qué? ¡No!

—Pues te lo mando si quieres, tampoco había gran cosa. La línea era nueva, apenas dos meses, y ella no parece que tuviera muchos amigos. Siete u ocho contactos.

—¿Cómo? ¿Y las conversaciones, las fotos, los e-mails...?

—Sabes que no podemos sacar nada que vulnere derechos de terceros. Lo que hay disponible es su agenda de contactos.

—¿Ni siquiera el registro de llamadas?

—Secreto de las comunicaciones. Habla con el juez, yo no puedo hacer más.

—Está bien —Camino resopla. Sabe que Zaplana lleva razón y que no le va a quedar más remedio que volver a hablar con el quisquilloso de San Millán.

—Y que sepas que si hay alguien que tenga que echar la bronca soy yo a ti.

—¿A mí?

El inspector baja el tono de voz.

—Las llaves, joder. Sé que has sido tú, te vieron merodeando por aquí. Como alguien se dé cuenta, me voy a ver en un buen lío.

«Hostias.» Camino se lleva la mano al bolsillo lateral del pantalón y ahí están. Las llaves del piso de Sevilla-Este en el que pasó Soledad Cabezas el último mes y medio de su vida. Olvidó devolverlas.

—Mañana a primera hora las quiero en su sitio. O no te cubro más el culo.

—No sé qué ha podido pasar con esas llaves —se hace la tonta—. Pero seguro que mañana estarán ahí.

—Más te vale.

—Acuérdate, el informe —Camino cuelga de forma abrupta. No es mujer de cortesías.

Enseguida, un numerito rojo en el icono del mail le indica que ha recibido un nuevo correo electrónico. En él, sin una sola palabra que lo acompañe, un documento de Word adjunto. Zaplana no exageraba. No hay siete u ocho contactos, sino menos aún. Seis. Seis tristes números de teléfono. Contiene el aliento mientras lee los nombres que Soledad asignó a esos números:

1. Alonso Ex
2. Casera
3. Clínica
4. Doctora Matute
5. Nerea
6. Papá

Estaba claro que Soledad tenía decidido comenzar una vida nueva, y eso incluía un nuevo teléfono y hasta una nueva línea. Como quien hace una mudanza y se libra de todo lo viejo, conservando solo lo imprescindible. Con el tiempo lo imprescindible se suele rodear de lo innecesario, pero la pobre mujer nunca llegó a esa fase. La inspectora frunce el ceño. Quizá sea una oportunidad. Quizá los lugares donde hay que mirar se reduzcan a eso. Pero ¿por qué estaba Alonso incluido en su nueva agenda? ¿Por qué no fue el primero al que eliminó?

Camino se levanta del sofá de un salto. Necesita acceder al teléfono de Soledad. Pero acceder de verdad, no ver una página de Word con seis nombres. Ni mendigar al juez San Millán y esperar a que se digne arrimar el hombro. Y se le acaba de ocurrir cómo hacerlo.

46.

—Perdona que te llame a estas horas, Micaela.

—No te preocupes. Total, no puedo dormir.
   Necesito pedirte un favor.
—Dime.
—Es un favor un poco especial.
—Como todos tus favores, Camino.
—Necesito que me dejes ver el cuerpo de Soledad Ca-
bezas una vez más.
—Demasiado tarde. Se lo llevan a primerísima hora, el
entierro es a mediodía en Madrid.
—Lo sé. Por eso tiene que ser ahora.
—Pero ¿tú sabes qué hora es?
La inspectora mantiene el tipo y calla.
—De los gordos. Este favor es de los gordos —Micae-
la claudica con un sonoro suspiro—. Toma nota.
—¿De qué?
—De mi dirección. Me recoges en mi casa dentro de
media hora.
—De cuarenta y cinco minutos. Necesito hacer antes
otra cosa.

Entrada la noche, la doctora Velasco se introduce con
la inspectora en el tanatorio que hospeda el Servicio de
Patología Forense de la provincia de Sevilla. Recorren los pasillos vacíos la una junto a la otra.
—Mañana salen los dos cuerpos —Micaela rompe el
silencio.

—¿El de Lola también?

—Sí. Me he pasado el día con el informe de la autopsia, no veas la prisa que me han metido desde arriba. Pero hasta que no estén los resultados de la Científica no lo puedo rematar, ya sabes.

Han llegado al depósito. Micaela abre la puerta de la cámara frigorífica y una corriente de aire gélido emerge de ella. Tira de una camilla metálica extraíble y baja la cremallera, dejando a la vista el cadáver de Soledad.

—Aquí hace más frío que robando pingüinos.

Camino intenta distender el ambiente. La situación es incómoda a más no poder, pero al menos encuentra a la forense más calmada, quizá avergonzada por su reacción de horas antes.

—A mí me lo vas a decir. Con estos cambios de temperatura, me constipo todas las semanas.

—No me extraña.

—Bueno, ¿y ahora qué?

La inspectora observa el cadáver. Le cuesta hacer lo que tiene que hacer, pero no le ha pedido a Micaela que la lleve hasta allí para recrearse.

—Déjame a solas —contesta con el tono arbitrario que utiliza cuando no quiere réplicas.

—¿Cómo que te deje a solas? Eso no es lo que habíamos hablado —la forense comienza a ponerse nerviosa—. Te recuerdo que el cuerpo está bajo mi responsabilidad.

—Tranquila, no voy a hacerle nada más a esta pobre criatura.

—Pues yo de aquí no me muevo.

—Intento protegerte, Micaela.

—¿Protegerme? ¿Se puede saber qué pretendes?

La inspectora deja escapar un gruñido.

—Pillar al que ha hecho esta salvajada. Al menos no mires.

Micaela permanece quieta en una mueca obstinada, los ojos clavados en ella.

—Tú sabrás. Yo solo quería mantenerte al margen —Camino extrae del bolso unos guantes, se los coloca, y a continuación un teléfono que saca a su vez de una bolsa de plástico transparente.

—No irás a...

Sin vacilar, la inspectora rodea la camilla hasta colocarse junto al lateral, deja a la vista el brazo izquierdo del cadáver y, agarrando con fuerza el dedo pulgar, lo presiona contra el iPhone. No funciona, prueba con el índice e, inmediatamente, el móvil se desbloquea.

—Cojonudo —exclama mientras abre la aplicación de chat y se sumerge en los últimos días de vida de Soledad Cabezas.

47.

Nerea palpa a ciegas en la mesita de noche,

hasta que da con el interruptor del flexo. Mira el reloj. Son las tres de la mañana, lleva horas dando vueltas y tiene la sensación de que va a pasarse la noche en blanco. Está sudando, pero ese no es el motivo de su insomnio. Se levanta, va a la cocina y se sirve un vaso de leche en el que va mojando una galleta tras otra de forma compulsiva.

Durante las horas que lleva en vela ha repasado cada minuto de la relación con Alonso. Desde aquella primera vez que le vio, cuando fue a recoger a Sole a la clínica y ella se quedó prendada del hombre atractivo y elegante que su compañera le presentó como su pareja. El traje le sentaba como si hubiera nacido para llevarlo puesto, tenía unos preciosos rizos que se le rebelaban a pesar de la gomina, y cuando sonreía mostraba una seguridad nada fácil de encontrar. Por entonces Sole y ella ya habían intimado lo suficiente para que su compañera le relatara las crisis con Alonso, y Nerea había proyectado la imagen de un ogro tosco e insensible. Por eso cuando él le dedicó un trato exquisito, la conquistó su galantería. Ni siquiera le miró las tetas, como hacían todos los hombres que pasaban por allí con sus mujeres.

La siguiente vez que coincidieron no dejó pasar la ocasión. Los convenció para ir a tomar una cerveza con la excusa de que unos días atrás había sido su cumpleaños. La cerveza se convirtió en dos, luego en tres, y acabaron con *gin-tonics* en una de las coctelerías más exclusivas de Sevilla, un mirador desde el que se contemplaban las vistas nocturnas de toda la ciudad. Nerea propuso la copa y Alonso el sitio, y sentada en la terraza de aquel lugar mágico con él a un lado y Soledad al otro, se dio cuenta de que ese hombre estaba hecho para ella.

Cuando Sole le fue con una nueva crisis, ya estaba colada por Alonso. Le repateaban las cosas que su compañera decía de él, y no entendía cómo esa amargada podía estar con alguien tan interesante. Vale, la madrileña tenía una cara bonita, pero no sabía reconocer lo que valía ese hombre. Qué hubiera dado ella por uno así. Desde entonces deseó en secreto que Sole y él rompieran. Cuando al fin lo hicieron, no se lo pensó. El mismo día en que Sole le contó que le había dejado, le cogió el móvil en un momento de despiste y apuntó el teléfono de Alonso. Le llamó esa misma noche, y desde entonces comenzaron a verse.

Al principio no le importaba llevar la relación en secreto. Entendía los motivos de Alonso, era muy pronto para mostrarse con una nueva pareja, y aunque ella se decía a sí misma que se había comportado de forma muy legal y que era Sole quien le había dejado escapar, en el fondo se avergonzaba un poco de lo que había hecho. No quería que su compañera se enfadara con ella, que el resto de trabajadores de la clínica se enterasen y se convirtiera en el centro de los chismorreos. Temía que la vieran como la mala de la película. Ella era solo una mujer que había sabido tomar lo que otra había desaprovechado. Pero a medida que las semanas pasaban, sentía que él no estaba orgulloso de ella, que quería mantenerla oculta. Como si desentonara en su mundo y en su ambiente, como si no fuera bastante para él. O eso, o seguía teniendo esperanzas de volver con Soledad, tan fina, tan estupenda. Nerea se torturaba pensando si serían celos infundados o si de verdad tenían razón de ser. Si él nunca la querría como había querido a Sole.

Por eso cuando se enteró de lo que Sole había hecho, no dudó en contárselo a Alonso. Quería que viera lo poco que él significaba para ella, la forma tan desleal en que le había tratado. Pero él no reaccionó como Nerea esperaba.

Sin embargo, lo peor de todo llegó con la muerte de Soledad. En lo primero que pensó cuando se propagó la noticia fue en cómo reaccionaría él. Ahí vería si seguía amándola o si había pasado página.

Hasta esta misma noche ni siquiera se había planteado la posibilidad de que él pudiera tener algo que ver. En las horas de desvelo esa posibilidad se ha ido abriendo paso hasta convertirse en una incertidumbre angustiosa.

Relee de nuevo la conversación de wasap del lunes. En ella, Alonso le decía lo mismo que hoy: que esa noche no podían verse. Un regusto amargo le sube desde el estómago. Hacía mucho que no lo sentía, pero lo reconoce muy bien, porque ese sabor nunca se olvida. Es el sabor del miedo.

Y es que ahora Nerea tiene una única pregunta en su mente, que la martillea una y otra vez: ¿hasta qué punto puede estar ciega una mujer enamorada?

48.

Camino le ha pagado un taxi a Micaela

y se ha encerrado en el coche con su nuevo juguetito. No puede dejar de tocarlo durante más de un par de minutos o el dichoso aparato se bloqueará otra vez, de modo que lo ha conectado a la batería del coche y va visitando una por una las aplicaciones del teléfono, dispuesta a pasar la noche en vela enclaustrada en el Seat León. Cuando acabe, devolverá el móvil a la Científica y eliminará las huellas de su excursión nocturna.

Albergaba esperanzas sobre la aplicación de chat, pero reconoce que ha pecado de ingenua. ¿Quién se bajaría del coche para colocarle un chupete e iba en cambio a dejarle el móvil en el que consta la cita de su muerte?

No, el chat de Soledad es tan anodino como su propio listado de contactos. Ni rastro de una conversación que pueda suscitar el menor recelo. Un par de cruces de palabras con su casera a principios de mes para pagarle el alquiler —en negro, cómo no; chasquea la lengua en señal de rechazo—, algún que otro intercambio con Nerea Franco sobre el trabajo, confirmaciones automáticas de cita enviadas desde el teléfono de «Clínica» y un grupo de chat llamado «Casi Madres» en el que hay unos cuatrocientos mensajes sin leer y al que Soledad no parecía prestar mucha atención, pues ni siquiera tiene grabados los números de las mujeres que relatan en él sus cuitas y sus miedos. Se sumerge con mucha pereza. A medida que los minutos transcurren, la pereza da paso a la estupefacción. El chat se creó con el fin de resolver dudas sobre los procesos de reproducción asistida, y cada una comparte su experiencia. TRA, IA, FIV, ICSI, betaespera, transfe, vitrificaciones, estradiol, folis, hiperestimulación... Enseguida se da cuenta de que lo que Micaela o Nerea le han avanzado no es nada en comparación con lo que aquí se cuece. Es otro lenguaje y otro mundo, tan lejano a ella como Neptuno del Sol. Accede a la información del grupo y de ahí al listado de participantes. Cuarenta y siete números de teléfono de otras tantas mujeres en su lucha desesperada por ser madres.

Cavila sobre esa parte del mundo actual a la que nunca había prestado atención. Un mundo en el que se les ha vendido a las mujeres una falsa igualdad acompañada de libertad para trabajar como los hombres, pero que implica algo que no les cuentan: si quieren ascender en el escalafón como ellos, no se pueden distraer. Y ser madre es una distracción imperdonable. De modo que las chicas que antes se lo planteaban a los veinte o los veinticinco ahora están demasiado centradas en alcanzar la independencia, conseguir un trabajo que no sea precario, estabilizarse, realizarse profesionalmente, juntarse con una pareja que la trate como una igual y vea la vida más o menos de la misma forma y, solo entonces, quizá, tener un hijo. Pero ese «solo entonces» no suele darse antes de los treinta y muchos. Y se da porque el resto de la sociedad se encarga de recordarles que la cuenta atrás vuela, que en ese reloj de arena quedan cada vez menos óvulos escurriéndose para siempre, y no se le puede dar la vuelta y empezar a contar. Hay que correr más que el reloj. Ponerse manos a la obra antes de que esos pocos óvulos resbalen también al territorio de lo que nunca fue. Y si ya es demasiado tarde, si el tiempo ya corrió demasiado, hay que medicalizarse y vivir en función de una agenda marcada por las citas en el hospital y los tiempos del propio cuerpo. Insistir, hormonarse, torturarse física y psicológicamente para lograr aquello que quieren, o que creen que quieren. Porque ¿cómo distinguir la voluntad propia y real de aquella que te inoculan desde que naces? ¿Cómo ser capaz de averiguar si de verdad quieres esa vida que te han vendido que será por fin una vida completa, y en la que tú serás por fin una mujer completa y realizada, pero en la que sin duda dejarás para siempre de ser tu propia prioridad, y una personita que no se valdrá por sí misma durante años será tu centro de atención y te robará toda la libertad y muchos de los sueños que un día, en la idealización de la juventud, dejaste escritos en algún cuaderno? Vivir en el extranjero por un tiempo, recorrer el planeta, conocer a alguien que te remueva hasta los cimientos —y no al que ronca al otro lado de la cama y se tira pedos delante de ti—, comprarte una casa en el campo y dedicarte a la agricultura ecológica, llenar tu hogar de perros y gatos, fundirte la extra en una semana de spa con vistas al mar en vez de gastártela en pañales y en uniformes y en libros de texto y en carreras universitarias. Muchas dicen que les compensa. Y a algunas, Camino así quiere creerlo, les compensa de verdad. Pero ella siempre lo ha tenido claro. Es de esas mujeres que sabe, sin que haga falta que nadie se lo recuerde, que ser madre no es una obligación ni un destino. Y es también de las pocas mujeres que ni se dejó llevar por lo que tocaba ni se hizo todas esas preguntas que es difícil responder sin la ayuda de un diván que te despoje de las capas más internas de la vestimenta que te colocan desde cría. Ella siempre tuvo clara su elección. No quiere un hijo ni dos ni tres, como no quiere un marido ni un gato ni un perro. Quiere su tiempo para ella, quiere ser buena en su trabajo, que es su vocación; quiere dejar el mundo un poco mejor en la parte que le toca, la que ella eligió, la de retirar de la circulación a los indeseables que siegan la vida de otras personas. Y quiere pasar por la existencia disfrutando en lo que pueda, haciendo las cosas que le gustan y le dan alegría. Quiere bailar, quiere reír y quiere follar. ¿Es mucho pedir? Ella cree que no. Puede que se equivoque, pero si lo hace, es ella y no otra quien apechugará con las consecuencias. Y es que, en el fondo, a Camino le encanta su vida. Y no ve ninguna razón para arriesgarla.

Accede ahora al servicio de mensajería. Solo hay un contacto con el que se ha intercambiado mensajes: «Papá». Ahí están los SMS fríos y distantes de los que Juan Cabezas les habló y el último esperanzador que les expuso en su propio dispositivo. Ninguna sorpresa tampoco por ese lado.

En ese momento su propio teléfono vibra y le hace pegar un respingo. Es un número que no tiene guardado.

+34 607 16 61 54: Ola, soy Marco.

+34 607 16 61 54: La que organizo el concurso de baile latino donde nos conocimos me a dado tu numero.

+34 607 16 61 54: Por k te fuiste asi?

+34 607 16 61 54: Pienso en ti todo el tiempo. Llamame.

Una corriente de rabia la recorre. Presiona con furia el icono de papelera para borrar el chat y bloquea el número. Al final se las ha apañado para encontrarla. No sabe si está más enfadada con Isabella por haber dado su teléfono a un extraño, con el tal Marco por lo que se parece cada vez más a un acoso en toda regla o con ella misma. Esa es otra de las razones por las que no sigue en contacto tras una noche de buen sexo con un desconocido: quiere quedarse con el recuerdo de esas horas, y no con el de las faltas de ortografía grabadas a fuego en su retina. Le dejan la libido bajo cero.

Con el disgusto casi se olvida del iPhone. Toca la pantalla justo a tiempo de que se bloquee y repara en algo. ¿Y si Soledad le hubiera hecho a alguien lo mismo que ella acaba de hacer? Accede de nuevo al chat y va a la sección de «ajustes», y de ahí a la de «privacidad». Baja hasta encontrar lo que busca: «Contactos bloqueados: 1». ¡Ahí está! «Alonso ex». Como si el complemento «ex» la ayudara a recordar que tenía que seguir siendo pasado y no presente. Pincha y accede a las últimas palabras que se cruzaron en el chat. Están fechadas un par de semanas atrás.

ALONSO EX: Eres una hija de puta.

ALONSO EX: Me estuviste engañando todo el tiempo.

ALONSO EX: Con todo lo que yo he hecho por ti.

YO: Déjame en paz.

ALONSO EX: Que te lo crees tú. Te voy a hacer la vida imposible.

YO: Ni se te ocurra acercarte a mí.

ALONSO EX: Falsa, mentirosa. Todos esos meses a mis espaldas.

YO: ¿Cómo lo sabes?

ALONSO EX: Así que lo reconoces. En mi puta cara. Pagarás por esto.

YO: ¿Quién ha sido?

ALONSO EX: No te lo voy a decir. Y no te voy a perdonar nunca. ZORRA.

A partir de ahí, la conversación queda interrumpida con el bloqueo del número del ex. El padre de Soledad tenía razón. Y también Fito. No renunció a ella sin más. Esto lo pone todo patas arriba de nuevo: Alonso vuelve a los focos.

49.

—*Grrrrrrrrrrr.*

Son las seis de la mañana cuando el subinspector Alcalá despierta con un gruñido ininteligible de su novia. Un nuevo gruñido seguido de un codazo le hace reaccionar y se percata de que el móvil está vibrando en la mesita de noche. Lo agarra con lentitud.

—¿Sí?

—Fito, el bicho se mueve.

—¿Ha salido de casa?

—Con el Audi negro. Ha atravesado la avenida de la Expo. Va a salir de Sevilla.

—¿Hacia dónde?

—La A-66. No podremos seguirle mucho más.

El subinspector se frota los ojos y mira el reloj.

—Joder, tenéis que detenerle hasta que llegue. Paradle, hacedle un control de alcoholemia o lo que se os ocurra.

—Lo vamos a intentar. Tú sal de casa echando hostias.

—¿Qué pasa, Fito? —por una vez, Camino ha contestado a la primera.

—Se escapa.

—¿Alonso?

—Sale en dirección a la A-66. Les he dicho a mis colegas que le paren hasta que me dé tiempo a llegar.

—Bien hecho. Que se entretengan un rato con él. Aunque quizá... No, espera. ¿Has dicho la A-66?

—Sí.

192

—Creo que sé dónde va. Al entierro de Soledad. Será a mediodía en Madrid.

—¿Y qué hacemos?

—No sé qué decirte, Fito. No quiero perderle de vista, pero pedirte que le sigas quinientos kilómetros para ver cómo entierra a su ex...

Hay un silencio del otro lado. El subinspector está ponderando algo.

—Le controlamos con la geolocalización y nos aseguramos de que es allí donde va. Yo llamaré a Enrique, un amigo al que destinaron allí en el último concurso. Quizá pueda acercarse. Le deberé un favor o unas cañas, pero en fin.

—Hostia, Fito, tienes amigos en todas partes.

—Hasta en el infierno.

—Ahí es donde más falta hacen.

50.

—*Control de alcoholemia.*

—Mire, acabo de salir de casa, tengo un largo viaje por delante.

—¿Es que no oye bien? Control de alcoholemia. Y vaya sacando los papeles del coche.

Con un resoplido, Alonso abre la guantera y manotea entre cedés, cargadores de móvil y varios trastos más. Al fin los encuentra y se los pasa al guardia, quien los toma, saca unas gafas que se ajusta con mucha parsimonia y se va al coche patrulla a leerlos.

—¿Por qué se los lleva? —le pregunta Alonso al otro policía.

—Para verlos bien. Relájese.

—¿Dónde soplo?

—¿Qué?

—¿No tengo que soplar en alguna parte? Han dicho que era un control de alcoholemia.

—Le gusta soplar, ¿eh? Pues ahora soplará. A ver qué dice el compañero de la documentación. Oiga, buen carruaje.

—Es para los viajes largos.

—Ya. Si yo tuviera uno de estos, lo sacaba hasta para comprar el pan.

—No crea, gasta mucho.

—Apuesto a que se lo puede permitir. ¿Y va usted muy lejos?

—A Madrid.

—Ah, viaje de negocios, claro.

—Claro.

—Y así farda de Audi con los clientes.

—Yo no uso el coche para fardar.

—Ni usted ni ninguno que yo conozca. No te jode. Muy bien, quietecito aquí. Ahora volvemos.

Alonso aprieta las mandíbulas mientras ve cómo el guardia se aleja y se pone a charlar con el otro. Le empieza a parecer que esto no es un control rutinario.

51.

—*Dejad que se marche.*

—Coño, Fito, ahora que se ponía la cosa entretenida...

—¿Qué le hacéis? No seáis cabrones, que solo se trataba de retenerle un poco.

—Nada, solo le hemos pedido que ande a la pata coja y ese tipo de historias.

—¿Cómo que a la pata coja?

—Para asegurarnos de que el alcoholímetro no daba error. Igual que lo del trabalenguas.

—Sois imbéciles, de verdad. Vais a conseguir que se huela algo.

—Te recuerdo que te estamos haciendo un favor.

—Pues se acabó el favor. Soltadle.

—No le vendría mal un control de drogas. A estos estirados les va la marcha. El último que trincamos llevaba encima más polvito blanco que un quitanieves en Laponia.

—Déjate de hostias, Beni. A ver si le vais a detener de verdad y nos jodéis. Que siga en ruta.

—Desde que eres subinspector te has vuelto de un aburrido... Estropeas toda la diversión.

52.

Camino ha dormido apenas dos horas,

pero se diría que Pascual está peor que ella. El oficial se sube al coche con un vaso de plástico en cada mano, le pasa uno a ella y se restriega unos párpados hinchados, antes de beberse el café como si fuera maná. Tiene la camisa llena de pelos blancos.

—¿Qué pasa, Molina? Vaya careto te gastas hoy.

—Watson —farfulla.

—¿Quién?

—El gato, es que mi hija le ha cambiado el nombre porque dice que no se puede llamar como su exnovio.

—¿Tu hija no tiene doce años?

—Y mucha tontería en la cabeza.

Pascual exagera una mueca de resignación, aunque en el fondo está contento. Hacía mucho que no conectaba con su hija. La quiere con toda su alma, pero las tardes semanales se han convertido en una especie de penitencia para ambos, que no encuentran ningún punto en común, como si fueran dos desconocidos y estuvieran mejor en cualquier otra parte. Si por lo menos pudiera jugar con ella al fútbol... Pero no le interesan los deportes, ni los juegos de mesa, ni siquiera los videojuegos. A su Samantha lo único que le importa son los chicos. Y los vídeos de YouTube. Y eso que en el colegio aseguran que tiene altas capacidades, pero le parece que las usa todas para lo mismo: para quemarlas embobada ante chavales pedantes que se graban diciendo tonterías. La novedad les ha regalado una tregua y aunque ayer solo pudo verla un rato a última hora, al menos han tenido algo de qué hablar. De hecho, ha sido ella la que ha elegido el nombre nuevo. «El compañero del mejor sabueso de la ciudad no se puede llamar de otra forma», ha sentenciado, y a él casi se le llenan los ojos de lágrimas al oírlo. Algo así en una preadolescente es más de lo que un padre está dispuesto a esperar.

Camino le saca de su ensimismamiento.

—Vale, y qué tiene que ver el gato con tu careto, que me he perdido.

—No ha parado de maullar en toda la noche.

—¿Y no lo has tirado por la ventana?

—Que es un testigo ocular, jefa. Y está pasando por una situación traumática.

—En una situación traumática estás tú, que te vas pisando las ojeras.

—No me importa. Además, es algo temporal —dice bajando la voz, porque no se lo cree ni él.

Camino reprime una sonrisa y mira hacia el techo del coche como si pidiera explicaciones divinas a semejante insania. En el fondo le divierte, incluso le produce algo parecido a la ternura. Un tiarrón como Pascual cuidando de un gato huérfano.

—Te pega.

—¿Por qué dices eso?

—Esa bola de pelo es grandota, como tú.

A Pascual le acomete una cadena de estornudos que interrumpe cualquier intento de conversación. Cuando por fin acaba, se limpia la nariz y sonríe.

—A Samantha le ha caído bien.

—Ya veo.

—Su madre nunca le ha dejado adoptar animales. Y ahora ha descubierto que puede tener uno esquivando sus normas. Eso sí que le gusta.

—Creía que se trataba de algo temporal.

—Digamos que está en fase de pruebas.

198

—Pues yo creo que al señor Watson no te lo quitan a ti ni con agua caliente. Pero, oye, Molina, cómprate un rodillo de esos de pegatina que venden en los chinos.

—¿Un rodillo?

—Sí, coño. Para que no parezca que te estás tirando a mi abuelo —Camino se ríe mientras le quita un pelo de la camisa—. Y ya que vas al chino, le pides algo para la alergia. Que esa gente tiene de todo.

—¿Alergia, yo?

—Hombre, lo de constiparte con cuarenta grados no se lo cree nadie. A ti hay algo que te da alergia.

—Trabajar tanto, jefa.

—Anda, enfila para la clínica. Vamos a charlar con esa ginecóloga.

Tras dejar el vehículo en el aparcamiento del hospital, comienzan el periplo hasta el área de reproducción asistida. Allí ven a Nerea tras una fila larguísima de pacientes, pero ella les hace un gesto para que se aproximen.

—Es la consulta número veinticuatro. Por allí, a la izquierda. Cuando vean que se queda libre, pasan ustedes.

Pascual se lo agradece y ambos se desplazan en la dirección indicada.

—¿Has visto? Otra que no duerme —le dice a Camino en cuanto se alejan.

—¿Por qué lo dices?

—Va el doble de maquillada que ayer. Y ni por esas puede disimular las ojeras.

—Joder, yo solo le he mirado a las tetas.

—Qué bruta eres, jefa. Y, ¿ves? No eres observadora.

Camino se encoge de hombros y sigue andando.

53.

Toc toc.

La doctora Matute es una mujer en esa edad en la que una ha alcanzado la seguridad necesaria para ir pisando fuerte por la vida, pero no ha perdido aún la lozanía. La conjunción de ambas cosas la dota de un atractivo poderoso del que es perfecta conocedora. Al ver a los policías junto a la puerta, detecta al instante que no es una pareja más en busca de la fertilidad inalcanzada. Se levanta y proyecta una mano firme por encima de su escritorio.

—Doctora Natalia Matute —dice, y estrecha sucesivamente las manos de ambos.

—Inspectora Vargas y oficial Molina, de Homicidios.

—Nerea me dijo que vendrían. Siéntense, por favor.

—No le robaremos mucho tiempo, sabemos lo atareada que está —Pascual hace un gesto vago en dirección a la sala abarrotada que han dejado atrás.

—Desde luego, eso no se lo voy a negar. Además de los pacientes, me encargo de la dirección de este departamento.

—¿Es usted la jefa de ginecología?

—Sí, y soy yo quien lo echó a rodar. Ha pasado de no ser conocido a situarse entre los mejores de Europa, como sin duda sabrán. Y el número uno de España en porcentajes de éxito.

—Todo un logro.

—Es un desafío apasionante y también una gran responsabilidad. Pero no han venido aquí para hablar de mí. Díganme, ¿cómo puedo ayudarlos?

—Tenemos entendido que llevó usted el tratamiento de Soledad Cabezas.

—Quise hacer el seguimiento yo misma. Nuestros empleados merecen lo mejor. Además, era una chica encantadora y una trabajadora infatigable. Estamos rotos de dolor.

—Sentimos mucho lo ocurrido.

—Gracias.

—Pero vayamos al grano. Nos gustaría que nos aclarara algo. Sabemos que Soledad se había quedado embarazada.

—Eso es algo muy íntimo, pero ella misma lo hizo público, y dadas las circunstancias... Sí, así fue.

—Háblenos de ese tratamiento.

La doctora sonríe de forma forzada, revelando una hilera de dientes blancos y alineados.

—Una cosa es que Soledad lo anunciara a bombo y platillo. Es una decisión de su esfera personal. Pero otra muy distinta es que yo les proporcione los detalles. La deontología me obliga a respetar unos mínimos de privacidad, y eso no cambia con su muerte.

—¿Tampoco con su asesinato? Porque eso es lo que fue, doctora. Han matado a su compañera y paciente, y queremos atrapar al culpable.

La ginecóloga observa a Camino muy seria. La sonrisa ha desaparecido por completo.

—No sé cómo podría ayudarles esto, pero si se empeñan... —suspira al fin—. Cuando empezamos a hacer pruebas, vimos que no sería fácil. Aparte de baja reserva ovárica, le salió una trompa obstruida en la histerosalpingografía.

—Ya empezamos... —masculla la inspectora.

—¿Perdón?

—Nada, el idioma este. Molina, toma nota de eso último, ¿eh?

Pascual le lanza una ojeada para ver si está de guasa. No le queda muy claro.

La doctora mantiene el gesto serio.

—Les decía que Soledad tenía obstruida la trompa derecha, así que en lugar de inseminarla fuimos directamente a por fecundación *in vitro*. Lo conseguimos al tercer intento. Dadas sus circunstancias, no está nada mal.

—Bien. ¿Quién era la otra parte?

—¿A qué se refiere, inspectora?

—Ya sabe, la otra parte. Hacen falta dos para procrear, ¿no? Aunque sea por estas técnicas tan... frías.

—Un donante.

—Denos su nombre, por favor.

—El donante es anónimo, inspectora. La legislación establece la garantía de reserva de sus datos. Estaría vulnerándola gravemente si le facilitara esa información, de la que, además, carezco. Las muestras nos las proporciona un biobanco.

—Es importante que sepamos si tenía alguna relación con la víctima.

—No la tenía.

—¿No?

—En España la receptora del tratamiento no puede seleccionar al donante, sino que eso lo hace un equipo médico.

—¿La madre no sabe quién será el padre?

—En ningún caso.

—¿Ni siquiera cómo será su hijo?

—Se le garantiza la mayor similitud fenotípica e inmunológica.

Camino la mira con cara de pocos amigos. De verdad, de verdad que empieza a cansarse de no entender nada.

—¿Le importaría mucho hablar más claro?

—Se intenta seleccionar la muestra del donante que más se le parezca: etnia, altura, peso, color de ojos y de pelo, mismo grupo sanguíneo...

—Vamos, para que el bebé sea como ella, ¿no?

—Dentro de lo que está en nuestras manos.

—Ya. Resumiendo, que confirma que Soledad Cabezas, víctima mortal de un atropello deliberado, se embarazó en su clínica y a través de donante.

—Es tan terrible como suena. Pero sí, eso puedo confirmarlo.

—Una cosa más, doctora. Como quizá haya oído, otra mujer ha muerto asesinada recientemente en Sevilla.

Natalia Matute niega con un gesto.

—Dolores Sánchez Cuadrado —sigue Camino—. Quizá le suene más como Lola Cuadrado. Era novelista.

—No tengo mucho tiempo para leer novelas.

—Esta mujer también estaba embarazada. Y tenemos razones para pensar que fue a través de la misma técnica.

—¿Con semen de donante?

—Sí.

—Vaya, qué casualidad.

—La policía no cree en las casualidades.

—¿Quiere decir que hay una conexión entre las dos muertes?

—Es lo que tratamos de averiguar. ¿Era esta mujer paciente de la clínica?

—Podría ser. Ya le digo que somos la clínica número uno.

Camino saca una foto del bolso y se la enseña a la ginecóloga. Pascual mira de reojo y respira aliviado al ver que no es la de la cara destrozada. Con la sensibilidad que caracteriza a su jefa, la cree muy capaz.

—¿Le suena?

—Me suena de algo, pero no sé decirle. Quizá de la prensa, si es que era tan conocida como dicen.

—Le pido por favor que compruebe si era paciente de Santa Felicitas.

—Eso también es confidencial.

—No vuelva a lo mismo, doctora. Está obstruyendo nuestra labor.

—No estoy obstruyendo nada, solo protejo el prestigio de mi clínica, que se basa, además de en nuestro alto porcentaje de éxitos, en la discreción más absoluta. Si quieren algo más, vuelvan con una orden del juez.

Camino no puede reprimir un bufido. De un tiempo a esta parte, todos los interrogados se han vuelto medio leguleyos. Ya no hay manera de colarla. La culpa la tiene tanta serie policiaca y tanta novelita negra.

Pascual, que la ve venir, toma las riendas en un intento de suavizar.

—Lo que la inspectora trata de decirle es que nos facilitaría mucho si pudiera consultarlo. Seguro que en una clínica como esta tienen una base de datos interconectada. Solo tendría que decirnos si se trató o no aquí.

—No puedo, de verdad que no puedo —Natalia Matute mueve la cabeza a un lado y otro con terquedad.

—En ese caso, volveremos con la orden del juez. Perderemos un tiempo muy valioso y tendrá que facilitarnos esos datos igualmente. Y... quién sabe. Quizá la prensa se entere de que lo hace. Ya sabe, cuando estas cosas pasan por tantos canales...

—¿Me está chantajeando, oficial?

—¿Cómo se le ocurre? Solo le anticipamos lo que podría suceder —la cara de Pascual es pura inocencia.

—Está bien —cede la doctora—. ¿Dolores qué más?

—Sánchez Cuadrado.

La ginecóloga teclea y se queda mirando la pantalla con fijeza de búho. Después menea la cabeza en señal de rechazo.

—¿Y bien? —Camino da viva muestra de su impaciencia.

—No puedo creerlo. Estuvo aquí.

—¿Recibió el tratamiento con ustedes?

—Sí.

—¿Qué puede contarnos?

—Embarazo confirmado. De gemelos. Y al primer intento —la doctora levanta la cabeza y les clava sus ojos castaños. Su expresión ha cambiado de forma radical. Parece una mujer vencida—. Yo misma realicé la FIV. Ahora la recuerdo.

Los policías intercambian una mirada de complicidad y durante unos segundos reina el silencio. La ginecóloga es la primera en romperlo.

—¿Se dan cuenta de lo que esto significa?

—Por supuesto. Han asesinado a dos pacientes suyas. ¿Nos ayudará ahora?

Ella asiente muy despacio.

—Intenten que no se filtre a la prensa, por favor. Eso hundiría la reputación que tantos años nos ha costado ganarnos.

—Haremos lo que podamos —contesta Camino fríamente—. Díganos qué tenían en común esas dos mujeres.

La ginecóloga vuelve a teclear. Se lleva la mano a la barbilla, luego al pelo, se coloca por detrás de la oreja un mechón rebelde.

—Las dos estaban en el rango de mayores de treinta y cinco, aunque eso es lo habitual. No vienen hasta que le ven la patita al reloj biológico.

—Eso ya lo sabemos. Algo más habrá.

—Como usted misma ha dicho, ambas utilizaron semen de donante. Y ambas a través de la fecundación *in vitro*. Y —la doctora hace una pausa, los mira— quizá lo más llamativo: las dos eran madres solteras.

—¿Por qué lo más llamativo?

—La mayoría de los pacientes son parejas heterosexuales. Bien por una infertilidad en el caso de la mujer, bien en el caso del hombre, llevan tiempo intentándolo y no consiguen el embarazo. Cada vez las parejas relegan más el momento de procrear y se encuentran con que la fertilidad ha disminuido mucho.

—Y descubren que no es tan fácil como pensaban.

—Exacto. Luego están las parejas de mujeres, que se han incorporado con fuerza y ya conforman un segmento de mercado muy importante. Hay un protocolo específico para ellas, el método ROPA.

—¿Ropa?

—Recepción de ovocitos de la pareja. El óvulo de una es fecundado e introducido en el útero de la otra, que será quien lleve adelante el embarazo. A veces, pasados un par de años, repiten el proceso solo que al revés. Así las dos son madres en la misma medida.

—Pero no es el caso de estas dos mujeres.

—No. Ambas forman parte del tercer supuesto: solteras decididas a ser madres sin un referente masculino.

—Tanto Soledad como Dolores escogieron esa opción de maternidad.

—Sí. Tal y como están las cosas, para mí es un acto heroico —confiesa la ginecóloga.

—¿Heroico? Yo diría más bien descabellado —Camino no duda en aportar su visión.

—Quizá. Ya es difícil conciliar vida laboral y familiar cuando hay dos progenitores a cargo, sobre todo en los primeros años. Imagínense hacerlo todo sola. El desembolso económico, todo lo que implica la crianza, no tener un solo minuto de descanso... Sinceramente, yo en esas condiciones ni me lo habría planteado. Pero estas mujeres lo tienen muy claro. Aunque no a todo el mundo le guste.

—¿Por qué? ¿A alguien puede molestarle eso? —Pascual las mira confuso.

—Ya lo creo —dice la doctora—. Hay mucho energúmeno por ahí suelto. Ultraconservadores luchando por mantener la idea de la familia tradicional, que ven cómo peligra su posición hegemónica si las mujeres se sienten con completa autonomía sobre su vida y sus cuerpos.

Camino sonríe. Le empieza a gustar la doctora. Además, ese lenguaje sí que lo entiende. No como Pascual, que se rasca la cabeza mientras mira su libreta y piensa en cómo anotar aquello. Está cada vez más perdido:

—No sé, hay quien está en contra de que aborten, pero... ¿lo contrario?

—¿Es que no ha oído lo que dicen? Esos políticos que van encendiendo el discurso, generando odio contra las mujeres que luchan por la igualdad. Ideología de género, lo llaman los muy cretinos. Sostienen que hay que eliminarla —Natalia Matute se ha puesto tensa. Está echada hacia delante en su silla y tiene el tono de voz crispado.

El oficial la mira con desconcierto y Camino, mitad divertida mitad indignada, interviene para aclarárselo:

—Esa gente quiere volver a recluirnos en el espacio doméstico, con nuestros roles asignados. Quieren viajar en el tiempo hasta el siglo XIX. Tratarnos como seres inferiores, como humanos de segunda categoría.

—Ya...

Pascual piensa en la nómina que le queda después de pasarle la pensión a su exmujer, en la hija a la que apenas ve, en el cuchitril que se ha tenido que alquilar para vivir porque Noelia decidió un día que ya no quería seguir compartiendo su vida con él. Pero se calla, porque sabe cuándo conviene mantener el pico cerrado. Y sabe que no viene a cuento, por mucho que él sienta que le han jodido la vida.

—Eso es —Natalia le devuelve una sonrisa a Camino—. Y lo que más les molesta son las mujeres que no necesitan a los hombres y no admiten que ninguno les diga lo que tienen que hacer.

—Estoy de acuerdo, todavía hay retrógrados que no se han enterado de que las mujeres tenemos tanto derecho como ellos a hacer lo que nos dé la gana. Y ahora, si no le importa, volvamos a lo que nos preocupa. Nos estamos desviando.

La inspectora está encantada con el tema pero no ha ido hasta allí para estar de charleta.

—Solo intentaba explicar por qué algunos odian a las mujeres que se someten a este tratamiento.

—Ya será menos —Pascual piensa que esa mujer es todavía más cansina que su jefa. Y bien sabe él que eso no es tan fácil de encontrar.

—¿Acaso no oyó las declaraciones del candidato de la ultraderecha? —replica la ginecóloga.

Ahora los dos policías niegan al mismo tiempo.

—Ocurrió hará cosa de unas tres semanas. Dijo que las familias de madres solteras son fábricas de elementos inadaptados. Que la carencia de un cabeza de familia paterno los llevaba al desorden psicológico y a la delincuencia.

—¿Eso dijo? —la inspectora siente una indignación creciente.

—Literal. Un iluminado.

—Ahora que lo comenta, algo me suena —confirma Pascual.

—No me extraña. Se ha metido en el discurso político junto al tema del aborto, y como la campaña electoral no anda lejos, ya está el cóctel explosivo montado.

—O sea, que hay fanáticos que no quieren que las mujeres tengan hijos solas ni que dejen de tenerlos.

—Justo. Se convocaron manifestaciones, incluso hubo algún altercado al pie de la clínica. Alguien hizo un grafiti en una pared. «Fuera feminazis.» Antes de que pudiéramos eliminarlo, un grupo de mujeres organizó un contraevento y se nos plantaron aquí con pancartas y torsos desnudos pintados al grito de «¡No somos criminales, somos monomarentales!».

—Buena frase.

—Ya lo creo —Natalia Matute dirige a la inspectora una mirada de complicidad—. Se montó una buena. Recibieron abucheos y ovaciones a partes iguales. Pero ese día tuvimos muchas cancelaciones, supongo que las pacientes no querían que nadie las viera entrar aquí en medio del lío. Una nunca sabe hasta dónde llega el radicalismo de la gente.

—A ver si lo he comprendido —Pascual se ha quedado muy pensativo—. ¿Está sugiriendo que alguien pudo matar a las mujeres que estamos investigando por el simple hecho de querer ser madres solteras?

Se hace un silencio denso. Camino mira a uno y a otra alternativamente. La ginecóloga se pone seria.

—Perdone, no era mi intención. La sola idea de que eso pudiera suceder me parece aterradora.

—Lo que ha sucedido ya lo es —dice la inspectora con tono grave.

54.

Camino y Pascual recorren los pasillos de la clínica en busca de la salida.

Van en silencio, rumiando la conversación con Natalia Matute. La inspectora saca un pitillo del bolso y prepara el mechero, listo para encenderlo en cuanto cruce la puerta. En ese instante le suena el teléfono.

—Jefa, soy yo.

—Buenos días, Teresa. ¿Novedades?

—Sí. ¿Recuerdas la noche que vigilaste a Alonso Márquez? Dijiste que se había visto con alguien en el hotel Pasarela.

—Sí, pero entró y salió solo. Y no pude averiguar más.

—Pues resulta que un hermano de mi yerno trabaja como limpiador allí. No quise decir nada porque no sabía si le ponía en un aprieto, pero ha hecho algunas averiguaciones...

—¿Sí?

—Alonso nunca se registró en el hotel.

—Lo haría su acompañante.

—Eso mismo pensé yo, y creía que el rastro acababa ahí. Sin embargo, el bueno de Borja me ha traído hoy un listado de las personas que se alojaron esa noche. No me preguntes cómo lo ha conseguido.

Camino contiene el aliento. Pero a Teresa le encanta crear expectación y recrearse en sus hallazgos. Al final, la inspectora no aguanta más.

—¿Y?

—Y hay alguien que te va a sonar.

—Por tu madre, Teresa, dime ya quién.

—La chica que trabajaba en Santa Felicitas con la víctima.

—¡Nerea!

—Eso es. Nerea Franco.

—Bendita familia numerosa la tuya. Dale recuerdos a Borja —Camino corta la comunicación y se guarda cigarrillo y mechero—. Media vuelta, Molina. Vamos a ver a la de las tetas gordas.

Aprovechando que hay un momento de tranquilidad en recepción, Nerea coge el bolso dispuesta a escaparse a tomar un café. Si alguien precisa una cita, que se la den los médicos. Así espabilan y los de personal buscan una sustituta. Ella no puede con todo sola. Además, a la angustia de la noche de desvelo se suma una nueva: Alonso no contesta a sus mensajes ni a sus llamadas. Lleva desde las siete y media intentando contactar con él. Primero el habitual mensajito de buenos días. Después varios más, y luego las llamadas. Nada. Tiene el teléfono apagado.

Así que la inquietud ha ido dando paso al disgusto y este a un cabreo en toda regla, al tiempo que la incertidumbre ha cedido su lugar a una clarividente certeza de que Alonso nunca fue el santo que ella se empeñó en ver. Que está muy lejos de serlo. Que no le ha pasado nada, simplemente no le interesa estar conectado ahora y punto. Que no ha sido sincero con ella, más aún, que ha sido un cabrón mentiroso y manipulador. Y que ella no va a mentir más, y mucho menos por él. No va a esconderse más. Una poderosa convicción la embarga con la misma fuerza que ayer le decía que nunca le dejaría solo, que su amor era para siempre y haría lo que fuera para protegerle. Y es que las noches de insomnio son muy malas para una mujer enamorada.

—¿Nerea?

211

Al girarse ve a los dos policías observándola con gesto grave.

—Tenemos que hablar. Creo que hay algo que no nos ha contado.

La joven asiente con una calma que a ella misma le sorprende.

—Acompáñenme a tomar un café en el bar del otro día.

El camarero sirve con desgana las tres tazas en la mesa. Cortado, manchado y capuchino, o lo que es lo mismo: tres putos cafés con leche. Le tocan las narices esas tonterías. ¿Qué más da un poco más o menos de leche? ¿De verdad es tan importante?

—¿El cortado? —pregunta Camino.

—Este —le señala uno al azar y se va con la bandeja vacía de vuelta a la barra.

La inspectora agarra la taza y le da un trago sin desconfianza alguna. Se la reserva toda a Nerea, y está deseando retomar la conversación. Así que lo hace de la única forma que sabe: dejando a un lado cualquier tipo de rodeo.

—¿Qué clase de relación tiene con Alonso, Nerea?

—Eso mismo me gustaría a mí saber —contesta más para sí que para los policías, que escrutan cada mínima alteración de sus facciones.

—¿Qué significa eso?

—El martes usted reservó una habitación en el hotel Pasarela. ¿Se encontró allí con él? —Pascual tampoco se va por las ramas.

—Sí.

—¿Para qué?

—¿A usted qué le parece?

El oficial se ruboriza a su pesar. Y a su edad. Nerea lo advierte y trata de dulcificar su respuesta.

—Perdone. Éramos pareja. O somos. La verdad es que ni siquiera sé si llamarlo así.

—¿Qué tal si empieza por el principio? —sugiere la inspectora.

—Sí. Supongo que sí.

Nerea da un trago a su capuchino sin espuma y recapitula una vez más los comienzos de aquella relación. Los policías la miran con suspicacia conforme avanza en el relato y ella nota que a su cometido de indagación han sumado un componente más subjetivo: el de juzgarla por lo que hizo y por cómo lo hizo. Pero ya no le importa. La juzgarán todos igualmente. Todo el mundo juzga. Pero no todo el mundo tiene la suerte de enamorarse. Aunque sea de quien no debe.

Cuando Nerea termina de contar su historia, Camino coge otra vez las riendas de la conversación.

—¿Por qué no nos lo contó el otro día?

—No vi razón para ello —la recepcionista adopta una actitud defensiva—. Yo empecé a salir con Alonso después de que Soledad le dejara. Es mi vida privada y no interfería en lo que ustedes están investigando.

—Quizá sí, Nerea. Alonso es el exnovio de Soledad. Un exnovio herido al que ella abandonó. Y lo hizo estando embarazada. Él sostiene que no lo sabía, pero no estamos tan seguros de eso.

—¿Eso les dijo? ¿Que no lo sabía?

—Sí. ¿No es cierto?

Nerea se muerde el labio inferior. A pesar del cabreo, a pesar de la decisión a la que ahora se aferraba en su inseguridad de enamorada dolida, aún le quedaba un resquicio de esperanza. Quería creer que todo era producto de su imaginación, que esta noche él la rodearía con sus brazos y los fantasmas desaparecerían, pero lo que oye derriba los frágiles muros que tratan de sostener su fe en él. «Al cuerno», piensa, y se repite el mantra que se ha fabricado en las últimas horas de naufragio emocional: ni una mentira más.

—Claro que no es cierto. Yo misma le hablé del embarazo de Sole en cuanto me enteré.

Los policías se cruzan una significativa mirada.

—¿Cómo se lo tomó, Nerea?

—Mal. Muy mal.

Camino se concentra en los ojos verdes de Nerea. Piensa que son unos ojos preciosos. Y que si no llevara esos escotes tan exagerados, todo el mundo se daría cuenta. Toma aire.

—Nerea, escúcheme bien. Alonso es uno de los principales sospechosos del asesinato de Soledad. Lo que nos acaba de contar estrecha el círculo en torno a él.

La chica se cubre la cara con las manos y siente cómo todo su cuerpo se convulsiona. Así que es verdad, ellos también lo piensan. Ya no hay muros que derribar. Un terremoto de realidad ha arrasado con todo. Lágrimas grandes y silenciosas comienzan a resbalar por su rostro. Caen sobre el mantelito de papel en el que se apoyan las tazas ya vacías.

—Alonso se enfadó mucho cuando descubrió el engaño de Soledad, ¿verdad? —Pascual deja caer la frase con una ternura que la inspectora le admira—. Había jugado con él, había mantenido una relación que no iba a ninguna parte mientras se intentaba quedar embarazada de un desconocido. Y cuando lo consiguió, le abandonó sin dudarlo.

Nerea sigue llorando, pero el policía insiste con un tono firme que no abandona la delicadeza.

—Eso duele. Soledad fue cruel con él.

—Sí.

—¿Se puso furioso?

—Sí.

Nerea lo confirma con una mirada tan triste que conmueve al baqueteado policía, quien decide darle un momento de respiro. Pero Camino toma el relevo, implacable:

—Él la acosó cuando se enteró. La acosó hasta que ella bloqueó su número en el teléfono. ¿Lo sabía?

Nerea niega con la cabeza lentamente, antes de alzar la vista y mirarla con intensidad, como si necesitara asegurarse de que no la engaña. Las lágrimas continúan resbalando por su rostro.

—¿Qué más sabe? —insiste la inspectora.

—Nada. Yo no sé nada, de verdad. Solo sé que... —una sacudida de llanto la interrumpe. Ahora es un llanto rotundo y sonoro. Le da rienda suelta hasta que se agota por sí mismo y luego continúa—: Solo sé que esa noche no quiso quedar conmigo. Y la noche siguiente me dijo que reservara un hotel. Ni siquiera quiso venir a mi casa, y mucho menos que yo fuera a la suya. Pero estaba frío y como ido, sentía que no podía conectar con él. Que le perdía. Y ahora... Ahora ya ni siquiera me coge el teléfono.

—Nerea... —Camino se inclina hacia ella antes de formular la pregunta más importante—: ¿Cree que fue él?

Ella alza la cabeza, se yergue y clava los ojos en los de los dos policías. Está sopesando la respuesta, pero no acaba de decidirse. Un pensamiento de última hora decanta la balanza hacia uno de los lados.

—No lo sé. Pero tengo mucho miedo.

55.

Jacobo prepara las tostadas.

Se ha levantado con ella sin remolonear, está muy suave desde la última discusión. Corta un tomate en dos, despachurra una de las mitades en el mollete previamente tostado, esparce un generoso chorro de aceite y una pizquita de sal, como sabe que le gusta a su mujer, y le pone un par de lonchas de jamón encima. Repite la operación con su propia tostada y lleva las dos al salón, donde Lupe se toma el primer café mientras lee las noticias en la pantalla del ordenador. Es la rutina en la que más le gusta solazarse cuando no tiene prisa, y hoy no la tiene, porque la inspectora la ha pasado al turno de tarde. En realidad, como siempre que acometen una investigación de estas características, los límites entre los turnos de mañana y tarde se diluyen, pues nadie se va a su casa tranquilo con un asesino suelto. En Homicidios todos son conscientes de la importancia de su trabajo y se vuelcan en él cuando hace falta. A veces se quejan, claro, pero se implican porque saben que son la espada que puede llevar al culpable ante la balanza de la justicia. Si la espada descansa, el culpable escapará y el sistema funcionará aún peor de lo que ya lo hace.

Así que hoy Lupe puede permitirse el lujo de desayunar con su marido y no salir corriendo de casa, pero eso no hace que desconecte del caso ni por un segundo. En pijama y con el tomate de la tostada resbalándole por la mano izquierda, conduce el cursor directo a la cobertura de los casos en los que el Grupo de Homicidios está inmerso. Lee con avidez. Ahí está la comisaria Mora en primer plano, con su pelo largo plateado siempre como recién salido de peluquería y la sonrisa amable que rara vez pierde, incluso en situaciones como esta. Le gusta la comisaria, y le gusta tener jefas. No es que Arenas fuera un mal líder, al contrario, todos le admiraban y le querían. Pero le agrada que, por una vez, sean mujeres todas las que están al mando. Aunque la inspectora y la comisaria no tengan nada que ver la una con la otra. De hecho, ni aun proponiéndoselo podrían haber sido más diferentes.

Jacobo se asoma a la pantalla.

—La he leído, ¿sabes?

—¿La noticia?

—Me refiero a la escritora que ha aparecido muerta.

Lupe le observa con un repentino interés.

—¿Su último libro?

—Sí, ganó un premio con él.

—Lo sé. El asesino se lo estampó en la cabeza.

—¿El libro? Era un mamotreto.

—No, el premio.

—¿Qué dices?

—Fue el arma del crimen.

—¡La leche! Verás cuando lo sepan los del club de lectura.

—Los del club de lectura no lo van a saber —ella le mira muy seria—. O no te volveré a contar nada.

Jacobo frunce los labios, contrariado. Las investigaciones de la brigada son un filón. Desde que Lupe entró en Homicidios, no necesita ir a la caza de ideas ni buscarse la vida para documentarse. Lo tiene todo en casa, y, cuando su mujer está de buen humor, le habla de los casos más jugosos sin necesidad de pedírselo. Está seguro de que el día que se decida a escribir su saga policiaca, lo va a petar. Pero le resta el último empujón. Un estímulo extra y, lo más importante, contactos en el sector para que su novela no se pierda en la marabunta de libros publicados cada año. Por desgracia, eso le falta. Al contrario que Lola Cuadrado, que se movía entre la *crème de la crème* del mundo literario.

—Pues qué pena no poder hablar de ello, porque seguro que a más de uno le encantaría conocer ese detalle. «Reconocida escritora es asesinada con su propio trofeo» —Jacobo imposta la voz como un locutor de radio.

—Ah, ¿sí? ¿Alguien en especial a quien le gustaría verla muerta?

Lupe no le encuentra la gracia, sobre todo después de contemplar las fotos que revelan cómo se ensañó el asesino. Pero le interesa lo que Jacobo pueda saber. Él siempre está al día de los chascarrillos de los escritores.

—Cientos.

Su mujer le mira con recelo.

—Que no, cariño, que es broma. Alguno habría celoso de sus éxitos, pero no como para cargársela.

—Pues no veas el postureo. Todos venga a dejarle pésames virtuales. Me pregunto cuántos de esos acudirán al entierro esta tarde.

—Se va a poner a reventar.

—¿Tú crees? Era una mujer solitaria. Una hermana con la que apenas hablaba, la vecina y el gato. Pocos más.

—Yo no lo veo así. Lola estaba muy bien posicionada. Tenía amigos importantes. Y como irán a darle el último adiós, arrastrarán a muchos más. Solo tienes que meterte en los grupos de Facebook para verlo. Todo el que es alguien en los círculos culturales de Sevilla se está sumando.

—¿Me estás diciendo que el entierro de una mujer asesinada se va a convertir en un acontecimiento social?

—De hecho, ya lo es.

Jacobo teclea en su móvil y le muestra un evento que lleva por título «Despedida a Lola Cuadrado». En él aparecen la hora y lugar del sepelio. Los «Me interesa» y «Asistiré» se cuentan por centenas.

218

—Y yo que creía que sería algo discreto... Voy a estar más perdida que un pulpo en un garaje —se lamenta Lupe mientras da un mordisco a la tostada.

—Espera, espera. ¿Tú vas a ir? ¿Al entierro de Lola Cuadrado?

—¿Por qué te crees que me han cambiado el turno? No me escuchas cuando te hablo.

—Puedo acompañarte.

—¿Tú?

—Los conozco a todos. Podría ayudarte a identificar quién es quién.

—La verdad es que no creo que saquemos nada de ahí. Voy porque alguien tiene que ir, pero las vías de investigación van por otro lado. Además, ya me reuní con su agente.

—¿Con Katarzyna Dumanska? —dice Jacobo con asombro.

—¿La conoces?

—La sigo por las redes.

—Le apreté un poco las tuercas, aunque no creo que tenga nada que ver con el crimen. Se la veía maja.

—Y buena profesional. Catapultó a Lola a la fama y ahora tiene a una tal Nagore que lo está petando en las listas de más vendidos.

—Pues allí estará.

—Oye, que te acompaño, en serio.

—No te preocupes, me apañaré.

—Insisto. Cualquier pista puede resultar importante en la resolución de un caso, ¿no?

—Sí, supongo —Lupe vacila. Sabe que eso es cierto, pero no ve a su marido acompañándola en una investigación. No está segura de si es lo correcto, y tampoco le parece muy serio.

—Pues no hay más que hablar.

—¿Y Jonás?

El chico aún duerme. La tutora no ha dado su brazo a torcer y ha formalizado la expulsión durante toda la semana.

—Podemos dejarle en casa de su amigo Javi.

—Está castigado, Jacobo, ¿recuerdas?

—Venga, mujer. No seas estricta.

—¿Estricta? —ella va a contestar lo que piensa de verdad, pero se muerde la lengua. Está agotada y ha decidido que no quiere más discusiones en casa. Por lo menos hasta que cierren esta investigación. Después ya verá si le canta o no las cuarenta a Jacobo.

Su marido la mira como un perrito esperando a que le tiren la pelota.

—Está bien. No entiendo este nuevo empeño por ayudarme, pero vale.

—¡Estupendo! Voy a poner una lavadora, que hay muchas cosas que hacer hasta la hora del entierro.

Jacobo le da un beso en la mejilla y se va con pinta de satisfecho. Lupe remata la tostada y vuelca su atención en la pantalla del ordenador para seguir buceando en las redes de Lola Cuadrado, mientras piensa que no hay quien entienda a los hombres.

56.

Camino sale de los juzgados blandiendo un papel con ademán victorioso.

—¿Has conseguido el mandamiento de entrada?

Es una pregunta retórica, porque la expresión de regocijo de la inspectora no puede ser más explícita.

—Vamos a hacer ese registro, a ver qué aparece.

Pascual cabecea, admirado. Cuando a Camino se le mete algo en la cabeza, no hay duda de que lo consigue. En eso se parece al inspector Arenas.

—No quiero ni saber el peliculón que le has contado a San Millán.

—Chissss, calla, que viene por ahí Ramírez.

El dador de fe llega con el gesto agriado y sus veinte kilos de sobrepeso a cuestas.

—Buenas, secretario.

—Recuerden que ahora soy letrado. Hablemos con propiedad.

Desde que la ley pasara a llamarlos letrados de la administración de justicia, Ramírez está aún más subidito. Camino le baja los humos:

—Mismo perro con distinto collar.

—Pues este perro no tiene ganas de dar palos de ciego. A ver si atinan esta vez —gruñe—. Nos vemos allí.

La inspectora mira a su compañero.

—¿Vamos?

—Vamos.

Pascual pone en marcha el camuflado y conduce en silencio. A Camino siempre le da un poco de apuro verlo

así, encasquetado en ese asiento que es demasiado pequeño para un tío como él. Tiene las rodillas encajadas en el
tablero, sus enormes brazos rodean el volante y casi pega
con la cabeza en el techo. Se promete a sí misma que cuando resuelvan este caso volverá a pedir un coche de los intervenidos por la Unidad de Drogas y Crimen Organizado. Esos sí que tienen carros grandes.

Pero al oficial no parece importarle conducir esa mi-
niatura de *renting* que le tienen asignada al grupo. Está
sumido en sus reflexiones. Él ya había descartado a Alonso
como sospechoso, cree que tienen que buscar al *serial killer*
en otra parte. Ese tipo engominado y que gasta trajes a
medida no le da el perfil. No es trigo limpio, pero necesita
algo más para cargarle dos asesinatos.

—¿En serio crees que fue Alonso?

A Camino le cuesta unos momentos responder, como
si se encontrara muy lejos de allí. Arruga aún más el ceño
al hacerlo:

—A ratos me lo parece y otras veces tengo la sensación
de que esto no tiene nada que ver con él. Pero estarás de
acuerdo conmigo en que es el principal sospechoso.

—Sí, el exnovio abandonado: el engaño y la humillación a la que ella le sometió embarazándose de un semen
desconocido antes que de él, las mentiras en la declaración,
el coche rojo. Todo eso encaja. Pero yo no lo veo, no lo siento en las tripas. Y a mí, cuando un tío es un asesino, las tripas me lo dicen, ya lo sabes. Le miro a la cara, y me lo dicen.

Camino niega con la cabeza. Le encantaría reducirlo
todo a una conversación con sus tripas o a un rostro mal-
vado, pero nunca ha creído en esa forma de hacer las cosas.
Sabe que la mente humana es mucho más compleja, que
una cara puede encerrar mil secretos, que las personas estamos compuestas de muchas capas, y que a veces es una de
esas capas, la más remota, la que encierra la clave, el por-
qué, el motivo siempre inexcusable que movió a alguien a
segar la vida de otros seres humanos.

—Así que su cara y tus tripas no te lo dicen. Vamos, Molina, pero si hasta la amante duda de él, joder.

—Yo solo digo que no lo veo claro. Además, ¿qué hay de Lola Cuadrado? No tenemos nada que le vincule a ella.

—Puede que no sea el mismo asesino después de todo. Puede que lo de la escritora sea en el fondo un *copycat*. Un poco cutre, pero una imitación a fin de cuentas. El puñetero chupete y los puñeteros medios, que se vienen arriba con el morbo y ponen en danza a todos los dementes de la ciudad.

—¿Dos asesinos distintos? ¿Con dos embarazadas tratadas en la misma clínica? Me tomas el pelo.

—Yo qué sé, Molina. Será coincidencia. A veces se dan.

—No en Homicidios, jefa. Lo sabes tan bien como yo.

—O quizá Alonso conocía a Lola Cuadrado, quizá también tenía un motivo para matarla a ella. Quizá él sea el puto asesino en serie que buscamos. Empezó matando a su ex y le cogió el gustillo.

—Más nos vale. Porque como no encontremos nada, no quiero oír la cantinela de Ramírez de que siempre nos precipitamos.

El edificio tiene solera. Está reformado, la fachada es de un tono rosáceo y los balcones son de madera pintada de blanco. Camino aparca y dirige la vista instintivamente arriba del todo, a la cristalera del dormitorio de Alonso que pasó horas vigilando. Ramírez ya está merodeando por allí, guarecido bajo la sombra de un naranjo. Se pregunta cómo lo ha hecho para llegar antes que ellos.

En la puerta hay un conserje con cara de aburrimiento. Camino se planta a su lado en unas zancadas, le enseña la placa y la orden, y ve cómo la abulia le desaparece de inmediato.

—Tenemos que entrar en el tercero.

—¿Qué ha pasado?

—Ha pasado que tenemos que entrar en el tercero.

—Pero... ¿por qué? —el conserje sigue apostado en el portal. Defiende su territorio, no parece dispuesto a franquearles el paso.

—¿Está usted sordo? ¿No oye lo que le estoy diciendo?

El tipo chasquea la lengua, reticente, haciéndose a la idea de que no va a sacarle más información a la inspectora.

—Ahora no hay nadie.

—Pues nos abre usted.

—¿Lo sabe don Alonso? —la desafía con la mirada.

Camino levanta la orden aún más, se la pone delante de los ojos.

—¿También está ciego? Mire aquí, es la firma del juez. Y este señor, el letrado de la administración de justicia. ¿De verdad quiere obstruir nuestra labor? ¿Conoce las consecuencias del desacato a esta orden?

El hombre iba a seguir protestando, no por fidelidad al tipo del tercero ni por especial apego a su trabajo, sino solo por no plegarse tan pronto ante los maderos, que nunca le han gustado. Por tocar un poco los huevos, vaya. Pero se da cuenta de que no tiene nada que hacer ante la bravuconería de la inspectora. Y uno tiene que saber elegir sus batallas. Repliega la ofensiva y se mete tras un mostrador. Se agacha y manipula entre cajones. Con parsimonia, eso sí. Con mucha parsimonia.

Camino le apremia con muchos aspavientos.

—Tenemos que entrar. ¡Ya!

El conserje ni la mira. Continúa removiendo llaves. Al poco regresa con un juego completo, que le ofrece de mala gana.

—Aquí tienen.

La inspectora lo coge de un manotazo y se dirige al ascensor, seguida del letrado. Pero se detiene al ver cómo Pascual inicia la subida escalón a escalón.

—¿Qué haces? Es el tercero.

—Regla número uno de la dieta: si hay escaleras, se sube andando. Además, es más rápido.

Para cuando el ascensor se abre, el oficial ya está arriba. Jadeando, eso sí. Camino introduce la llave de seguridad y la puerta se abre tras varias vueltas.

La vivienda no se parece en nada a la que Soledad alquiló para pasar las últimas semanas de su vida. Frente a aquel apartamento minúsculo y lóbrego, este ático es la pura imagen del lujo, y no por la decoración, sino más bien por su ausencia. Los muebles, de un blanco inmaculado, son minimalistas, sobrios y elegantes, y unidos a las paredes despejadas y a las amplias cristaleras, dotan al conjunto de una luminosidad y una sensación de pulcritud apabullantes. Hay una única concesión a la anarquía: una estantería abarrotada de libros, que se apretujan entre sí y se apilan de las más diversas formas. Pascual silba al contemplar las vistas: el río Guadalquivir, la Torre del Oro en la orilla de enfrente, y un poco más allá, la Giralda y el conjunto catedralicio.

Les ha quedado claro que Alonso se movía a otro nivel, un nivel que Soledad abandonó de manera voluntaria para vivir en la estrechez del refugio que encontró en Sevilla-Este. Camino no puede evitar un acceso de melancolía al pensar en esa mujer que cambió una opulencia infeliz por la perspectiva de una vida humilde y sacrificada, pero, probablemente y si nada se hubiera interpuesto en su camino, mucho más dichosa.

Aparta ese conato de sentimentalismo y se dispone a emprender su cometido. Se adentra por el corredor en dirección a las estancias más íntimas. Antes lanza una mirada al oficial y, sin necesidad de hablar, se reparten el trabajo. Ella, el dormitorio y el baño. Pascual, el salón y la cocina.

Se sumergen en la tarea escrutando cada rincón con minuciosidad, sin más tregua que algún comentario a gritos. Pero no hay nada que haga saltar las alarmas. Es la vivienda de un soltero adinerado, que a todas luces alguien le limpia mientras él trabaja fuera de casa. No hay fotos por ninguna parte ni restos de presencia femenina. No queda rastro del paso de Soledad por su vida —en eso él también parece haber reseteado—, y tampoco de su nueva novia. Ni un mísero cepillo de dientes junto al suyo, ni un acondicionador de pelo o una crema de manos en el mueble del baño. Tampoco un ordenador portátil o una tablet de donde extraer información. Ni siquiera una agenda con las reuniones diarias o un cuaderno de reflexiones abandonado sobre una mesita auxiliar. Es como si utilizara la vivienda a modo de hotel, para reponer fuerzas y volver a la carga.

Tras una escasa media hora, Camino ha finalizado su inspección. Regresa con aire derrotado a la estancia principal, donde Pascual continúa el registro meticuloso de la estantería. Saca un libro, lo sujeta con la mano izquierda mientras con la derecha hace volar sus páginas en busca de algo oculto entre ellas. Así, uno por uno. Es lo único que queda y se agarra a la esperanza de que en cualquiera de ellos aparezca un cedé, una tarjeta usada como marcapáginas, una anotación manuscrita en el lateral. Cualquier cosa que los acerque, si no a inculparle, al menos a comprender algo de la psique de ese hombre, una información que los conecte con lo que han ido averiguando.

Malhumorada, la inspectora se deja caer en el sofá, donde Ramírez está arrellanado consignando en el acta el modo en que se practica la diligencia. La papada se le derrama en cascada sobre el cuello y tiene una cara de aburrimiento infinito.

—¿Nada? —le pregunta Pascual sin apartar la vista de lo que está haciendo.

Camino gruñe por toda respuesta. Observa la estantería y calcula que habrá entre doscientos y trescientos libros. Por el orden que lleva el oficial, de derecha a izquierda, no ha revisado ni una cuarta parte. No veía a Alonso Márquez como un lector voraz. Ahora le imagina en ese mismo sofá, al llegar a casa, tumbado con una novela entre las manos.

O en la cama inmensa del dormitorio, leyendo hasta que le vence el sueño. Baqueteada por la curiosidad, se pone en pie y se acerca a la esquina opuesta de la estantería. Hay libros de todo tipo, ordenados alfabéticamente por el apellido del autor: desde los clásicos, que a buen seguro Alonso ha arrastrado consigo mudanza tras mudanza, hasta novelitas comerciales. Queda estupefacta al reconocer en la «B» una cubierta rosa plateada de un libro que conoce bien, *La elegancia del erizo,* de Muriel Barbery. Ni por asomo le suponía la sensibilidad necesaria para su lectura al hombre de negocios con que se entrevistaron días atrás. Se lo comenta a su compañero.

—No empieces con tus prejuicios hacia los hombres.

—¿Prejuicios, yo?

Él levanta la vista del libro que tiene en las manos y se la clava con aire displicente.

—Los prejuicios están fundamentados en la experiencia —se defiende ella—. Los toma el cerebro para categorizar lo que le rodea basándose en una muestra amplia. Si existen, es por algo.

—Pues basándome en la experiencia, yo tampoco te veo a ti dotada de mucha sensibilidad, jefa. Igual de raro es que leas tú ese libro que el tipo este. Te lo regalaron, ¿a que sí?

Se oye de fondo la risilla soterrada de Ramírez.

Camino elude la pregunta y sigue repasando los títulos. En la «C» se encuentra con las obras completas de Cortázar. Quizá sí, quizá se ha formado una imagen de un hombre que poco tiene que ver con el que regresa cada día a ese apartamento exclusivo para sumergirse en otros mundos. Sonríe al recordar las *Instrucciones para subir una escalera,* y está a punto de gastarle una broma al oficial sobre su forma de acometer esa empresa cuando el dedo que recorre los lomos de los libros se detiene repentinamente.

—Molina.

Por el tono empleado, el oficial reacciona al instante. Deja el poemario que tiene en las manos y mira hacia el punto en el que el dedo de Camino ha quedado petrificado señalando con aire acusatorio.

En la letra «C» de la estantería de Alonso Márquez se encuentran todas las novelas de Lola Cuadrado.

Pascual extrae *El secreto del mar Muerto* y lo abre por la primera página. En ella, letras caligrafiadas con primor han inmortalizado el vínculo que estaban buscando: «Con todo el cariño para Alonso, hombre y lector apasionado. Lola».

57.

Alonso acciona el mando del garaje.

Ha conducido durante más de mil kilómetros para ir y volver de la capital, y eso sumado a lo poco que duerme desde la muerte de Soledad y a las emociones del día, hace que se sienta un zombi. Sobrevive a base de café, que a su vez le acentúa el nerviosismo y le envuelve en un estado de agitación permanente.

La despedida ha sido dura. Ha tratado de mantenerse alejado de la pequeña comitiva, pero su presencia no ha escapado a los ojos de Juan Cabezas, que ha ido directo a por él. Si no le hubieran frenado, el padre de su exnovia se habría lanzado contra él como un niño en el patio del colegio, sacando pecho en un gesto fanfarrón y amenazante que no llega a ocultar lo que hay tras él: una desolación sin límites. Al final, Juan tuvo que conformarse con los insultos y las acusaciones.

La puerta automática comienza su ascenso, pero antes de que llegue a culminarlo, un hombre aparece de la nada y se coloca en el espacio que hay entre su coche y la entrada. Va a gritarle que se aparte cuando repara en que le conoce. Es el grandullón que acompañaba a la inspectora en la visita que le hicieron el martes.

Justo en ese momento, unos nudillos golpean en la ventana. Al girar la cabeza se encuentra con el rostro exultante de Camino, que sostiene unas esposas.

—Salga del coche. Está detenido.

58.

Siete de la tarde.

Si las altas temperaturas del estío sevillano hacen que caminar por la calle se torne en un suplicio, verse en mitad del asfalto sin una sombra bajo la que guarecerse ya es un despropósito de dimensiones descomunales. O al menos así lo ve Lupe, que nunca ha llevado bien los calores hispalenses.

Sin embargo, la muchedumbre que se aglutina en las puertas del cementerio de San Fernando no parece coincidir con la visión de la policía, quien se abanica con un paipái de publicidad que un trabajador del tanatorio le regaló una hora antes. «Úsame si no quieres volver pronto», reza en uno de sus lados haciendo gala del característico humor sevillano. En el otro, el teléfono y el nombre de la empresa funeraria que se ha encargado de poner a punto el cuerpo de la escritora antes de su adiós definitivo.

Jacobo tenía razón. El entierro de Lola Cuadrado se ha convertido en un acontecimiento mediático y social. Los periodistas revolotean en busca de celebridades a quienes sacar unas palabras de condolencia a golpe de micrófono, y personajes de todas las clases se aglomeran en la puerta de entrada al camposanto.

A Lupe la frontera de los cuarenta grados que ya ha superado el termómetro la deja fuera de juego. Se siente agotada y sin ninguna gana de estar allí. Al contrario que su marido, que parece muy cómodo con la situación. En el tanatorio se ha pasado todo el tiempo saludando a unos y presentándose a otros sin el menor pudor, al tiempo que comentaba la jugada como si fuera el mejor amigo de la víctima. Un «qué gran pérdida» por aquí y un «cuánto lo siento por allá», todo ante la mirada estupefacta de su mujer, que no le conocía ni le imaginaba en esa faceta. Pero quién conoce del todo a alguien, se ha preguntado tratando de mantener la indiferencia ante un proceder que, en el fondo, la irrita sobremanera. Esa irritación alcanza su cota máxima cuando Jacobo le pega un codazo, presa de los nervios.

—¡Mira, la agente!

En efecto, Katarzyna está franqueando la entrada al cementerio. Va agarrada del brazo de un hombre espigado que mantiene el gesto solemne propio de las circunstancias.

—Vamos —a Jacobo le puede la urgencia.

Lupe le mira de hito en hito y se hace la tonta. Es su forma de rebelión.

—Lupe...

—No. Quiero esperar a que entren todos.

—Pero se nos va a perder la representante.

—Pues que se pierda, a ella ya la he interrogado.

Jacobo vacila unos instantes mientras ve cómo se aleja Katarzyna. Y con ella, una remota posibilidad de alcanzar la fama, la única que ha sentido cerca en años y en la que ha depositado sus esperanzas merced al imprevisto de hoy: un manuscrito que enamora a la agente, la firma de un contrato de representación, una gran editorial, traducciones a los más diversos idiomas, venta de derechos audiovisuales para una producción cinematográfica... Un cuento de la lechera que se esfuma al tiempo que los tacones de Katarzyna la alejan de él, dejando sus huellas en el polvoriento camino de entrada.

—Podías presentármela —dice al fin, aparcando el orgullo y mirando a su mujer con una mezcla de súplica y esperanza.

«Ahí lo tienes.» Era justo lo que Lupe quería oír y no oír. La verdadera razón por la que está allí su marido. No para ayudarla, no para encontrar a un asesino. Para ayudarse a sí mismo. Resopla, sin poder contener el enfado.

—¿A qué hemos venido, cariño?

Le ha salido un tono sarcástico y duro que Jacobo conoce muy bien. Y que trata siempre de esquivar. Bajando la cabeza, permanece apostado en la entrada del camposanto sin soltar una palabra más. Lupe observa a la concurrencia, memorizando los rostros de cada una de las personas que pasan. Jacobo se encuentra incómodo. No le gusta estar enfadado con ella, aunque últimamente esa se ha convertido en la dinámica habitual. Él la enfada y él la desenfada. Lo primero nunca sabe muy bien cómo sucede. Lo segundo cuesta mucho más.

Al seguir la mirada de Lupe, ve una cara que le suena.

—Mira, ¿no decías que no le conocías amigos a Lola? Ahí tienes uno —dice en un intento de lograr la amnistía de su mujer.

—¿Quién?

Jacobo señala hacia un tipo entrado en los cuarenta, con el pelo castaño veteado de gris. Tiene una perilla en forma de chivo y un estilo desenfadado, y camina en solitario espantando a los periodistas como moscas. Lupe le escruta de arriba abajo. A diferencia de la mayoría, no parece que ese hombre quiera estar donde está. Quizá ha ido porque se ha sentido en deuda, quizá porque de verdad estimaba a la víctima, quizá por cualquier otro motivo al que le haya llevado la compleja mente humana. Pero, desde luego, ese no se encuentra allí para hacer contactos.

—¿Y dices que ese era amigo de Lola?

—Más que amigo, a decir verdad.

—¿Un amante? —Lupe mira escéptica a su marido—. Lola Cuadrado no tenía amantes.

—No es eso lo que se cuenta por ahí.

—¿Y cómo dices que se llama?

232

La misma mirada suspicaz, fría. Pero con un brillo revelador del interés que le ha suscitado. Jacobo exhala un suspiro. Qué mujer más complicada, la suya.

—Fernando Santos. Poeta experimental, ensayista, narrador ducho y desenvuelto... El escritor más polifacético de estos barrios. Y el más mujeriego también.

59.

Alonso no sabe cuánto tiempo lleva en esa habitación.

Sí sabe que el objetivo de los policías es agotarle, ponerle nervioso. Él siempre hace esperar en la antesala de su despacho, incluso cuando ya lleva retraso acumulado en las reuniones. Es una prerrogativa del poderoso, la diferencia que marca quién domina la situación y quién no. El que espera siempre está en una posición de inferioridad, incluso de indefensión, sometido a la merced del que marca los tiempos.

Él no está acostumbrado a encontrarse del otro lado, pero al menos conoce las reglas del juego. Recluido en un espacio y un tiempo forzosos, solo le queda tirar de paciencia. Aunque lo cierto es que le han pillado ya al límite. O eso habría jurado, porque uno siempre es capaz de traspasar los que creía que eran sus límites cuando las circunstancias así lo exigen. Bien lo sabe él, que ha tenido que atravesarlos demasiado en demasiado poco tiempo. Límites de todas clases. Morales, emocionales, legales, físicos.

Pero hoy ha sido el día más agotador de todos. Alonso sentía que no llegaba. Los últimos kilómetros antes de entrar en Sevilla, la última rotonda, el último semáforo en rojo, el último giro antes de vislumbrar su edificio, la puerta del garaje. Solo tenía que aparcar y tumbarse en la cama. Meterse un par de ansiolíticos y dormir para olvidar, siquiera algunas horas. Hasta que el mínimo ruido le despertara y ya no pudiera conciliar el sueño y se quedara sumido en el sopor esperando al alba para volver a ponerse en marcha. Ducha, afeitado, traje, más café, y un zombi camino del despacho, un día más.

No importa. No va a darles gusto. No va a explotar. No va a perder el control. En algún momento tendrán que decirle por qué está ahí. En algún momento tendrán que llamar a su abogado. En algún momento tendrán que soltarle o ponerle a disposición de un juez. Ni siquiera las polis matonas como esa pueden saltarse la ley y campar a sus anchas por el barbecho de la justicia de este país. Hasta ella tiene que pasar por el aro. Y él solo tiene que esperar.

60.

—*La ha liado.*

—¿Quién? —pregunta Pascual.

—Alonso. En el entierro.

—¿Qué ha hecho?

—En realidad ha sido el padre de Soledad —la inspectora le relata lo que ha averiguado el contacto de Fito en Madrid—. En cuanto le ha visto, se ha puesto hecho una fiera, delante de todo el mundo le ha acusado de haber matado a su hija y han tenido que sujetarle para que no fuera a por él.

Pascual recuerda a ese hombrecillo frágil, pero que transformó el dolor en ira cuando conoció los detalles de la muerte de su hija, y no se sorprende. Si a Samantha le pasara algo así, a él mismo le costaría mucho seguir aferrándose a la ley en lugar de estrangular con sus propias manos al culpable. Eso es lo que le pide el cuerpo a cualquier padre. Que seas capaz de cruzar la línea o no es otra cuestión.

—Bueno, eso ya lo sabíamos, ¿no?

—¿Qué?

—Juan Cabezas lo tenía claro desde el primer momento. Estaba seguro de que había sido Alonso.

—¿Y tú? ¿Lo ves claro ahora?

El oficial esquiva la pregunta con una diferente.

—¿Vas a intentar hablar con él? ¿O esperamos al interrogatorio con el abogado?

—¿Tú qué crees? —Camino le mira con una media sonrisa.

—Pues venga. Mira qué hora es.

—Déjale un poco más. Quiero que pierda algo de su arrogancia.

—¿Cuánto más?

—¿A qué viene tanta prisa?

Pascual se revuelve, incómodo.

—¿Qué pasa, Molina?

—Watson lleva mucho tiempo solo —lo dice casi en un susurro, con la vista clavada en el suelo.

—¿El gato? ¿El puto gato? ¡Lo que me faltaba por oír!

—Media hora, no más —insiste él.

—Media hora.

A pesar del exabrupto, el interés de Pascual por el bienestar del gato le ha hecho pensar a Camino en sus pobres hormigas, que están desde el día anterior sin alimento que llevarse a la boca.

61.

—Tengo hambre.

Al levantar la vista del ordenador, Lupe ve a su hijo plantado frente a ella. El tono es perentorio y la mirada trasluce una especie de desafío que de un tiempo a esta parte parece haberse instalado en Jonás de forma inquebrantable.

—¿No has merendado en casa de Javi?

—Sí.

—¿Entonces?

—Son las nueve y media, mamá.

Ella comprueba la hora en la esquina inferior de la pantalla. Su hijo tiene razón. Se ha enfrascado tanto que ha perdido la noción del tiempo.

—¿Y tu padre?

—Leyendo.

—Dile que prepare la cena.

—No le gusta que le interrumpa cuando lee.

Lupe bufa como un gato al que le han pisado el rabo. Lo que le faltaba por oír.

—Tú díselo.

El niño bufa también y se va refunfuñando. Su madre le ve alejarse y experimenta un arrebato de ternura. Se parece tanto a ella... Hasta en lo malo, piensa. Últimamente Jonás está difícil, pero quizá solo es una respuesta a lo que ve en su propia casa. La actitud de su marido la ha vuelto irritable, y él a su vez se encierra cada vez más en su propio mundo, harto de sus enfados, y les resulta más y más difícil entenderse. Está segura de que para Jacobo tampoco está siendo fácil, pero le cabrea su desidia. Ella quiere ver a un hombre que no se deja avasallar por el primer revés, quiere que coja el toro por los cuernos, que se lance a teclear y a perseguir un sueño en lugar de refugiarse en su cueva y en las vidas de los que están del otro lado de las páginas. Quiere que escriba él esas otras vidas y que viva la suya de una vez, sin miedos. Y le cabrea sobremanera que la única iniciativa que le haya visto en mucho tiempo sea la de arrimarse a escritores de renombre aprovechando el entierro de una compañera. No quiere a un oportunista ni un advenedizo. Jacobo no necesita ser así, tiene más talento que todo eso. Ella está de su lado, joder. Aunque sabe que a veces no lo parece.

Un sonido en el ordenador la saca de sus pensamientos. El icono rojo sobre fondo azul la avisa de una nueva notificación. Pincha en él y ve lo que estaba esperando: «Fernando Santos ha aceptado tu solicitud de amistad».

Ha picado el anzuelo. Le ha bastado con dejarle un mensaje sobre cuánto le había gustado su último libro. Sonríe satisfecha, dispuesta a sumergirse en la vida íntima que Fernando acaba de desbloquear para ella y descubrir así qué hay de verdad en la rumorología sobre su relación con Lola Cuadrado.

62.

La inspectora se sienta frente a Alonso.

Porta un aire chulesco, conscientemente reforzado.
Le mira a los ojos. Él sostiene una mirada provocadora y
ella se la devuelve con frialdad, tratando de ver lo que hay
detrás, pero le resulta imposible descifrarlo más allá de
esos ojos enrojecidos, quién sabe si por el llanto, por la
falta de sueño o por la rabia. A Camino sus tripas no le
dicen si es o no el asesino. Ellas lo único que saben es que
lleva sin comer algo decente desde hace siglos. Permanece en silencio, manteniendo posiciones. Le ve exhausto,
no se parece en nada al petimetre repeinado y con traje
de corte perfecto al que entrevistó hace tan solo dos días.
Está desaseado, el pelo grasiento, una sombra de barba le
oscurece la mandíbula y enormes bolsas bajo los ojos le
dan una apariencia mucho mayor. Aún es joven, pero
hoy parece un hombre arrugado por la vida. Aguanta,
aguantan los dos, y al final es él quien desvía la mirada,
quien habla primero.

—Todavía no me ha dicho nadie por qué estoy aquí.

Bien. Le tiene donde quiere. Alonso ha abandonado
su actitud de superioridad y su irritante altanería. Ella espera todavía un poco más. Cuenta hasta diez sin dejar de
mirarle. Le dedica una sonrisa condescendiente, por si no
le ha quedado claro ya que las tornas han cambiado.

—¿Por qué cree usted, señor Márquez?

Él ha pensado mucho en la respuesta.

—Por Juan.

—¿Quién es Juan? —Camino se hace la tonta.

—Juan Cabezas. El padre de Soledad. Me culpa de su muerte.

—¿Cómo es eso?

Alonso carraspea.

—Piensa que yo la maté.

—Ajá.

Silencio.

—No irán a creerle, ¿no? Ese hombre se ha vuelto loco.

—¿Qué razones tiene él para pensar que la mató?

—Que se ha vuelto loco, se lo estoy diciendo. Por el dolor, supongo. Yo qué sé.

—El dolor puede volverte loco —repite Camino.

—Sí —Alonso asiente con ímpetu, quizá con demasiado.

—¿Qué hizo la noche en que murió Soledad?

—¿Me está interrogando? ¿No debería estar presente mi abogado?

—El interrogatorio tendrá lugar mañana a las nueve, ya se lo han comunicado antes. Yo solo quería charlar un rato.

—Ya. ¿Y eso es legal?

—¿Hablar? Pues claro que es legal. Y sería un detalle por su parte estar receptivo. Ya sabe, mostrar una buena predisposición para encontrar al asesino de su expareja. Que no se diga.

—Ya se lo conté. El lunes por la noche me quedé en casa. Descansando.

—¿Está seguro?

El sospechoso calla y ella golpea la mesa con una fuerza muy medida, lo justo para que no pueda decir que pierde los nervios, que ha pegado un puñetazo, pero que sepa que puede perderlos, que *es* un puñetazo y que la cosa puede ponerse mucho más seria.

Percibe su titubeo antes de que él matice la respuesta.

—Tengo... tengo una amiga. Ella me acompañó.

—Bien. Nos vamos entendiendo.

Camino sonríe, mientras imagina a Pascual exultante en la habitación contigua, escuchándolo todo. Lo tienen. Ahora falta que Nerea ratifique que no estuvo con él. Que fue él quien le dijo que no podían quedar justo esa noche.

—¿Por qué no nos lo contó desde el principio?

—No quería implicarla.

—De acuerdo. Luego volvemos a eso. ¿Qué coche tiene?

La pregunta parece desconcertarle.

—Me ha visto entrar con él en el garaje hace unas horas.

—No me he fijado.

—Un Audi A5.

—¿Color?

—Negro.

—No le van mal los negocios, ¿eh?

—Las apariencias son importantes en mi sector. Pero no, no me va mal, lo reconozco. Y siempre me gustaron los buenos coches.

—¿Y va a todas partes con él?

—¿Qué quiere decir?

—Ese trasto llama mucho la atención. Yo no me atrevería a meterlo, yo qué sé, en Los Pajaritos. O en Las Letanías...

—A mí no se me ha perdido nada en esos barrios. No iría allí ni a punta de cuchillo. Pero es verdad, tengo un segundo vehículo. Si me han investigado, ya lo sabrán.

—¿Cuál?

—Un Passat rojo. Es un buen turismo, pero más discreto.

—¿Le importaría que le echáramos un vistazo?

—No, claro, aunque ahora mismo está en el taller.

—¿Qué le ha ocurrido?

—Nada, lo llevo a que lo revisen de vez en cuando. Cambio de aceite, limpieza a fondo, ya sabe, esas cosas.

«Mamón», farfulla Camino para sus adentros. A esto llegan tarde. Adiós a la comprobación de la pintura, a la posibilidad de sangre adherida a los surcos de los neumáticos o a la carrocería. No importa. Le da más fuerzas para seguir buscándole las cosquillas. No va a dejarle escapar.

—¿Le gusta leer?

Alonso se muestra perplejo. Ahora sí que le ha desconcertado del todo.

—Sí, claro. ¿A quién no?

—A mucha gente. ¿Y qué lee, si no es mucho preguntar?

—Me tiene aquí encerrado, puede preguntarme lo que le dé la gana. Pero no entiendo adónde quiere ir a parar.

—Ni falta que hace.

Alonso resopla. Tamborilea con los dedos sobre la mesa. Mira al techo. Consigue rescatar alguna reserva de paciencia que encuentra dentro de sí. Uno siempre puede más de lo que cree, se recuerda.

—De todo. Novelas, lo que más. A veces algún ensayo. La poesía no la entiendo mucho, pero algún clásico cae. Con los poetastros de ahora sí que no puedo.

—¿Qué ha leído últimamente?

—A Vázquez Montalbán. A un detective que ficciona sus casos. Una distopía criminal de Fernando Santos. Nada muy sesudo.

—¿Es de los que no leen a mujeres?

—¿Por qué dice eso? ¿Me toma por un misógino?

—Yo no le tomo por nada. Usted me habla de escritores, y yo le pregunto por escritoras. Estamos manteniendo una simple charla, relájese.

—Pues sí, claro que leo a mujeres. Margaret Atwood. Alice Munro. Clarice Lispector. Sue Grafton. Fred Vargas. ¿Quiere más?

La inspectora se encoge de hombros, como si le diera igual su respuesta.

—No conozco a ninguna.

—Entonces es usted a quien no le gusta leer.

—No, es que no leo a mujeres. Me aburren, son demasiado emocionales.

Alonso no da crédito. Intuye que le está tomando el pelo, pero no sabe para qué.

—¿Y por qué me pregunta a mí?

—No, porque ahora tengo un caso de una escritora muerta, y me da mucha pereza. ¿Cree que tengo que leer sus libros para conocerla mejor?

—Y a mí qué me cuenta. Oiga, pregúnteme lo que quiera de Soledad y deje que me vaya, necesito descansar —Alonso se pone serio, como si de repente le hubiera sacudido una gran convicción—. O me suelta ahora mismo o no diré una palabra más hasta que tenga a mi abogado aquí delante. Ya me he hartado de este numerito.

—Eso no va a pasar. Hay indicios contra usted, señor Márquez. Se ha practicado una diligencia de detención, se ha dado parte al juez. No le libra nadie de la noche en el calabozo. Quién sabe de cuánto tiempo más. En parte depende de usted, ya se lo he dicho. De su buena predisposición.

Camino calla y juega con su pelo, se deshace la coleta, se la vuelve a hacer. Se mira las uñas con una parsimonia desquiciante, muerde un padrastro que se le ha formado en el anular y sonríe al arrancarlo. Luego arremete contra la uña. Transcurren varios minutos antes de que retome el tema donde lo dejó.

—Es que igual si la leo, a la escritora muerta que le digo, averiguo algo de su vida, ¿no? Eso dicen en victimología. Hay que conocer bien al fiambre, cómo pensaba, cómo vivía, con quién se relacionaba, cuáles eran sus secretos. Todo para acercarse a su asesino.

La mirada que le dirige el detenido es preocupante. La inspectora se apostaría una botella de vino a que está a punto de explotar. Solo tiene que apretarle un poco más.

—Seguro que ha visto algo en las noticias, porque le están dando mucho bombo a su muerte.

—¿Lola Cuadrado?

—Esa, esa. Cuadrado —Camino sonríe al comprobar que ha entrado al trapo—. Le partieron la cabeza como una sandía. Con el trofeo de su último premio, hay que ser cabrón. Y le destrozaron la cara. Menuda escabechina.

A Alonso la boca se le abre como si las mandíbulas fueran por libre y se les hubiera olvidado cuál es su lugar. Para la inspectora resulta exagerado, quizá sobreactuado. Se fija en su dentadura, no tan perfecta como parecía cuando mostraba su sonrisa de seguridad. Tiene alguna que otra funda.

—Eso no lo han contado en los medios —murmura cuando se sobrepone.

—No, es secreto de sumario.

—¿Y por qué me lo dice a mí?

—Bah, estamos charlando sin más, ya lo sabe. Pero que quede entre nosotros.

—Está usted loca.

—Lo sé. Pero eso también es un secreto, no quiero que me expulsen del cuerpo.

Hay un silencio, que nuevamente rompe Alonso tras una reflexión.

—Léala.

—¿Usted cree?

—Esa autora no tenía nada de emocional, al contrario. Era despiadada. Iba saltando de asesinato en asesinato. Todos muy morbosos, muy crueles. Otra loca.

—Las mujeres estamos todas un poco locas.

—Usted, sí. Loca o misógina, o las dos cosas.

—Las dos cosas, las dos.

—Vaya suerte la mía.

—Entonces, ¿conocía a Lola?

—Sí, la he leído.

—¿La última novela?

—Todas.

—¿Le va la crueldad a usted también?

—No, pero esa escritora sabía llevar bien el suspense. Sus libros enganchan.

—Pues parecía una mujer muy dulce. ¿Nunca coincidió con ella?

—No. Pero le aseguro que dulce no era. Nadie que escriba esas cosas puede serlo.

Camino asiente. Está satisfecha. Ahora solo tiene que enfrentarle a los hechos y el petimetre caerá por su propio peso. Sopesa hasta cuándo seguirle el rollo. ¿Le dice ya que Nerea se lo ha contado todo? ¿Le habla del libro dedicado por Lola, de que conoce las amenazas con que asustó a Soledad tras enterarse de su embarazo? ¿O lo deja para mañana, en el interrogatorio oficial? Necesita una doble confesión, y duda sobre cuál es la mejor forma de atacar para que capitule de una vez.

No llega a decidirse, porque Molina abre la puerta con gesto grave.

—Inspectora, es necesario que salga un minuto.

Su compañero sabe que no debe interrumpirla con un sospechoso, menos en un momento clave como ese. Está por soltarle una fresca pero se contiene, más por la presencia de Alonso que porque no se lo pida el cuerpo.

—Disculpe, vuelvo enseguida.

—¿Qué mosca te ha picado, Molina? Sabes perfectamente que no puedes...

—Lo sé, lo sé.

Pascual señala con la cabeza hacia la sala adjunta y al mirar en esa dirección, ve a la comisaria Mora esperando. Tiene cara de pocos amigos.

—Buenas noches, comisaria. ¿Qué hace aquí?

—Suelta a ese hombre.

—¿Cómo?

—Que lo sueltes. No ha hecho nada.

—Con el debido respeto, comisaria, ya hemos tramitado todo el papeleo, no podemos dar marcha atrás.

—Claro que podemos. Y San Millán está al tanto de que lo haremos. Todo ha sido un error.

—¡Pero si le tenemos cogido por los huevos!

—No tenéis nada, Vargas. Un libro firmado, una amante nerviosa y poco más.

—Conocía a las dos muertas.

—Yo conozco a mucha gente, a más de la que me gustaría.

—Hay motivos para pensar que las dos habían quedado con su asesino. Que le conocían. Además, amenazó a una de ellas —Camino se desespera. No puede hacer eso. Ahora no. Estaban a punto.

—Por desgracia, aquí el que más y el que menos amenaza cada día, Vargas. Esa lacra no se cambia de hoy para mañana.

—¡Si hiciéramos más caso de esas amenazas, tal vez tendríamos a más mujeres vivas!

—Ya está bien, inspectora —no hay rastro del tono amable habitual de la comisaria—. Si digo que hay que soltarle, se le suelta y punto. No es la persona a la que buscamos.

Camino abre la boca. Mora la interrumpe.

—Te preguntas cómo puedo estar tan segura.

La inspectora asiente con recelo.

—Porque, mientras estabas de charla con el detenido, nuestro asesino ha vuelto a actuar.

Camino la mira deseando que sea una broma. Es inútil. Sabe que la comisaria Mora nunca bromearía con algo así.

Tercera parte

María Jesús está sentada a horcajadas sobre ella. Es de noche, pero hace calor y las persianas están subidas hasta arriba. La luz de una farola ilumina la oscuridad y se proyecta sobre su cuerpo desnudo. Soraya contempla extasiada sus pechos, pequeños y firmes, que se inclinan para chocar contra los de ella. Se mueve hacia un lado y el otro, hacia abajo y hacia arriba, se refriega como solo ella sabe hacerlo, y siente cómo esos pezones oscuros y compactos la recorren.

Hace un calor del demonio, no corre ni gota de aire y ambas chorrean de sudor, pero lejos de disuadirla, eso la pone más cachonda. El cuerpo de una resbalando sobre el de la otra.

Mariaje se alza y ella contempla su cuerpo esbelto antes de agarrarle los pechos con más fuerza de lo necesario. Oye un débil gemido y aprieta aún más, mirándole ahora el rostro. Esa mirada extraviada por el placer, que a ratos regresa para clavarse en sus ojos con una expresión de lascivia insaciable. Soraya no puede más. Le introduce un dedo en la vagina y un escalofrío la recorre al sentirla tan húmeda. Hacía semanas que no ocurría, y eso multiplica el placer que siente. En un movimiento brusco, la levanta con relativa facilidad y la obliga a tumbarse a su lado. Después le dirige una lujuriosa mirada cargada de intención, y comienza a descender desde el cuello. Su lengua va lamiendo todo lo que encuentra a su paso. Se recrea un poco en los pechos, succionándolos con fuerza, y luego en el ombligo, donde hunde la lengua empujando con energía hacia dentro. Oye otro gemido, pero se demora un poco más con una sonrisa de picardía, hasta que la propia María Jesús se lo pide. Eso es justo lo que quería oír. Ahora sí, desciende sin dilación y se concentra en el clítoris con movimien-

251

tos hábiles y calculados. Primero suavemente, cada vez más rápido. Cuando oye los primeros gritos, su lengua baja unos centímetros para sumergirse en ese coño que tanto le gusta. Introduce la lengua todo lo que el músculo le permite y su boca entera se impregna de ella, de su sabor. Está cambiando. Nota una textura, un aroma y un gusto diferentes, y eso la vuelve aún más loca de placer y de amor. Porque esos cambios son la muestra de lo que está pasando en su interior. Un hijo de las dos comienza a crecer en ese vientre, y no hay nada en el mundo que pueda hacerla más feliz. Piensa en ello mientras aumenta la velocidad y oye el eco lejano de los alaridos de Mariaje.

63.

Camino y Pascual dejan a un lado el pabellón mudéjar

y avanzan por una de las arterias principales del parque de María Luisa. Es más de medianoche y las entradas al recinto ya deberían estar cerradas, pero en este acceso un vigilante de seguridad los esperaba para franquearles el paso.

A medida que recorren la avenida boscosa van entreviendo los signos de que algo grave ha sucedido. Luces, controles, cintas cortando el paso y, en definitiva, todo el dispositivo que se monta cuando alguien traspasa de una forma tan brutal las líneas de la legalidad y la moral. A la altura de la Fuente de las Ranas, un policía de uniforme les hace una seña.

—Por aquí.

Penetran por un pasillo de vegetación frondosa y enseguida lo ven. El cuerpo de una mujer arrojado a la fuente, cuyas aguas iluminadas por los focos de la Policía Científica pueden vislumbrarse teñidas de un rosáceo estremecedor. Las ranas de cerámica, indiferentes a la tragedia, siguen escupiendo chorros al agua estancada.

—¿Quién lo ha encontrado?

—Una mendiga. Dice que suele dormir por la zona y que iba buscando un banco en el que tumbarse cuando la vio.

—¿No se cierra el parque a las doce?

—Son treinta y tantas hectáreas. Cualquiera puede esconderse de los vigilantes sin esfuerzo, y muchos mendigos lo eligen para pasar las noches de verano.

—De acuerdo. Retenedla, luego hablamos con ella.

Camino conoce de sobra los antecedentes del parque. No son pocas las agresiones sexuales que se han denunciado en él, los sustos de las parejitas ante los exhibicionistas o los robos amparados en la nocturnidad del pulmón verde sevillano. Aun así, muchas personas decentes sin un techo bajo el que cobijarse se exponen a que cualquier depravado interrumpa su sueño en los bancos del parque. Piensan que están más protegidas que en plena calle, al menos de las bandas de niñatos que les gritarán o les pegarán por ensuciar la ciudad con su pobreza, por ser culpables de no tener donde caerse muertas.

Con todo, los delitos están controlados y, salvo alguna lamentable ocasión, no han llegado al nivel de alarma que horada la paz social. Pero cuando cae la noche es un lugar propicio para el delincuente, que puede salir como un paseante más antes de que las puertas se cierren. Y Camino no duda de que esto lo sabe bien quien lo ha escogido como escenario para apuñalar a la señora que flota boca arriba en la fuente más antigua del parque.

Al tiempo que se acerca, piensa en lo que supone este nuevo crimen. Tres mujeres asesinadas en Sevilla en menos de una semana. Eso da al traste con todas las estadísticas de seguridad ciudadana, lo que obliga a la comisaria a rendir cuentas tanto ante las instancias superiores como ante la opinión pública. Solo por eso ya es comprensible su nerviosismo, aunque Camino aún no entiende por qué Mora está tan segura de que este crimen guarda relación con los anteriores. Se ha limitado a enviarlos con la máxima premura al escenario de los hechos y ese halo de misterio la crispa. ¿Hasta qué punto ha actuado la comisaria sometida a las presiones externas en lugar de cerciorarse antes de liberar a un sospechoso?

Y es que Camino no se fía nada de los poderosos, y le da que ese Alonso Márquez no está mal conectado. Con ese negocio, ese coche y esa casa, tiene dinero a espuertas. Y en esta ciudad, quien tiene dinero tiene poder. En esta ciudad y en el fin del mundo. Lo que le disgusta, y le disgusta mucho, es la posibilidad de que la comisaria se haya plegado a los intereses de los de arriba. Es lo único que pide de Mora: que les deje hacer su trabajo. Y cree que hoy no lo ha hecho.

—¿Y Micaela? —Camino busca con la mirada a la forense, pero no la ve por ninguna parte.

Un hombre de unos cuarenta y cinco años da un paso al frente.

—Buenas, inspectora. Estoy yo al cargo.

Es Felipe Carrillo, un viejo conocido. Camino no se entiende bien con él. Le observa sin ninguna intención de disimularlo.

—¿Por qué? Estaba Micaela de guardia.

—Yo también me alegro de verte.

—No es eso, es que no lo entiendo.

—Sí es eso —ataja el forense—. Pero no te preocupes, que es mutuo. Micaela se ha indispuesto. Me temo que no se va a hacer cargo.

—¿Qué ha pasado?

—Se puso como una histérica cuando la llamaron. Dijo que no pensaba venir y me lo encasquetaron a mí. Como si esto se pudiera escoger.

—Creo que no se encuentra muy bien últimamente.

—Desde luego, hace tiempo que se le está yendo la olla.

—Ya está bien, Felipe. Te digo que lo está pasando mal.

Aunque no comulgue con los motivos de la forense, Camino siente una corriente de empatía hacia ella. Será sororidad o como lo llamen, pero no va a permitir que ese tipo hable mal de Micaela.

—Pues que vaya a un loquero y no joda a los demás. ¿Tú sabes las que ha liado últimamente?

—Vamos al grano, que no hemos venido hasta aquí a marujear —le corta con su tono más inflexible—. Dime qué tenemos.

El forense traga saliva. Tarda en contestar. Está concentrando todas sus energías en devolverle una mirada cargada de rencor.

—María de la Concepción Arjona López. Mujer de cincuenta y cuatro años, herida con arma blanca. De doble filo, unos veinte centímetros, diría yo. Ha sido apuñalada en el abdomen, una sola vez.

—¿Ha muerto desangrada? Pediría ayuda, es raro que nadie la haya oído.

—Tuvo que ser muy rápido. Por la herida intuyo que la cuchilla entró de forma ascendente hacia el bazo, reventándolo. Después seccionó la aorta abdominal. Un tajo de ese tipo produce una muerte casi instantánea. No resistiría más de tres o cuatro minutos.

—O sea, que el asesino sabía lo que hacía.

—Sí.

—Gracias, Felipe.

Pese a caerle fatal, hay una cosa de Carrillo que siempre le ha gustado a la inspectora, y es que se moje. La mayoría de los forenses van con buen cuidado de no opinar más de la cuenta por si tras la autopsia tienen que desdecirse. Carrillo, no. Quizá por su pedantería innata, se imbuye de su aire profesional y no se corta un pelo. Dice lo que piensa y, si se equivoca, lo acepta con una elegancia natural única en él. Puede que fuera esa aplastante seguridad en sí mismo lo que cautivó a Camino hace muchos años, y lo que la llevó a dejarse seducir por él. Un error en el que jamás ha vuelto a incurrir.

—Hay otra cosa.

—¿Qué?

—Hemos encontrado algo en la fuente.

El forense hace un ademán a un operario de la Científica, que avanza hasta ellos con su uniforme de astronauta y les tiende una bolsa de plástico transparente. Camino la toma de un zarpazo y se la queda mirando con ojos desorbitados. En ella hay cuatro patitos amarillos de goma.

64.

—*¿Qué significa esto?*

Camino no se puede creer lo que está viendo. Patitos de baño para bebés en la escena de un crimen. No cabe duda de que por eso mismo Mora los ha enviado hasta allí sin dilación: un vínculo, una nueva firma del asesino. Pero ¿qué tiene que ver esa señora de cincuenta y cuatro años con las dos embarazadas a las que un loco ha matado en los días previos? ¿Y por qué cuatro patos? ¿Por qué no uno? ¿O tres? ¿Acaso les está anunciando el asesino que habrá una nueva víctima?

—¿Cómo voy a saber yo qué significa? Yo sé de muertos, no de juguetes de niño.

Felipe tiene las manos en los bolsillos del pantalón y un aire chulesco que la exaspera. Camino opta por no entrar al trapo.

—¿Quién más lo sabe?

—¿Lo de los patos? Todos los que estamos aquí. La mendiga, que fue quien se la encontró. La comisaria. Y Micaela, que se puso histérica al enterarse.

Así que era eso. Una nueva muerte relacionada con bebés. La forense ya le avanzó que no podía más, y esto ha sido la gota que ha colmado el vaso. Camino oye de fondo la voz de Pascual, que reclama su atención.

—Jefa.

—Dime, Molina.

—¿Crees que los patitos significan que hay una conexión con los otros dos casos?

—Está claro que es lo que ha pensado la comisaria, y también la forense.

—¿Y tú?

Camino sale de su ensimismamiento, le mira muy seria. Pascual está poniendo el dedo en la llaga. Le está pidiendo que se pronuncie sobre lo que más teme ella: un nuevo golpe del asesino. Un asesino que nadie sabe cuándo va a parar. Elude la respuesta con una orden categórica:

—Investiguemos a esta mujer. Tenemos que encontrar la relación con Soledad y con Dolores.

65.

—Memento mori —*clama un hombre de barriga prominente.*

Todos alzan su copa y beben a la salud de la muerta y a la de los vivos conscientes de su mortalidad. Tan conscientes como alcoholizados.

Es la una de la mañana y a Fernando Santos le cuesta mantenerse en pie, y aún más le cuesta no vomitarle encima a la imbécil que está hablando sobre Lola.

No sabe cómo se ha dejado arrastrar. Él lo que quería, lo que de verdad quería, era estar solo. Cumplir con el ritual fúnebre e irse directo a casa, prepararse un buen *gin tonic*, sentarse en su sillón y abandonarse a la melancolía con el Cuarteto número 15 de Beethoven invadiéndolo todo desde la barra de sonido. El escalofrío espiritual que experimenta cada vez que lo escucha encaja a la perfección con las emociones a las que le ha llevado todo esto.

Pero se ha dejado enredar por esta panda de descerebrados. Que si ahora necesitamos apoyarnos los unos en los otros, que si un brindis a la salud de Lola, que si una botella de vino a la salud de Lola, que si todas las putas reservas de whisky a la salud de Lola. Eso es lo que ya no tendrá nunca Lola: salud.

Y lo que empezó con loas a la escritora fue deviniendo con el transcurso de las horas y el atiborramiento de alcohol en comentarios menos halagüeños, para pasar a veladas críticas. A estas alturas, ni las críticas son veladas ni hay uno solo en todo el bar que no vaya bien mamado. Y que no se corte un pelo al decir lo que de verdad piensa sobre la finada, enfervorizado por los tragos y por el apoyo del resto de la concurrencia.

La chica que tiene ahora delante lleva un buen rato enfrascada en una soflama sobre la esencia de la novela negra, todo para justificar su premisa inicial: lo que hacía Lola no era novela negra, era un producto comercial aliñado con los ingredientes que uno espera encontrar. Una basura, remata al fin ante los asentimientos de Pepe Amanuense, que siempre ha defendido la literatura de los bajos fondos.

—Ya quisieras tú que tus novelas fueran igual de comerciales que las de Lola —le suelta Fernando a la chica, tan harto de hipocresía como de whisky.

—Perdona, ¿cómo has dicho?

—Lo has oído perfectamente. Dices eso porque tus novelas no se venden ni en la librería de tu barrio.

—No tienes ni idea de lo que dices, gilipollas.

La chica se levanta del taburete, coge su bolso y se dirige muy digna hacia la puerta. Todo lo digna que le permiten los cuatro cubatas que se ha echado al coleto. A mitad de camino, el camarero la intercepta para pedirle que abone sus consumiciones. Roja de rabia y de vergüenza, rebusca en su bolso y le tiende varios billetes.

Un hombre de unos sesenta años con gafas oscuras se carcajea sin pudor desde la otra punta de la barra. Tiene el pelo largo, camiseta negra de un grupo heavy pasado de moda y una barriga que se mueve arriba y abajo cada vez que se ríe.

—Esta va de pija, pero le gusta más un simpa que a un tonto un lápiz. Santos le ha puesto en bandeja la excusa perfecta para escaquearse.

—Pues se ha caído con todo el equipo. Que Josele está acostumbrado a los culturetas y se las sabe todas —dice un tipo con sombrero.

—Ya ves, toda la vida poniendo copas a escritores canallas. De vuelta de todo que está el colega —una mujer que luce una cabellera de un rojo imposible se suma entre risas a la conversación.

Fernando da un trago a su brebaje, indiferente a los comentarios que ha provocado la espantada de la joven escritora. Está considerando la opción de escabullirse él también. Pagando, eso sí. Pero algo le detiene.

—De todas formas, no sé ni cómo está ese aquí —oye decir al de las gafas oscuras—. Con lo que le hizo Lola.

—¿Qué le hizo? —alguna cabeza más se suma al círculo.

—¿Cómo que qué le hizo? Pues lo del premio.

—Mira, Quini, estáis todos muy pesaditos con este rollo ahora, ¿eh? Si Lola ganó el Villa Paraíso fue porque se lo merecía, no porque fuera mujer, que te veo venir.

—Qué Villa Paraíso ni qué leches. Me refiero al Mare Nostrum.

—Eso es harina de otro costal.

—Pues sí. Pero el Villa Paraíso Lola lo ganó porque este año tocaba una mujer después de la polémica que se montó.

—Hombre, pues claro que se montó, ya les vale no dárselo a ninguna escritora en veinte ediciones —la pelirroja alza un índice para remarcar la injusticia.

—Ya, y ahora todo os lo dan a vosotras, que es la moda. No me toques los huevos.

—¿La moda? ¿A ti te parece que ser mujer es una moda? No me toques tú a mí los ovarios.

—Bueno, ¿y se puede saber qué tiene eso que ver con Santos? —salta el del sombrero, cansado de acabar siempre en las mismas discusiones.

—Pues es que yo no hablaba del Villa Paraíso, joder. Que esta mujer me lía.

—Quini... —el otro le hace un guiño para que calle antes de que la cosa se ponga más tensa.

—Hablaba del Mare Nostrum, ese sí es un premio de verdad. Cien mil euros, cojones. Con eso zanjo yo la hipoteca del apartamento en Chipiona, dejo el instituto y me mudo allí. No vuelvo a examinar de *La Regenta* en mi puñetera vida.

—Pero si no lo ganó Lola.

—Claro, era la presidenta del jurado. Y el libro de Fernando era el favorito, todo el mundo daba por hecho que ganaría.

—Llevaba un buen libro.

—Llevaba el mejor. Y encima estaban liados, blanco y en botella. Pero ella se desmarcó.

—¿Estás seguro?

—Y tanto. Lola puso la novela de Santos a caer de un burro y consiguió que ganara la segunda más votada.

—¿En serio? ¿Por qué?

—Estarían enfadados.

—O no veía ético premiarle, todos sabían que eran inseparables —la del pelo rojo excusa a la novelista. Es fan total de sus libros.

—Pues a mí me hace eso una novia y la estrangulo.

—Anda, anda. No seas bocazas. Que esas cosas ya no se pueden decir —le reconviene su amigo, mientras la mujer le lanza una mirada de reprobación.

En la misma barra, a escasos metros del grupo, Fernando Santos recoge la vuelta del camarero con gesto huraño y sale del bar sin que nadie repare en él.

66.

—¿Es que todo tiene que pasar en mi turno?

San Millán ha aparecido acompañado por su insepara-
ble Ramírez. Para ser tan joven, no se gasta mucho entusiasmo.

—Sí, qué putada que a las mujeres las maten cuando
le toca trabajar a uno —a Camino, el juez no le despierta
ninguna compasión.

—Tengamos la fiesta en paz —el letrado intercede en
defensa de su polluelo—. Inspectora, ¿nos pone al tanto de
lo ocurrido?

—Carrillo se lo explica. Yo voy a interrogar a la testigo.

Camino se quita de en medio al tiempo que hace un
gesto a Pascual para que la siga. El juez y la comisaria han
tomado la decisión de soltar a Alonso a sus espaldas, y eso
no se lo perdona. Por mucho pato que alguien haya lanzado a la fuente mientras ella hablaba de libros con el petimetre.

La vagabunda está en un banco custodiada por un policía local que la mira con desconfianza, como si la suciedad y la pobreza fueran motivos suficientes para la sospecha. Pero a la mujer no parece afectarle. Hace mucho que
sabe que el mundo funciona así: indigencia es sinónimo de
culpabilidad.

Camino la observa en silencio. Es una mujer de unos
sesenta años, pero la calle ha hecho mella en su rostro, moreno por el sol y surcado de arrugas. El cabello, gris y apel-
mazado, le llega hasta la mitad de la espalda en mechones
grasientos. Son las mismas canas que en la comisaria Mora,

limpias y siempre a punto, lucen un plateado atrevido y elegante, mientras que en esta mujer sin casa tan solo la avejentan. Lleva una falda larga por la que asoman dos pies callosos sobre unas chanclas de mercadillo desgastadas, y una camiseta raída bajo la que se adivinan pechos flácidos que una vez fueron firmes y generosos.

—Buenas noches.

La mujer no contesta. En su lugar, levanta la vista y analiza a Camino con una mezcla de curiosidad y recelo. La comisura izquierda de su boca está alzada en una media sonrisa irónica.

—Soy la inspectora Vargas, tengo entendido que fue usted quien encontró el cadáver.

—Hacía mucho que nadie me llamaba de usted.

—¿Cuál es su nombre?

—También hacía mucho que nadie me lo preguntaba. Me llamo Emma.

—Mucho gusto, Emma.

Ella suelta una carcajada ácida ante la expresión de cortesía, mostrando una dentadura con más huecos libres que ocupados.

—¿Puede contarnos cómo ocurrió, Emma?

La mujer se recompone. Mira a un policía y al otro, se atusa el pelo, se yergue. El interés que suscita le permite concederse aires de importancia y no está dispuesta a dejar pasar un placer como ese.

—Estos días hace demasiado calor. El asfalto se lo traga y luego lo suelta y es imposible dormir, por eso me meto en el parque. Los seguratas me tienen echado el ojo, pero vengo antes del cierre y doy vueltas hasta que se cansan de seguirme.

Pascual hace un gesto a la inspectora para que tenga paciencia. Ha calado a la primera que lo que necesita esta mujer es sentirse escuchada.

—Me gusta más la zona de Juanita Reina, pero cada vez van más parejas por allí. Y donde hay parejas, también hay guarros que las espían. Los mirones son mala gente, te insultan y te echan a patadas. Por eso me fui a un banco más lejos. Además, me gusta el sonido del agua —calla unos instantes para aumentar el interés y continúa solo cuando ve que lo ha conseguido—: Oí algo y pensé que habría otra pareja liada, pero entonces la vi ahí tirada en la fuente.

—¿Había alguien más?

—No.

—¿Qué hora era?

—No lo sé, joven. ¿Tengo pinta de llevar reloj?

—Es importante para determinar la hora de la muerte.

Emma se encoge de hombros.

—Los seguratas ya estaban echando a la gente. Quedaba poco para cerrar el parque.

—Las once —calcula rápidamente Camino.

—Sí, o más. ¿Puedo seguir? —Emma la mira con fastidio. Para una vez que tiene algo que contar y le andan interrumpiendo todo el rato.

—Por favor.

—Al principio no sabía que estaba herida. Era una imagen chocante. Las ranas, los patos y la mujer en medio. Pensé que se estaba bañando, pero luego me di cuenta de que tenía una postura rara. Y hacía unos ruidos extraños con la garganta.

—¿Estaba viva?

—Claro, es lo que le estoy contando. Aunque murió al momento y no me dio tiempo a hacer nada, ¿eh? A ver si encima me van a detener a mí.

La mujer se pone tensa. En su mirada hay un punto desafiante, pero ambos comprenden que, en el fondo, lo que le pasa es que está muerta de miedo.

—Nadie va a detenerla. Al contrario, solo le pedimos su ayuda para esclarecer los hechos.

—Bien, porque eso es lo que estoy haciendo, ayudarles.

—Y se lo agradecemos. Decía que oyó a la víctima.

—Todavía no había visto la sangre, porque esa zona está casi a oscuras. Cuando la vi, casi echo a correr. Pero no lo hice —a sus ojos asoma un brillo de orgullo.

—¿Y qué hizo?

—Me acerqué más. Vi que trataba de decir algo.

—¿Consiguió... consiguió entenderlo?

—Sí —se jacta Emma con aire triunfal—. Dijo «Mi bebé». Muchas veces. Mi bebé, mi bebé, mi bebé. Se murió repitiéndolo.

67.

—¿Has oído?

Pascual está enfrascado en la pantalla de su móvil. Camino ha dejado marchar a la mendiga una vez que le ha dicho dónde pueden encontrarla.

—Molina, coño. ¿Has oído eso, sí o no?

Él levanta la cabeza, embobado.

—¿Lo del bebé?

—Claro, qué si no.

—Sí.

—¿Y qué piensas? Aquí todo empieza y acaba con lo mismo. No me extraña que a Micaela se le hayan roto los nervios.

—Igual la muerta tenía uno.

—¿Un bebé? ¿Se te ha ido la olla? Tenía cincuenta y cuatro tacos.

—Puede que se refiriera a un hijo que perdió en su juventud —tercia el forense, que anda revoloteando por allí.

—¿Y qué tiene que ver su juventud aquí?

—Uno nunca sabe qué pensará cuando llegue su hora.

—No sé, Felipe —lo que de verdad quiere decirle Camino es que es una idea absurda, pero se contiene. No están las cosas con él para permitirse el lujo de soltarle lo que piensa.

—O igual se refería a un nieto, o a un sobrino.

—¿Y por qué se acordaba de él?

—Quizá le tenía con ella —aventura el forense.

—Dios mío, eso podría ser. En ese caso...

—Habría aparecido en alguna parte. O puede que el asesino se lo llevara —completa él.

Camino siente unas tenazas oprimiéndole el estómago. Tiene que asegurarse de que el forense esté equivocado.

—Preguntad a los guardias si han visto a alguien salir con un bebé. Molina, habla con los familiares. Y asegúrate de que nadie haya denunciado la desaparición.

A Pascual le cuesta despegar los ojos de la pantalla de su móvil. Cuando lo hace, le dirige una mirada en la que ha concentrado todos sus arrestos.

—Lo organizo, pero después me voy.

—¿Cómo que te vas?

—A ver, jefa, es la una y media de la mañana, estoy sin pegar ojo y no hemos parado en todo el día. Yo no doy más de sí.

—Molina tiene razón. Una vez que la maquinaria esté en marcha, aquí no podéis hacer mucho.

Camino mira furiosa a Felipe y ve en sus ojos un brillo de complacencia. Sabe que le da la razón a Pascual solo para llevarle a ella la contraria. Decide dar la batalla por perdida. No puede retener a nadie en contra de su voluntad, y menos hacerle trabajar día y noche sin descanso. Mañana les espera una jornada dura. Alguien tendrá que poder pensar con claridad.

—Vete a descansar, yo me encargo. Pero a las ocho os quiero a todos en la sala de café.

—Buenas noches, jefa.

Pascual ya camina con paso ágil en dirección a la salida del parque, insensible al desconcierto que ha provocado en la inspectora. Saca el móvil del bolsillo y teclea, cruzando mentalmente los dedos para que su respuesta llegue a tiempo.

Claro que puedo, Mamen. Estoy allí dentro de veinte minutos.

68.

La inspectora todavía se queda un rato más en el parque.

Ha hablado con la familia de la fallecida y con los de desapariciones, pero nadie sabe nada de un bebé. Se queda absorta contemplando a los operarios realizar su trabajo. Carrillo ya ha certificado la muerte y San Millán ha dado orden de que procedan al levantamiento del cadáver. Cada uno se ha ido para su casa con tantas prisas como Pascual, pero a ella le cuesta sacudirse el caso de encima. El cuerpo de María de la Concepción ya está embolsado y ahora se afanan por introducirlo en la furgoneta. Pronto no quedará nadie allí y los vigilantes del parque la mirarán impacientes, esperando a que ella también desaparezca y puedan recuperar un poco de sosiego para la noche que los aguarda. Algo más de seis horas por delante hasta que el parque abra de nuevo sus puertas.

El vehículo arranca y recorre la avenida boscosa rumbo a la salida. Espera tener pronto un informe, pero sabe que a Felipe no puede apretarle como a Micaela. Es más, sabe que bastará que lo haga para que este se lo tome con calma, como un hito más dentro de su particular venganza personal. Como si ella tuviera la culpa de que él se enamorara. De que echase a perder su matrimonio. De que esperara algo que ella nunca le prometió, ni siquiera tras los más tórridos polvos en la parte trasera de su coche, cuando él caía en la exaltación del amor, que no dejaba de ser más que placer satisfecho aderezado con cierto cariño. Al menos, para ella.

Sigue a la furgoneta hasta que llega a la entrada del parque. Saluda con un gesto al vigilante de la puerta, que da seña de haberla reconocido, y se dirige al aparcamiento. Mira a uno y otro lado, confundida, y le cuesta aún unos segundos caer en la cuenta de lo que ha ocurrido.

—¡Maldito Molina! Pero ¿qué mosca le ha picado? —masculla mientras teclea en el móvil el número de la central de taxis.

—¿Adónde, señorita?

A Camino le hace gracia la caballerosidad rancia del taxista que la mira desde el asiento delantero. Nunca se ha sentido incluida en ese segmento de la población con diminutivo, al menos no desde que dejó la infancia. Menos aún con sus cuarenta y cuatro años a cuestas. Pero sabe que el hombre lo hace como un guiño a esa eterna juventud de la que la mayoría se resiste a desprenderse.

—A la calle Cromo.

No tiene cabeza para meterse en casa, y los jueves hay música en vivo en la salsoteca.

—¿Por dónde le parece que vayamos?

—Usted es el profesional, caballero, no me haga ponerme en modo GPS. Pero se lo advierto: como me dé un solo rodeo, le paso su matrícula a los compañeros y que se entretengan mañana.

Tras mostrarle la placa, se acomoda en el asiento y cierra los ojos. Nadie la interrumpe en sus reflexiones hasta el final del trayecto.

69.

—*¿Estamos todos?*

La pregunta de Camino sobra, porque a simple vista se ve que así es. Todos los que no están de baja ni de vacaciones la aguardan desde hace rato.

—Muy bien, empecemos. ¿Alguien me acercaría un café?

Hay un momento de vacilación, pues no es propio de ella pedir que le sirvan nada. Se lanzan miradas los unos a los otros, quizá preguntándose si se le está subiendo el cargo a la cabeza. La tirantez se resuelve cuando Teresa se levanta con naturalidad, coge la taza de la inspectora y la rellena con todo el líquido que queda de la cafetera que ha preparado. Se la pone delante al tiempo que le escruta el rostro. Tanto Camino como Pascual tienen pinta de no haber dormido en toda la noche. Ni en varias noches. Parece que se hubieran embarcado en una competición por ver quién amontona más kilos de ojeras. Aunque al menos el oficial no ha llegado tarde. Está claro, la inspectora gana; no puede con su alma. Internamente, Teresa se alegra de no haber sido promocionada nunca a escalafones superiores. A ella el sueño no se lo quita nadie.

Camino da un trago que deja la taza tiritando. Nadie le ha advertido de que estaba tan caliente y se quema la lengua. Le dan ganas de lanzar un par de maldiciones, pero se contiene. Mejor empezar ya.

—Estáis al tanto de lo ayer, ¿verdad?

Fito le alcanza el periódico por toda respuesta.

«Asesinato en el parque de María Luisa», reza el titular, para asestar el mazazo algo más abajo: «Van tres en esta semana. Sevilla, ¿un lugar peligroso para las mujeres?».

—Ya veo. Hasta los gatos están enterados. Vale, reca-pitulemos. ¿Molina?

El oficial se sobresalta al oír su apellido. Dondequiera que estuviera su mente, era muy lejos de allí.

—Eeeeeeh, sí.

Saca su libretita y arranca con el relato de los hechos. Un relato deshilvanado, torpe, que Camino tiene que inte-rrumpir varias veces para completar. Cuando no lo interrum-pe él mismo con un estornudo. Los demás callan, porque esto tampoco es propio de ninguno de los dos. Al final, es la inspectora quien concluye con las palabras que la indi-gente oyó de boca de la víctima.

—Y eso es todo lo que sabemos hasta ahora. Hemos explorado la posibilidad de que llevara un bebé con ella, pero sus familiares lo han descartado por completo y nadie ha dado la señal de alarma.

Una corriente de tensión recorre la sala. En contra de lo habitual, es Teresa quien abre fuego.

—No es muy normal pasear sola de noche por el par-que. A mí no se me ocurriría hacerlo.

—¿En qué estás pensando?

—Las dos primeras fallecidas habían quedado con su asesino. Con la primera se citó en un barrio complicado, y con la segunda, en su propia casa. Con esta quedó en el par-que. Era la hora ideal, con pocos transeúntes y justo antes de que cerraran las puertas.

—Muy bien. Hay que encontrar los puntos en común en las tres muertes. El asesino nos está mostrando el cami-no con los puñeteros patos.

—Y la propia víctima mencionando a un bebé.

—A «su» bebé —remarca la jefa.

—Tiene narices. Primero buscamos amantes y no los localizamos ni debajo de las piedras. Ahora buscamos un bebé y tampoco parece que exista.

Lupe tose nerviosa, pero Teresa se le anticipa.

—¿Y si...?

—Adelante, Teresa.

—Es que es un poco descabellado.

—No más que lo que está ocurriendo en esta ciudad.

—¿Y si también estuviera embarazada?

—¿Con cincuenta y cuatro años?

—Ser madre a una edad avanzada está a la orden del día.

—Pues sí. Mira las de la tele. Ana Rosa Quintana, Glòria Serra o Anne Igartiburu. Todas con más de cuarenta y cinco —es Pascual quien lo hace notar, y no se le escapa la forma en que sus compañeros se giran a mirarle—. ¿Qué? A mi exmujer le gustaban esos programas.

—Claro, claro —dice Fito por lo bajo, y Lupe contiene una risita.

—Pero eso son cosas de famosas, no pasan en la vida real —Camino teme que con la salsa rosa se le desmadre la reunión.

—Sí que pasan —insiste Teresa.

—Pues yo no conozco a nadie.

—A mí.

—¿Qué?

—Tuve un aborto a los cuarenta y cinco. Fue algo muy doloroso que nunca he contado fuera de la familia.

Por un momento se hace el silencio en la sala. Lupe deja reposar su mano sobre la de Teresa y Pascual murmura un «lo siento».

Camino está estremecida. Ella tiene cuarenta y cuatro y hace mucho que dio por hecho que ya se libraba. Toma nota mental para no descuidar la protección.

—Pero estamos hablando de nueve años de diferencia, cincuenta y cuatro tacos son muchos tacos.

Teresa asiente en silencio. Se le ha quedado una expresión triste.

—Aun así, nos aseguraremos. Que alguien hable con el forense y le pida confirmación de que no estaba preñada.

—Yo lo haré —se ofrece Lupe, sorprendida por que no sea Camino quien lo haya hecho ya—. ¿Es la doctora Velasco?

—No. Felipe Carrillo.

Se hace un nuevo silencio. En la brigada todos han oído alguna vez la historia. Cómo el forense se enamoró perdidamente de la inspectora y rompió su matrimonio. Y cómo ella le rompió el corazón a él.

—Sigamos, que queda mucho tema por delante —Camino no oculta su incomodidad—. Fito, pon al día al equipo del seguimiento de ayer.

El subinspector Alcalá la mira con desaire. Ayer se fue a casa muy satisfecho al saber que iban a detener a Alonso Márquez y le ha sentado fatal que le soltaran a las pocas horas. Con el ceño fruncido, narra la salida del sospechoso en la madrugada, la colaboración de su colega madrileño y lo que le contó sobre el encontronazo con el padre de la víctima. Sigue sin entender por qué le liberaron, y así lo expresa cuando acaba su relato:

—Le teníais que haber retenido, coño. Por lo menos apurar hasta que no quedara más remedio que entregarlo al juez.

—Pues vas y se lo cuentas tú a Mora.

—Pues se lo cuento.

—Tenemos que ser razonables. Yo tampoco soporto a ese tipo, habría dejado que se pudriera ahí dentro, pero la comisaria tiene razón. Alonso no pudo cometer el crimen del parque.

—¿Y qué tiene que ver el crimen del parque?

—¿Te parece poco la firma del asesino?

—¿Llamas firma del asesino a unos patos de goma en una fuente? Venga.

—También está la mención del bebé. Los hechos son los hechos, Fito.

—¿Y a ti te parece poco hecho que Alonso conociera a las otras dos muertas y que el padre de una esté convencido de que se la cargó?

—A la comisaria y al juez, sí. No se puede condenar a un hombre por tener un libro firmado y un suegro que no le trague.

—Y un coche del mismo color que el que arrolló a la primera víctima. A la que casualmente había amenazado, joder.

—Indicios circunstanciales. Encuéntrame una evidencia, Fito, una sola, y yo misma le pongo las esposas otra vez. Pero por ahora es lo que hay.

Camino despacha el asunto, sorbe lo que le queda de café y se levanta a por una botella de agua. El ron que ponen en ese garito es puro veneno, no entiende por qué lo sigue pidiendo. «Nunca, nunca más», se dice.

Fito la sigue con la mirada. Sabe que le toca callar, pero también sabe que va a dar con una puñetera evidencia. No se va a quedar a gusto hasta que pille a ese cabrón.

—Lupe, ¿y tú? —continúa Camino—. Estás muy callada. ¿Algo que te llamara la atención en el entierro de la escritora?

—Sí. Fernando Santos.

—¿Quién?

—Otro escritor. Tenía un *affaire* con Lola Cuadrado.

Fito habla por todos:

—Pero ¿esa no se había inseminado o algo así?

—Se hizo una FIV. Con el semen de un donante anónimo —matiza la jefa, que ya se empieza a hacer con el lenguaje.

—Una cosa no quita la otra. Igual no le quería como padre, mirad la primera víctima.

—¿Estás segura, Lupe? —la mente de Pascual regresa de nuevo a la sala—. Su hermana me dejó muy claro que no tenía relación con nadie.

—Y la vecina, que dado el control que llevaba sobre su vida, merece más fiabilidad.

—Es el rumor que corría entre los escritores.

—¿Quién te ha dicho eso?

—Lo escuché en el funeral —Lupe se niega a reconocer que es un cotilleo de su marido, que se pasa el día fisgando en la vida de los novelistas de verdad.

—Eso no prueba nada.

—Pero el caso es que se veían mucho. Mirad.

Les pasa una carpeta con una serie de fotografías en las que se les ve a ambos. En la mayoría están rodeados de más gente, bien en actos formales, bien con cervezas y comida alrededor, aunque también hay alguna en la que se les ve solos. Está orgullosa de su hazaña. Ayer su hijo cenó pizza recalentada, pero ella hizo un repaso exhaustivo de la vida de Santos, guardó en un lápiz de memoria todas las imágenes y capturas de pantalla llamativas y ha llegado hoy antes a la oficina para preparar el dosier que ahora se pasan de mano en mano sus compañeros.

Fito observa la imagen de una Lola Cuadrado alegre y provocativa luciendo palmito en un corro de hombres. Hay otra en la que tanto Fernando como ella sacan las lenguas y rozan sus puntas con una mirada etílica y lasciva dirigida a la cámara.

—Joder, pues no era tan mosquita muerta.

—A ver si no iba a poder salir de fiesta —Lupe le afea el comentario.

—Ya. Salía de fiesta y follaba, como todos. Pues lo que yo digo, que no era tan mosquita muerta.

—Esto es muy interesante. No tengo ni idea de cómo encaja en todo este sindiós, pero es muy interesante —Camino trata de aplacar los ánimos antes de que esos dos se enzarcen. Sabe que cuando Fito está de malas, va a por cualquiera.

—Fernando Santos es el hombre al que buscábamos. El amante misterioso de Lola Cuadrado —insiste Lupe.

—¿Qué insinúas? ¿Que porque ese tipo le chupara la lengua a la escritora es sospechoso de haberla matado? ¿A ella y a otras dos mujeres? ¡Venga, hombre!

Fito se revuelve en su silla con una irritación creciente.

—Yo solo digo que era alguien cercano a quien deberíamos investigar...

—Ya. Estamos cuatro y el gato, echando más horas que un tonto para resolver esto, pero soltamos al sospechoso principal y nos ponemos a fisgar en la vida de un tío que todo lo que ha hecho es follarse a la escritora. Muy bien, sí señor, muy bien.

—Relájate, Alcalá —le censura Camino—. Investigábamos la posibilidad de un hombre en la vida de Lola Cuadrado, y Lupe ha dado con él.

—¿En serio? ¿Soltamos a Márquez y ahora vamos a ir a por ese pringado?

—No vamos a por nadie. El caso está abierto, seguimos varias vías. Oye, Molina, pregúntale a la hermana sobre ese tipo.

—¿Yo?

—¿No fuiste tú quien la interrogó?

—Claro, claro. Yo me encargo.

—Perfecto. Pregúntale también por Alonso Márquez. Enséñale fotos, esas cosas. A ver si conocía a alguno de los dos.

—Eso —gruñe Fito con desdén—. Hay que arrastrar su culo de vuelta al calabozo.

—Y de la nueva, María Concepción, ¿quién se ocupa? Sabemos que era profesora de Historia en el Colegio Los Naranjos y que se había alquilado un apartamento a diez minutos del trabajo. Había vuelto tras una excedencia de dos años. A priori el centro no tiene nada que ver con las otras víctimas, pero habrá que investigar todo su entorno. Como no empecemos a aclarar algo, me da que van a rodar cabezas... y ya tenemos bastante sangre.

La inspectora no llega a saber si se ofrece algún voluntario, porque la comisaria irrumpe en la sala y todos se vuelven para mirarla. Se la ve muy exaltada.

—No me diga que ha habido otra muerta, por lo que más quiera.

—No, no es eso. El inspector Arenas.

A Camino le da un vuelco el corazón. Mira a la comisaria sin querer que siga hablando. Desea que el tiempo se congele, que lo que viene a continuación no suceda nunca, pero entonces repara en que, pese a su nerviosismo, una sonrisa comienza a esbozarse en el rostro de Ángeles Mora.

—Acabo de hablar con su mujer. Se ha despertado.

70.

Camino se sorprende al ver a la mujer de Arenas.

En los meses que han transcurrido desde el tiroteo, Flor se ha convertido en otra. Está enflaquecida, tiene la piel de un tono macilento y el cabello, siempre de un rubio dorado impecable, se ve ahora pajizo y descolorido, con una raya negra de varios centímetros en la raíz veteada por abundantes canas. Pero esa transformación física no va pareja a un apocamiento del carácter. Al contrario, Flor nunca ha sido una pusilánime y en este drama personal que le ha tocado vivir se ha crecido más que nunca. Ahora mira a la inspectora. En sus ojos no le ahorra ni una gota del desprecio que siente por ella.

—Por fin te dignas.

—Flor, no sabes cuánto me alegro...

—Ya, ya. Ahora. Eres la única de toda la brigada que no ha venido ni un solo día a verle. Lo sabes, ¿verdad?

—Yo...

—Ahórrate las excusas. Y pasa, anda. Paco cada vez está más activo y necesita ver caras conocidas, que ya está aburrido de la mía —frunce los labios, como si una parte de ella no quisiera decir lo que va a decir a continuación, pero aun así, lo dice—: Y mira, me guste o no, a ti siempre te ha querido mucho.

Camino asiente. Vencería sus propios recelos y le daría un abrazo, pero la rigidez y la frialdad de Flor la disuaden. Está claro que ese reconocimiento es toda la concesión que va a hacerle. Haciendo acopio de coraje, traspasa la puerta de la estancia donde el inspector Arenas ha pasado los últimos meses.

La imagen no es en absoluto alentadora. Si le ha desconcertado el cambio operado en Flor, lo que ve ahora la conmueve y la perturba a un tiempo, con tanta fuerza que siente el impulso de darse media vuelta y salir corriendo. Pero antes de que pueda obedecerlo, la cabeza pelona del hombre que está entubado por todas partes se gira y le sonríe. Sí, aunque no lo parezca, es la misma sonrisa que lucía en sus momentos buenos el que no hace tanto fuera el policía más respetado de la Brigada de la Policía Judicial de Sevilla. Y Camino, contra su voluntad, se echa a llorar.

—¿Ahora que me he despertado es cuando vas a llorar? Tú estás tonta.

Camino da unos pasos vacilantes y se sienta en la butaca que hay junto a la cama. Muy despacio, como si la persona que tiene ante ella fuera un pajarillo que pudiera quebrarse con el solo contacto, le toma la mano. Él se la aprieta con una fuerza sorprendente para el aspecto que se gasta.

—O igual es que te habías hecho a la idea de ser la jefa para siempre. Que ya me he enterado.

—Idiota. Me tienen frita. Vuelve y ponlo todo en orden de una vez.

—Sí, claro, todo lo que tú has desordenado. Para que te puedas ir a bailar y a follar sin cargo de conciencia.

Camino ríe entre lágrimas. A pesar de las bromas, es consciente de que Arenas está haciendo un esfuerzo importante. Ahora se le ve cansado, tratando de recuperar fuerzas por las palabras pronunciadas.

—Vale, yo resuelvo todo este lío y te limpio Sevilla de maleantes. Pero después te vuelves.

—¿Sevilla sin maleantes? ¿Eso qué es?

—Pues de asesinos en serie, por lo menos.

Los ojillos acuosos de Paco la observan con curiosidad, y Camino cae en la cuenta de que él no sabe una palabra del tema. Lógico, su mujer ha querido protegerle de cualquier preocupación externa.

—Nada, tonterías mías —zanja rápida el asunto. O eso intenta.

—¿En qué andáis? Cuéntamelo, que aquí no me dejan ni ver los telediarios.

—El próximo día, ¿vale?

El inspector trata de componer una mueca graciosa de fastidio, pero su rostro es poco más que una calavera forrada de una fina piel que se colma de arrugas con el gesto. El resultado es tan patético que lo ve reflejado en los ojos de su compañera.

—Anda, no pierdas más tiempo aquí. Resuelve lo que sea y ya me lo contarás.

Camino sale deprimida de la habitación. Sabe que debería sentirse feliz por que Paco haya pasado la peor parte, pero al verle así lo que siente está en las antípodas de la felicidad. Ella evita los hospitales siempre que puede. Lo hizo incluso con el nacimiento de sus dos sobrinas. Se parapetó tras el trabajo y esperó a que estuvieran en casa para ir a visitarlas. Y es que esos edificios la llenan de angustia nada más poner el pie en ellos, efecto que aumenta a medida que los recorre y percibe el olor a enfermedad y muerte que ni toda la esterilización y los productos químicos del mundo pueden ocultar. Ahora, tras ver lo que ese lugar ha hecho con su jefe, su compañero, su amigo, los odia más que nunca. Pronuncia el nombre de la mujer que aguarda sentada con una revista en las manos y se despide con un gesto cuando aquella alza la vista.

Al reparar en su rostro desconsolado, Flor experimenta una corriente de empatía, una ligera compasión por lo que sabe que Camino está sintiendo. Le dan ganas de decirle alguna palabra de ánimo. Pero se le pasa enseguida. Porque Camino, la omnipresente Camino, de la que su Paco hablaba a todas horas, no se ha comido todas las noches de hospital, todos los diagnósticos terribles, todo el deterioro de su marido y todo el miedo a que su hijo se quedara huérfano de padre. Camino ha seguido con su trabajo absorbente y con su rutina despreocupada, como si nada hubiera ocurrido, como si Paco no se debatiera a cada minuto entre la vida y la muerte. Que se entere de lo que han pasado. Que sufra un poco, joder.

71.

Pascual llama al timbre y espera.

Ha parado en la floristería con el fin de encargar un ramo bien grande para el inspector Arenas, una especie de agasajo por su retorno al mundo de los vivos. La idea ha sido de Teresa, pero él se ha ofrecido voluntario con la excusa de que tenía que salir de todas formas. En realidad, la mención a las flores le ha hecho pensar en Mamen. Ahora sujeta en la mano izquierda un ramillete de espléndidas rosas rojas y está tan nervioso como un adolescente en su primera cita. Cuando ha salido de allí esta mañana, dejándola sumida en un profundo sueño, no esperaba reencontrarse tan pronto con ella. En realidad, ni siquiera sabía si la volvería a ver, pero el trabajo le ha brindado esta oportunidad.

Vuelve a llamar. De repente se le ocurre que quizá haya salido. Se ha ilusionado tanto con la idea de sorprenderla que ni siquiera ha concebido esa posibilidad. Está sopesando si llamarla al móvil, aunque con ello pierda el efecto sorpresa, cuando por fin una voz soñolienta contesta:

—¿Quién es?

—Mamen, soy yo.

—¿Quién?

Molina se traga la pequeña humillación antes de responder:

—Pascual.

Un sonido le indica que le ha franqueado la entrada al edificio.

Ahora lo de las flores ya no le parece una idea tan estupenda. Quizá ella esté de mal humor porque la ha despertado, quizá no le apetezca verle más, quizá solo a un idiota como él se le ocurre comprarle rosas rojas a una mujer a la que no le une más que haber compartido cama y caricias por una noche. Quizá.

—Pero ¿esto qué es? ¡Aún quedan caballeros por estas tierras! —le recibe esa mujer extraordinaria en altura y encanto. En su cara, una sonrisa afectuosa pero que rezuma socarronería a raudales. En su cuerpo, una bata corta de seda anudada a la cintura que se abre sugerente a la altura de los pechos e insinúa con bastante precisión lo que hay bajo ella. O lo que no hay.

—He venido por trabajo —responde azorado, contradiciendo sus palabras al extenderle el ramo, que ella recoge con mimo mientras se hace a un lado para dejarle pasar.

—Qué detallistas sois los de la Policía Judicial —se burla.

—Bueno, esto es idea mía.

—Ya imagino. Y se merece esto —Mamen le agarra de la nuca y le planta un beso largo en los labios.

A Pascual ya se le ha olvidado el motivo de su visita. Tardará unos cuarenta y cinco minutos en recordarlo, cuando, ya vestido de nuevo, ella le ofrezca una taza de café.

72.

Camino entra en su despacho con aire derrotado y se deja caer en la silla.

Se lamenta de haberse ido de juerga. De los mojitos que nunca debió beberse. De los porros que nunca debió fumarse. Y, sobre todo, del polvo que nunca debió echar. Porque el maldito Marco apareció justo en el mejor momento. En el mejor momento para él, claro. Cuando ella llevaba ya una buena cogorza. Y supo jugar bien sus cartas. No le reprochó nada, no hizo ninguna alusión a cómo había desaparecido aquel día ni a cómo le había estado siguiendo el rastro por todos los locales de baile de la ciudad. Solo sonrió y se pidió un mojito junto a ella. Soltó chistes, se carcajeó con su risa fresca y contagiosa, hizo todo lo que había hecho el primer día para seducirla. Incluso fue ella la que le propuso bailar cuando los músicos se atrevieron con un delicioso jazz afrocubano. Pero fue él quien le ofreció fumar. Y fue... no sabe quién fue el que lo sugirió, pero acabaron en el piso de él follándose de esa forma agresiva y ardiente que pretende espantar todo el vacío que uno acumula dentro.

Ahora el vacío ha reconquistado su espacio y ha seguido creciendo sin compasión. Quiere sentirse contenta, quiere quedarse con que Paco regresará a la brigada, ocupará su antiguo puesto y todo volverá a ser como antes. Sin embargo, lo único que siente es que resta poco del Paco que ella conoció. Que se ha desdibujado en estos meses en los que ella apartó a un lado su recuerdo para no sufrir y siguió yéndose a la cama con idiotas como el de anoche. Ojalá pudiera recuperar el tiempo perdido. Iría cada tarde a esa habitación infame, le tomaría la mano y le contaría las anécdotas de la brigada, le consultaría todas las dudas y los miedos que la han embargado en estos meses al hacerse cargo de su equipo, y le pediría consejo como siempre ha hecho. Y Paco no tendría más remedio que despertarse y ayudarla.

Intenta quitárselo de la cabeza. Porque Paco ha despertado de todas formas, gracias al cariño y la dedicación de su esposa, y se va a recuperar. Y, quién sabe, quizá no esté todo perdido. Quizá algún día todo vuelva a ser igual, él le sepa perdonar su cobardía, y... y quién sabe.

Lupe llama con dos toques rápidos y asoma la cabeza por la puerta entreabierta.

—Jefa, tengo algo importante.

—Pasa.

La otra llega hasta la mesa y pone unos folios frente a Camino.

—¿Un informe de Patología Forense? —La inspectora se incorpora en su asiento.

—Del último asesinato.

—¿Ya?

—Sí, el fax acaba de escupirlo.

Muy propio de Felipe, piensa. Ni siquiera la ha llamado para avisarla. Simplemente ha pedido a alguien que lo envíe.

—Al menos ha sido rápido.

Lupe la mira con impaciencia y sigue tendiéndole los papeles.

—¿Algo interesante?

—Llamé para preguntar lo que me pediste. Me dijeron que el forense estaba ocupado, pero tomaron nota. Y ahora llega esto.

Camino coge el informe, saca las gafas de su funda y se sumerge en la lectura. A medida que lo hace, una terrible desazón se apodera de ella. No se atrevía a decirlo en voz alta, casi ni a pensarlo, pero ahí está. Teresa tenía razón.

—Entonces sí que es posible. Pero ¿cómo? —dice cuando logra articular palabra.

—Muy fácil. De la misma forma que lo hacen las famosas: ovodonación.

73.

Lupe conduce pletórica mientras Camino no deja de far-fullar.

Es así como todo cobra sentido. La firma del asesino, la mención al bebé de la propia víctima... Pero ¿cómo dar por hecho que una mujer de cincuenta y cuatro años estaba embarazada?

Si no fuera por la conexión con los casos anteriores, ni se le habría pasado por la cabeza. Una parte de sí misma estuvo mucho tiempo deseando cumplir años tan solo para dejar de sentir la presión social sobre la maternidad. A medida que avanzó en los cuarenta fueron dejándola en paz. Los recordatorios del tipo «Es ahora o nunca», «Vas a perderte la mejor experiencia de tu vida», «Nunca serás una mujer completa» o «Te vas a arrepentir», que conocidos y extraños asestaban con impertinencia...; todo eso quedó atrás. La sociedad la dio por perdida, asumiendo que se convertía en esa categoría de por sí excluyente que solo se nombra a través de una negación, porque no tiene ni nombre, no encaja en un mundo que sigue definiendo a las mujeres por su capacidad de reproducción y crianza: sería para siempre una no-madre. Así que a sus cuarenta y cuatro años, por fin se ha visto liberada de esa molesta imposición.

Pero resulta que existe una técnica que se llama ovodonación por la que te pueden meter el óvulo fecundado de una de veintitantos. Tengas cuarenta, cincuenta o sesenta. Ancha es Castilla.

—¿Y tú cómo lo sabías?

—El comentario de Teresa sobre las famosas me hizo pensar y me documenté un poco en internet —confiesa Lupe con sencillez, feliz por que Pascual no dé señales de vida y la inspectora le haya pedido que vaya con ella a la clínica. Por fin tiene una oportunidad de demostrar su valía.

—Cuéntame más.

—¿Sobre ser madre a los cincuenta? Hay otra opción. Si una se hace extraer los óvulos y los congela cuando todavía son jóvenes, puede recuperarlos a la edad que quiera e introducírselos ya fecundados.

—¿Óvulos jóvenes? ¿De qué me hablas? Ya el término me espanta.

—De cuando la mujer todavía es fértil. La clienta paga el alquiler por tenerlos guardados y cuando quiera puede usarlos. Hay grandes firmas internacionales que han empezado a costeárselo a sus trabajadoras para que pospongan el momento y puedan seguir entregando su vida a la empresa unos cuantos años más.

Camino la mira con una mezcla de asombro e indignación.

—Nunca deja de sorprenderme la facilidad del capitalismo para abrazar lo que más le conviene. En este caso, maternidad social y biológicamente tardía. Y encima lo venderán como un favor que nos hacen a las mujeres.

—Yo cada vez veo más madres añosas. En el colegio de Jonás hay unas cuantas que me sacan más de diez años.

—Oye, Lupe. ¿Y tú qué piensas de todo eso?

—¿Yo? No sé, yo con Jonás ya tengo bastante, que da más guerra que siete. Me imagino con achaques teniendo que pelear con él y me dan ganas de pegarme un tiro.

—Me alegra que todavía quede alguna persona cuerda.

—¿Y... y tú? ¿Por qué no has tenido hijos?

Lupe se envalentona picada por la curiosidad y por el clima de confianza que se ha creado. Más allá de la fama de fiestera y promiscua de la inspectora, no sabe nada de su vida privada.

A Camino el comentario le pilla desprevenida. ¿Su compañera también? Esa chica tímida y trabajadora que empezaba a caerle bien. Gira la cabeza hacia ella, que la mira con una mueca de hastío tal que hace que se arrepienta al instante.

—Perdona... Yo... No hace falta que contestes.

—Claro que no.

Lupe se torna roja como la grana y finge concentrarse en el volante. Quizá la inspectora lo intentó y nunca pudo, quizá se le pasó la edad pensando en otras cosas, quizá no le da la gana hablar de temas personales y punto. Quién le manda a ella preguntar. Está pensando en cómo arreglarlo cuando suena el móvil de Camino.

—Hombre, Pascual. ¿Dónde te metes?... ¿Y para eso necesitas tanto tiempo? Que vive en Tomares, no en la Cochinchina... El tráfico, claro. Ah, y las flores de Arenas, muy bien... Sí, sí, le he visto bien. Dentro de lo que cabe... Voy para la clínica... Le digo a Lupe que me deje en la puerta y te espero. Agiliza, que no tenemos todo el día.

Camino cuelga y mira a su compañera, que no le da tiempo a repetirlo.

—Ya lo he oído. Te dejo y me vuelvo a la oficina.

—Eso es. Así no tienes que andar aparcando.

Por la expresión de mala uva que ha aparecido en el rostro de Lupe, le da la sensación de que ahora es ella quien ha hecho algo mal. Pero no sabe muy bien qué.

Pascual llega con la misma cara de atontolinado con la que apareció por la mañana. Más, si es que eso es posible. La inspectora le mete prisa y se encamina por el recorrido laberíntico que lleva al área de reproducción asistida. Otra vez un maldito hospital. Otra vez esos olores, esos recuerdos horribles. Lo transita con marcha acelerada y gesto hosco mientras su colega trata de seguirle el paso.

—¿Qué te ha dicho Mamen Sánchez?

—¿Sobre qué?

—Sobre el cambio climático, no te jode.

—No ha oído hablar de Alonso Márquez. Le he mostrado las fotografías y dice que no le suena de nada.

—Qué pena, si lo enganchamos por ahí se come otro rato en la brigada.

—Y Fito dando palmas con las orejas.

—¿Por qué está tan emperrado con él? —quiere saber Camino.

—Porque Márquez es un pijo de los que tienen de todo y lo han conseguido sin esfuerzo. Y porque va por la vida presumiendo de ello, como si le amparara un derecho milenario o algo así.

—Sí, es un gilipollas. Pero eso no nos vale para enchironarle.

—Pero jode. Siempre jode. Y más a alguien como Fito, con todo lo que ha tenido que pasar para salir del barrio.

—Ya.

—Al otro sí que le conocía.

—¿Qué?

—Mamen. Identificó al escritor enseguida.

—¿En serio?

—Una vez se los encontró en un centro comercial y su hermana se lo presentó.

—Hostia, a ver si va a ser verdad que eran novios.

—Dice que no es posible, que sería un amigo.

—Un amigo que le chupaba la lengua.

—Bah, de esos hay muchos, sobre todo en esos ambientes de progres.

—¿Y qué hacía con un amigo escritor progre con derecho a lengua en un centro comercial?

—Estaban de compras.

—Qué raro, ¿no? Qué manía la hermana con que no era posible. Pues yo apuesto a que se lo tiraba.

—La teoría de Mamen es que era un amigo gay. Que eran los únicos que tenía Lola.

Camino enarca una ceja.

—Joder con la hermana. ¿Qué pasa, que solo puede follar ella?

—¿Por qué dices eso? —Pascual se pone en guardia.

—No sé, es que me parece evidente que ese Fernando le daba besitos en algún sitio más que la lengua. Ahí le doy la razón a Lupe. Que se ha ido cabreada como una mona, por cierto.

—¿Y eso?

—Yo qué sé. Le habrá dado un aire.

—Pues yo me creo lo que dice Mamen. Quién mejor que ella iba a conocer a la víctima.

—Cualquiera. Cualquiera te conoce mejor que los de tu propia familia.

Pascual va a rebatirle, pero han llegado al área de reproducción asistida y el barullo que hay montado complica hacerse oír. Se quedan mirando el gentío. La tensión se palpa en el ambiente.

—¿Qué pasa? —pregunta la inspectora a una pareja que se queja en voz alta.

—No hay nadie en el mostrador. Dicen que nos enviarán la próxima citación a casa, pero mi mujer tiene que hacerse una eco dentro de cuarenta y ocho horas, a ver cómo va a llegar la carta a tiempo.

—¿Eso le han dicho? A la mía se la ha dado el médico —interviene otro hombre.

—¿Cómo? Por eso llevan tanto retraso —salta un tercero.

Camino los deja enzarzados en la discusión. En dos zancadas atraviesa la sala de espera y gira a la derecha, donde se encuentra el mostrador. Efectivamente, los dos puestos de las recepcionistas están vacíos. Uno correspondía a Soledad, que sigue sin sustituta. Pero es el otro el que le suscita una gran inquietud.

—Nerea.

—No ha venido a trabajar.

—Eso parece. Y espero que sea una de sus migrañas lo que se lo haya impedido.

74.

Camino ve salir a una enfermera de la consulta y aprove-cha la puerta entreabierta.

—¿Buenos días?

No hay nadie sentado tras la mesa de la doctora Matu-te. Ve un biombo a medio correr en la parte izquierda. Al avanzar hacia él, de repente entiende lo que ocurre. Una paciente está tumbada en el potro ginecológico, desnuda de ombligo para abajo, y la facultativa mueve una sonda dentro de su vagina. Ambas se giran a mirarla.

—Pero ¿qué hace aquí? —exclama la ginecóloga.

—¡Fuera, espere su turno!

La mujer grita desaforada mientras trata inútilmente de taparse estirando la blusa hacia abajo.

—Perdón, no sabía...

Camino se retira algo abochornada. Ve que Pascual la ha seguido y está a punto de penetrar en el cubículo.

—Molina, espera...

—¡Pero bueno! —chilla la paciente inmovilizada en su ridícula pose—. ¿Es que hoy me va a ver el chocho todo el mundo?

Pascual se da la vuelta y huye escopetado de la consulta. La inspectora le persigue hasta darle alcance. Está rojo como un tomate.

—Tranquilo, Molina. Gajes del oficio.

—¿Gajes del oficio? Quién me mandará a mí seguirte.

Camino no puede reprimir una carcajada.

—Anda, vamos. Cuando acabe con esa mujer, pedimos permiso para entrar.

Unos minutos después, la paciente de la doctora Matute sale de la consulta. Al verlos en la puerta, le dirige una mirada de repulsa al oficial, que querría que se lo tragara la tierra.

La inspectora se lanza de nuevo sin rastro de vergüenza. Asoma la cabeza, ve que la doctora ya está de vuelta en su mesa y entra con paso firme.

—Disculpe la intromisión. Solo queríamos hacerle algunas preguntas. ¡Molina, entra, hombre!

Pascual pasa con la mirada clavada en el suelo y se sienta a su lado.

—Inspectora, lo que ha sucedido antes es intolerable. Ofende a mis pacientes y desprestigia mi clínica.

—Venga, no es para tanto. Seguro que esa tipa luego se va a Caños de Meca y se pasa el fin de semana en bolas por la playa.

Natalia Matute le clava una mirada de fuego.

—Sabe muy bien que esa no es la cuestión. Además, estamos desbordados. No puedo atenderlos.

—¿Qué ha pasado con la recepcionista?

—Eso quisiera yo saber. No ha avisado y tampoco responde al teléfono. Y como todavía no hemos podido sustituir a la pobre de Soledad, ya ve cómo andamos. Ahora, si me permite, tengo que seguir atendiendo.

—María de la Concepción Arjona López.

—¿Cómo dice?

—Teclee ese nombre en su ordenador. Necesitamos saber si ha recibido algún tratamiento.

—¿Y eso por qué?

—Ha aparecido apuñalada anoche.

La doctora se deja caer en su silla. Parece haber perdido todo el aplomo de un plumazo.

—No me hace falta buscarlo en el ordenador. La recuerdo perfectamente.

75.

—*María Arjona.*

—¿Cómo?

—Así le gustaba que la llamaran —Natalia Matute niega despacio con la cabeza—. Se pasó media vida intentando quedarse embarazada, por eso lo de su segundo nombre le parecía una mala pasada del destino.

—O sea, que usted la conocía —confirma Camino.

—Claro, llevaba años con nosotros. Probó todas las técnicas. Primero la inseminación. Seis veces.

—¿Seis?

—Seis. Sin resultados.

—Pobre mujer.

—Después pasamos a la fecundación *in vitro*. Otras cinco, aunque a partir de la tercera yo misma se la desaconsejé. Pero ella insistió, y la paciente siempre tiene la última palabra. Tampoco tuvo éxito, sus óvulos no aguantaban. La última vez casi lo conseguimos. El test dio positivo y durante unas semanas estuvimos esperanzados.

—Pero lo perdió.

—Sí. Aquello la deprimió mucho. Dijo que se iba de viaje a recuperarse a sí misma. Durante un tiempo no supimos de ella, así que quise pensar que había encontrado la felicidad en una casita en Bariloche, o que había colmado sus anhelos de maternidad de otra forma.

—¿Como cuál?

—No sé, la adopción, arrejuntarse con un padre de familia numerosa, comprarse un perrito.

—O uno de esos muñecos que parecen bebés de verdad —interviene Pascual. Siempre le ha fascinado cómo puede haber gente que los compre.

—Los hiperrealistas —dice la ginecóloga con una mueca de desagrado—. Algo espeluznante.

Camino la observa con curiosidad.

—¿Les quitan cuota de mercado? —pregunta en son de burla.

—En absoluto. Son más bien objetos de coleccionista. A mí me dan grima, pero es cierto que hay personas a las que les agrada tener uno de esos. La mente humana es muy complicada.

—Y que lo diga. Pero volvamos a María. Decía que estuvieron un tiempo sin saber de ella.

—Eso es. Regresó hace unos meses y dijo que no se daba por vencida. Quería intentarlo por última vez. La técnica de la ovodonación había mejorado mucho y contamos con un buen banco de óvulos. De modo que nos pusimos manos a la obra. Y lo conseguimos.

—Así que era eso. Ovodonación.

—Sí. Para ella no había otro modo.

—¿Cuánto hace de esto?

Natalia Matute pasa hacia atrás un par de hojas de un calendario de mesa. En cada mes hay fotos de los bebés guapos y sonrientes que lo invaden todo en esa planta del hospital.

—Unas diez semanas.

—Permítame una pregunta, doctora. ¿No era María un poco... mayor para iniciarse en la maternidad?

—Por favor, no me venga usted también con los mandatos edadistas —la ginecóloga se pone muy seria—. Eso tenía que decidirlo ella. Hay mujeres de veinte que no pueden con un crío y hay otras de cincuenta que tienen energía para ser madres. María llevaba una vida muy sana y tenía una forma física envidiable. Y lo más importante: toda la ilusión para criar a ese niño.

—Entonces, ¿ustedes no le ponen tope?

—Mientras la ciencia y la salud lo permitan, no somos quiénes para prohibirlo.

—¿Y si viene una mujer de setenta?

—En ese caso, dudo mucho de que su cuerpo pudiera acoger el embarazo.

—Ya —Camino quiere insistir, pasmada ante la idea de que una clínica pueda embarazar a mujeres que podrían estar pensando en la jubilación, pero se muerde la lengua porque se está poniendo en contra a la ginecóloga. Reconduce el interrogatorio antes de que los eche de la consulta—. Al igual que con Soledad y Dolores, fue usted quien dirigió personalmente el tratamiento.

—No solo yo. Ya le digo que María estuvo años con nosotros, pasó por todos los ginecólogos de la clínica.

—Quizá esta sea la pregunta más importante de todas, doctora. ¿Las tres mujeres se conocían?

—Yo no llevo la agenda social de mis pacientes. Puede que coincidieran en la sala de espera algún día y entablaran conversación. Imposible saberlo.

—Está bien. No le robamos más tiempo. Solo le pido que lo piense, y si recuerda algún vínculo entre ellas, se ponga en contacto de inmediato.

—No creo, pero...

—Doctora, lo que sea que está pasando converge siempre en el mismo punto: su clínica. No lo olvide.

Camino se levanta, la saluda con un gesto de la cabeza sobrio y sale por la puerta. Pascual la sigue en silencio.

76.

—¿Qué va a ser?

La inspectora resuelve la cuestión de un vistazo a la cartulina pegajosa que contiene el menú del día de los viernes.

—Los macarrones a la boloñesa y el solomillo.

El camarero trata de tomar nota en su tablet con un puntero digital con el que no parece apañarse demasiado bien. Camino tiene que repetírselo dos veces hasta que él se aclara y consigue marcar los platos solicitados.

—Malditas tecnologías.

—Hombre, Pepe, apúntalo en la libretilla de toda la vida.

—Qué más quisiera. El jefe ha invertido en estos cacharros y no quiere ni vernos con el boli. Dice que así somos más eficientes.

—Sabrá él —se conchaba Camino.

El camarero aprueba zarandeando la cabeza y aprovecha que Pascual aún no se decide para limpiarse el sudor con un pañuelo que un día fue blanco. Pero Molina sigue absorto en el menú, y Pepe nunca se ha caracterizado por su paciencia.

—¿Y usted, oficial?

—Ensalada y el pescado del día —se decide al fin—. Pero me lo pones sin la salsa, que engorda mucho.

—A ver cómo marco yo eso en este invento del demonio.

Pepe se aleja jurando en hebreo y con la vista puesta en la tablet. A punto está de tropezarse con un cliente, quien le esquiva en el último momento. Camino se vuelve a su compañero y le dirige una mueca jocosa.

—¿Y para eso tanto empeño? ¿Lechuga y pescado hervido?

Pascual ha tenido que insistir hasta que ella ha accedido a picar algo. Cuando se deja absorber por un caso, no hay nada que detenga a la inspectora.

—Parece mentira, jefa, con lo que te gusta comer.

—A veces hay cosas más importantes.

—De eso nada. Ni estando a dieta he conseguido alimentarme del aire.

—Pero se te nota. Yo te veo más galán.

Pascual la mira sin ser capaz de descifrar si le está vacilando porque se huele algo de su lío con Mamen. Ante la duda, cambia de tema.

—¿Y a Arenas? ¿Cómo le has visto?

El rostro de Camino se ensombrece y, por un instante, Pascual se asusta.

—¿Ha pasado algo?

—No, no. Estaba..., está bien. Todo lo bien que puede estar, supongo.

—Es duro verle así —admite él—. La primera vez que fui, me metí en un bar nada más salir del hospital. Y si Fito no me hubiera llevado a casa, allí estaría todavía.

Camino calla durante unos minutos. Al final se decide a preguntar:

—¿Tú has ido mucho?

—Al principio, más. Ya sabes, nadie acertaba a adivinar si sería cuestión de días. Pero a medida que se estabilizaba en el coma, fuimos espaciando las visitas.

—¿Fuimos?

—Los compañeros. Establecimos turnos rotatorios. Primero diarios y luego semanales.

—¿Todos? ¿Lupe, Teresa, Fito?

—Y Mora.

—¿La comisaria también?

Él asiente, algo turbado.

—¿Por qué nadie me dijo nada?

—Estabas muy ocupada asumiendo todas las funciones de Arenas —Pascual vacila, sin saber muy bien cómo seguir—. Además, pensamos que como teníais una... relación tan especial, no querrías ceñirte a los turnos.

Camino se arrepiente de haber preguntado. En todo este tiempo ha tratado de mirar para otra parte, pero no solo no lo ha conseguido, sino que además ahora sus compañeros la ven como una bruja. Calla y se dedica a mirar a los transeúntes; Pascual lee el desamparo en sus ojos.

—Ha estado bien atendido. Flor siempre andaba cerca, el crío se iba allí por las tardes a hacer los deberes, y una vez a la semana uno de nosotros se sentaba a su lado y le contaba en qué andábamos metidos.

Una media sonrisa triste se le dibuja a la inspectora.

—Habéis funcionado como un puto bloque de hormigón. Sin fisuras.

—Sí. Nadie se quejó nunca, nadie quiso alargar los turnos ni pospuso o cambió el suyo ni un solo día. Estamos orgullosos. Y queremos pensar que tenemos un poco de culpa en que la cosa haya salido bien.

—Y ahora, ¿qué?

—Pues seguiremos yendo hasta que vuelva a incorporarse. Pero es viernes y nos hemos desayunado con la mejor noticia, así que esta noche lo vamos a celebrar —duda un momento—. Oye, ¿por qué no te vienes?

—No, no. Sois vosotros los que habéis dado el callo, os lo merecéis.

—Bueno, todos somos sus compañeros, ¿no? Y todos nos alegramos por él.

—En serio, tengo cosas que hacer.

Camino coge su móvil y finge concentrarse en la pantalla para dar por zanjada la cuestión.

—Como quieras —en parte, Pascual se siente aliviado. No sabía cómo iba a tomárselo el resto del grupo.

El silencio tenso que se instaura entre ellos lo rompe Pepe, que trae los dos primeros refunfuñando algo sobre una reserva a través de internet. Coloca frente a Camino un inmenso plato de macarrones a la boloñesa coronado por una montaña de queso en polvo. A su lado, la austera ensalada de lechuga no invita lo más mínimo.

—De todas formas, alimentarse del aire y esto es poco más o menos lo mismo —Pascual deja escapar un soplido de resignación.

Camino hace una mueca que pretende ser una sonrisa, pero no le sale. Agarra el tenedor y acomete la ingesta de los macarrones.

Pascual hace lo propio con sus verduras crudas. No va a flaquear, sabe que todo tiene su recompensa. No en vano ha podido lucir palmito con Mamen. Con un par de semanas más, se le volverán a marcar los abdominales. Espera que la relación con ella dure hasta entonces.

—Cuéntame lo de la visita a Tomares, anda —suelta la inspectora con la boca llena de pasta.

Las comisuras de los labios teñidas de tomate le dan un aire al payaso de una fiesta infantil, y Pascual vuelve a pensar que ella lo sabe. Pero la jefa gasta una mirada triste, y él se da cuenta de que sigue anclada en el recuerdo de Arenas.

—Ha ido bien.

—¿Crees que la hermana de Cuadrado es de fiar?

—Sí, eso creo —y quiere creerlo, vaya si quiere.

—¿La has visto muy afectada?

A Pascual le viene a la mente el recuerdo de Mamen despojándose de la minúscula bata con un gesto de muñeca, dejándola resbalar al suelo mientras con la mano izquierda hace toda una demostración de pericia para desabrocharle el cinturón. De cómo se le ha colocado encima primero en el sofá, más tarde en la cama donde las sábanas revueltas testimoniaban lo que había ocurrido esa misma noche. Lo que ha vuelto a ocurrir. La pasión desenfrenada con que Mamen ha reivindicado la vida, y lo ha hecho en forma de un ardor sin límites proyectado en él.

—Que si la has visto afectada.

—Sin duda.

A veces, las medias verdades son la mejor fórmula para camuflar la otra media. O eso se dice Pascual a sí mismo, porque mentir, lo que es mentir, no le sale.

—¿Y qué opinas?

El oficial se toma su tiempo. Centra de nuevo el pensamiento en el caso que tiene entre manos, pincha un par de hojas de rúcula y las mastica despacio para extraerles todo el sabor.

—Yo creo que estamos errando el tiro, jefa. Ni Alonso Márquez ni Fernando Santos.

—Vale. Cuéntame más.

Camino le presta un oído interesado al tiempo que sigue engullendo macarrones como si fuera lo último que va a hacer en la vida. La conversación sobre Arenas le ha aumentado un vacío interno que trata en vano de llenar con pasta italiana. Un vacío que existe desde aquel tiroteo en las Tres Mil.

—Pues que igual la ginecóloga llevaba razón —dice Pascual.

—¿Matute? ¿Sobre qué?

—Un iluminado.

La inspectora se limpia los morros de tomate y le observa con atención.

—¿Recuerdas lo que dijo la primera vez que la vimos? Sobre los vándalos que hicieron pintadas y que atacaron a alguna feminista.

—Claro. Los ultraconservadores.

—Piénsalo. Tres mujeres, madres solteras en proyecto. Un asesino que sabe que están embarazadas y firma sus crímenes con objetos de bebé para que también nosotros sepamos que lo sabe.

—¿Un loco extremista que las mata por convencimiento ideológico? ¿Para que las mujeres den un paso atrás y sigan dentro del redil patriarcal?

—Ya sé que suena un poco rocambolesco.

—Suena demencial.

—Lo es —concuerda él mientras pincha el último trozo de lechuga.

77.

—*Lupe, llama a Nerea hasta que des con ella.*

—¿Nerea Franco? —Lupe contesta a Camino sin levantar la vista de su ordenador. Aún sigue dolida por el plantón de la jefa.

—La misma. No ha ido a trabajar.

—Dijiste que tenía miedo de Alonso la última vez que hablasteis con ella.

—Sí.

—Y le habéis soltado —a Lupe se le cuela un reproche en la voz.

—Exacto.

—Ya la llamo.

—Y si no logras contactar, dile a Alcalá que vaya a su casa.

—Vale.

—Gracias, Lupe. Por cierto, tenías razón.

—¿En qué?

—Fernando Santos. La hermana de Lola lo conocía.

—Ajá.

—Estamos trabajando con otras hipótesis, pero no está de más seguir esa pista.

Lupe asiente, algo menos resentida. Claro que hay que seguir esa pista. Y eso es justo lo que está haciendo.

78.

Fito se cuela en el portal aprovechando que sale una pareja.

Cuando Lupe, incapaz de dar con Nerea, le ha hablado de su desaparición y le ha transmitido la orden de confirmar si se encuentra bien, el subinspector se ha puesto en marcha como un huracán. Él también teme que ese cabrón le haya podido hacer algo a la chica.

Ha llamado al timbre varias veces sin recibir respuesta. Al llegar al piso de Nerea, repite la operación. Nada. Pega la oreja tratando de dilucidar si hay alguien al otro lado. Se siente tentado a forzar la puerta, y por un momento se lo plantea. Después le viene un arrebato de lucidez. Si quiere seguir ascendiendo, ha de tener una hoja de servicio intachable. De modo que se sienta en un escalón dispuesto a esperar. Pero el tiempo pasa y no puede dejar de pensar en ello. ¿Y si esos minutos marcan la diferencia en la seguridad de Nerea? O incluso algo peor. ¿Y si llega demasiado tarde? Ese tío... Sigue convencido de que nunca debieron devolverle la libertad. Se pone de pie, se vuelve a sentar.

—Al carajo.

Avanza hacia la puerta cuando esta se abre. Se para en seco y mira con los ojos como platos al hombre que sale por ella. Justo lo que se temía.

—¿Alonso Márquez?

El ejecutivo le dirige una mueca de desconfianza.

—¿Y tú quién eres?

—Subinspector Alcalá.

—Oiga, déjeme en paz. Sus compañeros ya lo intentaron y me han tenido que soltar.

Fito no es capaz de contener la hostilidad que rezuma por cada poro de su cuerpo.

—No le busco a usted, sino a Nerea Franco. Estamos tratando de localizarla.

Un destello de temor pasa por los ojos de Alonso, que se recompone al segundo.

—Muy bien, pues yo me voy. Que tengan suerte.

—Quieto ahí. ¿Dónde está?

—¿Y a mí qué me cuenta?

—¿Cómo que qué le cuento? Este es su domicilio y usted está saliendo de él.

—¿Y? —Alonso ha recuperado su arrogancia, esa seguridad sin fisuras del poderoso que siempre se sale con la suya. Justo lo que Fito más odia en el mundo. Se cruzan miradas de un infinito desprecio mutuo.

—Voy a entrar.

—Ni de coña, no tiene un mandato judicial. Usted no entra en ninguna parte.

—¿Qué le ha hecho a esa chica, desgraciado?

Una sonrisa autosuficiente se dibuja en el rostro de Alonso.

—Nada que ella no deseara.

Fito pierde la paciencia y le sujeta por los hombros. Alonso trata de desasirse.

—¿Qué hace? ¡Suélteme!

Le está apretando el cuello.

—Dígame qué le ha hecho a Nerea.

—Adivínelo.

Alonso ve cómo el subinspector se pone rojo de ira y comprende que, a pesar de tener la garganta entre las zarpas del policía, es él quien tiene el control. Así que recupera la sonrisa chulesca y tensa la cuerda un poco más. Está harto de esos agentes toscos y fantasmones. A él no le van a vacilar más.

—No se ha quejado. Bueno, un poco sí, pero en el fondo le gustaba. Te habría interesado verlo. Qué pena que hayas llegado tarde.

Pero la tensión no es algo mensurable. Cada uno carga con su propio nivel de resistencia, y no se sabe dónde acaba hasta que se pone a prueba. La de Fito ha terminado aquí. Alza el brazo y descarga un puñetazo en pleno rostro del ejecutivo, que grita desquiciado. Fito le suelta como si le hubiera dado un calambrazo, como si solo entonces hubiera advertido lo que ha hecho, y ve cómo el otro se lleva las manos al rostro en una mueca de dolor. Desde luego, eso sí que no se lo esperaban. Ninguno de los dos. El subinspector se aparta un par de metros y calibra los daños. No hay duda: le ha roto la napia.

—¿Qué es este alboroto?

La voz sale del piso de Nerea Franco. Al girarse, Fito ve a una chica con el pelo chorreando y envuelta en una toalla que la tapa a duras penas. Ella se queda contemplando la escena con incredulidad. Cuando repara en que Alonso tiene el rostro ensangrentado, corre a agacharse junto a él, que sigue en el suelo sujetándose la cara con ambas manos. Chilla de espanto al ver cómo tiene la nariz.

Una vecina sale del domicilio contiguo.

—¿Qué pasa, Nerea?

—¡Paqui, llama a la policía!

—Él es la policía. Ese chusquero —señala Alonso con un dedo acusatorio y el gemido de un perro apaleado.

Nerea clava unos ojos estupefactos en ese tipo de cuerpo fibroso y rostro de adonis que se mira el puño como si se hubiera disparado solo. Aprieta los labios con rabia. ¿Es que no piensan dejarla en paz? Se dice que ella tiene parte de culpa, por haber dejado entrever sus dudas delante de aquella inspectora. Pero ahora él ha vuelto a sus brazos y ella solo sabe que va a permanecer al lado del hombre que ama y a defender su amor.

—Te has buscado la ruina, imbécil —mira con pena al subinspector mientras trata de limpiarle la sangre a su chico.

79.

Camino sale del baño y se deja caer desnuda en la cama.

Para ella, faltar al Mambo Club un viernes por la noche es como para una feligresa perderse la misa del domingo. Pero hoy no se siente con fuerzas. Ayer lo dio todo en la salsoteca y fuera de la salsoteca, y lleva una semana muy dura: un asesinato tras otro, tronchas, presión mediática... pero lo que de verdad la ha dejado exhausta ha sido la vorágine emocional que se le ha venido encima con la salida del coma del inspector Arenas. Sabe que las noches sin dormir no ayudan. Solapa una con otra en su carrera hacia delante, lleva haciéndolo desde que a Paco le dispararon, y hasta ahora creía que, mal que bien, había funcionado. Ahora sabe que no. Que ha sido un puñetero desastre. Ha decepcionado a todo el mundo. «Tienes que responsabilizarte de tus actos», le habría dicho su hermano. Pero si ni siquiera puede tener una mascota. Mierda. Las hormigas.

Corre al salón donde los laboriosos insectos cavan sus túneles dentro del terrario. Lleva tres días sin darles nada de comer. Ayer, con el asesinato del parque y el rollo con Marco después, volvió a olvidarse de ellas. Ni siquiera pasó por casa.

Extrae media sandía del frigorífico, corta una rodaja y la trocea en raciones pequeñas que va dejando sobre la superficie. Las hormigas se lanzan a ellas con avidez y comienzan su acarreo a través de las galerías. Las cuenta con ojo experto. Hay menos que la última vez, su despiste les ha pasado factura. En el basurero al que trasladan los restos de materia orgánica se ve un cúmulo de despojos que antes no existía: son los cadáveres de aquellas que no han sobrevivido a su descuido. Compungida, levanta la tapa y se dispone a limpiarlo. Ni siquiera puede cuidar de un puñado de insectos. Mientras se enzarza en la tarea, lágrimas de frustración resbalan por su rostro y humedecen la tierra seca. Se promete que va a cambiar. Paco ha salido del trance y ella no tiene excusa para seguir refugiándose en sí misma como una niña pequeña. Porque, haciéndolo, se aleja de quienes de verdad le importan. A partir de ahora va a ser más responsable y a implicarse con las personas a las que quiere.

Como si le hubiera leído el pensamiento, suena un mensaje de su hermano. Ojea el móvil mientras completa su labor:

No te olvides de que mañana es el cumpleaños de Arya.
¿Cómo podría olvidarme? Allí estaré.

No hay pereza que valga, acudirá a esa fiesta. Relee el chat de días anteriores, porque no se atreve a preguntarle la hora. Está segura de que se la ha dicho más de una vez. Al fin encuentra lo que busca: comida más merienda con tarta. Pero hay otra pregunta más difícil para la que no va a encontrar respuesta en ese chat: ¿dónde demonios compra ahora el triciclo evolutivo? Con un estoicismo propio del mismísimo Séneca, echa mano de una camiseta y un pantalón y sale por la puerta en su busca.

80.

—Niña, acércame los chicharrones.

—A cambio de la jarra de cerveza.

Lupe alcanza la bandeja y se la pasa a Teresa, quien a su vez toma la jarra y va rellenando uno por uno los vasos.

Han quedado en el Entrebirras, un bar de tapeo situado en la Alameda, famoso por su pescaíto frito y sus generosas raciones. Se ven rostros cansados tras la semana de trabajo, pero la celebración era incuestionable. No todos los días vuelve a la vida un compañero tiroteado en acto de servicio. En cuanto a Fito, ha decidido callar su altercado por esta noche. Sabe que la ha pifiado, pero ya lidiará mañana con las consecuencias de sus actos. Ahora los únicos protagonistas son Paco y la alegría por su recuperación.

Tras las primeras cañas, las tensiones laborales se han ido aflojando. Hace un rato que Ángeles Mora ha comenzado con una retahíla de chistes que provoca risas interminables. Son chascarrillos más que conocidos, pero el hecho de ver a la comisaria con unas cervezas de más y despojada de la seriedad del cargo es motivo de sobra para las carcajadas. Predomina un ambiente sano y optimista.

—Sherlock, ¿cómo llevas al felino?

—Mañana voy con Samantha a comprarle un rascador antes de que me destroce los muebles.

—O sea, ¡que se queda!

—Pues claro que se queda —Pascual se encoge de hombros con resignación teatrera.

—¡Bravo!

Fito levanta el vaso y todos brindan por el nuevo miembro de la familia Molina, que no puede evitar una risotada por la que se le cuelan retazos de felicidad. Y es que ya no se siente solo. Con Watson y una recuperada Samantha cariñosa con su padre, vuelve a tener algo parecido a una familia. Y luego está lo de Mamen. Pero, por ahora, eso debe permanecer en secreto. ¿Por ahora? ¿Ha pensado eso él? Él, que no tenía ninguna intención de rehacer su vida, y hoy ve que quizá la vida se rehace por su cuenta, sin pedir permiso.

—Oye, ¿y por dónde salió la jefa cuando dijiste que te llevabas al gato del escenario del crimen? —a Lupe la tercera cerveza le ha soltado la lengua. Tiene ganas de chismorrear.

—¿Camino? Que si no quería dejarlo ahí, lo soltara en el tejado para que se fuera a asesinar pajaritos.

—Qué bruta es —ríe Teresa.

—Pero la convenciste.

—Lo metí en el coche sin más.

Varias cabezas asienten complacidas, aunque Pascual ha recordado algo y cree que tiene que decirlo.

—Por cierto, le he contado lo de los turnos del hospital. Y que lo íbamos a celebrar hoy.

—¿Por qué?

—Como ha ido a verle esta mañana, hemos estado hablando de él. No había razón para ocultárselo.

—Ni para contárselo. Nunca se ha preocupado —protesta Fito.

—Eso tampoco es cierto. Yo creo que, a su manera, sí que estaba afectada.

—¡Y un huevo! Afectados están su mujer y su hijo. O cualquiera de nosotros, que nos hemos comido todas esas tardes de hospital. A ella le importa un comino lo que le pase a Paco.

—No es eso...

Pascual no quiere discutir con Fito, que es un buen colega además de subinspector. Pero siente que le debe fidelidad a su jefa, y tampoco ve justo cómo habla de ella.

—Es verdad, no es eso —se crece Fito—. Porque si no despertaba, mejor para ella, así se quedaba de jefa de Homicidios para siempre.

—Sabes que no funciona así. Es la jefa accidental, sin más.

—Claro. La inspectora segunda. Como que iba a dejar que viniera alguien de fuera a quitarle el puesto.

—Ya está bien —el tono de Ángeles no da opción a réplica. Deja de ser la graciosa de la cena para convertirse de nuevo en la comisaria Mora—. No voy a tolerar que se hable mal de una compañera. Aquí cada uno hace las cosas lo mejor que puede.

—Y tampoco lo ha hecho tan mal. Lo de ser la jefa, quiero decir —aventura Lupe—. Aunque a veces me den ganas de matarla.

—No, no lo ha hecho mal —a Teresa le divierte la franqueza de Lupe—. Que yo he visto a más de uno bregar con su puesto y no es fácil. Lo que pasa es que le han tocado casos muy chungos. Mirad el que tenemos entre manos, total ná.

El recuerdo de las tres embarazadas muertas va seguido de un silencio consternado. Mora es consciente de que la celebración se está yendo al garete y toma las riendas de nuevo.

—No vamos a parar hasta que dé con sus huesos en el talego todo el que haya tenido que ver con esas muertes. Vosotros lo sabéis y yo lo sé. Pero ahora no es momento de hablar de eso —se imbuye de una actitud formal, casi protocolaria—. Propongo un brindis por el inspector Francisco Arenas, el más cabezón y el más pesado que ha visto esta brigada.

Cuatro manos con sus sendos vasos obedecen, alzándose en un clima de confusión.

—Por el tipo que siempre se sale con la suya, que ha convencido hasta a la parca. Seguro que le ha dado tanto la tabarra que ha visto que no le traía cuenta quedárselo.

Se oyen risas y el rumor de cristales chocando con fuerza entre sí.

81.

Hace un par de horas que ya es de día.

El cielo se ve nublado a través de las persianas subidas. Un gris plomizo destiñe el colorido alegre de la ciudad, pero Camino sabe que no hay que confiarse. Esos nubarrones engañosos no hacen que el calor afloje. Lleva media hora remoloneando en la cama, dejándose acariciar por la brisa caliente de un ventilador de techo. Las sábanas están empapadas, hechas un gurruño a los pies del colchón. A pesar de todo, ha descansado bien. Se ha pasado la semana escamoteándole horas al sueño, buscando excusas para trasnochar, pero ayer la tristeza que la embargaba la hizo sucumbir al cansancio.

Ahora se siente perezosa y con pocas ganas de afrontar el día. Tiene un sábado entero por delante en el que deberá sacar hueco para la fiesta de su sobrina. Al menos el regalo ya está cargado en el maletero del coche. Imbuida de su determinación por dedicarse más a sus personas importantes, eligió el más caro de la tienda. Así que más vale que la niña se suba a ese triciclo y evolucione como Dios manda. Después, por la noche, acudirá al concurso de baile con Víctor. Le ha descuidado mucho últimamente y no se merece que le deje plantado. Bailará como nunca y se llevarán ese jamón. Pero antes tiene unas cuantas horas para seguir con el caso.

Sus pensamientos vuelven a Paco Arenas mientras su mirada sigue el girar hipnótico de las aspas del ventilador. Ha soñado con él, de vuelta a la brigada. Retomaba los asuntos y ella se limitaba a hacer el trabajo de base, lo que de verdad le gusta. Más si es a su lado. Son ya muchos años juntos, pero sigue aprendiendo de él. Además de ser comprensivo con ella, es su mentor. Le pone las pilas cuando se salta alguna regla, pero también la felicita cada vez que su olfato los lleva a la pista definitiva. Y encima, se entienden bien. Probablemente demasiado bien. Ni a ella ni a nadie se le escapa que es su chica favorita en la brigada. La predilección que siente por ella y el trato de favor que le da son, de hecho, la única pega que podría poner al inspector el resto de su equipo. Pero ella hace como que no se entera, aunque en el fondo la admiración y el cariño sean mutuos.

Hubo un tiempo, al principio de todo, en que fueron mucho más. La conexión se hizo patente desde el primer día en que Camino entró en Homicidios. Acababa de jubilarse un inspector veterano, y ella le sustituiría como segunda del jefe del grupo. A Paco le daba mucha pereza el cambio. Llevaba diez años trabajando con Chema, un hombre curtido en el cuerpo y fogueado en todos los frentes con el que siempre se había entendido bien, a pesar de que era algo trasnochado. Paco sabía llevar a todo el mundo y se adaptaba con benevolencia a los defectos de cada uno. Por eso era tan buen jefe.

Pero ella llegó como un torbellino de frescura y emociones. Revolucionó su día a día y le contagió el entusiasmo juvenil que creía perdido. Además, era lista. Compensaba la falta de experiencia con una agudeza nada fácil de encontrar, y sin embargo, tan necesaria en una profesión como aquella. Se compenetraron desde el principio. Él la tomó como su aprendiz, y ella bebía cada uno de los consejos que le daba. No solo compartían los turnos que les tocaban por horario, sino que comían juntos, se tomaban unas cervezas al acabar la jornada y, en definitiva, eran inseparables. Pronto empezaron a correr rumores por la brigada. Por un tiempo aquello enareció su relación, los hizo cohibirse y marcharse directamente a casa cuando acababan el turno. Pero una tarde en que habían resuelto un caso importante, estaban tan pletóricos que se fueron a celebrarlo. Se metieron en el primer bar que les pilló de paso, comenzaron con cerveza, siguieron con los *gin-tonics,* y cuando, borrachos perdidos, les echaron del garito porque les había dado la hora de cierre, salieron dando tumbos sin saber adónde ir. Paco la miró de frente y la besó. Sin pronunciar una sola palabra, se encaminaron hacia un hotel cuyo letrero auguraba una noche inolvidable a pocos metros de allí. Estaban a punto de alcanzar la puerta cuando un compañero de la Policía Judicial se los cruzó y se paró a saludar. Hilario pertenecía al Grupo de Estupas, pero había estudiado con Paco en la academia y eran amigos desde entonces. Bodas, cumpleaños, barbacoas familiares, todo lo habían hecho juntos. Le bastó con dirigir a Paco una mirada de advertencia y él, con las orejas gachas, le pidió que le llevara a casa. Camino los vio alejarse y se sentó en la escalinata del hotel a digerir aquello. Al amanecer, paseó hasta su casa y se tiró en la cama a dormir la mona. Aquel día no fue a trabajar.

Desde entonces su relación se limitó a lo estrictamente profesional, aunque a veces se les colaba el brillo en los ojos al mirarse y retiraban la cabeza, apenados por saber que lo que más deseaban nunca ocurriría. Se conformaban con una amistad pura que traspasaba todas las barreras, excepto las prohibidas.

Últimamente pasaban menos tiempo juntos, pues con la entrada de un nuevo subinspector en el equipo, el joven Fito Alcalá, Paco se sintió en la obligación de acogerlo entre sus alas como había hecho con Camino, y a ella comenzó a destinarla junto con Pascual Molina, un oficial que a ella siempre le había parecido un poco anticuado. Le costó adaptarse, aunque en teoría era una especie de ascenso, pues como inspectora era ella la que daba las órdenes. En lugar de trabajar mano a mano con Paco pasó a hacerlo con el grandullón aburrido del bigotito tardofranquista y las formas marciales. Poco a poco fueron logrando entenderse, pero no era lo mismo. Aun así, a pesar de esa distancia impuesta entre Arenas y ella, lo que sentían el uno por el otro no había cambiado. Al menos, lo que sentía ella.

Decide poner fin a ese arrebato de melancolía. Se sacude el pasado de encima y se pone en pie de un salto. Tras hacer una tabla de ejercicios para desentumecerse, va directa a la ducha y se sumerge bajo el agua fría. Ayer tomó una decisión, y no piensa flaquear tan pronto: va a dedicar tiempo a las personas que quiere.

Camino se topa con Rafael cuando se dirige hacia la habitación del hospital. Casi no le reconoce, ha pegado un buen estirón desde la última vez que lo vio. Debe de medir uno setenta, y al ritmo que lleva pronto superará a su padre. Además, el gesto de seriedad le hace parecer mayor. Tampoco para él han pasado en balde estos meses.

—Hola, Rafa.

El chico se sorprende al verla pero, en contra de lo esperado, se diría que no tiene ningún reproche que hacerle.

—Hola —sonríe con timidez—. Qué guapa estás.

Camino se sonroja. Se ha arreglado más de lo que suele hacerlo.

—Gracias, tengo un cumpleaños luego —se excusa—. Y tú, muy alto. Oye, ¿está tu madre dentro?

—Qué va, los sábados va a ver a mi abuela, que anda regular, así que yo me quedo con mi padre hasta que vuelve.

Ella asiente con gravedad. Flor siempre ha sido la mujer cuidadora, la protectora de su familia, la leona que cuida a sus cachorros y a toda la prole. Tierna con los suyos, feroz con los que traten de interponerse o de hacerles daño.

—¿Cómo está? —Camino señala con la cabeza al fondo del corredor.

—Aburrido y gruñón —el chico ríe ahora abiertamente.

—¿Puedo pasar un rato a verle?

—¡Claro! Iba a la máquina a por una Coca-Cola, pero así aprovecho y hago una llamada.

—¿No te habrás echado novia?

—Qué dices —ahora es el chico quien se pone colorado.

Camino le observa alejarse con pasos largos. Luego se infunde de coraje, recorre el último tramo de pasillo, empuña el tirador y entra con el mismo nudo que se le aferró ayer al estómago.

—Buenos días —se obliga a sonreír, porque aún se le sigue rompiendo algo por dentro al verle de esa guisa.

Paco abre los ojos y un brillo aparece en ellos al identificarla. Es el brillo de siempre. Ese perdura, pese a todo.

—¿Un sábado por la mañana y no tienes otra cosa mejor que hacer?

—No te hagas ilusiones. Esta noche participo en un concurso de baile, y como que me llamo Gladys que me llevo el jamón del premio.

—Veo que hay cosas que no cambian, Gladys.

—Y de aquí a un rato me voy de cumpleaños.

—¿Quién se hace mayor?

—Arya, la hija de Teo.

—¿Arya? ¿No se llamaba Renata o algo así?

—Rihanna, no me vaciles. Y no sé qué es peor.

El inspector suelta una carcajada. Le duele todo al reír, pero no le importa. Ni se acuerda de la última vez que se rio de verdad.

—Ahora tiene otra niña. Cumple un año hoy.

—Ah, ya me acuerdo. Por un momento pensé que también había perdido la cabeza.

—¿Tienes lagunas de memoria?

—Querría tenerlas... de algunas cosas. Pero no, parece que esa parte está bien.

—Me alegro.

—Por cierto... ¿Arya? Vaya frikis, esta vez se han superado. ¿Y qué le vas a regalar?

—Un triciclo para que descubra el mundo.

Paco ríe de nuevo. Luego se incorpora y cambia a un registro más serio.

—Me prometiste que la próxima vez me contarías lo que teníais entre manos. Espero que hayas venido a eso.

Ella sonríe. Arenas es incorregible.

—¿Y si Flor se entera de que te estoy preocupando con el trabajo?

—Ya me encargaré yo de explicarle que has venido a que te dé una buena tunda al ajedrez.

—Eso sí que no cuela. Por cierto, tengo un movimiento pendiente con un ruso que me trae de cabeza.

—Déjame ver.

Camino saca el móvil y le muestra el tablero.

—Quizá si mueves el caballo aquí, y luego el alfil aquí, y aquí...

Ella observa ceñuda. Le da pereza darle la razón, pero no es mala jugada.

—Podría funcionar.

—¿Podría? ¿Solo podría?

Paco la mira en son de burla y ella sonríe, feliz por saber que la complicidad sigue ahí. Es una bonita sensación. Cuando la broma se agota, Camino adquiere un semblante sobrio y se sienta pegada a la cama.

—Vas a flipar.

—Desde el principio —pide él, mientras se acomoda.

Paco Arenas no ha abierto la boca desde que Camino terminó de narrarle lo acontecido en los últimos días. Ella se empieza a preocupar, quizá le haya cansado demasiado. No es un asunto fácil de digerir incluso para alguien que lleva toda la vida luchando contra el crimen.

—Es terrible —dice al fin—. Por momentos me ha recordado al caso del asesino provida.

—¿De quién? —pregunta ella.

—¿No te suena?

Camino niega con la cabeza.

—Hace años de eso, tú aún serías una cría. ¿Tienes tiempo para que te cuente una de mis batallitas?

—Todo el del mundo.

Paco carraspea, se incorpora en la cama y se lanza al relato.

—Yo estaba recién salido de la academia. Fue muy sonado. El primer gran caso que me tocó vivir, y uno de los que más huella me dejaron. Déjame recordar... Veamos, en el 85 se despenalizó el aborto en España. Se permitía solo en supuestos muy específicos, pero aun así hubo mucha polémica. Tanto antes como después, cuando la ley entró en vigor y comenzó a aplicarse. Los provida y los abortistas se enfrentaron en toda clase de manifestaciones y contramanifestaciones, los periódicos lanzaban tribunas flamígeras y era un tema muy espinoso. La tensión social se elevó a niveles muy altos. Recuerdo que los grupos en contra agudizaron la ofensiva con su puesta en vigor y los objetores empezaron a extenderse hasta el punto de que a veces era imposible encontrar un médico dispuesto a cumplir la ley.

—¿Y eso estaba permitido?

—Eran dos derechos colisionando entre sí, y no era fácil dirimir cuál debía prevalecer. No había una norma que regulara de forma explícita la objeción, así que cada dos por tres los casos acababan judicializándose.

Camino está embelesada escuchando a su antiguo mentor. Siempre ha admirado su erudición. Él lo sabe, y se crece ante su oyente predilecta.

—Muchos objetores fueron trasladados en sus centros de trabajo, incluso se instruyó algún expediente disciplinario. En algunos casos se dio orden expresa de intervenir ante la falta de médicos no objetores. Los afectados recurrían, y la jurisprudencia se iba generando a trancas y barrancas, inconexa y contradictoria. Y lenta, muy lenta.

—¿Qué pasaba mientras tanto?

—El objetor se hallaba en una posición difícil. Podía ceder a las normas del hospital hasta que la justicia se pronunciara, o negarse y atenerse a las consecuencias. El caso del que te hablo se encuadró dentro de los primeros. El facultativo se niega a realizar cualquier servicio relacionado con una interrupción del embarazo, desde arriba se le impone que ha de hacerlo si no hay nadie disponible y él se aviene.

—Y practica los abortos.

—Sí. Durante aquel tiempo, varias mujeres murieron en el hospital Virgen del Carmen tras ser intervenidas.

Paco hace una pausa dramática y Camino se lleva la mano a la boca.

—Has acertado. Detrás de esos casos siempre estuvo el mismo médico.

—Pero ¿por qué varias mujeres? ¿Por qué no le detuvieron antes?

—Corporativismo, supongo —el inspector se encoge de hombros en un gesto automático y como consecuencia en su rostro se refleja una expresión de dolor que intenta ocultar. Aún le duelen demasiadas cosas, pero nunca le ha gustado complacerse en la queja.

—¿Corporativismo ante casos de asesinato? ¿Cómo pudieron llegar tan lejos?

—Lo atribuirían a una complicación o, como mucho, a una negligencia. Hasta que fue demasiado obvio.

Camino tiene la mandíbula tensa y se está conteniendo para no gritar de rabia.

—Menudo defensor de la vida. ¿Y qué pasó con los bebés? Los mataba de paso.

—No podían sobrevivir. Aunque hubiera querido salvarlos, era materialmente inviable.

—De modo que se cargaba a la madre junto con el feto.

—Eran embriones en la mayoría de los casos, aunque él los consideraba seres humanos desde la fecundación.

Así que sí, visto a su modo, mataba a dos personas de un golpe.

—Estaba loco.

—De hecho, su abogado basó la defensa en un trastorno mental grave, pero no le salió bien. Le cayó una buena condena.

—¿Cuánto?

—No sé, treinta y tantos años.

—¿Cuándo le encarcelaron? ¿Finales de los ochenta, principios de los noventa?

—Algo así.

Solo con mirarla, Paco sabe lo que está pensando.

—No vayas por ahí, ese hombre será un vejestorio. Si es que sigue vivo.

—¿Recuerdas el nombre?

—Jamás lo olvidaré. El doctor Valeriano Trigo.

82.

Fito está repasando los expedientes de los tres últimos casos.

En el Grupo de Homicidios reina el silencio. A él le toca estar de guardia, y la jefa no ha aparecido por allí. Se pregunta dónde andará. Por mucho que sus compañeros la defiendan, a él no acaba de cuadrarle. Nunca ha entendido esa fijación de Arenas con ella. Camino va a su bola, y una policía que va a su bola nunca puede ser una buena policía. Y mucho menos, una buena jefa.

Ayer la cena se alargó hasta tarde. Le parece increíble cómo personas con tan poco en común han logrado sentirse así de unidas. Todo gracias a Paco, todo por Paco. Adora a ese hombre. Ha sido el único en toda su vida que ha confiado en él. Quien, sin siquiera conocerle, le ayudó desde el primer día.

Fito Alcalá había logrado progresar hasta la subinspección a base de mucho esfuerzo. Provenía de una familia obrera de Torreblanca, una de las barriadas más pobres de Sevilla y de España. En su entorno lo más normal era no acabar ni la educación primaria, subsistir gracias al pillaje y las ayudas sociales y pasarse el día sentado en un banco viendo transcurrir la vida. Él había luchado contra todo eso y había logrado conquistar un futuro diferente al que el destino se había empeñado en reservarle. Pero cuando entró en la brigada se dio cuenta de que no era más que un pardillo recién salido de la oposición. Fue Arenas quien le convirtió en un verdadero policía. En el subinspector que ahora es. Y eso se lo deberá siempre. Por eso ayer lo aparcó todo a un lado y se fue a celebrar la buena nueva con los compañeros. Pero cuando se pasaron a los cubatas, aprovechó la transición para esfumarse. Tenía mucho en que pensar. El episodio de ayer con Márquez le coloca en una posición delicada y, lo que más le reconcome, sabe que Paco se habría sentido defraudado.

Ahora revisa informe tras informe con una única fijación: más que nunca, quiere pillar a Alonso.

—¿Subinspector? —una policía toca con los nudillos y asoma la cabeza por la puerta.

—¿Sí?

—Alguien pregunta por usted.

Él alza una ceja interrogante.

—Una chica, Nerea Franco.

—Hágala pasar.

Guarda los papeles que tiene entre manos y se levanta con inquietud. Sabía que no tardarían en aparecer, pero lo que no entiende es por qué la manda a ella sola. Se pregunta qué sanción le impondrá Camino. Será la primera vez que se enfrente a algo así como jefa, y bien sabe Fito que él no es santo de su devoción. Si opta por ser estricta, no va a ganar muchos puntos entre los compañeros, y quizá la balanza se incline en su contra. Pero, por otra parte, si es demasiado laxa, no se ganará la autoridad necesaria para dirigir un equipo. No, la posición de ella tampoco es fácil. Aunque se la cambiaría con gusto. Él no tendría dudas sobre qué hacer.

—Buenos días.

—Buenos días.

Nerea Franco no parece la misma muchachita que ayer contemplaba impotente los resultados de su encontronazo con Alonso. Lleva vaqueros ceñidos y camiseta de escote pronunciado, y pisa con garbo subida a unas sandalias de cuñas generosas. Los labios rojos y las pestañas cargadas de un rímel color esmeralda que resalta el verde de sus ojos le dan aspecto de choni de barrio. Pero una choni muy atractiva y resuelta, mucho más que las novietas de su adolescencia. Se sienta frente a él sin esperar a que la invite.

—Ayer la lio bien parda.

—Creímos que estaba usted en peligro.

—No me venga con un plural mayestático, que le queda mucho que ascender en la escala. Y el que aporreó a mi novio fue usted solito.

Fito se queda pensando en que quizá no es tan choni como parece, y ella le lee el pensamiento.

—Sí, soy filóloga, ¿le sorprende? Pues no debería. La mayoría de mis compañeros están en el paro o sirviendo cañas. Tengo suerte de trabajar como recepcionista. Todo el día sentada delante de un ordenador y con aire acondicionado, bien fresquita.

—Creí que estaba usted en peligro —se corrige con gesto vencido.

—Ya. En peligro. En mi casa y con mi novio. Pues ya me dirá usted por qué.

—Quizá porque no contestó al teléfono en todo el día. Quizá porque estuve llamando a su casa y tampoco se dignó contestar.

—Estaba entretenida.

—O quizá porque el que usted dice que es su novio es sospechoso de haber atropellado a sangre fría a su última pareja.

Se produce un duelo de miradas. La chica tiene los ovarios bien puestos, pero Alcalá no es un recién llegado. Finalmente, ella parpadea y aparta la vista.

—Es cierto que dudé de él. Fue un error y no me lo perdono. Por mi culpa le han detenido, acosado y golpeado. A saber cómo le va a quedar la cara, con lo bonita que la tenía.

—¿Cómo está?

—Horrible. Esta mañana ha amanecido con unos moretones enormes bajo los ojos. Ahora parece que en vez de un novio tengo un mapache.

A Fito se le escapa una media sonrisa.

—No se lo tome a broma, que la cosa es muy seria.

—Lo siento.

—Pues claro que lo tiene que sentir. No puede ir así por la vida, por mucho policía guaperas que sea.

—¿Por qué no ha venido el propio Alonso a poner la denuncia? —Fito empieza a cansarse de que esa niñata le abronque. Aunque lo de guaperas le ha gustado.

—Porque yo le he convencido. Él estaba deseándolo, créame.

De nuevo esa mirada desafiante.

—¿Y por qué haría usted eso?

—Ya se lo he dicho, me siento culpable.

—Ajá —a Fito le da que eso no es todo, y acierta. Nerea no ha acabado.

—Por eso, y porque a cambio quiero que dejen de acosarle.

—Es un sospechoso en un caso de homicidio, no puede pedirme que hagamos como si no existiera.

—Lo que le estoy diciendo es que no le acosen más. Sé que le han estado siguiendo, después le han detenido sin pruebas, y para rematar llega el subinspector musculitos y le parte la nariz. Como los coja su abogado, los machaca. Empezando por usted.

—¿Siguiéndole, dice?

—No me tome por tonta, subinspector. Alonso llevaba días viendo cómo le espiaban. Y para colmo tuvo que aguantar lo de la detención, que no destacó precisamente por su buena praxis.

—¿También sabe de procedimiento policial?

—Sé de todo, querido. Por su culpa mi novio estaba hecho un manojo de nervios. Y eso era antes de que se le quedara pinta de boxeador.

—Quizá tenía razones para estar nervioso.

—Claro que las tenía. Cualquier ciudadano de orden que pase por todo lo que ha tenido que pasar él acabaría loco. No se imagina cómo llegó a mi casa el jueves. Estaba destruido, lloraba como un niño. Ni siquiera pudo despedirse en condiciones de Soledad. El rencor no le dejó cuando ella estaba viva, y después fue su padre el que se lo impidió en el entierro. Y luego llegan ustedes avasallando, tratándole como a un criminal.

—Nerea, usted ignora muchas cosas. Su novio nos ha mentido en varias ocasiones.

—Se equivoca, sí que las sé. Se ha sincerado conmigo.

—Ah, ¿sí? ¿Y le ha dicho que en su primera declaración afirmó que no sabía que Soledad estaba embarazada?

—Sí —Nerea traga saliva.

—¿Y que durante el interrogatorio dijo que la noche del atropello estuvo en casa con una amiga? Porque usted le contó a mis compañeros que esa noche no le vio.

Ella aprieta los labios y Fito no duda en seguir por ese camino.

—¿Qué pasa? ¿Es que nuestro Alonso tiene más amigas? ¿O es que la ha utilizado a usted como coartada? ¿Tan ciega está que va a ayudarle?

—Se quedó en casa leyendo y no tenía forma de demostrarlo. Le entró miedo, ¿entiende? Le apretaron tanto las tuercas que dijo que había estado conmigo.

Se produce un silencio tenso. Fito la mira apenado. Una chica tan valiosa y defendiendo a un malnacido como ese...

—¿Y usted mantendría eso en un juicio? ¿Llegaría al falso testimonio? Sepa que se enfrenta a una pena de prisión de hasta dos años.

—No será necesario, porque se demostrará que Alonso no tiene nada que ver en todo esto. En cuanto dejen de perseguirle y se centren en buscar al verdadero asesino.

—Ya, claro. Pero ¿lo haría? ¿Mentiría por ese hombre?

Nerea clava sus ojos verdes en los castaños de él.

—¿Usted nunca se ha enamorado?

—¿Yo? Supongo, como todo el mundo.

—No todo el mundo se enamora. Si solo lo supone, es que no lo ha estado nunca.

—Qué tontería. Tengo una novia de toda la vida, así que fíjese cuánto amor es ese.

—Eso no significa nada. La mayoría de la gente se deja llevar. Conocen a alguien que les gusta, tontean, empiezan a salir, se van haciendo al otro, se presentan a las familias, se van a vivir juntos... Luego ya da pereza deshacer todo eso. Salvo que se enamoren, claro. Ahí es cuando lo mandan todo al carajo.

—Quizá en la facultad le dieron a leer mucha novela romántica.

—Yo tampoco me lo creía hasta que conocí a Alonso.

Fito la mira con recelo. Si eso es lo que hace el amor, dejarte tan ciego que puedes destrozarte la vida por otra persona, entonces no lo quiere ni de lejos. Él con su chica de toda la vida está bien. Sin líos. Centrado en su carrera, en sus cosas.

—Pues vaya asco el amor.

—A veces —concede ella.

La franqueza con la que lo ha dicho sorprende al subinspector. Por un momento, Nerea ha bajado las defensas y en el fondo de su mirada él ha visto a una persona vulnerable. Lo piensa mucho antes de dar el siguiente paso.

—Nerea, hay pruebas que relacionan a Alonso con otra víctima de asesinato.

—¿Se refiere a la escritora? ¿Por eso le preguntaron que si la conocía?

—Sí, y en eso también mintió.

—No la conocía. Yo le creo.

Fito abre la carpeta que ha tenido ante sí todo el tiempo. Busca hasta localizar la fotografía que le interesa y la pone frente a ella.

—Ahí tiene, para que abra los ojos de una vez. Una tierna dedicatoria: «Con todo el cariño para Alonso, hombre y lector apasionado. Lola». ¿Le dice algo?

Ella fija la vista en la imagen como si no diera crédito a lo que está viendo. Se suceden unos segundos interminables, hasta que, sin previo aviso, se echa a reír. Primero es una risa entre dientes, y después se va ensanchando de manera pueril y escandalosa hasta alcanzar la forma de carcajada de las que contagian la alegría a todo el que la oye. Si el asunto no fuera de la gravedad que es, a Fito incluso le haría gracia. Pero gracia es lo que menos le hace.

—¿Se puede saber qué le pasa?

Nerea se toma su tiempo. Cuando la risa se le agota, seca un par de lágrimas verdosas que le han resbalado por las mejillas y su rostro se endurece de nuevo.

—No, eso es lo que le pregunto yo. ¿Qué demonios les pasa a ustedes? ¿Esto es una prueba? Venga ya.

—Pues claro que es una prueba. ¿Es que el puñetero amor le ha hecho perder el juicio hasta ese punto? ¿Qué más necesita?

—Señor subinspector, Alonso se había leído todos los libros de esa mujer. Que, casualmente, venía a la clínica a hacerse un tratamiento de fertilidad. La reconocí y le pedí que me dedicara uno para él. Yo misma le dije lo que tenía que poner.

83.

Camino enciende el ordenador y farfulla con impaciencia mientras se carga.

Es casi la hora de comer y no se ve a nadie más por los despachos. Tiene poco tiempo si no quiere llegar tarde a casa de su hermano, y no hay nada que le siente peor a Marisa que recalentar la comida. Sobre todo si es por esperarla a ella. Fija la mirada en la pantalla como si así pudiera espolearla. Al fin, poco a poco, el teclado va respondiendo a sus órdenes. Localiza el caso que le interesa, pero el expediente no aparece. Tira de teléfono, marcando uno tras otro los números de todo el personal informático. Nadie contesta. Exasperada, prueba con el móvil del jefe de Informática.

—Hola, Basilio, soy la inspectora Vargas.

—¿Ajá?

—Del Grupo de Homicidios —aclara.

—¿Ocurre algo?

—Verás, estoy buscando un expediente antiguo. He localizado la información, pero la carpeta está vacía.

Basilio resopla, mientras trata de hacerse hueco en la barra de La Bodeguilla para que le pongan un par de finos fresquitos.

—¿De qué año?

—1988.

—¿Mes?

—Septiembre.

—¡Uuuuy! Hemos digitalizado hasta noviembre. Por poco.

—¿Cómo que por poco? ¿Qué significa eso?

—Significa que vamos trabajando hacia atrás. Estará dentro de unas semanas.

—No puedo esperar unas semanas.

—Entonces tendrás que rellenar una solicitud y cuando la comisaria lo apruebe, ir al almacén a por él.

Al no recibir respuesta, Basilio mira la pantalla del teléfono. Ha colgado.

—Idiota —farfulla mientras hace una seña al camarero, que parece que al fin le ha visto.

La zona de archivo está en un edificio contiguo a las dependencias de la brigada, pero hay una puerta de acceso desde el interior. Camino recorre los pasillos laberínticos hasta dar con ella. Debería haber alguien vigilando esa entrada, pero bien por falta de personal, bien por la desidia del funcionario de turno, el mostrador está vacío. Prueba a girar el pomo y comprueba que la llave ni siquiera está echada. «Mejor, una infracción menos para mi repertorio», murmura mientras penetra en el almacén.

Huele a polvo y a humedad. Las estanterías, llenas de herrumbre, llegan hasta el techo, y en ellas las acartonadas cajas de archivo se apretujan, constriñen, torturan y destripan las unas contra las otras.

Se aventura en el corredor que reúne los casos de su departamento en la década de los ochenta. Va recorriendo año por año hasta dar con 1988 y después, mes a mes. Efectivamente, el caso que busca se encuentra en la penúltima caja. El resto de la estantería aparece vacía, tan solo ocupada por una colonia de arañas que tejen a sus anchas.

Coge el archivo, le sacude el polvo y da media vuelta, dispuesta a llevárselo. Pero al acercarse a la salida oye unas voces y se para en seco.

—Vamos a echarnos una cañita, mira la hora que es.

—Es que acabo de volver de comprar el pan, que me ha mandado mi mujer.

—Pues lo justo. Una caña y para casa a comer con la parienta.

—Está bien.

«Qué difícil de convencer es el jodío», masculla Camino, en el fondo aliviada por que la dejadez de sus compañeros le permita rematar la faena sin testigos. Se apoya en la pared y resbala hasta sentarse en el suelo, dispuesta a dejar transcurrir un par de minutos. Su pensamiento vuelve a lo que le ha contado Paco sobre el asesino provida. Hay algo que le revolotea por la cabeza sin llegar a posarse, no acierta a saber qué. El ruido de una llave de seguridad girando la saca del ensimismamiento y tarda unos instantes en entender lo que ha ocurrido. Cuando quiere reaccionar, ya es demasiado tarde. El acceso al almacén. La han encerrado allí dentro.

84.

—¿Guadalupe Quintana?

Su nombre lo pronuncia una voz con un acento extranjero que Lupe reconoce de inmediato.

—Sí, soy yo —dice con cautela, mientras Jacobo le dirige una mirada de reproche por contestar al móvil durante la comida.

—Soy Katarzyna, hablamos el otro día por el... tema de Lola Cuadrado.

—¿Ha recordado algo importante?

Lupe se levanta de la mesa y se mueve inquieta por el salón. El reproche se acentúa en el rostro de Jacobo. Es la norma número uno de la casa, acuñada por la propia Lupe: no distraerse comiendo. Si los adultos no la siguen, ¿cómo pretende que lo haga Jonás?

—Ha ocurrido algo que no sé si puede tener relación.

—Dígame.

—Verá, hoy me había citado con otro de mis autores para abordar varios temas pendientes. Es un cocinero fantástico, así que siempre me invita a comer en su casa.

—¿Sí? —Lupe ve con el rabillo del ojo a Jacobo peleando con Jonás para que no se mueva de la mesa.

—No contestaba ni al timbre ni al teléfono. Esperé un tiempo prudencial y me fui muy enfadada. Pero cuando ya estaba en la calle, me dio por mirar hacia arriba y a través de los cristales le entreví en el sofá. Grité su nombre y al ver que no reaccionaba, me asusté y llamé al 112.

—¿Y? —Lupe tiene el corazón en un puño.

—Se lo han llevado los servicios de emergencias. Estaba inconsciente.

—¿Quién es ese autor, Katarzyna?

—Fernando Santos. Él fue quien me presentó a Lola.

85.

Tras el cabreo inicial, se ha decantado por la resignación.

Primero pensó en aporrear la puerta antes de que los compañeros de vigilancia se alejaran, pero no habría sabido cómo explicar su encierro. Vio menos problemático llamar a Pascual y pedirle que fuera a rescatarla. Aunque sabe que le toca fin de semana de hija, en estos momentos es la persona en quien más confía de la brigada, pero al ir a echar mano del teléfono, la realidad la aplastó como una losa: se lo había dejado en el despacho. Furiosa consigo misma, pegó un puñetazo a la pared que le dejó los nudillos hechos trizas. Luego trató de buscar una salida alternativa, pero no la había, así que ha decidido que lo mejor es ser pragmática.

Por la tarde alguien volverá, solo tiene que aguantar dos o tres horas, que puede emplear en revisar el caso. Se siente fatal por el plantón que le va a dar a su hermano, que intentará justificarla y se comerá él la bronca y el mal humor de su cuñada por que se pase el arroz a causa de esperarla en vano. Se imagina la escena: Teo sacando tapas de jamón para hacer tiempo; su padre engulléndolas a dos carrillos bien regadas con cerveza; su madre aprovechando para reprenderles por cómo tienen el piso de desordenado; Rihanna, con hambre, que se pone todavía más insoportable; Arya llorando apabullada con todo ese jaleo, y Marisa corriendo de un lado a otro al tiempo que piensa en la forma de vengarse de Camino. Visto así, tampoco se pierde tanto. Ya le dará el triciclo a la niña otro día. Se acomoda en el suelo y abre la caja que contiene toda la información sobre el doctor provida.

Cientos de papeles componen el expediente: hojas manuscritas, documentos tecleados por una vieja máquina de escribir y recortes de periódicos. Se autoimpone una disciplina digna de sus hormiguitas y empieza a leer desde la primera página. Así es como se va enterando de todos los detalles de aquel caso que conmocionó a la opinión pública a finales de los ochenta. Valeriano Trigo Sanguino era un ginecólogo de reconocido prestigio en la capital andaluza, procedente de un linaje de médicos que llevaba ejerciendo la profesión desde tiempo inmemorial. Era propietario de una clínica de renombre que pasó de generación en generación, pero como la mayoría de los facultativos, trabajaba también en la sanidad pública.

Desde que cobró fuerza la idea de una ley de despenalización del aborto, Valeriano Trigo no dudó en posicionarse públicamente en contra. Fue de los primeros que lo hicieron, y gracias a su autoridad, consiguió que otros muchos siguieran sus pasos. Incluso creó una fundación de médicos a favor de la vida y bregó sin descanso para que aquella norma nunca viera la luz. Pero el país estaba ansioso por desempolvarse la capa de rancio, por quitarse las etiquetas de oscuro y represor que lo habían acompañado durante cuarenta años, y la ley acabó entrando en vigor. Entonces se proclamó objetor de conciencia y su activismo se dirigió a la prevención del aborto. Fue tal el ascendiente que tenía entre el personal sanitario, que en el centro público donde él ejercía casi todos se hicieron objetores. No se atrevían a llevarle la contraria, hasta el punto de que comenzó a correrse la voz: había que evitar ese hospital. En el Virgen del Carmen no se proporcionaba la prestación ni en los casos más flagrantes de riesgo para la madre.

Tras la emisión en horario de máxima audiencia de un documental que confirmaba las críticas, la dirección del hospital tomó cartas en el asunto: promulgó una orden interna que establecía las normas para la interrupción del embarazo. Durante el tiempo de guardia, cualquier facultativo tendría la obligación de asistir a la paciente, tanto si era objetor como si no.

Valeriano Trigo recurrió en sede judicial lo que consideraba una vulneración inadmisible de sus derechos. Mientras el juicio se dilataba en el tiempo, la dirección provincial dio otro puñetazo en la mesa: apoyó la orden del hospital estableciendo medidas disciplinarias para quien no la cumpliese. Trataban así de zanjar el problema. El médico de guardia tenía que atender a la mujer a la que se le fuera a realizar una interrupción del embarazo. Punto.

Una tarde de abril en que el doctor Trigo se encontraba de guardia, tuvo lugar una de las situaciones objeto del conflicto: se debía practicar un aborto a una mujer que había interpuesto una denuncia por violación y no había ningún otro facultativo disponible. Valeriano Trigo debía elegir entre su carrera y sus principios y, para sorpresa de muchos, optó por la primera: accedió a practicar la interrupción. Horas después, la mujer moría a causa de una hemorragia obstétrica.

Otros tres casos más tuvieron lugar entre ese fatídico 23 de abril y el 20 de noviembre de 1987, fecha en la que Valeriano Trigo Sanguino fue detenido por las fuerzas del orden y admitió sin ambages ser el autor material de las muertes. «Una asesina no merece ser salvada», proclamó con firmeza ante los medios reunidos en la entrada al hospital.

Camino siente escalofríos. Un iluminado. Así se refirió la doctora Matute a los extremistas. Iluminados, dijo. Sigue leyendo, cada vez más turbada.

Durante el juicio, su abogado basó la defensa en un trastorno mental. Presentó informes de sintomatología ansioso-depresiva fechados tras la imposición de actuar contra su conciencia y que hablaban de una posible derivación hacia un problema más grave, y haciendo gala de pocos escrúpulos, alegó que nada de eso habría sucedido si hubieran respetado su condición de objetor. Incluso un perito contratado por él aventuró que esos síntomas podrían ser indicios de algo más serio, como un trastorno delirante. Quería librar a su defendido a toda costa, y la opinión mediática se le echó encima. El juez no tuvo en cuenta los informes y le impuso la condena propuesta por el fiscal, aunque Trigo recurrió y consiguió una rebaja importante.

Camino no aguanta más. Hojea los documentos hasta llegar al final del expediente y constata cómo las últimas páginas pasan del amarillento aporreado por las teclas de una antigua máquina de escribir a la tinta de una impresora a inyección sobre un blanco impoluto. Un estremecimiento le recorre el cuerpo: Valeriano Trigo Sanguino cumplió su condena el 15 de marzo de ese año. Lleva cuatro meses en la calle.

86.

—¿Dónde dices que vas?

Jacobo está mosqueado. Últimamente no reconoce a su mujer. No solo se enfada por todo, sino que ahora también pasa de él y de su hijo. Lo único que le importa es el trabajo.

—Al hospital —dice Lupe mientras se calza unas playeras.

—¿Qué ha pasado? ¿Algún compañero herido?

—No. Es parte de una investigación.

Se siente tentada a contarle lo ocurrido con Fernando Santos, pero prefiere morderse la lengua. Aún le guarda rencor por su actitud en el funeral. Además, sabe que su querido esposo es un poco bocazas.

—Le prometimos a Jonás que iríamos al cine —protesta ahora Jacobo—. Todos sus amigos han visto ya la peli.

—Acompáñale tú.

—Pero ¿por qué tienes que ir tú? Solo eres una policía de base. Que vayan los inspectores, o los subinspectores, que para eso están.

—Voy porque es mi trabajo. Y porque me da la gana.

Lupe sale pegando un portazo. Podría haberle dicho que está enfadada porque la inspectora no coge el puto teléfono, hasta el moño de que la menosprecien por pertenecer a la escala básica, quemada de que la utilicen para funciones superiores cuando hacen falta refuerzos pero se olviden de contar con ella en lo importante. También podría haberle dicho que esta es una buena oportunidad para demostrar lo que vale, y que ahora lo único que la motiva es su profesión, porque está agotada de los rebotes del niño y de los escaqueos de él. Pero no le apetece. Lo que le apetece es salir de allí. Y saber qué es lo que le ha ocurrido a Fernando Santos.

—«Solo eres una policía de base» —mascula imitando el tono de su marido mientras baja en el ascensor—. Será imbécil.

87.

En cuanto oye ruidos al otro lado, Camino golpea la puerta.

—¡Abran!

—¿Quién está ahí?

—Abra inmediatamente, necesito salir.

—Identifíquese.

—¡Maldita sea, soy la inspectora Vargas, jefa de Homicidios!

Se oye un tintineo de llaves y una cerradura girando sobre sí misma. Un joven agente aparece al otro lado. Le suena su cara, se ha cruzado con él por los pasillos en alguna ocasión.

—¿Qué... qué hace aquí, inspectora?

—No tengo tiempo de explicárselo, tengo que impedir un asesinato.

Va a largarse, pero en el último momento retrocede, se planta frente al guardia y le mira a los ojos:

—¿Puedo confiar en su discreción, agente...?

—Gómez. Por supuesto, inspectora.

—Me alegra saberlo.

Pasa por su despacho para recoger el móvil y le echa un vistazo en su carrera hacia el coche: tres llamadas de su hermano, cinco de la oficial Quintana, una del subinspector Alcalá. Debería devolverlas todas, pero no hay un minuto que perder. Y un aviso de que se le acaba el tiempo para replicar a la jugada de Nabokov77. Suelta un juramento. Ese idiota va a acabar ganando la partida.

Introduce en el GPS la dirección en la que el asesino exconvicto se ha comprometido a estar localizable y pisa el acelerador. Esta sí que es una partida contrarreloj, y se juega en la vida real. No puede haber una muerta más.

Cuarta parte

Soraya fisgonea en los perfiles de sus amigas a través del móvil sin otro afán que hacer tiempo hasta que María Jesús regrese y puedan seguir viendo su película favorita. La habrán visto decenas de veces, pero nunca se cansan.

—¡¡¡Soraya!!!

El grito resuena en toda la casa, y aunque está acostumbrada a sus arrebatos, hay algo en la forma de llamarla que la alarma. Ella es «amor», o «cari», o en todo caso, Sori. Pero no Soraya, con todas las letras. Así que en lugar de devolverle el «¡¡¡¿Qué?!!!» de rigor, se levanta y va en su busca. Se asoma a la cocina, donde su pareja acaba de meter una pizza en el horno, pero no la encuentra allí. Avanza por el pasillo y ve la puerta del baño entreabierta.

—¿Mariaje?

Soraya golpea con los nudillos, y, al no llegarle una respuesta, empuja la puerta y se asoma. María Jesús está sentada en el váter, con las bragas bajadas a la altura de las rodillas y la cabeza inclinada. El cabello castaño le cae hacia delante, entre el que sobresale la nariz respingona.

—¿Qué pasa? —se asusta Soraya.

Mariaje alza la cabeza y, como si fuera incapaz de expresarlo en palabras, dirige la vista hacia abajo. Soraya sigue la dirección con los ojos y solo entonces comprende. Siente un vahído, le tiemblan las piernas. Un abundante sangrado ha teñido por completo el color crema de las bragas de su novia.

Ya no le quedan uñas que morderse. Hace más de una hora que se llevaron a María Jesús puertas adentro y ella lan-

guidece en un incómodo asiento de plástico que hace bancada con otros cinco más. No puede soportar la idea de que pierdan el bebé. Ya habían entrado en el segundo trimestre y con él en una etapa nueva, en la que el pánico a sufrir un aborto espontáneo iba alejándose como la pesadilla horrible que nunca llegó a materializarse. No habían querido hacer ninguna celebración, pero ambas sabían que aquello era un hito importante y estaban más unidas que nunca, dispuestas a olvidar los padecimientos y disfrutar de cada día del embarazo. Y ahora, justo ahora, esto. Se levanta y comienza a dar vueltas en círculos como una leona enjaulada. Una señora a la que está poniendo nerviosa va a decirle algo cuando el doctor hace su aparición.

—¿Soraya Bohórquez?

Se coloca frente a él con ojos inquisitivos. El médico percibe el dolor que destilan y no quiere aumentarlo un segundo más.

—El bebé está bien. Y la madre también, aunque tendrá que guardar reposo un tiempo y, la verdad, la veo un poco exaltada.

Soraya prorrumpe en una risa nerviosa, imaginando que María Jesús ha liado alguna de las suyas.

—Sígame, tenemos algo que mostrarle.

El médico emprende el camino por un ancho pasillo y ella le acompaña. Por fin llegan a una habitación. Al pasar, ve a María Jesús en un potro ginecológico. Le devuelve una mirada extraña que la alarma de nuevo.

—¡Cariño! ¿Qué ha pasado?

—Hola, amor. El doctor Vergeles y yo queremos que veas esto —a la vez que habla, el hombre de la bata blanca se sitúa junto al ecógrafo y le coloca la sonda en el vientre.

Ante el asombro de Soraya, el ginecólogo va señalando cada una de las partes del cuerpo que ya se adivinan en el feto. Lo han visto otras veces, pero ahora todo está más claro, mejor formado. Emocionada, entrelaza con fuerza la mano de María Jesús, quien le devuelve esa sonrisilla pícara que significa que le reserva aún una sorpresa.

—Y esto de aquí, ¿lo ve?

El doctor señala una minúscula protuberancia en el lugar donde acaba el tronco del feto. Ella se fija mucho y asiente, no del todo convencida.

—Adivine.

Soraya mira a María Jesús, que se echa a reír al verle la cara. Y lo entiende de golpe.

—¡Un niño!

—Sí. Estaba bien colocado, han tenido suerte. No es fácil descubrirlo tan pronto.

—Ahora tendremos que pintar la habitación de azul —dice María Jesús.

Soraya la mira horrorizada y ve cómo suelta otra de sus carcajadas pueriles. Comprende que es una broma, que ha vuelto a tomarle el pelo. Como siempre. Trata de fingir enfado, pero no le sale.

—Eres tonta —dice Soraya mientras la cubre de besos.

El doctor se aleja con discreción. En días así, le parece que tiene el trabajo más maravilloso del mundo.

88.

—*Le pusiste en su sitio, ¿eh?*

Alonso mira a Nerea desde un nuevo prisma, uno al que no está acostumbrado: el de un respeto que raya en admiración. Para él ha sido la chica fácil que se le puso a tiro cuando su exnovia le dejó: un entretenimiento hasta que Sole volviera y, por qué no admitirlo, también una forma de hacer daño. En un principio guardó el secreto para no distanciarla aún más, pero cuando comenzara a echarle de menos y él advirtiera que una reconciliación estaba al caer, atacaría como siempre. Solo tenía que esperar el momento oportuno. Y entonces, Sole acabaría sabiendo de su lío de faldas, pero no podría reprocharle nada. Ella puso fin a la relación, así que él podía hacer lo que quisiera con quien quisiera. Incluida Nerea, esa chica exuberante que trabajaba mano a mano con ella y que atraía todas las miradas masculinas con sus escotes provocativos y sus maquillajes de fiesta. Era la fantasía de muchos hombres: una rubia explosiva de bata blanca ajustada que sobrepasaba siempre lo que el recato hospitalario imponía. Sin duda, más de uno aparcaba las revistas y la recordaba a ella cuando entraba en el laboratorio de andrología para obtener la muestra.

Esa iba a ser su venganza por haberle abandonado, y Sole habría tenido que tragársela. Se lo pensaría mucho antes de agarrar las maletas la próxima vez.

Pero al enterarse de que prefería quedarse embarazada de un donante anónimo antes que forjar un proyecto de vida con él, comprendió que la había perdido hacía mucho. Y para siempre. Ya no había vuelta atrás, ella se había encargado de que no la hubiera. Alonso tuvo que admitir que nunca más serían una pareja, que no construirían juntos ese futuro con el que tantas veces habían fantaseado, que no envejecería con ella de la mano. Se derrumbó y lloró todo lo que no había llorado por esa relación. Dejó de ser el tipo arrogante y seguro de sí mismo en el que le gustaba reconocerse. Fingía ante los demás, pero solo era un fantasma de ese hombre. Un fantasma sin rumbo.

Pensó en romper con su nueva amante, que ya no le interesaba por más que ella se esforzara, pero Nerea se mantenía a su lado contra viento y marea. Y él la dejó hacer. Ahora se alegra de no haberla rechazado. Ahora, por fin, comienza a ver a la mujer que hay detrás de esas largas pestañas teñidas de verde. Una mujer lista, divertida y buena, que le ha elegido a él. Y le ha elegido de una forma tan contundente que no le importa hacer lo que sea para protegerle. Sonríe de nuevo al imaginarla en su papel de defensora. Porque a esa mujer extraordinaria no le han faltado arrestos para plantarse en la Brigada de la Policía Judicial de Sevilla y cantarle las cuarenta a un subinspector.

Alonso se acaba de dar cuenta de que quiere a esa mujer a su lado. Y solo espera que no sea demasiado tarde para conservarla.

—Te invito a comer.

—¿Vas a salir con esa pinta? —ella le mira preocupada. No tiene mejor aspecto que esta mañana. La cara hinchada, la nariz deforme y los moratones bajo los ojos. Y sabe bien lo presumido que es.

—Si a ti no te importa que te vean con tu mapache...

Nerea ríe de puro contento. Le gusta que le haya vuelto el sentido del humor.

—No me importa.

—Entonces, vamos. ¿Conoces el Abantal?

—Nunca he ido.

—Pues hay una mesa reservada para dos. Y uno de los nombres es el tuyo.

Nerea se le cuelga del brazo y le da un beso cariñoso en la mejilla, con cuidado de no hacerle daño. Mientras se encaminan al restaurante, piensa en la tarea que tiene pendiente. No ha sido tan fácil convencer a ese subinspector como Alonso cree. Para ello ha tenido que transigir ella también hasta que han llegado a un acuerdo: le dejará acceder a la base de datos de la clínica, donde se encuentra la información confidencial de los pacientes. Sabe que pone en peligro su puesto de trabajo, pero si esa es la única forma de alejar de Alonso las sospechas, está dispuesta a arriesgarse. Le mira de reojo y ve una sonrisa en sus labios. A ella esa sonrisa le vale por todos los riesgos. Consulta el reloj con disimulo. Tiene tiempo de disfrutar de esa gastronomía de lujo. Después buscará la excusa para escaparse un rato.

89.

—¿Han dicho ya algo los médicos?

Lupe va lanzada hacia Katarzyna, quien se levanta al verla.

—A mí no, porque no soy familiar ni nada que se le parezca. Hable con él —señala a un tipo desgarbado de unos treinta años a quien se ve hecho un manojo de nervios.

—¿Quién es?

—César, su pareja.

Lupe se le queda mirando como si hubiera visto una aparición. La sorpresa no pasa desapercibida para Katarzyna.

—Fernando es bastante chapado a la antigua, nunca se decidió a salir del armario.

—Lo tenía por un mujeriego.

—Porque siempre anda con mujeres. Se siente mucho más cómodo que con los hombres. Así que se fue ganando esa fama, con la que estaba encantado. Una tapadera perfecta.

—Entonces..., ¿no tuvo un *affaire* con Lola?

—¿Con Lola Cuadrado? Qué va. Era una buena amiga. Pero entiendo que en los corrillos lo que se dijera es que era una más de sus conquistas.

—Y yo tan convencida...

—¿Por qué no me preguntó a mí, en lugar de a alguno de esos escritores chismorreros?

—Eso mismo pienso yo.

—En fin, vaya a hablar con César. Él le contará.

Lupe se acerca al chico y se presenta. La pareja de Fernando Santos tiene el pelo alborotado y mirada de angustia, y no entiende qué hace allí una policía, mucho menos de Homicidios.

—Solo queríamos saber qué ha ocurrido.

—Ha sido todo culpa de esa zorra, estoy seguro...

—¿De qué me habla?

—De la muerta, que en paz descanse. La muy puta.

—Espere, espere. ¿Se refiere a Lola Cuadrado?

—¡Pues claro! ¿A quién si no?

—Explíquese.

—Le traicionó.

—¿Cómo?

—Le quitó el premio.

—¿El Villa Paraíso?

—No, mujer. ¿A quién le importa el Villa Paraíso? El otro, el Mare Nostrum, el de la pasta gansa. Fer era el favorito, pero ella consiguió que descartaran su novela.

—¿Lola hizo eso? ¿Por qué?

—Envidia, celos, yo qué sé. ¿Y sabe qué es lo peor? Que ese premio habría salvado el libro de la quema. Las ventas no van bien, ¿sabe? La semana pasada Fernando recibió una notificación de la editorial... Van a destruir tres mil ejemplares —las palabras de César destilan amargura.

—¿Cómo sabe todo eso?

—Me lo contó él anoche. Me llamó, estaba muy borracho. Tenía que haberme ido para su casa, quedarme con él. Nada de esto habría pasado.

—¿Qué es lo que ha pasado? ¿Por qué está Fernando en esa habitación, César?

—¿Es que no se lo han dicho? Ha intentado suicidarse.

90.

Fito observa la calle vacía con ansiedad.

Son las seis y veinte y empieza a preguntarse si Nerea se la ha jugado, si le va a dejar tirado como a un imbécil. En ese caso, él tampoco soltará su hueso: volverá a la carga y no se despegará de Alonso hasta que le tenga bien pillado. Está convencido de que la gente de su calaña nunca juega limpio. Tan acostumbrados a mandar y a salirse con la suya, no toleran que las cosas les salgan mal. Tienen que desquitarse. Y al hacerlo, cometen errores. A eso se agarra. Solo espera que Nerea no esté aún allí por que haya cambiado de opinión. Una parte de él sigue intranquila sabiendo que esa chica está sola con Alonso, pero se empeña en acallarla. Esa es la parte que casi le lleva a la ruina la última vez que la escuchó.

Sabe que podría haber intentado tramitar una orden judicial para lo que quiere hacer, pero habría tenido que lidiar primero con Camino y luego con el magistrado quisquilloso. Eso sin contar con la presión de los accionistas de la clínica. Seguro que la comisaria habría recibido alguna llamadita. No. Él va a hacer las cosas a su manera. ¿No es su nueva jefa la especialista en saltarse las normas cuando le viene en gana? Tomar atajos, le llama. Pues eso va a hacer él también. Va a escarbar hasta llegar al fondo de este asunto, y cuando tenga algo, se lo presentará a la inspectora y le callará la boca. Pero para eso Nerea tiene que aparecer.

Al fin la avista a lo lejos. Ha girado la esquina y camina sobre unas sandalias de leopardo. Se ha cambiado el estilismo desde que la vio por la mañana. Ahora lleva unos *shorts* minúsculos a la altura de las nalgas realzando unas piernas interminables. De sus orejas cuelgan unos aros gigantes y se ha hecho una coleta tirante con mucha gomina que le produce un efecto *lifting* que está a décadas de necesitar. Un top entallado en amarillo limón completa el conjunto, dejando al descubierto el *piercing* del ombligo.

—Llegas tarde —Fito la tutea sin darse cuenta. Su aspecto sigue recordándole a las novias de su adolescencia, cuando aún vivía en Torreblanca y era un macarrilla que no sabía muy bien hacia dónde tirar en la vida.

—Se me ha alargado la sobremesa.

—¿Hasta las seis y veinte?

Ella se encoge de hombros con indiferencia.

—¿Nos quedamos aquí discutiéndolo o subimos a ver eso?

Nerea le guía por los pasillos. Salvo la zona de urgencias, la clínica se ve casi desierta. Aquí y allá se cruzan con algún colega, a quien ella dedica una sonrisa luminosa que siempre recibe de vuelta otra con la misma intensidad. Fito le admira esa virtud. Hay personas así, producen un efecto lupa en los demás. Ese es el verdadero don de Nerea: no un cuerpo explosivo, ni una cara bonita, ni siquiera su inteligencia. Es la capacidad de irradiar luz, de hacer que uno quiera permanecer a su lado, como si la felicidad residiera justo ahí. Y, sin embargo, él ha vislumbrado la tristeza que reside en esos ojos verdes. Bastó con un par de veces en que ella descuidó la careta. Nerea no es lo feliz que aparenta ser. Nerea no es la mujer que quiere ser. Y, muy probablemente, Nerea guarda secretos que no querría guardar.

Cuando están llegando al área de reproducción, ella le agarra del brazo y le susurra al oído:

—Hoy solo hay un médico de guardia. Es para el control ecográfico de las mujeres a las que les queda poco para

354

ovular. Estará encerrado en su consulta, pero más vale que no te vea.

A Fito no le pasa desapercibido que ella también ha empezado a tutearle, pero no le importa. Siente algo extraño por esa chica y le gusta ese nuevo nivel de confianza. Pasan por delante de un par de parejas que aguardan en la sala de espera y llegan hasta la recepción. Nerea enciende el ordenador y le hace un gesto para que se siente a su lado.

—¿La silla de Soledad?

—Sí. Eres el primero que la ocupa desde entonces —disimula una sonrisa malévola.

Es como si Nerea pudiera leerle la mente. Fito siempre ha sido supersticioso, una debilidad que odia admitir. Ahora se remueve en el asiento mientras ella teclea y hace como que no se entera de lo mal que él lo está pasando. Pero se entera muy bien. Es más, lo considera un pequeño y justo escarmiento por hacer que arriesgue su trabajo.

—Vale, ya está. ¿Por quién empezamos?

—Por la primera.

Nerea escribe el nombre completo de Soledad y en la pantalla aparece un registro con toda la información que la clínica ha ido recabando sobre su paciente: historial médico, pruebas diagnósticas, próximas citas, últimos informes clínicos, gráficas de indicadores... Fito va señalándole y ella selecciona los datos y espera a que los lea. El subinspector se esfuerza por memorizar todo lo posible, ya que el pacto no incluye llevarse ningún tipo de información impresa. Media hora después, ha analizado cada uno de los pasos que dio Soledad para ser madre.

—Vale. Siguiente, Dolores Sánchez Cuadrado.

La puerta de una de las consultas se abre y de ella sale un médico entrado en años. Nerea tira de Fito con fuerza hacia abajo, quien se agacha sin perder tiempo y queda oculto junto a sus piernas.

—¿Nerea? ¿Qué haces hoy por aquí?

—Buenas tardes, doctor Nebreda. Ya ve, desde que estoy sola tengo muchísimo trabajo acumulado.

—Pobrecilla. A ver si te ponen ya una compañera, ¿no?

—Eso digo yo.

—Pues sí, este ritmo no hay quien lo aguante —dice el médico, que se acerca al mostrador con ganas de charla.

Fito se acurruca entre las piernas de la recepcionista. Se le ha cortado la respiración, no sabe si por el temor a ser descubierto o por la panorámica que tiene ahí debajo.

—Voy a seguir porque no acabo nunca y me espera mi novio en casa —replica ella con tono cortante.

—Ah, conque ahora tienes novio...

El doctor Nebreda no desiste todavía. Se la queda mirando con descaro. Primero la abertura del top, y luego se echa hacia delante en un intento de tener mejor perspectiva. Nerea reacciona todo lo rápido que puede. Pulsa un botón y el turno de visita corre un número. Un sonido agudo recorre la sala al tiempo que una mujer se levanta de su silla y se dirige a la consulta.

—¿Qué haces?

—Uy, perdón. Le he dado sin querer. Pero vaya a atenderla, vaya, que esa mujer lleva un buen rato esperando.

—No puede uno ni tomarse un respiro.

El doctor Nebreda se aleja rezongando, mientras ella echa su silla hacia atrás para liberarse del subinspector.

—Venga, sal de ahí. Que ya sé que se está muy bien, pero tenemos trabajo.

91.

Camino sale de la avenida de Kansas City a la altura de Santa Clara

y se introduce por sus frondosas calles. Es el barrio más rico de Sevilla, y la brecha económica se traduce en todo cuanto sus ojos abarcan. Recuerda el concepto de barrio residencial americano, con sus chalés de amplios jardines y piscina privada donde refrescarse en días calurosos como aquel. Las enredaderas invaden las verjas de cada casa, disfrazando de bucólico lo que no es sino un parapeto contra la pobreza, y los árboles centenarios proporcionan intimidad a los privilegiados que moran tras ellos.

Callejea hasta dar con la dirección que busca y estaciona el coche unos metros más allá. La propiedad ocupa no menos de seiscientos metros cuadrados y tras la arboleda se vislumbra una mansión en toda regla. Sin duda, el linaje de médicos del doctor Trigo amasó una buena fortuna trayendo niños al mundo. Desde donde está no va a poder captar nada; si quiere tener una oportunidad de ver más de cerca a ese asesino teóricamente reinsertado, debe arriesgar.

Sale del coche y enfila hacia la primera de las cancelas que conducen a la vivienda. Al poco de tocar el timbre se asoma una empleada doméstica. Apenas alcanza el metro y medio y tiene el largo cabello negro recogido en una coleta. Conserva un fuerte acento latino que a la inspectora le suena a peruano.

—Buenas tardes. Estoy buscando a Valeriano Trigo.

—¿Tiene usted una cita?

—Me gustaría charlar un rato con él. Soy la inspectora Vargas, de la Policía Judicial.

—Voy a informar al señor. Espere aquí.

La asistenta le cierra la puerta en las narices. A Camino no le ha pasado inadvertida la forma en que ha palidecido ante la mención policial. Lo más probable es que no esté dada de alta en la Seguridad Social y ni siquiera tenga su situación regularizada en España. Resopla con hastío: siempre la misma historia. Cuanto más dinero tienen, menos reglas se preocupan de cumplir y menos derechos de cubrir.

Transcurren los minutos y comienza a pensar que nadie regresará, pero entonces la chica vuelve. Ha recuperado algo de color y hace esfuerzos visibles por mantener la calma.

—Sígame. El señor la espera en el sótano.

—¿En el sótano?

La muchacha se encoge ligeramente de hombros mientras la conduce escaleras abajo.

—Tanto casoplón para refugiarse ahí abajo. ¿Será verdad eso de que el dinero no da la felicidad?

Tampoco en eso obtiene respuesta por parte de la empleada, que continúa guiándola en silencio. Por supuesto que esta no lo ve de la misma forma, pero no está por la labor de contradecirla.

Camino la sigue a regañadientes. No le gustan los sótanos, le parecen sitios lúgubres y con un punto siniestro. Imagina un suelo de cemento, suciedad por doquier y vigas llenas de telarañas. La imagen le produce repelús. Pero ¿y si no es solo eso lo que debería ponerla en alerta? ¿Y si esa chica pequeña y modosita la está llevando de cabeza a una trampa? El desasosiego empieza a apoderarse de ella. Echa mano de la pistola justo antes de llegar al último de los escalones y ver cómo la peruana abre la puerta y la insta a franquearla.

Asoma la cabeza con una desconfianza que se va transformando en sorpresa al contemplar la opulencia con que está revestida la estancia. Las paredes se ven atestadas de coloridas pinturas y de los más diversos artefactos antiguos. Parece un museo etnográfico, pero a pesar de la cacharrería no se ve una mota de polvo y el conjunto guarda cierta armonía. Hay un sofá y un par de sillones de cuero frente a una chimenea enlucida con mosaicos verdes y azules que recuerdan a los de la plaza de España. Al fondo, una pecera de más de dos metros sirve de hogar a decenas de peces de todas las formas y colores. La armonía la estropea un anciano enjuto arrellanado en uno de los sillones. Va en camiseta blanca de tirantes y calzoncillos anchos. Lleva unos calcetines azulones de hilo subidos hasta la pantorrilla y unas deportivas New Balance último modelo. Lee con desgana un periódico que sujeta en la mano izquierda, mientras con la derecha agarra una taza humeante de la que cuelga una bolsita de té. Parece viejo como la Tierra.

—Así que inspectora de la Policía Judicial —dice por todo saludo—. ¿A qué se dedica exactamente?

—¿Es usted Valeriano Trigo?

Él asiente con una mueca de fastidio, como si acaso no fuera obvio.

—Soy la jefa del Grupo de Homicidios.

—Ajá. Ya imaginaba que no me dejarían en paz. A uno le dicen todo eso de que cumpla su condena y siga con su vida, pero no le dejan. Qué le van a dejar.

—Solo quería charlar con usted.

—¿Y yo? ¿Cree que quiero charlar con usted? Estoy tranquilo en mi casa y tengo que aguantar la visita de una policía para interrogarme una vez más, treinta años más tarde.

—No tiene la obligación de hacerlo. Sin embargo...

—Déjelo. Conozco mis derechos. Tome asiento y suelte de una vez a qué ha venido. Liliana, sírvele algo de beber.

Camino señala la infusión del médico para que le traiga una igual. No sabe dónde mirar. Le da pudor ver a ese septuagenario casi en cueros luciendo las canillas y otras cosas aún menos agradables, así que dirige la vista hacia sus deportivas.

—¿Qué mira? Se me quedan los pies fríos.

—Aquí se está fresquito —conviene ella en un intento de ser amable. Qué mal se le da. Seguro que Molina sabría qué decir.

—Puaj. Al menos no hace el calor pegajoso de ahí arriba.

—¿Por eso se refugia en el sótano?

—Y porque esta casa se me hace demasiado grande.

A la inspectora le da la sensación de que, más que un asesino a sangre fría, lo que tiene delante es un viejecillo desorientado.

—¿Qué tal la vida fuera de prisión?

—Un asco.

La franqueza del doctor la descoloca.

—¿Y eso?

—Imagínese. Hace treinta años yo tenía una vida. Éxito profesional, mujer, hijos... Cuando se hizo público lo que ocurrió, todos me repudiaron. Mi esposa se divorció. Nunca vino a la prisión y yo nunca volví a ver a mis hijos. Incluso les cambió el orden de los apellidos para que pudieran ocultar la vergüenza de tener un padre como yo, y también para que mi linaje no perdurara. Eso fue muy cruel por su parte.

—Lo que usted hizo no se quedó atrás. Vaya monstruosidad.

El anciano se yergue y le clava una mirada de una arrogancia y una dureza tales que harían bajar la cabeza a cualquiera. Pero Camino la mantiene con la misma acritud. Hay unos segundos tensos, hasta que Valeriano Trigo afloja y una media sonrisa amarga le alza la comisura del labio.

—Para mí, la monstruosidad era lo que se estaba haciendo desde un Estado que se hacía llamar de derecho y que propugnaba la vida y la abolición de la pena de muerte como derechos fundamentales. Y mientras se le llenaba la boca con ello, aprobaba una ley para matar a seres inocentes.

—¿Sigue orgulloso de lo que hizo?

La misma mirada dura como el pedernal.

—Yo nunca me sentí orgulloso de aquello. Lo consideraba un mal menor, para que la gente abriera los ojos y viera las atrocidades que nos hacían cometer a aquellos que teníamos por vocación traer niños al mundo, no asesinarlos.

—Y usted, desde esa visión suya de las cosas, devolvió atrocidad por atrocidad.

—Oiga, ya me juzgaron hace treinta años —dice él con aspecto cansado—. No venga a mi casa a lo mismo.

Camino se muerde la lengua. Tiene razón. Ese hombre ha cumplido su condena por aquellos crímenes. Le guste o no, ella no tiene nada que añadir. Cambia de estrategia: se unta de un barniz de cortesía, decidida a intentar ganarse algo de complicidad.

—Me decía que está tratando de hacerse a su nueva vida...

—Yo ya no trato de hacerme a nada. Estoy solo y esta casa es enorme, ¿sabe? Mi padre se la compró a un yanqui que quería volverse a su país y la restauró a partir de la vivienda colonial de origen. Tenía su gracia cuando celebrábamos las fiestas navideñas aquí y nos juntábamos unas treinta personas. Todos los chiquillos correteábamos por ella, le tomábamos el pelo a las internas y escapábamos de los rapapolvos de los mayores. Diría que incluso cuando la heredé y Nati y yo nos mudamos, hubo una temporada en la que fuimos felices. A mis dos hijos les encantaba jugar al escondite, al pilla-pilla y todas esas tonterías infantiles, y siempre había barullo. Pero ahora no hay nada. Solo silencio.

—Podría trasladarse a una vivienda más pequeña.

—¿Para qué? Tengo setenta y dos años y ninguna gana de empezar de cero. Me sentiría tan perdido como un goldfish fuera de su pecera.

—¿Le gustan los peces? —Camino hace un ademán hacia el fantástico acuario colocado a su espalda.

—Son la única mascota que me considero capaz de cuidar a estas alturas.

—Yo tengo un terrario con hormigas.

—Entonces está usted peor que yo.

—Es posible —concede ella.

Por primera vez, Valeriano adopta una posición relajada. Casi le sale una sonrisa.

—Veo que le gusta seguir informado —la inspectora aprovecha el gesto y señala el periódico que el hombre ha dejado en la mesita auxiliar.

—El día que no lo esté, me consideraré muerto de verdad.

—Y... ¿qué le parece lo que ha pasado en Sevilla en la última semana?

Él la observa en silencio, hasta que en sus ojos irrumpe un brillo de reconocimiento.

—Claro, no sé cómo no he caído antes. Por eso está usted aquí. Las mujeres muertas.

Camino asiente con suavidad.

—¿De verdad cree que me he tirado treinta años esperando a salir de la cárcel para matar a más mujeres?

—Tan solo me gustaría conocer su opinión —dice ella con cautela.

—¿Mi opinión? ¿Sobre que maten a mujeres? ¿Solo porque yo maté a cuatro?

—Bueno, hay algún punto en común.

—¿En serio? ¿Cuál?

Camino respira hondo.

—Sus mujeres estaban embarazadas. Estas también.

—¿Cómo dice?

El médico agarra el periódico y busca las páginas dedicadas al tema.

—No lo encontrará ahí.

—¿Todas? ¿Las tres de esta semana?

—Sí.

—Dios mío, qué horror —exclama con el rostro demudado.

Camino le escruta con más intensidad que nunca. Y parece sincero. ¿Significa eso que es inocente? ¿O solo un embaucador profesional? Ojalá lo supiera.

92.

—*No lo entiendo.*

—¿Qué es lo que no entiendes?

—A estas dos mujeres las citaron mucho más de lo normal. Según el protocolo, corresponde una ecografía antes de ovular, y si todo está bien, no se las emplaza hasta que comienzan a inyectarse la hormona foliculoestimulante —explica Nerea con aire profesoral—. Luego, dependiendo de cómo evolucionen, las verán entre una y tres veces hasta la técnica de reproducción.

—Y no fue así.

—No. Fíjate. Acudieron a la clínica incluso cinco veces más de lo habitual, tanto antes como después del tratamiento. Y siempre en horarios muy extraños.

—Les hicieron un seguimiento mucho más exhaustivo que al resto.

—Sí, pero ¿por qué? —Nerea clica en una de las citas misteriosas—. ¿Ves?

—¿Qué? No hay nada.

—Pues eso. Siempre se emite un informe de cada consulta, por rutinaria que sea. Pero en estas mujeres faltan la mitad de los informes. Los que coinciden con las horas más raras.

—Veamos la última, quizá nos aclare algo: María de la Concepción López Arjona.

Nerea transcribe con disciplina, y ahora en la pantalla lo que aparece es el historial médico de María. Como la doctora Matute ya advirtió, mucho más extenso que el de las otras. Fito lo acota:

—Miremos solo los últimos meses.

Efectivamente, ahí está. También en su caso acudió a un número mayor de consultas, de nuevo sin informes adjuntos.

—Pero tú les darías esas citas, eres la única que se dedica a eso, ¿no?

—Ahora sí soy la única. Antes no.

—¡Soledad!

—Sole sabía de qué iba esto. Dio citas secretas. Y ella misma formó parte. Me mintió en todo. En todo.

Nerea se levanta presa del enfado. Pone los brazos en jarras y en su boca se dibuja un mohín nada halagüeño. A su cabeza vuelven escenas del día a día en el trabajo. Está muy disgustada, casi más con ella misma, por no enterarse de nada. Las tardes en las que Soledad le decía que no la esperara, que le quedaba un rato. Los cafés que le animaba a tomar asegurándole que no le importaba permanecer ella de guardia. Siempre tan solícita. Siempre tan dispuesta a sacar el trabajo, a echar ella algún rato de más. Y un mojón. Lo que quería era quitársela de encima.

Fito se ha hecho con el ordenador y está accediendo él mismo a los datos de las pacientes.

—¿Cómo me descargo este informe? —dice, interrumpiendo las reflexiones de Nerea.

Ella le mira con aire distraído, como si hubiera olvidado que estaba allí.

—Oye, ya he cumplido mi parte del trato, vámonos.

—De eso nada. Aún no he acabado con María de la Concepción. Dime cómo veo ese documento.

—Está bien. Pero déjame a mí, será más rápido —dice ella mientras recupera su asiento—. A ver si va a aparecer otra vez el doctor Nebreda.

—¿El que te miraba como si fueras su cena?

—Ese mismo.

—Tranquila, ya has visto lo bien que me agazapo.

—Demasiado bien. A ver, hay que clicar aquí, y luego aquí... —Nerea teclea con agilidad. El asunto se ha puesto feo y no quiere que la pillen sirviendo en bandeja datos confidenciales a la policía.

El subinspector se concentra en lo que aparece en la pantalla. Es el informe de la fecundación *in vitro* exitosa. En él se plasman las propiedades fenotípicas tanto de la paciente como del donante. Se parecen a las de las otras mujeres, aunque tampoco es que esos criterios afinen demasiado. Lee de corrido. Raza: caucásica; color de pelo: castaño; textura de pelo: liso; color de ojos: marrón; color de piel: medio; grupo sanguíneo: AB positivo...

—Un momento.

Eso último no es tan corriente. Y sin embargo, juraría que lo ha visto antes.

—Vuelve al historial de Dolores Sánchez. Al último informe, el que tiene los datos del donante.

Nerea obedece. Ve en la mirada del subinspector un brillo nuevo e intuye que ha dado con algo. Ella también lee con avidez los datos. Al minuto, el brillo ha aumentado en intensidad.

—Y ahora al de Soledad Cabezas —apunta Fito.

La recepcionista aporrea las teclas presa de la emoción. Cree saber ya lo que busca el subinspector, y al descargarse el informe que le pide, ve confirmados sus presentimientos.

Ambos se miran, embargados por la euforia.

¡Ya lo tienen!

93.

Desde que ha oído lo de los embarazos, Trigo no parece el mismo.

Liliana, que ha permanecido de pie en un segundo plano, se adelanta ahora con paso decidido. Una ráfaga de preocupación le surca el rostro.

—¿Le traigo sus pastillas, señor?

Los ojos del anciano tardan unos instantes en atestiguar que comprende la pregunta. Cuando lo hacen, parece incómodo, como si le molestara que ella se la hubiera hecho delante de la inspectora, pero acaba asintiendo con un parpadeo.

La muchacha sube las escaleras y vuelve enseguida con un pastillero de plata y un vaso de agua. Trigo saca dos comprimidos de diferente color y se los toma uno tras otro.

—Siento que le haya afectado —dice Camino, analizando su reacción.

—No se preocupe. Es que... no me lo esperaba. Y me ha traído esos recuerdos horribles.

—¿Se le ocurre quién podría hacer algo así?

Niega cabizbajo a uno y otro lado. Ahora sí que parece un hombrecillo anciano y desvalido.

—¿Para qué son las pastillas? —la inspectora cambia de tema. No quiere apretarle demasiado, ha de gestionar los tiempos.

—A mi edad, uno tiene que tomar de todo.

Camino enarca una ceja, esperando a que continúe.

—Usted habrá leído mi expediente antes de presentarse aquí, de modo que sabe de mi enfermedad.

—¿El cuadro ansioso-depresivo? ¿No era una estrategia de su abogado?

—Ese era tan solo uno de los síntomas.

—En el juicio alegaron un trastorno psicótico, pero fue desestimado.

—Era tanta la presión social y mediática que no podían permitirse que me librara de la condena. Todo el peso de la ley tenía que caer sobre mí, como se suele decir.

—Entonces, ¿era cierto?

—Psicosis paranoide. Hasta que pasó aquello, ni siquiera yo era consciente de que la tenía y, créame, a veces mi vida era un calvario. Gracias a las pruebas a las que me sometieron, ahora puedo tratarla.

—¿Cómo es posible que a nadie se le ocurriera diagnosticarle, viniendo de una familia de médicos?

—En casa de herrero, cuchillo de palo —Valeriano se encoge de hombros—. Y eso que tuve episodios de delirio en la adolescencia. Pero lo que creo es que mi madre lo imaginó y nunca se atrevió a decirlo. Al investigar en el pasado familiar he dado con más de un caso de esta enfermedad.

—Lo que está queriéndome decir es... ¿que mató a esas mujeres durante ataques psicóticos?

—Quiero decir que yo estaba convencido de mi cruzada y de que mis enemigos eran todos los que no pensaban como yo. Sigo posicionándome en contra del aborto, pero sé que crucé líneas inadmisibles.

—¿Y ahora?

—Ahora soy un viejo solitario que ha cumplido su condena y que toma su medicación. Liliana se encarga de ello. Es psiquiatra, ¿sabe? Aunque no llegó a ejercer en su país.

Camino se gira y ve cómo la chica asiente, algo cohibida. Una mujer que estudia Medicina, se especializa en Psiquiatría, y acaba a miles de kilómetros de su hogar preparándole infusiones a un viejo loco. Asco de mundo.

La vibración del teléfono le avisa de que tiene una nueva llamada. Van varias desde que comenzó la entrevista con el doctor Trigo. Lo saca para comprobar el número entrante. De nuevo el subinspector, igual que las tres últimas.

—Cójalo, mujer. Que yo no me voy a mover de aquí.

Decide hacerle caso. No puede pedir implicación a su grupo y después pasar de ellos durante todo el día.

—Fito.

—Joder, Camino, por fin.

—Estoy con una declaración. ¿Qué pasa?

—Las tres mujeres. Tenían el mismo donante.

—¿Qué? ¿Cómo lo has averiguado?

—Tengo mis recursos.

—Ya. Oye, eso cambia muchas cosas. ¿Has dado con el nombre del donante?

—No. Las muestras las enviaron desde un biobanco. Necesitamos la autorización del juez para que lo identifiquen.

—Nos dejaron muy claro que la confidencialidad de los donantes siempre prevalece. ¿No hay otra manera?

—No —ya le gustaría a Fito que la hubiera. Pero ahora sí que tiene que apoyarse en la inspectora y conseguir ese dichoso papel.

—Vale. Lo vamos a intentar —Camino no recibe respuesta—. ¿Fito? ¿Fito, estás ahí? —afina el oído y oye un cuchicheo de fondo que no logra descifrar.

Enseguida, la voz del subinspector regresa con tono firme:

—Escucha: «En circunstancias extraordinarias que comporten un peligro cierto para la vida o la salud del hijo, blablablá, podrá revelarse la identidad de los donantes, siempre que dicha revelación sea indispensable para evitar el peligro o para conseguir el fin legal propuesto. Blablablá». Y digo yo, que si vale para la vida del hijo, también valdrá para la de la madre, ¿no?

—Debería. ¿De dónde has sacado eso?

—De la ley sobre técnicas de reproducción humana asistida. Artículo cinco, punto quinto, párrafo tercero.

La inspectora silba con admiración. Al otro lado de la línea, Fito le hace un guiño de complicidad a Nerea, que sostiene la ley a la altura de sus ojos.

—Muy bien, Fito. Lo que pasa es que al peligro para la vida de la madre llegamos un pelín tarde. Estas mujeres están bajo tierra ya.

—Es que eso no es todo.

—¿Qué?

—Por ley, el semen de un donante no puede engendrar más de seis vidas.

—Ya.

—En el caso de este, hubo éxito en cinco ocasiones, contando el embarazo gemelar —informa Fito.

—¿Quieres decir...?

—Que hay una cuarta mujer embarazada. Se llama María Jesús Vidal.

Se hace un silencio al otro lado de la línea, que se rompe en cuanto la inspectora comprende lo que eso significa.

—Contacta con ella, Fito, hay que ponerla sobre aviso.

—¿Qué crees que llevo intentando hacer toda la tarde? Pero no me coge el puñetero teléfono, igual que tú.

—¿Tienes la dirección?

—Sí.

—Envíamela. Nos vemos allí ahora mismo.

Camino se levanta como una autómata. No se acuerda ni de despedirse, pero el anciano alza una voz nítida y grave:

—¿Se va, inspectora?

—Sí. Una urgencia —acierta a decir ella.

—Salve a esa mujer.

Un estremecimiento recorre el cuerpo de Camino. Le lanza la última mirada a aquel viejo feminicida y no es capaz de descifrar si es preocupación lo que hay tras esos ojos perdidos o si se trata solo de un sarcasmo malsano y cruel.

94.

—*¡Aaaaaaaaaaaaachís!*

—¿Molina? Molina, ¿eres tú?

Camino conduce sobrepasando el límite de velocidad al tiempo que conecta el manos libres.

—¡Aaaaaachís! ¡Achís! ¡Achís!

—¿Te has ido al Polo Norte?

—Creo que tengo alergia.

—Sí, ya me lo dijiste, al trabajo. Pero necesito que me hagas un favor.

—No, al trabajo no, al gato. Y estoy con mi hija, sabes que no me gusta dejarla sola.

—No será mucho tiempo, y ya es mayor.

—Ni de coña. Con todo lo que pasa en esta ciudad...

—No te lo pediría si no fuera tan urgente.

—Jefa, que no puede ser. Que el miércoles en vez de recogerla a las seis llegué a las diez. Y ahora esto. Sabes que cuando tengo niña no puedes contar conmigo y...

—Las tres embarazadas tenían el mismo donante, y hay una cuarta que está desaparecida —le interrumpe—. Necesitamos identificarlo.

—¿El mismo padre en todos los casos?

—Sí.

—¿Y dices que no localizáis a la cuarta?

Molina suena interesado y Camino aprieta, sabe que ya casi le tiene:

—Tramita la orden para el biobanco, por favor. Solo eso. Fito te va a pasar los datos. Habla con la comisaria, con el juez, con el mismo diablo si hace falta. Pero consigue ese nombre.

Se oye una nueva tanda de estornudos. Despué, el tono áspero del oficial:

—A Samantha le gustaba jugar a los policías. Veré qué puedo hacer.

95.

Los vehículos de Camino y Fito se detienen al mismo tiempo.

Ambos salen de sus coches y se quedan mirándose. Camino hace una señal de aprobación.

—Buen trabajo, subinspector.

Fito contesta con un gesto vago, como si le restara importancia. Aunque no lo hace.

—Vamos.

Llaman al timbre y al instante un perrillo con pinta de peluche se pone a emitir ladridos que se dirían más propios de un mastín. Están frente a un unifamiliar adosado, y a través de la cancela ven al caniche saltar mostrando una quijada enfurecida.

Una chica se asoma tras la puerta, varios escalones más arriba.

—¿Qué querían?

Lleva el pelo muy corto, no mide más de uno cincuenta y tiene unos enormes ojos azules que miran con desconfianza a esa pareja singular: un joven guapísimo de musculatura forjada a golpe de gimnasio y una cuarentona rubia y corpulenta con aspecto de tipa dura. No, no tienen pinta de testigos de Jehová.

—¿María Jesús Vidal vive aquí?

—¿Quién lo pregunta?

—Inspectora Vargas y subinspector Alcalá. De la Policía Judicial.

La desconfianza se troca en un miedo que comienza a dibujársele en la cara y que se le va a infiltrar en cada milímetro de su cuerpo, aunque ella aún no lo sabe.

—¿Qué querían? —repite, ahora con voz más insegura.

—Necesitamos hablar con María Jesús.

—No está.

—¿Cuándo volverá?

—Eso quisiera yo saber.

—Es muy importante.

—No lo sé, ¿vale? No la veo desde esta mañana.

Los dos policías se miran con aprensión. La chica lo capta y se pone aún más nerviosa.

—¿Por qué? ¿Para qué quieren hablar con ella? Yo soy su pareja. Pueden decírmelo.

—En ese caso, es mejor que abra.

—¡Safo! ¡Safo, ven aquí!

El dedo de Soraya tiembla mientras pulsa el botón que abre la cancela. La perrita obedece de mala gana.

Camino y Fito están sentados en un sofá biplaza que los obliga a permanecer más pegados de lo que a ninguno de los dos le apetece. Enfrente, Soraya los observa desde una silla. No les ha ofrecido nada de beber. Sigue desconcertada, su pensamiento oscila entre dos miedos alternativos: ¿las han descubierto?, ¿saben lo que han hecho?, ¿o es que le ha pasado algo a Mariaje?

Fito toma las riendas sin pensárselo.

—Ha dicho que es usted la pareja de María Jesús.

—Eso es.

—Y supongo que es consciente de su estado.

—¿Se refiere al embarazo?

—Sí.

—Está de catorce semanas. Cambia de humor diez veces al día. En nueve de ellas, me grita. Difícil no darme cuenta —dice Soraya con sorna.

—Vamos al grano, no nos sobra el tiempo. Háblenos de ese embarazo.

—¿Qué quieren que les diga?

—Imagino que no lo concibieron por el procedimiento habitual.

La chica le dirige una mirada feroz, pero se contiene. No es momento de hacerle notar a un poli que ese comentario le parece homófobo y de muy mal gusto.

—Fuimos a una clínica de reproducción asistida.

—¿Santa Felicitas?

—Sí.

—¿Dónde está María Jesús, Soraya? —los interrumpe Camino, devorada por la impaciencia.

—No lo sé. Hemos discutido. Ha sido una tontería, pero con los cambios hormonales está insoportable. Pasa de la euforia a la tristeza o a la ira en segundos, y yo nunca sé por dónde va a salir —Soraya habla de forma lenta, pausada, como si tuviera que pensar cada palabra que dice. Y con un punto mecánico que a la inspectora la saca de quicio.

—¿Qué ocurrió?

—Nada, que me equivoqué y compré leche de almendras. Me montó un pollo que no vean, ahora dice que tiene que ser de avena, que tiene más calcio. Pero antes le gustaba esa. ¿Tanta diferencia puede haber? —mira a los policías buscando comprensión. No la encuentra. La inspectora no tiene tiempo para charlas nutricionales.

—Después. Qué ocurrió después.

—Se encerró en el dormitorio y me dejó el desayuno en la mesa, sin tocar.

—¿Y después?

—Le di espacio, a ver si se le pasaba. Pero al rato, estaba yo tendiendo la ropa cuando la vi directa hacia la puerta. Le pregunté adónde iba y me dijo que la dejara en paz. Creí que sería cosa de media hora. Un paseo para que le diera el aire o algo así.

—¿A qué hora fue eso?

—Sobre las nueve.

Camino consulta el reloj. Hace once horas que María Jesús Vidal está desaparecida. Inhala profundamente. No quiere que esa mujer sepa lo que está pensando, pero tiene que ponerse en lo peor. El asesino nunca ha retenido a sus víctimas. Queda con ellas y se las carga, así de fácil. Y de rápido. Se pregunta dónde aparecerá el cuerpo esta vez.

Soraya la mira con ojos atormentados. La inspectora no puede permitir que lea la derrota en su rostro. Tiene que seguir con el interrogatorio. Darle esperanza.

—¿Hacía esto muchas veces? ¿Irse de casa y no dar señales en tanto tiempo?

—Jamás.

—¿Por qué no nos avisó?

—¿Por una pelea de enamoradas? Ya. Y habrían venido con las sirenas puestas a socorrernos.

—Las desapariciones hay que notificarlas en cuanto sean sospechosas. Las primeras horas son claves.

«Puede que a estas horas, María Jesús y el bebé estuvieran vivos.» Camino lo piensa, pero no lo dice. La realidad a veces es demasiado terrible. Hay que dosificarla para que el cerebro humano pueda asumirla. Para que acepte que se ha metido en tu casa y en tu vida y ha arrasado con toda la felicidad que creías al alcance de la mano. Soraya aún se está aferrando a la idea de que su chica se encuentra en alguna parte esperando a que se le pase el enfado, con el hijo de ambas en el vientre. No está preparada.

—¿Se llevó el teléfono?

—Nunca se separa de él. La he llamado mil veces, pero no me lo coge. No sé si debo preguntar a sus padres. Si no está con ellos y les digo que su hija embarazada se ha ido de casa porque hemos discutido, no me lo van a perdonar. No es que me parezca al yerno perfecto con el que soñaban, ¿entienden?

La inspectora suspira. Hoy no está Pascual para hacerse el comprensivo. Ni para dosificar la realidad por ella.

—Pues creo que tiene usted que hacer esa llamada, Soraya. María Jesús podría estar en peligro —la mira muy seria antes de girarse hacia su compañero—. Alcalá, te quedas con ella. Avísame de cualquier novedad.

—¿Y tú? —dice él con suspicacia.

—Yo voy a ver qué pasa con esa orden.

96.

César sale de la habitación y hace una seña a Lupe.

—Puede pasar. Pero está bastante atontado, no le tenga muy en cuenta lo que dice.

La policía entra con cautela y ve a Fernando Santos en la cama. Él la mira a través de unos párpados semicerrados.

—Buenos días, soy Guadalupe Quintana, de la Policía Judicial.

Fernando guarda silencio. Ha cerrado los ojos y el único movimiento es el subir y bajar acompasado de su pecho.

—¿Tan gorda la he liado? —pregunta el escritor al fin.

—Eso tiene que decírmelo usted a mí. ¿Qué ha ocurrido?

—Me pasé con la bebida.

—Y algo más, me temo. Le han hecho un buen lavado de estómago. Diecinueve Valiums, señor Santos. Diecinueve.

—No podía conciliar el sueño.

—Pues casi no despierta más. ¿Va a explicarme por qué?

—Yo... Me sentía fatal. Estaba muy deprimido.

—¿Por algo que había hecho?

—La verdad es que sí.

—Hábleme de eso.

—Puestos a elegir, preferiría hacerlo con mi terapeuta.

—Se va a tener que conformar conmigo.

Fernando vuelve a cerrar los ojos y voltea la cabeza hacia el lado contrario. Lupe le oye respirar hondo y se pone nerviosa. «¿A que todavía se me duerme el tío este?» Pero solo está tomando fuerzas. Al poco, la cabeza se gira de nuevo y afronta la mirada de Lupe.

—No me van bien las cosas. La literatura no me da para vivir. Creía que con esta última novela todo cambiaría, pero me equivoqué.

—¿Y por eso se intentó matar? ¿Porque vendía pocos libros?

—No es tan sencillo. Verá, luego está lo de mi... pareja... Bueno, usted ya le conoce. César. Se ha ido de casa.

—¿Qué?

—Me dijo que estaba harto de que le escondiera. Hace unas semanas cogió las maletas y se fue.

—Siga.

—La única que sabía lo nuestro era Kata. Y porque nos descubrió un día y no me quedó más remedio que contárselo. Entiéndame, yo soy de otra generación, tengo catorce años más que él. En mi época un mariquita era el hazmerreír y la vergüenza de una familia. Ahora sé que lo único que César quería era que yo me decidiera a hacerlo público. Pero en lugar de eso, me refugié en mis amigas.

—En Lola.

—Sí, sobre todo en Lola. Se pegó mucho a mí en los últimos meses, ¿sabe? Pero solo lo hizo para aprovecharse. Yo le presenté a mi agente, y ahora a ella sí que le va bien. Le... le iba.

—Eso le enfureció.

—No, era mi amiga. Bueno, me jodía, para qué nos vamos a engañar. Yo toda la vida en el oficio y no me daba ni para pipas. No hay derecho.

—Tampoco hay derecho a que le abran a una la cabeza.

—Tampoco.

Lupe le mira expectante. No tiene práctica con los interrogatorios, no está segura de por dónde meter mano a este hombre. De modo que se lanza.

—Cuénteme lo del premio. Lola se la jugó, ¿eh?

—¿Cómo sabe eso?

Fernando se revuelve en la cama, violento. Ella espera conteniendo la respiración.

—En fin, por lo visto ya lo sabía todo Cristo. Eso no se le hace a un amigo. Una cosa es tener pelusilla y otra lo que ella hizo. Con el pan de uno no se juega.

—¿Por eso se vengó, Fernando?

—¿Yo? Ya me hubiera gustado. Le hubiera hecho una reseña malísima. Pero total, ya, ¿para qué?

—¿No fue a verla?

—¿Al cementerio? ¿Para cagarme en sus muertos, que están enterrados junto a ella?

—¿No la citó para tomar café?

—Pero si me enteré el día del entierro, ¿qué coño de café iba a tomar?

—¿El día del entierro?

—Escuché a unos imbéciles contando lo del Mare Nostrum en un bar. Ya ve, yo que no quería quedarme a las copas de despedida y resultó que valió la pena. Aunque solo fuera por oír las cosas que nadie se atreve a decirte a la cara. Los borrachos nunca se dan cuenta de lo alto que hablan, ¿se ha fijado alguna vez? Ni se imagina cómo me sentí. Abandonado por mi pareja, pobre como una cucaracha, traicionado por mi mejor amiga, que encima estaba muerta. Me quería morir.

—Y se fue a su casa a meterse todas las pastillas que tenía.

—Más o menos. Me pasé toda la noche y el día de ayer rumiando y al final no aguanté más. Toqué fondo.

Lupe trata de no dejar traslucir la decepción que la embarga: el escritor fatalista que se harta de todo y decide quitarse la vida. Un clásico. Va a quedar como una idiota cuando lo cuente en la brigada. Hasta el gato se va a reír de ella.

97.

A Fito no le convence el papelón que le ha dejado la inspectora.

Mientras ella se lleva la parte de la acción, a él le queda lidiar con una mujer histérica que no ha parado de llorar desde que ha confirmado que su pareja puede estar en peligro. Ha tratado de sacarle nuevos datos, pero no hay manera. A Soraya la angustia no le deja ni hablar. Fito oye el tono de su teléfono y casi lo agradece. Cualquier cosa que le distraiga de ese llanto.

—¿Sí?

—Subinspector.

—¡Nerea! ¿Ha ocurrido algo?

—Me quedé muy rallada con lo de las citas complementarias, así que he seguido investigando... ¿Podemos vernos en alguna parte?

—Ahora me resulta imposible.

Hay un silencio al otro lado. Fito comprende que Nerea quiere contarle algo importante, pero no se atreve a hacerlo por teléfono. Y él no puede salir de allí.

—Es que estamos detrás de esa cuarta mujer —le revela—. Ha desaparecido, tengo que vigilar su casa por si da señales de algún tipo.

—¿Ha desaparecido? ¿María Jesús Vidal? Dios mío.

—Sí. Esto se está complicando. Dime, ¿has dado con algo que pueda ayudarnos? —el subinspector emplea un tono cómplice para derribar sus últimas defensas.

—Se habían sometido a un programa experimental —susurra Nerea al fin.

—¿Qué? ¿De qué me hablas?

—No tengo acceso autorizado a los programas del laboratorio, pero me las he apañado para saltarme el cortafuegos. Una vez dentro, he descubierto el archivo encriptado... y lo he desencriptado.

—¿Tú no eras filóloga? ¿O abogada? ¿Qué pasa, es que también sabes de informática?

—Sé de todo, querido. Ya te lo dije una vez.

—Sigue.

—Ahí estaba el ensayo en el que han participado esas cuatro mujeres.

—¿De qué va?

—Tecnología genética —a Nerea le tiembla la voz de la emoción—. Consintieron en que se les introdujeran embriones con genoma modificado para corregir la mutación de enfermedades hereditarias.

—Espera, más despacio.

—¡Bebés de diseño, subinspector! ¡Estaban participando en un programa de hijos a medida!

—Eso tiene que ser ilegal.

—Pues claro. E inmoral. Es... es terrible.

Fito piensa a toda velocidad. El donante, el programa experimental, enfermedades hereditarias...

—¿Sigues en la clínica?

—Sí.

—Vete. Sal de ahí cuanto antes. Y llámame cuando estés en un lugar seguro.

—De acuerdo.

—Nerea.

—¿Sí?

—Ten mucho cuidado.

Fito se gira hacia Soraya, que no se ha perdido ni una palabra de la conversación. Ha dejado de llorar y le observa con rostro culpable. El subinspector clava la mirada en esos ojos de un azul desvaído, que son incapaces de devolvérsela. Hay algo extraño en ellos. Movimientos involuntarios, como una especie de tic nervioso. El oficial aparta la vista y marca el número de Camino para ponerla al día. Cuando acaba de relatarle las novedades, cuelga y se dirige de nuevo a la mujer que está sentada frente a él:

—Creo que tiene mucho que contarme. Y es hora de que empiece.

98.

Nerea cuelga el teléfono.

El subinspector tiene razón. Pronto descubrirán que alguien ha burlado la seguridad de la red y es mejor estar lejos de allí para entonces. Apaga el ordenador, pone cuidado en dejarlo todo como estaba y se gira para coger su bolso. Y chilla. Nerea es de esas personas que chillan fuerte cuando se asustan. Toparse de frente con alguien cuando una se imaginaba sola siempre asusta. Saber que esa persona puede haberlo oído todo asusta más. Se recompone como puede:

—Anda, creía que estaba sola, qué tonta —arma su sonrisa de seguridad, esa amable y seductora que le funciona tan bien.

Pero no hay sonrisa al otro lado. Solo un rostro frío e impasible.

—No, Nerea. Tú no tienes un pelo de tonta. Eso es lo que pensábamos, pero nos equivocamos. Creíamos que Soledad era la inteligente de las dos. Y resulta que no. Eres una chica lista. Una chica demasiado lista que ha metido las narices donde no debía.

Nerea chilla de nuevo. Es un chillido distinto, uno que anticipa lo que va a suceder. Mucho más penetrante, su eco se propaga por los pasillos del área de reproducción asistida. Es de esos chillidos que se le cuelan hasta muy dentro a quien los oye, porque son el reflejo del pánico más sobrecogedor. Pero ya no queda nadie allí para oírlo.

99.

—*Cuénteme lo de ese programa experimental.*

—No sé de qué me habla.

En vez mirar al policía, Soraya trata de mantener la vista fija en algún punto en la pared de enfrente, con gesto obcecado. Pero el tic ha ido en aumento y no puede disimularlo.

—Pues se lo voy a poner más fácil —Fito se inclina hacia ella—. María Jesús estaba en un programa de edición de genoma humano. Tres mujeres más participaban en él. Las tres han muerto en la última semana. Asesinadas.

La chica palidece.

—¿Qué está diciendo?

—Lo que oye. ¿Ha visto las noticias? La escritora, la del chupete y la del parque de María Luisa.

Soraya se queda con la boca abierta, aturdida. Todo su cuerpo empieza a temblar como si una corriente de aire gélido hubiera penetrado en la habitación. Pero no, hace el mismo calor del demonio.

—Ellas... ¿Todas ellas habían participado?

—Sí. La única viva es María Jesús —«Si es que lo está», va a añadir Fito, pero se muerde la lengua.

—Está embarazada —dice Soraya en un susurro, a punto de quebrarse.

—Las demás también lo estaban. Así que comprenderá que tiene que contarnos *absolutamente* todo lo que sepa. La vida de su pareja está en juego.

100.

Camino ya tiene la autorización del juez.

Esta vez San Millán no ha objetado nada. Pascual ya le había puesto al día y ella tan solo ha tenido que recoger el documento. Ahora se encuentran en la puerta de los juzgados. La hija de Molina está encantada con tanta acción. Lleva en brazos al gato, que ronronea en estado de felicidad absoluta.

Camino aún trata de procesar lo que le ha contado Fito. Le cuesta ver cómo encaja en el cuadro.

—Molina, ¿tú qué sabes de genoma humano?

—Menos que nada.

—Es la secuencia de ADN. Está contenida en veintitrés pares de cromosomas.

Ambos policías se giran y miran desconcertados a Samantha.

—He sacado sobresaliente en ciencias.

—¿Qué más sabes, pequeña?

—Que tiene toda la información de cada uno de nosotros. Por ejemplo, si vas a desarrollar una enfermedad a lo largo de tu vida, eso está escrito en tu genoma. Y no soy pequeña, soy la más alta de mi clase.

—O sea, que leyendo el genoma, ¿se puede saber si vas a enfermar dentro de veinte años?

—Más o menos. ¿Por qué te interesa tanto? —la niña mira con desconfianza a Camino mientras acaricia la cabeza de Watson.

—Tenemos un caso en el que hay edición genética de por medio.

—Eso mola.

—¿Sí? ¿Y cómo funciona?

—Quitan el trocito malo de ADN y ponen uno bueno, y así evitan una enfermedad.

—¿Tú lo entiendes? —Pascual mira a la inspectora.

—No mucho —confiesa ella.

—Es como un corta y pega —Samantha hace el gesto de las tijeras—, pero en vez de hacerlo para un trabajo del cole, lo hacen con el ADN del animal.

—¿Y de las personas no?

—Nooooo. De las personas no dejan todavía. Pero cuando yo sea mayor, seré científica y me lo curaré todo. Y me fabricaré un bebé como a mí me guste.

—¿Sin enfermedades?

—Pues claro. ¿Para qué le iba a poner enfermedades? Será moreno, con los ojos verdes y la nariz pequeñita.

—¿Como Nacho? —pregunta Pascual, que está perplejo escuchando a su hija.

—Calla —Samantha le mira con cara de enfado—. A mí ya no me gusta Nacho.

—Ah, es que la descripción me ha recordado a él.

—Tú no tienes ni idea, nunca te enteras de nada —la niña refunfuña con una repentina voz triste.

Camino le mira muy enfadada también.

—A ver, vamos a centrarnos en lo de la edición de genes. ¿Qué se hace con eso, Sami?

—Muchas cosas.

—¿Por ejemplo?

—No sé, crean ratones con enfermedades sin cura en los humanos y experimentan.

—¿Y dices que en personas nunca se ha hecho?

—Aquí no dejan, pero en China y Estados Unidos sí que han crispeado.

—Más lenguaje nuevo. No acabamos nunca... —Camino vuelve la vista hacia Pascual—: ¿Y tú eras el que decía que no le encontrabas las altas capacidades a esta niña?

—Yo creía que solo le interesaban los youtubers.

—Qué manía tienen los mayores de hablar como si no estuviéramos delante. Pues no, jefa de los policías, mi padre no se entera de nada. Ya estoy acostumbrada, ¿sabes?

—Vaya... ¿Me explicas lo de *crispear*?

—Viene de la tecnología CRISPR, la que modifica la información genética.

—O sea, que hay casos en los que ya se ha curado a personas... crispeando. ¿Se dice así?

—Sí. Tienes que leer *Science*. Ahí está todo. No puedo estar yo explicándotelo.

—Lo haré —miente Camino. Después se dirige a Pascual—: O sea, que tenemos a unas mujeres que se quieren quedar embarazadas participando en un experimento con edición genética. ¿Por qué? —no da tiempo a la réplica. La respuesta llega a su cerebro casi al tiempo—: ¡Para tener un bebé sano!

La niña asiente satisfecha, como el maestro que descubre a un buen alumno. Pero a Camino le queda una pregunta más, la más importante.

—Y ¿por qué alguien querría hacerle daño a esas mujeres? —mira de nuevo al oficial, que no sabe qué contestar. Él sigue pensando en por qué sabe menos de su hija que nadie. La pregunta queda en el aire, hasta que la inspectora posa la mirada en Samantha.

La niña frunce el ceño. Se muerde el labio mientras lo piensa.

Camino aguarda expectante la respuesta, que tarda en llegar.

—Pues porque... yo qué sé, solo tengo doce años. No querrás que te resuelva tus casos —la chica se gira hacia su padre—. Venga, vamos a por el batido de chocolate. Me lo has prometido.

101.

—¿Qué vamos a hacer con ella?

—¿A ti qué te parece?

—No podemos cargarnos a todo el que sepa del tema. Esto se nos ha ido de las manos.

—No. Se nos fue de las manos el día que propusiste quitar de en medio a Soledad.

—¡Nunca me referí a asesinarla!

—Sabes que era la única forma de taparlo.

—O más bien se nos fue de las manos el día que empezaste a hacer transferencias a las mujeres sin asegurarte de tenerlo todo bien atado. Fue prematuro e irresponsable.

—¡Ya está bien! No vuelvas a eso otra vez. Hay que buscar una solución.

—Me engañaste y después me obligaste a formar parte de esto. Y ¿para qué? La policía no tardará en atar cabos.

—Fuguémonos. Es la única salida.

—¿Y la clínica? ¿El proyecto de tu vida? ¿Nuestra inversión?

—Al cuerno. Saca todo el dinero que seas capaz de reunir y vámonos mientras podamos.

—Pero... ¿y Nerea?

—Nerea sabe demasiado. Ya se lo dije, tenía que haber seguido con su papel de chica mona que no se mete en problemas.

—Tiene que haber una forma de salvarla.

—No la hay. Me ocuparé de que no sufra, te lo prometo. Le provocaré una parada cardíaca. Serán solo unos segundos.

—¿Y qué pasa con la otra?

—La otra es cosa mía.

—Eso le diré al juez cuando vengan a por mí.

—Entonces, ¿qué? ¿Tampoco quieres que sufra?

—En realidad me da igual. Hazle lo que quieras.

Nerea observa la escena con horror. Está atada a una silla y tiene la boca tapada con esparadrapo. Hace muecas que le distorsionan la cara en un intento por chillar, pero de su garganta no brota ningún sonido.

102

—*Ataxia espinocerebelosa.*

—¿Qué? —a Fito eso le ha pillado por sorpresa.

—Es una de las conocidas como enfermedades raras, de esas que sufre tan poca gente que no es rentable investigar la curación —Soraya niega con la cabeza—. Enfermedades caras, las llamo yo. El tipo que tengo solo recae en una de cada cinco mil personas.

—¿Qué implica? —el tono del subinspector se ha suavizado, lo ha preguntado casi pidiendo perdón.

—Que las células de mi médula espinal y del cerebelo se destruyen y que iré perdiendo cada vez más funciones hasta que ya no sea capaz de hacer nada por mí misma. Ni moverme, ni hablar, ni siquiera fijar la mirada.

—Lo siento mucho.

—Gracias. Debería tener antecedentes, pero imagino que viene de la familia paterna, a la que nunca conocí. Así que no me enteré hasta hace poco —Soraya toma aliento y mira de frente al policía—. Verá, yo nunca había pensado en tener hijos hasta que conocí a María Jesús. Supe que era la mujer de mi vida desde el principio y a ella le pasó lo mismo. Hicimos muchas locuras de juventud antes de conocernos, pero cuando por fin nos encontramos, todo cambió. Empezamos a pensar en fundar una familia, asentarnos. Así que estudiamos las opciones y decidimos ir a una clínica. Habíamos oído hablar de un método con el que las dos podíamos ser madres a un tiempo. Alguna pareja de amigas ya había pasado por ello.

—¿Cómo es posible?

—Yo aportaría el óvulo y Mariaje gestaría al bebé. Estábamos muy ilusionadas. Entonces, en las analíticas de preparación detectaron algo extraño. Me solicitaron más y más pruebas, y al final dieron con el diagnóstico. Fue un golpe muy duro. Hoy por hoy la enfermedad no tiene cura, así que cuando comenzase a dar la cara, la vida se me iría complicando. Que es justo lo que ya ha empezado a ocurrir —a Soraya se le quiebra la voz. Fito repara en cómo le tiemblan las manos.

—¿Qué hay del embarazo? ¿Podríais tener ese bebé? —pregunta con tacto, más cercano ahora, mientras va haciéndose una idea de las implicaciones.

—Al ser una enfermedad de transmisión autosómica dominante, el riesgo de heredarla es muy alto —ella entrelaza los dedos y se retuerce las manos sin parar—. Aun así, lo intentamos. Me sometí a los tratamientos y me extrajeron un montón de óvulos. Pero al hacer el estudio genético nos comunicaron que todos estaban contaminados. Si le introducían a Mariaje un embrión a partir de ellos, nuestro hijo nacería con la enfermedad.

—Debió de ser muy duro.

Soraya le mira con melancolía.

—Ese día volvimos a casa destrozadas. Y entonces, cuando menos esperanza teníamos, recibimos la llamada de la clínica. Nos citaron a una nueva consulta y allí nos hablaron de un programa de investigación que se estaba desarrollando. Era confidencial, porque en España la ley no lo permitía. Pero en otros países estaban hartos de experimentar con los embriones sobrantes de la fecundación *in vitro:* ya había muchos casos de éxito. Santa Felicitas siempre ha sido pionera en todo lo relacionado con reproducción asistida, y en su laboratorio llevaban trabajando mucho tiempo en secreto. Nos aseguraron que había una técnica para inactivar el gen causante de la degeneración. Así nuestro hijo nacería sano.

—Y entrasteis en el programa.

—Sí. Firmamos el contrato de confidencialidad y nos lanzamos. Éramos conscientes de que lo que hacíamos estaba fuera de la ley, pero nos habían devuelto la posibilidad de soñar.

—Pudisteis cambiar el rol, ¿no? Quiero decir... que fuera María Jesús quien pusiera los óvulos.

Ella niega repetidamente.

—Embarazarme en mi situación no era buena idea. Además, para mí era una forma de sentir que dejaría algo bueno en el mundo, algo mío, ¿entiende? Y para Mariaje... En fin, decía que así el niño le recordaría más a mí.

—¿Y tu enfermedad?

—Hay terapias que ayudan a llevarla de la mejor forma posible mientras avanza. Disfrutaría lo que pudiera de mi hijo y le daría todo mi amor. Y cuando lo inevitable llegara, siempre tendría a su otra madre.

—Entonces María Jesús se quedó embarazada a través del programa —retoma el oficial.

—No fue tan sencillo. Cuando la doctora nos dijo que la edición genética había sido un éxito y le transfirieron los embriones sanos, creímos que ya habíamos pasado lo peor. Pero hicieron falta cuatro intentos hasta que su útero acogió a uno de ellos. Meses y meses de fracasos y frustraciones constantes, mientras mi enfermedad mostraba los primeros síntomas y veíamos que el tiempo se nos acababa.

Fito está conmovido, pero la premura de la situación no le permite andarse con muchos miramientos. Ya sabe todo lo que necesita. Excepto una cosa.

—Soraya, tienes que decirme algo más. ¿Quién os llamó? ¿Quién os metió en esto?

—Fue la chica de recepción, Soledad. Ella nos habló del programa, nos dijo que había más mujeres con distintas enfermedades. Nos explicó que dentro de unos años, cuando la sociedad avance y los límites se establezcan por ley, será lo más normal del mundo: garantizar bebés sanos. ¿Quién puede negarse a eso? Pero no podíamos esperar.

Para entonces ese tren seguramente habría pasado para no-sotras, y en la clínica lo sabían. Y tenían los óvulos. Lo único que debíamos hacer era firmar un papel para que aplicaran esas nuevas técnicas en ellos.

—Así que Nerea tenía razón... —murmura Fito, más para sí que para la mujer que tiene enfrente—. Soledad estaba en el ajo.

—Ella era la que nos programaba las citas y resolvía las dudas.

—¿Y quién se encargaba de lo demás?

—La doctora Matute. Es la que ha conseguido eliminar el gen SCA1 en el embrión. Y la que se encargó de todo el proceso. Se lo debemos todo: esa mujer es una genia.

—Me temo que es algo más que eso.

103.

Por primera vez desde que asumió el mando, Camino está bloqueada.

Tiene la orden del juez para identificar al donante, pero tras comprender lo que se ha estado gestando en ese laboratorio secreto, ya no está tan segura de que eso sea lo primordial. De lo que sí está segura es de que cada minuto juega en su contra. Teme que en cualquier momento el teléfono suene y le anuncien un cuarto homicidio. Piensa en Paco. Ojalá estuviera ahí para ayudarla. Ojalá pudiera simplemente llamarle y preguntarle qué hacer. Pero está sola. En ese instante la vibración del teléfono le avisa de un nuevo mensaje. Es del subinspector, y confirma todas sus sospechas.

La doctora Matute está detrás del experimento.

Un escalofrío le recorre la columna. La ginecóloga que se encargó de la fecundación de todas esas mujeres. La que les indicó un camino falso con todo ese rollo de los iluminados. Se pregunta cómo no lo vio antes, y el escalofrío se transforma en una indignación densa que va tomando cuerpo. Esa mujer la ha manipulado desde el minuto uno. Todo ese alegato sobre la emancipación de las mujeres, los retrógrados heteropatriarcales... La caló y la embaucó a su antojo.

No hay tiempo para reproches. Trata de pensar con rapidez. No puede abusar más de Pascual, que ahora estará contando las calorías de su batido de chocolate. Pero quizá no esté tan sola como cree. Quizá ha ido perdiendo la capacidad de confiar, y con ella, la de dejarse ayudar.

Busca en la lista de llamadas perdidas y pulsa el botón para devolver una de ellas.

—¿Sí?

—Me has llamado antes.

—No te preocupes. He seguido una pista falsa —confiesa una Lupe avergonzada.

—¿Qué ha pasado?

—El escritor, Fernando Santos. No era el amante de Lola Cuadrado. Y no tiene nada que ver con el caso.

—Ya. Oye, ¿estás disponible ahora?

—¿Para qué? —Lupe teme que se trate de más papeleo.

—La vida de una cuarta mujer está en juego.

—Dime qué puedo hacer.

—El donante es el mismo en todos los casos. Tengo la autorización para identificarle, pero he de hablar con alguien antes. ¿Podrías ir tú al biobanco?

—Sí.

—Bien. Te espero frente a los juzgados y te doy la diligencia.

—Estoy dentro de veinte minutos.

—Quince, si puedes.

—Quince —confirma Lupe mientras ve cómo Jacobo pone los labios en forma de un «no» repetido y hace aspavientos con las manos.

Doce minutos después, un C3 verde aparca en doble fila junto al coche de la inspectora. Tres minutos más y Camino ya le ha resumido a Lupe lo fundamental. En los siguientes treinta segundos, verá cómo la joven policía se aleja a toda pastilla saltándose un semáforo en rojo y provocando con ello bocinazos, gritos y todo un muestrario de dedos corazón. Camino asiente para sus adentros. No, no está sola. Si no estuviera tan preocupada, hasta sonreiría. Arranca el motor y ella misma se pone en marcha.

104.

Camino atraviesa una vez más los pasillos de la clínica Santa Felicitas.

Se encuentran aún más vacíos de lo que lo estaban cuando Fito los recorrió junto a Nerea. Si atestados de gente ya le revuelven el estómago, así le parecen sobrecogedores. El olor a lejía se percibe con mayor nitidez y la luz de última hora de la tarde provoca sombras espectrales que le erizan el pelo de la nuca. Solo se oye el eco de sus pasos y el chisporroteo de algún fluorescente a punto de fundirse. Aun así, mira una y otra vez detrás de ella, incapaz de librarse de la sensación de que alguien la vigila. Pega un bote al oír el sonido de un ascensor. Se abre a unos metros delante de ella, pero nadie sale. Al poco vuelve a cerrarse y emprende la subida hacia alguna de las plantas superiores. Decide hacer caso a Pascual y tomar las escaleras. Es más sano, al menos para su salud mental.

En la planta de reproducción asistida tampoco se ve un alma. Los cuadros de bebés risueños y perfectos, colocados para crear un ambiente acogedor, le resultan ahora escalofriantes. Los bebés hechos a medida de los que Fito hablaba. Los que Natalia trata de fabricar aprovechando la desesperación de mujeres en busca de un sueño, ajena a todas las convenciones éticas y legales.

Toca una por una a las puertas de las consultas, pero nadie contesta. Se infla de coraje, mira hacia ambos lados del pasillo, saca un juego de ganzúas y manipula la cerradura de una de ellas. Después cierra tras de sí, se sienta en la silla de Natalia Matute y comienza a abrir cajones.

Quince minutos más tarde se siente abatida. Está todo en regla, y se dice con frustración que no va a encontrar nada. La mujer que ha sido capaz de experimentar con embriones humanos, de alterar el funcionamiento de los genes causantes de enfermedades hasta ahora incurables y de ignorar la integridad más elemental en pos de su objetivo no es precisamente una ingenua. Y no va a dejar las pruebas de sus delitos impresas dentro de un archivador. Sale del despacho, se sacude el desánimo y se dispone a quemar su último cartucho. Marca el número de la doctora mientras desanda el trayecto. Un tono, dos tonos. Tres tonos. Se le corta la respiración. Al mismo tiempo, desde alguna parte le llega el sonido de una cancioncilla pegadiza.

—¿Diga?

—Doctora Matute... Soy Camino Vargas —susurra.

—Inspectora, ahora no puedo atenderla.

—Solo será un momento.

—¿Ocurre algo? La oigo muy mal.

—Nada, quería hacerle alguna pregunta en relación con el caso.

—Entonces puede esperar. Estoy a punto de practicar una intervención.

—Ah, ¿está en la clínica? Puedo acercarme.

—¡No! Quiero decir... Me llevará un buen rato. La llamo yo en cuanto termine y voy donde usted me diga, ¿de acuerdo?

—Claro. Se lo agradezco.

Camino cuelga y se queda mirando la pantalla de su teléfono móvil, antes de dirigir la vista al lugar del que provenía la música acolchada. Una puerta que no lleva rotulado el nombre de ningún doctor: la del laboratorio.

Utiliza la ganzúa de nuevo y penetra en un espacio oscuro. Vacila. Pero no, está segura. El sonido procedía de allí. Busca la luz a tientas. Al fin da con el interruptor. La escena que tiene ante sí es tan dantesca que por un segundo se paraliza. Lleva la mano hacia atrás, buscando la pistola. No le da tiempo a llegar. Siente un golpe en la cabeza y, según pega con sus huesos en el suelo, se da cuenta de que va a pagar cara su imprudencia. Después, se desvanece por completo.

105.

—Vamos, cógelo.

Lupe insiste varias veces, pero la inspectora no responde al teléfono. Resignada, teclea un mensaje. Se lo piensa antes de copiarlo y enviárselo también a Fito. Su compañero la llama al instante.

—No puede ser.

—Me lo acaban de confirmar. El banco privado de semen nunca envió esas muestras.

—Falsificaron el procedimiento. ¿Por qué?

—No querrían que nadie más tuviera constancia de esos embarazos. Los biobancos hacen un seguimiento para llevar la cuenta de los casos de éxito.

—Pero necesitaban los espermatozoides...

—Supongo que ya tenían sus propias reservas. Tan ilegales como el propio experimento.

Fito cavila unos segundos.

—¿Dónde está la jefa?

—Tenía que ver a alguien.

—Y no te dijo a quién.

—No.

—Qué mal me huele todo esto, Lupe.

—A mí también.

—Oye, no soporto estar de brazos cruzados. Pero tengo que quedarme en la casa por si la desaparecida llama.

—No creo que eso pase.

—Es lo que más me jode. Hay que hacer algo.

—Tengo una idea —aventura Lupe.

—Te escucho.

106.

Alonso tiene en sus manos el teléfono de la inspectora.

Una tal Lupe no ha parado de llamarla y va a empezar a sospechar. Lo que sea, tienen que hacerlo ya.

—Natalia, no podemos. Son tres muertas más.

—Pues eso. Tres, seis, qué más da. Una vez que uno cruza la línea, no hay marcha atrás.

—Esto es una locura.

—Les pondré una inyección a cada una. Se quedarán dormidas y nosotros nos largaremos.

—¿Dormidas?

—Chico, es un decir. Inconsciencia, parálisis respiratoria y parada cardíaca, en ese orden.

—¿De qué es la inyección?

—Deja esas cosas a los profesionales.

—No me trates como a un imbécil.

—Tiopental sódico, bromuro de pancuronio y cloruro de potasio. ¿Contento?

—No entiendo nada.

—Pues claro que no lo entiendes —Natalia Matute tuerce el gesto, aunque en el fondo está encantada de explicarlo—. Es una combinación parecida a la que suministran en los países con pena de muerte. Muy humanitaria. También poco original, pero tenemos prisa, así que es lo que hay. ¿Has gestionado lo del dinero?

Alonso siente que le tiemblan las piernas. Se pregunta desde cuándo tendrá ella preparada esa mezcla, si la habrá utilizado ya antes en su laboratorio, con cobayas o quién sabe con quién. Mejor no pensar. No se le escapa que Natalia está disfrutando con esto. Respira hondo. Ahora no puede mostrar ningún titubeo.

—Lo estoy transfiriendo todo a una cuenta en las islas Cook.

—Bien. ¿Tienes ya los billetes?

—Sí. Bajaremos hasta Tarifa y de ahí cruzaremos a Marruecos. En menos de cuatro horas podemos estar en Tánger. Sale un vuelo de madrugada a Medina.

—¿Medina?

—En Arabia Saudí.

—¿Piensas meterme en un país donde no me dejarán ni conducir?

—Desde ahí volaremos a Asia.

—¿Y luego?

—Y luego nos buscamos la vida, Natalia. Cada uno por su lado —Alonso trata de impostar firmeza en la voz.

Natalia le mira entornando los ojos. Tenía la esperanza de que entre ellos pudiera haber algo más. Pero él quiere abandonarla a su suerte. Está decepcionada, muy decepcionada.

A él le asustan esos ojos. En realidad, lo que le aterroriza es la propia Natalia. Cuando ella le planteó invertir en el proyecto, parecía una mujer lúcida y brillante que sabía muy bien lo que hacía. Lo tenía todo previsto. Llevaba años inmersa en la investigación biomédica, y en su pequeño laboratorio sevillano había avanzado más que la mayoría de los científicos prestigiosos estadounidenses o que los intrépidos chinos, todos con más medios y menos trabas burocráticas. Al principio lo vio como una utopía, pero cuando ella puso encima de la mesa cifras y resultados, comprendió que no era un proyecto futurista: era el futuro. Un futuro en el que cualquier enfermedad producto de un defecto genético podría evitarse antes de nacer, en el que se erradicarían desde la base enfermedades que hoy no tienen cura. Y ese futuro ideal estaba a su alcance. El retorno de cualquier inversión que pudiera hacer era incalculable.

Natalia tenía el conocimiento, la audacia y el material necesario. Decenas semanales de óvulos sobrantes de las fecundaciones *in vitro,* libres para hacer con ellos lo que quisiera. Ya había obtenido éxito con varias enfermedades. Unos años más de trabajo y podrían presentarlo en los congresos científicos de genética. La comunidad internacional tendría que plegarse ante los resultados y promover cambios legales. Y él se haría de oro. Se entusiasmó con el plan y lo convirtió en el eje de su negocio e incluso de su vida. El resto de operaciones eran calderilla en comparación con lo que esto le reportaría. Él sería el inversor principal de un proyecto que cambiaría para siempre a la humanidad. Y, casi sin darse cuenta, se fue enredando más y más.

Primero fue lo de Soledad. Natalia le dijo que necesitaban a una persona de confianza que contactara con las candidatas y realizara los seguimientos. Por entonces Sole andaba deprimida porque no encontraba trabajo y a él le pareció la solución ideal. Entraba en la clínica como recepcionista y Natalia la tanteaba. Ni siquiera tenía por qué saber que él estaba en el ajo.

Luego vino lo de las muestras. La forma de evitar el rastro era generarlas por sí mismos. Y él era el único que podía encargarse de esa parte. Se suponía que no iban a ser transferidas a ninguna mujer, que solo servirían para los ensayos.

Y, por último, las muertes. Ya hacía mucho que era demasiado tarde para abandonar.

Si hubiera estado más atento, si solo hubiera detectado antes las señales... Que lo que él creía audacia era una temeridad absoluta. Que la inteligencia y brillantez que él vio estaban salpicadas de delirio. Pero ni siquiera lo intuyó cuando Natalia le dijo que estaban listos para el siguiente paso. Estaba cegado por la genialidad de esa científica sevillana. ¿No era acaso un investigador de Elche el que descubrió las bases de la edición genética que habían revolucionado la ciencia? La tecnología estaba ahí y los medios también.

Era como aquella loca carrera espacial en la que se enfrascó el mundo durante la Guerra Fría. El primero que colocara la bandera se quedaba con la gloria y con el pastel. Solo que esto salvaba vidas. Esto transformaba a la propia humanidad. Y ellos lo tenían al alcance de la mano.

Por desgracia, hace tiempo que sabe que todo se ha derrumbado. Desde que Natalia llegó desesperada porque había descubierto mutaciones terribles en el código de los embriones implantados en el útero. En el caso de que los embarazos llegaran a término, nadie sabía lo que podía suceder, ni en esa generación ni en las siguientes. Había creado una nueva estirpe pseudohumana ignorando las consecuencias. Y para colmo, había incluido en el experimento al amor de su vida. Esa megalómana perturbada le sorbió el cerebro a Soledad y la introdujo en el programa con un embrión adulterado. Y Soledad le traicionó, maldita sea.

El móvil de Camino vibra una vez más y saca a Alonso de sus recuerdos. Antes de que la pantalla se oscurezca, puede ver el texto del mensaje que acaba de recibir. Es de esa tal Lupe:

Todo falso. El banco nunca envió esas muestras.

Da un respingo al leerlo. El círculo se estrecha. Hay que actuar ya.

107.

—*Tranquila, todo va a salir bien.*

Samantha rodea con sus brazos a la mujer bajita de ojos azules que no deja de sollozar. Permanece así unos segundos, pero cuando ve que la estrategia no funciona, coge al gato y se lo coloca en el regazo.

—Acaríciale —le ordena, y ve que ella obedece y poco a poco el llanto afloja.

Nada es más terapéutico que un gato ronroneando, lo ha leído en el *Muy Interesante* que su padre tiene en el cuarto de baño. La niña sonríe satisfecha. Se aleja por el pasillo, comprueba que la caniche sigue encerrada en el dormitorio y hace un gesto con el dedo a su padre para que vaya hacia ella.

—Vaya panorama, ¿donde me has traído? —le susurra—. Tú sí que sabes lo que es divertirse.

—Ya conoces mi trabajo, a veces no tengo alternativa. Hay que pillar a los malos.

—Aquí no hay malos. Solo una llorona encerrada en su casa.

—Pero estamos ayudando para que los compañeros los atrapen, Sami. Trabajamos siempre en equipo.

—Si tú lo dices... Y encima esa perra se quiere comer a Watson.

—Tú y yo no vamos a permitir que nadie le haga daño a Watson. Y, oye: te compensaré —Pascual le acaricia el pelo a su hija—. El próximo finde tú eliges el plan.

—¿De principio a fin?

—De principio a fin.

Samantha asiente complacida. En realidad, le encanta participar en una investigación policial, pero no iba a dejar pasar la oportunidad de sacar tajada.

—Vamos a buscar la cocina y a prepararle a Soraya una bebida calentita. Eso siempre sienta bien —tira de la manga de su padre.

108.

Camino forcejea tratando de liberarse.

La han envuelto en cinta aislante de pies a cabeza, parece un morcón ibérico. Desde su posición en el suelo ve a las otras dos mujeres: Nerea, sujeta a una silla de ruedas, y una chica morena y delgada que debe de ser María Jesús Vidal y que yace en un potro ginecológico. Las tres con la boca tapada, las tres bien ataditas. Nerea gesticula con el rostro y zarandea el tronco. La otra permanece con los ojos cerrados y sin hacer un solo movimiento. La curva de la barriga, aún poco pronunciada, se le nota en esa postura. Se pregunta si seguirá viva, y, al observarla con detenimiento, aprecia cómo el pecho sube y baja. Primero deja que el alivio la conforte. Después se obliga a analizar la situación. Es probable que ninguna de ellas salga con vida de allí.

La cabeza le duele horrores. Nota un sabor metálico: el golpe le ha abierto una herida en el cráneo, y la sangre ha resbalado por su cara hasta colársele en los labios.

Tensa los brazos con todas sus fuerzas. Imposible soltarse. Trata de contener la angustia. Respira a fondo, pero no funciona. Se ahoga. Tiene la garganta terriblemente seca y el rostro empapado en sangre y en sudor. Está entrando en pánico y no puede permitírselo. Necesita cambiar el foco de atención. Observa la estancia. Es el laboratorio de embriología, una pequeña sala atestada de incubadoras, microscopios, pantallas y contenedores donde se preservan las muestras. El último lugar que verán sus ojos. Su patíbulo. El suyo y el de esas dos mujeres que van a correr la misma suerte. El aire no le llega a los pulmones, y siente el latido del pulso en la garganta y en las sienes. Está angustiada, está aterrada y, por encima de todo, está cabreada. Vuelve a concentrarse en la sala, en los objetos que hay dispersos. Los fija, los memoriza.

Detrás de Nerea hay una mesita auxiliar, y en ella se encuentra parte del instrumental que Natalia usa en sus intervenciones. Ve un pack de agujas de diferentes tamaños. No es gran cosa, pero si pudiera acercarse... Se agarra a esa esperanza. Logra que Nerea la mire y le hace un gesto con el cuello para que se dé la vuelta. Tiene que hacer chocar la silla con la mesa y conseguir que el material caiga al suelo. Con un poco de suerte, alguna de las agujas le quedará a tiro.

Nerea arruga la frente. No tiene ni idea de lo que quiere de ella. Camino insiste con sus giros de cuello y, tras unos instantes, en el rostro de la recepcionista toma forma un nuevo brote de pánico. Ha comprendido. La inspectora intenta transmitirle seguridad, pero lo único que la joven lee en sus ojos es desesperación, y el convencimiento de que, dentro de unos minutos, estarán muertas. Nerea adelanta el mentón en una mueca de escepticismo y le dirige la mirada más triste del mundo antes de dejar caer los párpados. Se aísla así de Camino y de cualquier otra señal del mundo exterior. Es como si quisiera prepararse para morir.

La inspectora se revuelve, patalea, intenta gritar. Necesita que Nerea vuelva con ella, que se mantengan unidas aunque sea por las miradas. Necesita convencerla de que tienen una posibilidad. Pero los ojos verdes han clausurado la sesión de miradas y nada parece capaz de cambiar eso.

Siente cómo la angustia vuelve a crecer al tiempo que una sensación de derrota la va devorando, y también Camino cierra los ojos. No se le ocurre qué más hacer.

109.

—*¿Sabes qué?*

—¿Qué?

—La última salió bien.

—¿Qué quieres decir? —Alonso trata de disimular el miedo que le inspira Natalia.

—María Jesús. Ya está casi de quince semanas. Hoy me he dedicado a secuenciar los códigos genéticos del feto. Todo evoluciona a la perfección, tanto en la madre como en el niño. Porque es un niño —su rostro refleja una extraña mezcla de euforia y tristeza.

—O sea, que lo conseguiste.

—Sí. Al final lo conseguimos. En eso consiste la ciencia. Ensayo y error. Fallamos con tres, pero a la cuarta lo logramos.

—Tres mujeres han muerto por el camino.

—Cuántos sacrificios no se habrán hecho por el bien de la humanidad. Y es una pena que, llegados a este punto, también tengamos que sacrificarla a ella.

Alonso calla. No puede con esa mujer cuando empieza con los delirios de grandeza. La mirada de la doctora vuela un instante hacia María Jesús.

—Quizá pueda llevarme al feto —deja caer.

—¿Qué estás diciendo, Natalia?

—Es la única prueba de que todo salió bien. Podría extraérselo y meterlo en formol.

—Ya. Y lo pasas por el control de equipaje, ¿no?

—Quizá haya otra forma de viajar...

—No, Natalia. Tenemos que irnos. El juego se ha acabado.

La ginecóloga endereza la espalda, se planta. En sus ojos hay una tremenda determinación.

—No me voy a ir sin él.

—Lo tenías pensado ya, ¿no es así? Es otra de tus locuras. Por eso sigue viva.

—¿Otra de mis locuras? Perdona, pero he logrado lo que ningún científico ha conseguido antes. ¿Acaso no es eso por lo que hemos luchado tanto?

—No así. No a costa de todo —«No a costa de Soledad», calla Alonso, desesperado. Está a punto de rebasar el límite, ahora sí que no puede más.

—Ya lo hemos conseguido, y podemos demostrarlo. Solo tenemos que salir del país, y luego...

—Estás delirando.

—Eso dijeron de todos los visionarios que hicieron historia. Newton, Nash, Einstein, Curie, Semmelweis, Mendel...

—¡Ya basta!

La doctora le mira perpleja. Nunca le había faltado al respeto, nunca le había gritado. Ese no es el Alonso que conoce.

—No me hables así.

—Mira, Natalia, haz lo que quieras. Yo voy a coger ese avión.

—Estamos juntos en esto, ¿recuerdas? Tú no vas a ir a ninguna parte sin mí.

—Ya lo creo que sí. Y, desde luego, no voy a quedarme a ver cómo matas a esa mujer y te llevas a su hijo en formol.

—¡Te digo que no te vas a ninguna parte!

—¡Pues entonces nos encerrarán a los dos!

La conversación entre sus secuestradores se ha recrudecido. Natalia vocifera furiosa y Alonso le pide que baje la voz, pero él mismo está gritando. Camino abre los ojos y repara en que Nerea ha aprovechado la distracción. Sus manos atadas casi tocan la mesa. Se ha acercado dos centímetros, quizá tres. Mueve el cuerpo adelante y atrás, pero no tiene fuerza para tumbar la mesa. La inspectora advierte cómo se detiene y quiere gritar que no lo haga, que no se deje vencer. Pero Nerea no lo ha hecho. Ve que inspira con brío. Toma impulso y pega un salto hacia atrás. La mesa cae estrepitosamente.

—¿Qué ha sido eso?

La discusión queda interrumpida y Natalia se acerca a Nerea. La doctora permanece quieta, contemplando las agujas por el suelo. Después, sin vacilar lo más mínimo, levanta la mano y la abofetea con fuerza. Una, dos, tres veces. Un hilo de sangre sale del labio de la recepcionista, que la mira con una mezcla de frustración y desprecio.

—¡Natalia, basta! —grita Alonso.

Ella le mira como si hubiera olvidado que estuviera allí, antes de dirigirse a Nerea con un tono pausado:

—No quiero tonterías, ¿me has oído?

Sin más, la doctora se agacha y comienza a recogerlo todo.

Camino ha observado la escena con los ojos muy abiertos. Lo siente por Nerea, por los guantazos y por el chasco. Cree que su esfuerzo no ha servido para nada. Pero se equivoca. Una probeta ha rodado hasta la otra punta del cuarto. Con mucha delicadeza, la inspectora la empuja con el pie y consigue que ruede otro poco más, situándola de forma que puede agarrarla entre sus manos. La aprieta con decisión hasta que la sangre gotea al suelo. Ahora tiene algo con que cortar la cinta que la aprisiona. Y es la tarea a la que se dedica, lenta y penosamente, mientras aquellos dos siguen resolviendo sus asuntos. Camino espera que tarden mucho. Por el momento, se han calmado. Y eso no es bueno.

Natalia observa a Alonso en silencio. Ha sido capaz de plantarle cara. Se da cuenta de que toda la tensión acumulada empieza a pesar más en él que el miedo a ir a la cárcel. Y eso es muy peligroso. Sabe que no puede forzarle más.

—Tienes razón. No pasa nada —su voz suena dulce, sosegada—. Me instalaré en China, pediré refugio o quizá me haga con una nueva identidad. Volveré a empezar. Conseguiré un laboratorio, les demostraré de lo que soy capaz. Ya sé cómo hacerlo. Solo hay que repetirlo.

—Me tranquiliza que pienses así.

—Es lo más prudente.

—Pues vamos a acabar con esto de una vez. Hay que salir de aquí cuanto antes.

—¿Por cuál empiezo? —Natalia ya sostiene la inyección en la mano. Tiene las otras dos preparadas aguardando su turno.

Alonso observa a las mujeres secuestradas una por una. Su vista se queda clavada en Nerea. En un arrebato de falsa esperanza, llegó a creer que podría salir airoso y comenzar una nueva vida con esa mujer. Ahora no soporta la decepción que ve reflejada en los ojos de ella. Él sabe muy bien que no hay nada peor que un corazón roto. Nada que inspire más odio ni ganas de venganza.

—Por ella —la señala con el dedo y sale de la habitación. No quiere estar presente.

110.

—*¡Por lo que más quieras, agiliza!*

Lupe y Fito están en un atasco. Los nubarrones desafiantes que llevan todo el día cerniéndose sobre el cielo de Sevilla han decidido cumplir su amenaza y en cuestión de minutos una lluvia torrencial sacude la ciudad. Las escobillas tratan inútilmente de barrer la cortina de agua que cae sobre el parabrisas. Solo se ve el rojo inmóvil de las luces del tráfico.

—¡Se ha juntado todo, es la hora de vuelta de la playa! —Lupe grita para hacerse oír. El ruido que proviene de afuera es ensordecedor.

—¡Pon la sirena! Que se aparten.

—Fito, es mi coche particular. Como no encuentres por el suelo la de algún juguete de Jonás...

—Mierda. Nerea sigue sin contestarme. Y Camino tampoco.

—La jefa se apaña bien sola. Y esa chica, por lo que me has contado, también.

—¿Y por qué no cogen el puto teléfono?

—¿Cuándo lo coge la jefa?

—Nunca.

—¡Pues eso!

Fito sabe que Lupe tiene razón, como también sabe que su compañera solo lo dice para tranquilizarle. Pero no le tranquiliza lo más mínimo. Un relámpago ilumina el cielo seguido del quejido de un trueno, como si quisieran confirmarle sus malos presentimientos. Se agarra al asidero del techo y siente cómo su cuerpo se estremece.

111.

Natalia observa a Nerea, que gesticula con la boca tratando de decir algo.

Piensa que es muy bonita. Con esa piel aceitunada y esos ojos grandes y verdes. Y las pestañas. ¿Serán de verdad las pestañas? Sí, lo son, bajo todos esos pegotones de rímel de colores. Un buen fenotipo. Con ayuda del semen indicado, habría podido procrear unos bebés sanos y preciosos. No importa. Se buscará a alguna china guapa. Con todas las que hay.

—¿Quieres estarte quieta?

Nerea redobla sus esfuerzos por intentar hablar a través del esparadrapo.

—De acuerdo, supongo que podemos hacer las cosas bien. Tienes derecho a unas últimas palabras. Pero te lo advierto —Natalia se pone muy seria—, no más jueguecitos. Y sin chillar.

La recepcionista sacude la cabeza afirmativamente y la doctora le quita la tela adhesiva de un tirón.

—¿Mejor?

—Sí, gracias.

—¿Qué querías decirme?

—Supongo que no puedo convencerte de que me dejes con vida.

Natalia ríe. Es una risa fresca, como si acabaran de contarle un chiste infantil.

—No, no puedes.

—¿Y si formara equipo contigo? Ya sabes, como Soledad.

—Ya es tarde para eso. Tenemos que abandonar la clínica y salir del país.

—Pero si es el sueño de tu vida... Tú la levantaste de la nada.

—Sí, y me he pasado muchos años trabajando para que tuviera una reputación intachable. En mi familia siempre fue así. Todos ginecólogos. Nuestro apellido era sinónimo de un buen servicio. Toda familia pudiente de Sevilla quería traer los niños al mundo con mis antepasados.

—¿Por qué te metiste en esto?

—Ah, no. No creas que vas a liarme. Tengo que acabar con las tres antes de irme.

—Eres la ginecóloga más competente que conozco. Catapultaste la clínica a la fama, le diste prestigio.

—No me bastaba con ser la mejor. Tenía que enmendar todo el daño que hizo mi padre a nuestro linaje.

Nerea frunce el ceño. Le viene a la cabeza algún rumor confuso, algún comentario cazado a medias entre los médicos. Retazos de conversaciones que nunca entendió. Y de repente lo conecta todo. Natalia Matute Trigo.

—Los ginecólogos Trigo. Y Valeriano Trigo... ¿Valeriano Trigo es tu padre?

Natalia pone cara de asco.

—Sí. Y ahora, ¡basta! —agarra la aguja de nuevo y clava la vista en el escote de la joven, buscando el corazón.

—Natalia. Una cosa más —chista Nerea.

—¿Qué? —se impacienta la ginecóloga.

—Eres una puta loca enferma.

A la doctora la pilla desprevenida el cambio de registro, tanto como el codo que sale propulsado en dirección ascendente hacia su cara. Se tambalea, pero antes de que consiga reponerse, Camino la sujeta por la nuca y le golpea con la rodilla en la cara. Natalia cae al suelo como un trapo mojado. La inspectora se agacha con las esposas en la mano, y la médica aprovecha para agarrarla del cuello. Ambas forcejean por el suelo mientras Nerea contempla la escena con impotencia. Y hace lo único que se le ocurre: chillar con todas sus fuerzas.

112.

Alonso está mesándose los cabellos presa de la ansiedad,

cuando escucha los chillidos. Una corriente de rabia le asciende desde el estómago. Esa desequilibrada le prometió que no haría sufrir a Nerea. Pero no se le escapa que Natalia ha disfrutado con cada muerte. Que en cada ocasión traspasa nuevas fronteras llevando sus desvaríos un poco más lejos. Con Sole se cebó sin necesidad alguna. Lo de Lola fue aún más grave. Casi se cae de espaldas cuando la inspectora le contó los detalles. Eso es lo que un juez no dudaría en calificar de ensañamiento. Y luego, María. No le tembló el pulso al abrirla en canal. Por no hablar de todo el tinglado: chupetes, baberos, patos. Ha tardado en darse cuenta de que para la ginecóloga ha sido un juego, un desafío en el que dejaba pistas falsas a la policía para manipularla a su antojo. Como hace con todos.

La única ventaja con la que cuentan esas tres pobres mujeres es el tiempo. Natalia sabe que tienen que salir de allí cuanto antes, y eso no deja margen a su retorcida imaginación. Confía en que su instinto de supervivencia prevalezca.

Alonso oye nuevos chillidos. Aprieta los dientes. Debió señalar a la inspectora en primer lugar. O a la otra mujer. Dejar a Nerea para el final, cuando la doctora ya se hubiera divertido bastante y el tiempo apremiara cada vez más. No quiere pensar en qué le estará haciendo. Recorre el pasillo en dirección contraria. Un nuevo alarido traspasa las paredes y le alcanza en todo el centro de su ser. Recuerda los ojos de Nerea brillantes, su sonrisa de pura devoción al mirarle. No volverá. Tiene náuseas, cree que va a vomitar.

Aprieta el paso. Al girar en el recodo se detiene en seco. Casi topa de bruces con dos pistolas encañonándole.

—Las manos en alto, donde pueda verlas —ordena el subinspector.

—Tú otra vez —Alonso obedece y entrelaza las manos por detrás de la cabeza.

—¿Dónde está Nerea?

Alonso mantiene la mirada fija en los ojos de Fito y vacila un instante antes de contestar. Se siente mareado. Al diablo. Que la salve, si es que no es demasiado tarde.

—Dentro. En el laboratorio.

—¿Qué hace ahí? Como le hayas hecho algo te juro que...

—Compruébalo tú mismo.

Fito no vacila.

—Lupe, vigílale. Voy a entrar.

—No, espera.

La voz de Alonso le frena y el subinspector se da la vuelta para mirarle.

—No me hagas perder tiempo, desgraciado.

—Es peligrosa.

—¿Quién es peligrosa?

—Natalia. Las tiene a las tres. Las está matando.

Lupe y Fito intercambian una mirada de horror. Hay un instante de incertidumbre, que Lupe resuelve con determinación. Agarra a Alonso por el brazo, se lo retuerce detrás de la espalda y le coloca en la nuca el cañón de la HK reglamentaria.

—Tú te vienes con nosotros. Eres nuestro rehén.

Fito la contempla boquiabierto.

—¿Qué miras? Hay que ir con ventaja, no sabemos qué nos vamos a encontrar. ¡Venga!

113.

Fito y Lupe se miran a los ojos y asienten,

aunque a ambos les tiemblan las piernas. Pero no es momento de titubeos. Con Alonso como escudo humano, la policía pega un puntapié a la puerta y penetran en la estancia.

—¡Natalia Matute, queda detenida! ¡Ponga las manos donde podamos verlas!

Tardan unos segundos en habituarse a la luz tenue del laboratorio y ver la escena con claridad. Cuando lo hacen, se encuentran de frente con una imagen muy distinta a la esperada: Camino, con el pelo ensangrentado y un aspecto terrible, está esposando a una vapuleada Natalia mientras Nerea corta con un bisturí los lazos que aprisionan a la otra mujer. Todas los miran con cara de sorpresa. La inspectora es la primera en reaccionar.

—Lupe, ya estás tardando en ponerle las esposas a ese desgraciado, que no quiero más tonterías. Y tú, Fito, ayuda a Nerea con María Jesús. Rápido. No sabemos en qué estado se encuentra.

Epílogo

El inspector Arenas está tumbado en su cama, de mal humor. Se aburre terriblemente y solo sale de ahí para unas sesiones de rehabilitación que le dejan baldado. Hace tres días que no le visita nadie. Se ha enterado del caso de la doctora megalómana porque nadie habla de otra cosa. Médicos, enfermeros, fisioterapeutas... Hasta a su hijo se le ha escapado algo. Así que a Flor no le ha quedado más remedio que ceder. Le ha llevado la prensa por primera vez, y lo que ha leído le ha conmocionado. Natalia Matute Trigo. Hija de Valeriano Trigo, el asesino provida. Así que Camino no iba desorientada al seguir esa pista. Una enfermedad mental de herencia genética en una científica que luchaba por eliminar las enfermedades genéticas. Una paradoja horrible. Pero nadie viene a contárselo. Se tiene que enterar por la prensa, y bien sabe él que la prensa nunca cuenta las cosas como realmente fueron. Él quiere todos los pormenores.

Justo entonces aparece Camino, con un ramo de flores y una sonrisa radiante.

—Menos mal que te dignas —le suelta él, disimulando su alegría—. Claro, como ahora eres una inspectora famosa...

—Calla, calla. Me tienen frita los medios. Y eso que la peor parte se la lleva Mora.

—Bah, a ella le encanta atenderlos.

—Sobre todo si sale bien.

—Eso es —conviene Paco, y ahora él también sonríe.

Camino cambia las flores viejas por las nuevas y se sienta a su lado.

—En fin. ¿Qué quieres que te cuente?

—A ver... ¿Es cierto lo de la psicosis de la médica?

—Psicótica paranoide. Y con la misma megalomanía que el padre. Tenías que haberla oído en ese laboratorio.

—Parece que la historia se repite.

—El pasado siempre nos persigue. Y aunque al principio yo no lo viera, de alguna forma ella nos condujo hasta el padre.

—¿Ella?

—Con la firma de los crímenes que nos llevaba a pensar en un asesino que matara embarazadas. Luego, cuando hablamos con ella, dejó caer su siguiente pista: los ultraconservadores que no están dispuestos a consentir que las mujeres dispongan sobre la vida. Que no soportan que se embaracen a su antojo y quieren denunciarlo al mundo con chupetes y baberos. Era su forma de perdernos en un rastro falso.

—Una especie de acertijo dirigido.

—Pero nos llevó hasta el hombre que, desde un prisma algo diferente, tampoco toleraba la autonomía de las mujeres.

—Es cierto. Aborto, maternidad elegida en solitario... Ambas dan un poder a las mujeres que los hombres nunca tendrán.

—Y que a muchos les cuesta asumir.

—O sea, que fue ella y no yo quien te puso sobre aviso —Paco simula una mueca de desilusión.

—El propio Valeriano me contó que la madre de Natalia alteró el orden de los apellidos, pero no caí. Estaba cegada con que el asesino era un extremista trastornado.

—Una tipa lista, esa doctora. Y en ti vio la socia perfecta: la feminista irredenta que le compraría su discurso.

—Al principio hasta la admiré —confiesa Camino con rabia—. Todo lo que decía era tan lúcido... Las mujeres independientes, el miedo atávico a que las tornas cambien. Tenía sentido.

—Las buenas mentiras se arman con amasijos de verdades. Además, supongo que era difícil no dejarse seducir por su elocuencia —la consuela.

—Ella sabía cómo dar a cada uno lo que quería. A Alonso le introdujo hablándole de dinero. A Soledad, con el sueño de contribuir a un mundo mejor.

—¿La primera muerta?

—Sí. La convenció para ayudarlos con el proyecto e incluso para que su futuro hijo formara parte de él. Y le puso en bandeja la forma de escapar de una relación infeliz y empezar una nueva vida. Pero lo que nunca llegó a saber Soledad es que acabó con un hijo de Alonso en el vientre. Un hijo monstruoso, pero suyo al fin y al cabo.

—Qué horror.

—Manipuló a todos sin ningún reparo. Igual que se cameló a esas mujeres para citarse con ellas, a veces en los lugares más insólitos.

—Era una seductora nata.

—Le venía de familia, como la enfermedad. A saber qué le dijo a Soledad para que se plantara de madrugada en un barrio como ese solo para hablar con ella.

—Supongo que se aprovechaba de la preocupación que tenían por sus embarazos —aventura el inspector—. Sabían que lo que estaban haciendo era ilegal y peligroso, incluso para ellas mismas.

—Es verdad. Con dejarles caer algo sobre los tratamientos, esas mujeres se habrían presentado donde hiciera falta. Pero para ella, lo único que contaba era su objetivo.

—La cura de las enfermedades genéticas.

—E incluso por encima de eso, devolver el prestigio a su apellido. Para ella lograr uno de los mayores avances científicos de la historia solo cobraba sentido si con ello restituía el buen nombre de su familia. La tenía obsesionada. Por eso a su narcisismo patológico se sumó la presión de alcanzar un logro de dimensiones estratosféricas. Y creo que de verdad estaba convencida de que lograría prestigio internacional con sus experimentos.

—Se creía una hormiga reina, ¿eh?

Camino esboza una media sonrisa ante la referencia. Paco sabe bien de su fascinación por esos bichos.

—En cierto modo. La que controla todo el hormiguero, la que concede la vida y la arrebata. Las demás eran obreras que suministraban lo necesario para su tarea mesiánica.

—Simples peones que sacrificar en pro del objetivo final.

—Y como tal se lo tomó. Fue subiendo la apuesta, disfrutando de la estrategia.

—Un caso terrible —Paco niega lentamente con la cabeza—. Y hablando de peones y estrategias, ¿cómo acabó la partida con el ruso?

—Se me agotó el tiempo para mover ficha y la aplicación le proclamó ganador —Camino tuerce el gesto y se encoge de hombros—. Estaba demasiado ocupada tratando de escaparme de ese maldito laboratorio.

—Ganaste una partida más importante.

—Además, pienso desquitarme. Ahora estoy jugando contra un turco. Iskander, que significa algo así como defensor de la humanidad.

—Espero que no sea otro iluminado.

—Da igual lo que sea. Le voy a fulminar.

Paco se queda pensativo y frunce el ceño, volviendo al tema de la investigación.

—La ciencia ha llegado a un punto en el que está al alcance de la mano humana jugar a ser un dios. Debe de ser una tentación perturbadora hasta para las mentes sanas.

—Y a alguien como Natalia, la condena al abismo.

Él asiente con gesto grave.

—Solicitará la exención de responsabilidad penal. ¿Crees que se la concederán?

—Estoy segura. La derivarán a un psiquiátrico penitenciario.

Guardan silencio por unos instantes. Luego es Paco quien vuelve a hablar:

—Esas técnicas podrían salvar muchas vidas, ¿no es así?

—Algún día.

—Si quería hacer historia, al menos eso lo ha conseguido. Esto va a tardar en olvidarse.

—Aún más que lo de su padre.

—¿Y qué pasa con el otro, Alonso Márquez?

—En su caso no existe enfermedad mental. Es un mentiroso consumado y un manipulador, pero muy consciente de los delitos que encubrió.

—¿Participó en los asesinatos?

—No, la ejecutora fue siempre Natalia.

—¿También de la ex?

—Él sostiene que nunca quiso ver muerta a Soledad, pero resulta difícil creer que no imaginara nada cuando Natalia le pidió prestado el coche.

—¿Por qué sabes que fue con su coche?

—Los de la Científica han podido rescatar un rastro de sangre en una junta del capó. Lo han cotejado y era de Soledad.

—Pues no se libra de una larga temporada a la sombra. Pero reculó al final, ¿no?

—Demasiado tarde. Pudo impedir la muerte de más mujeres y no lo hizo —la expresión de Camino se torna severa, y su tono, inflexible.

—Seguro que el abogado intentará conseguir una atenuante.

—No creo que se la concedan. Además, su enamorada ha testificado en contra.

—Hombre, después de que casi la matan. Así el amor se le pasa a cualquiera.

Sonríen con tristeza. A Camino la resolución del caso no le ha deparado ningún tipo de euforia. Lo que le ha dejado ha sido un tajo con seis grapas en la cabeza y un poso de melancolía del que no logra zafarse.

—Hay algo que la prensa no ha contado.

—Me lo imaginaba. Suéltalo.

—Había una cuarta mujer embarazada. Natalia iba a matarla y a extirparle el feto.

—¿En ese laboratorio? ¿Donde os retuvo a ti y a la otra chica?

—Sí.

—¿Qué pasó con ella?

—Ahora están fuera de peligro tanto ella como el bebé. Pero temimos por ambos. Llevaba muchas horas narcotizada y sujeta a ese potro.

Paco suspira con alivio.

—¿Por qué lo habéis ocultado? —pregunta, y él mismo se responde—: ¡No sería un bebé de esos de diseño!

En el rostro de Camino, el inspector lee la confirmación a su teoría y ata cabos:

—Lo ocultáis para que pueda tenerlo.

—A diferencia de los otros embriones, no ha sufrido ninguna mutación. Fue una decisión conjunta del grupo. Su nombre no aparece en ninguna parte.

—Entiendo. Con un poco de suerte, podrá mantener el anonimato y criar a su hijo.

—Sí. Era lo que esa mujer más deseaba, y el bebé estaba bien, así que ¿para qué exponerla a los focos de la prensa y la ciencia?

—Y a la acción de la justicia.

—También —admite ella al tiempo que baja la cabeza. Está reconociendo que todo su equipo ha infringido la ley.

Paco no dice nada. El silencio se prolonga unos minutos.

—¿Sabes? —lo acaba rompiendo Camino—, la pareja de esa mujer tiene una enfermedad neurodegenerativa. Es probable que no les queden muchos años para disfrutarlos juntas. Sin embargo, lo único que quieren es dedicarlos a criar a un hijo. Cuando rescatamos a María Jesús, ni siquiera podía sostenerse en pie, pero lo que le interesaba era saber si el feto estaba bien. Igual que María de la Concepción, que solo podía pensar en su bebé en los últimos instantes de su vida.

—No lo entiendes, ¿verdad?

—Ni remotamente —confiesa ella—. Pero con este caso he visto una y otra vez ese anhelo de maternidad. Desde la forense hasta las víctimas, pasando por todas esas mujeres que se someten a los tratamientos más duros para quedarse embarazadas. Lo que quiera que lo provoca es muy poderoso.

—Quizá sea una cuestión biológica. La supervivencia de la especie.

—O social.

—O una mezcla de ambas —concede Paco.

—En fin. Ojalá ese bebé se convierta en un niño feliz y sano, y nadie llegue a imaginar que es un adelantado a su tiempo.

—De esa especie prefabricada que acabará por desbancar a la humanidad.

—Tarde o temprano.

Camino cambia de tercio para quitar hierro:

—Molina ha adoptado un gato.

—¿Y eso?

—Era de una de las víctimas. Lo peor de todo es que le da alergia, pero dice que hay tratamientos para sobrellevarla y que va a medicarse. Otro chalado. Vaya equipo que me dejaste —bromea.

—Este hombre siempre ha sido un buenazo.

—El caso es que le veo más contento. Parece que se le va pasando la amargura del divorcio.

—Los animales dan mucho amor.

—No sé... No estoy yo tan segura de que sean solo los animales. Tendré que investigarlo.

—Mantenme al tanto.

—Ni lo dudes —ella sonríe con picardía.

Se hace el silencio de nuevo. Camino toma impulso y pregunta lo que le importa de verdad:

—¿Tú cómo estás?

—Harto de estar aquí.

—Ya imagino.

—Pero pronto saldré y todo cambiará.

—Eso es justo lo que quería oír.

—¿Y qué hay de ti? Te veo muy guapa. Seguro que tienes planes.

—Sí, apasionantes. Voy a casa de mi hermano a darle el regalo a Arya y a afrontar la mirada asesina de mi cuñada. Espero que no me amordace ella también.

Paco suelta una carcajada.

—No es para tanto, con lo maja que es Marisa.

—Ya. Después de haberla dejado plantada el sábado con el arroz. Y luego quiero ir a ver a Víctor, que se quedó sin pareja en el concurso de baile. Este caso ha conseguido que me odie mucha gente.

—Te perdonarán, estabas persiguiendo a los malos.

—Víctor sí, pero porque le llevo una paleta de cerdo para compensar el jamón que no pudimos ganar.

Ambos ríen con ganas, antes de sumirse en un silencio introspectivo.

—Has sido muy valiente —dice Paco al fin—. Estoy orgulloso de ti.

—De eso nada. Fui una cobarde. Me entró un ataque de pánico, estaba convencida de que iba a morir en manos de esa loca.

—No eres cobarde por eso. Nos negamos a reconocerlo, pero cuando llega el momento, todos estamos aterrorizados.

Desde que despertó, un cambio se viene operando en su forma de pensar. Ha sido un temerario en lo profesional y consecuencia de ello tiene una cicatriz de bala en la cabeza, pero en lo personal él sí que se siente el más cobarde de la tierra. Ojalá fuera capaz de reunir las fuerzas y jugársela, aunque acabe con más cicatrices.

—Es verdad. El miedo a la muerte —Camino le mira muy seria desde sus profundos ojos castaños—. Yo llevo todos estos meses con miedo, Paco. Tenía mucho miedo de que te fueras.

Paco siente una repentina presión en el pecho. Le parece que se va a ahogar. Se le humedecen los ojos. Quiere decir algo, pero la emoción no se lo permite. Camino le toma la mano y ambos permanecen así hasta que a él le salen las palabras:

—Pues ya ves. Voy a seguir por aquí.

Los dos sonríen y se quedan quietos, mirándose a los ojos, como si el mundo se hubiera paralizado. Porque en realidad es justo eso lo que ha ocurrido.

Agradecimientos

A Justyna Rzewuska y María Fasce, que recibieron el manuscrito con entusiasmo y apostaron por él sin un mínimo atisbo de duda. Me hicisteis muy feliz.

A Lola, Maya, Berta, Nuria, Loli y todo el equipo de Alfaguara y Penguin Random House por cuidar este texto con mimo y hacerme seguir aprendiendo. Con el valor infinito que eso tiene.

A José Carlos Somoza, que aclaró mis dudas sobre psiquiatría con sabiduría y pericia.

A Enrique J. Portillo, por ponerme en contacto con la Brigada de la Policía Judicial de Sevilla, y a Verónica Calderón, por hacer lo propio con el Instituto de Medicina Legal.

A Juan, el policía y, Juan, el forense, que resolvieron cada una de mis dudas con generosidad y me abrieron las puertas de sus apasionantes profesiones. Sin vosotros este libro sería otra cosa.

A Antonio, que me dio fuerzas para comenzar esta novela y me sufrió durante su escritura en esa obsesión que te hace vivir más dentro que fuera de las páginas. Gracias por tu paciencia, por tu complicidad, por tu sabiduría.

A David: no se puede tener mejor amigo que tú. Qué suerte tengo.

A mis colegas de profesión. Por todas las presentaciones, los coloquios, las firmas, los festivales, y, sobre todo, las cervezas juntos. El camino es duro, pero también está lleno de momentos maravillosos. Y muchos de ellos, los construimos juntos.

A Manuel, Ruth e Ismael, por traspasar las fronteras de la edición para convertirse en grandes amigos.

A quienes me acompañáis en mi sueño. A los nuevos que un día llegaron y a los que permanecieron por un tiempo y ya se fueron. Pero, sobre todo, a los que siempre estáis.

A ti, lectora, lector, que desde el otro lado de las páginas formas parte de esta historia. Gracias.

Índice